文治

不老的人偶

불로의 인형

［韩］张溶敏 著
［韩］金宝镜 译

四川文艺出版社

目录

003　鸿门之会
025　讣告
043　奇怪的吊唁客
071　雪芽
087　人偶
109　三个朋友的聚会
147　甲申日录
183　苍崖
229　一百年前的那天
245　名医谈灭
267　鬼都市
305　巫马施
331　第六个人偶
347　再会
379　会合

435　结尾

公元前210年，在一统中国的始皇帝秦始皇死后，各地因反对暴政而叛乱，其中具备最强势力的是楚国贵族的后裔项羽和沛县农家出身的刘邦。他们拥戴楚王的雄心，称他为怀王，并攻打秦国。精于兵法，气势非凡的项羽带领麾下四十万大军在东阿和定陶等地屡战屡胜，后又在巨鹿之战中战胜了秦国将军章邯的精锐部队，被称颂为项王。直到那时，怀王才察觉到项羽想要成为王的野心，并为牵制项羽，下达了如下的命令：

"先破秦入咸阳者王之。"

占领秦国的首都咸阳就意味着胜利，项羽立即带领军队进军咸阳。然而在他经历千辛万苦终于抵达时，咸阳早已落入刘邦之手。愤怒的项羽无视怀王的命令包围了咸阳后，在鸿门布阵。当时刘邦的军队还不到十万，不过是群乌合之众罢了。因为在实力上项羽具有压倒性的优势，刘邦的军师张良便提议暂且向项羽谢罪议和，日后再作打算，故刘邦带百余骑军士离开咸阳前往鸿门。

鸿门之会

从淮水升起的云乘着北风以不亚于帝国兴亡盛衰的速度来到了关中,然而因中原新兴起的、意料之外的气运未能轻易落雨,而是像一群迷途羔羊被挤到了那遥远的垓下之地。就在几个月前还被金黄色麦子覆盖的田野,现如今却因军马的踩踏变成了不毛之地。只有天尽头有一群大雁排成"人"字飞过。

"太阳周围无云霭,界限清晰,应该不会出意外。"张良边观察云的形状边说道。即使是精于天象的张良也是头一次在如此重大的事之前泄露天机,可见当时的情况有多么迫切。

"意外吗?"

刘邦正坐在马上俯瞰项羽的阵营,本来就黝黑的脸色又阴沉了一些。刘邦携军师张良、骑将樊哙抵达鸿门。城门上的三层赤色阁顶如同给城门戴了一顶头盔,城门外的原野上飘扬着楚国的黄色军旗,乍一看像极了秋收时分的麦田,轻易就能看出这些旗子多过十万支。项羽麾下的士兵在那下面煮饭,炊烟覆盖了整片原野。与刘军大部分由农民构成的士兵不同,项军用缴获来的铠甲和弩弓武装自己,每个士兵都威风凛凛。长剑和枪都已排列整齐以便随时战斗,士兵们看起来一点儿都不倦怠,难以相信他们是与章邯的精英士兵战斗过九次又跋涉七百余里地赶过来的。

就在半个月前进入咸阳城,接收秦王的玉玺的时候,刘邦还感觉他得到了天下,然而现在他正处在危急关头,以至于他的性命都要依靠无足轻重的占卜。

"今天主公的命不在主公的手上,项羽会为了制造出能除掉主公的把柄使出各种把戏。不管受到什么样的耻辱,主公您都要忍下来。"

明知前路九死一生,张良依然泰然自若。

"因为事情不如意,他连宋国的将军都杀了。我现在就是俎上肉,只要他狠下心什么事都能做出来。"刘邦为了保住主公的风貌而强自镇定,但是攥住缰绳的手却在微微颤抖。他很想立刻掉头回咸阳城,张良察觉后挡在了刘邦面前。

"请您承诺不管发生什么事情,都不会去惹恼项羽。他让您爬您就爬,他让您喝尿您就喝尿,这样我肯定能找到救出主公的办法来。"

张良的眼睛像鹰眼一样凌厉。

"知道了,我和你承诺便是。"

这是不得已的回答。刘邦无法想象项羽为了戏弄自己准备了哪些狡猾的诡计。

张良问:"我拜托您的东西带来了吗?"

刘邦从马鞍袋子的深处拿出了一个箱子。这是一个用赤松做成的长宽有两尺的箱子,是用织布状的松木打上凹槽做成松板拼接而成的。若不是熟练的匠人,很难做出这样的箱子。它外面只涂了几层暗红色的漆,没有任何装饰,也没有写任何字。

"要我拿这怪东西来是要用在哪里?"

刘邦一问,张良的嘴角扬起了奇妙的笑容。

"这就是用来救主公的秘策。"

灰蒙蒙的天上因日月交叉而泛出了奥妙的光彩。鸿门大殿入口处庄重的石雕如同被遗弃的私生子般排成一列，屋檐也因战乱塌了一部分。前往大殿的那段路上，刘邦不得不忍受着项羽士兵们的嘲笑。但这算不错的了，在带领修建始皇帝陵墓的差役们前往骊山的时候，他还从未想象过要争霸天下，已是知天命之年的他所领会到的真理就是机会只会留给活下来的人，而如今此地就是决定他生死的地方。大殿前的庭院中，全副武装的亲兵举着火把，像棋子一样排在那里，展现他们的力量，这是项羽想要先发制人的第一计。入口旁边，项羽的爱马乌骓一边哈着气一边低吼。项羽在战时一向是鞍不离马，甲不离身。刘邦从马上下来走上了阶梯。厚厚的青铜门入口处站着项羽的得力干将——英布。

"想要拜见项王的人不能携带武器，把剑都给我吧。"英布说。

一直默不作声的樊哙突然发怒："一介将帅竟如此无礼！"

见樊哙要拔剑，刘邦急忙阻拦，他率先将剑递了过去，樊哙也只能不得已地将剑交了出去，英布这才给他们让了路。厚重的门打开的一瞬，空气中的杀气在嘲弄了他们一行人后瞬间消弭。大殿里桓楚、钟离昧等项羽的干将们围坐在一起，另一边御座上坐着项羽和他的谋士范增。如传闻一般，项羽的身材很魁梧，超过六尺的块头和粗犷的外貌，让人难以相信他才二十六岁。他坐在那里喝酒，丝毫不把刘邦一行人放在眼里，但是与张良最先对视的人不是项羽，而是范增。范增是当代众所周知的策略家，今天想要在这里活下来，刘邦就必须过他这一关。

"项王，忠臣刘邦前来拜见。"刘邦一边叩头一边说道。

"谁？"项羽这才放下酒壶说，"自称关中霸王的刘邦来了。"

范增已经与张良四目相对，开始暗中较量。

"啊！刘邦……农夫的儿子。你为何来此？"项羽喝完剩下的酒问道。

"臣先入咸阳让秦王投降都是为了项王而做。有小人诬陷我的忠心,散布了奇怪的传闻,但那绝不是事实,现在臣想把咸阳献给项王,随后退去灞上,望王成全。"

刘邦的声音在冰冷的大殿内回荡着,在座的所有人都在等待着项羽的答复,项羽闭着眼睛品味着最后一杯酒的余味。这不到一刻的时间,却是决定刘邦命运的时刻,一滴冷汗顺着低着头的刘邦的脸流了下来,停在了鼻尖。

"酒壶空了,你能为我满上吗?"

听了项羽的话,刘邦无意中抬起了头。

"什么?"

停在鼻尖的汗滴掉在了地板上。

"从后门出去会有一个酒坛子,那里有我为你特地酿的酒,你去那儿把酒壶装满吧。"

"遵命。"

接到酒壶的刘邦回头时看了一眼张良。对于这出乎意料的状况,他想得到张良的回应,但是张良的眼神中只有让他依令行事的意思。刘邦只好拿着酒壶往后门走去,穿过挂着帘子的走廊,出现了一扇绣着虬龙纹样的门。这是下人服侍时用于出入的门。从窗户透进来的月光将缠在一起的两条虬龙纹样绣在了地上。刘邦踏入后院时,脑中思绪万千,虽说是以臣子的身份来见项羽,但是让一个统率军队的将帅去盛酒实在是侮辱。但另一方面,酒又意味着和解,如果我没有忘记我身为人臣的身份就放过我这一次,是这个意思吗?刘邦想起了来这之前张良那意味深长的话。

也许范增是会用千方百计来主导大局的人,但项羽的一个自充手[1]就足以改变战局。

项羽一向抱负远大,且具有大丈夫的气概,但是他也有骄傲、放恣的一面。

"怎样才能让他来个自充手呢?"

比起宽敞又华丽的大殿,后院非常朴素。三十多坪[2]的大小,低矮的砖墙上斜挂着刚升起的残月,那之下隐约可见的是哨兵们举着的间隔交错的长矛矛头。想找到酒坛子并不难,顶着屋檐的柱子下放着一个用纸封口的坛子。从纸还没有变色可以看出这酒刚酿了没多久。刘邦把纸揭起来后仔细地看了一下酒坛里面的酒。烈酒独有的味道充斥了他的鼻腔,席卷着空气向远方飘去。刘邦抬起酒坛想要把酒倒进酒壶里,坛子里面有个沉甸甸的疙瘩,那并不是为了入味而加的药草,而是一个西瓜大小的圆圆的东西。刘邦斜了斜酒坛以便月光可以照到里面,里面的东西在朦胧的月光下被依稀照耀出来。啊!瞬间,刘邦差点儿把坛子掉在地上,装在里面的竟然是宋义的头颅,在痛苦中紧闭双眼的宋义将军的头颅渗着血漂在黏稠的酒上,刘邦这才明白了项羽的意思。

"我也有可能成为下一个酒坛子的主人……"

刘邦赶紧把酒装进酒壶就回去了。

场上所有的目光都聚集在了重回殿内的刘邦身上,刘邦克服着他们的视线大步走到了项羽面前。

"我将您吩咐的酒装回来了,项王。"

---

1 自充手:围棋用语,一般用于形容自己的行为导致局势对自己不利,类似于今天的乌龙球。——编辑注,全书同

2 坪:源自日本传统计量系统尺贯法的面积单位,一坪合 3.3057 平方米。

"怎么样，酒还合你意吗？"

项羽似有似无地试探了一下刘邦，他那如同念咒一样低沉的声音载着奇妙的紧张感钻进了刘邦的心。

"它有着我见所未见、闻所未闻的香味。"

"尝过味道了吗？"

"我哪里敢染指项王的酒呢？"

"既然是我为你亲自酿的酒，此次就允许你先来品酒。但必须一饮而尽，一滴都不能剩下，听明白了吗？"

"明白！"

刘邦慢慢地将酒壶举到了嘴边，虽然每咽下去一口都会想到坛子中宋义将军的表情而想作呕，但这终究不能和自己的性命相比。终于咽下了最后一口酒，刘邦立即捂住了自己的嘴。

"怎么？酒不合你的口味吗？"

"怎么会呢……"

刘邦强忍着不吐出来。

"宋义丝毫不顾士兵们挨饿，就知道自己在军营里喝酒，天赐的良机都看不到的他还自称上将军挡在了我的面前，我砍了这种人的头怎么会是罪过呢？对吧，刘将军？"

直到刚才还因为酒劲儿而模糊的项羽的眼睛，现在却狠狠地怒视着刘邦的一举一动。刘邦可以从那眼睛中读出项羽对力量的盲目自信与无止境的野心，这一瞬间里胆敢挡在他面前的任何事物都将灰飞烟灭。对于这种连天意都敢违背的气势，刘邦不禁感到全身发麻，但这也是他在等待着的自充手。

"上天意在项王，我哪敢说三道四，我也是从很久之前就敬慕项王的侠义之心……"

刹那间刘邦还是没有忍住，吐了起来，而一旦吐起来，就没法停下来了，刘邦一边呻吟一边呕吐，混合着宋义将军的血的酒液在地上流淌。时间一瞬间凝固了，重重的紧张感压迫着议和现场，竟然把项羽给的和解酒当面吐了出来，性情暴烈的项羽会因为沉不住气拔刀也是显而易见的事。但是在他们之中，唯有一人露出了会心的微笑，是张良，他识破了刘邦正在演戏。刘邦是为了引出项羽的自傲之心而故意让自己看起来很狼狈，而且他的意图也都顺利实现了。看着在呕吐物上打滚的刘邦，项羽拍手大笑。接着，项羽的将帅们也开始笑起来，议和场里充满了对刘邦的嘲笑。

"你脾胃如此虚弱，该如何引领大军呢？刘邦！"

"我罪该万死。"

项羽看了一会儿把头埋在呕吐物里瑟瑟发抖的刘邦，回到了御座。

"秦国的玉玺带来了吗？"

"在这里。"

刘邦拿出玉玺呈了上去。用耀眼的黄金镶嵌的传国玉玺，方圆四寸，玉玺四角上盘坐着口衔如意珠的龙，正面刻着"受命于天 既寿永昌"八个字。

"这就是号令天下的始皇帝的玉玺吗？果然如传闻一般辉煌灿烂。"

项羽观摩了一会儿玉玺，突然将它举起，大声喊道："现在我们灭掉秦国改变世界的大义已成，来举办宴会祝贺今天的胜利吧！"

宽敞的议和场里摆满了菜肴，菜肴丰富华美得让人难以相信这里是战场。从项羽的故乡下相[1]的菜肴到百越[2]有名的炮豚[3]、海鲜、蜀中[4]羊肉串等应有尽有,一点儿都不亚于皇帝的酒席。项羽麾下的将帅们围坐一圈饮酒作乐,好不热闹。刘邦与张良、樊哙一起坐在项羽旁边静静地看着他们吃喝。

"刘将军怎么不吃呢?现在还没有胃口吗?"早已喝了很多壶酒的项羽用微醉的声音问道。

"并不是的。项王多虑了,我只是太高兴了。"

"我本就没有怀疑刘将军,只不过周围总是有闲言碎语才到了这个地步。所以说,尽情地享受宴会吧。"

打消了疑虑的项羽很是宽容。项羽一祝酒,刘邦便一饮而尽。

"你就是坐一席、谋十国的张良啊。"项羽问到静静地观摩席间的张良。

"过奖了,但是范增先生去哪里了呢?"

一直守在项羽旁边的范增不知什么时候不见了。

"可能是喝醉了出去吹风了吧,你也接我一杯酒吧。"

"是。"

即便是在接过项羽的酒时,张良也无法掩盖不安的心。因为在鸿门议和的前一夜,既是朋友又是项羽叔父的项伯曾来找过张良,说范增想在议和的时候杀掉刘邦。范增知道,刘邦是项羽夺得天下霸权路上最大的绊脚石,他绝不可能放过这千载难逢的机会。不管项羽是什

---

[1] 下相:今江苏省宿迁市。
[2] 百越:今东南沿海的上海、浙江、福建、广东、海南、广西及越南北部。
[3] 炮豚:今天的烤乳猪。
[4] 蜀中:今四川省。

么想法,范增都会在暗中展开除掉刘邦的计划。张良一边密切关注着场内情形,一边把酒送到了嘴边。酒杯还没见底,范增便回来了,散着白发进入的范增是一个慎重而又让人看不透其内心的人。

"小生张良,见过前辈。"

张良起身礼貌地迎了他。

"请坐,张先生。张先生的名声我早已如雷贯耳,近来你为刘将军献的策略攻守有序,进退有方,真是每一计都让人赞叹。"

范增的声音很有气韵。

"不过是些愚蠢的小把戏罢了,哪里及得上范增先生您呢。"

"谦逊中透露着自豪,了不起。但凡是一个谋士,那都要知天意而劝主公按天意行事,你为什么要走违背天意的那条路呢?"

"天道将我引到这里,到达之后才发现是项王在此,所以我呈上了玉玺。不知先生此言何意……"

范增可能是觉得很可笑,嘴角扬起了笑容。

"街市上的狗都知道刘将军与张先生的心不在项王一边,你怎想抵赖呢?"

"此言欠妥,连屋檐下的麻雀都知道上天在秦之后指向了楚,先生何出此言来为难我呢?"

张良虽然低着头,但脊背依然挺得笔直。虽说比范增小20岁,但张良也不是寻常人。

"希望你这句话是真心的。"

范增举起了酒杯,张良也举杯相对,举杯笑饮之间两人已经展开了看不见的剑斗。每当锐利的剑刃相撞的时候就会火光四溅,重复进退的剑势,瞄准着对方的心脏,但是除了这两个人,没人能听到剑相撞的声音。

先出一击的人是范增。两个人饮毕,范增回头看向了待命于将领之间的项庄。霎时,读懂了范增眼神的项庄轻轻地点了点头就大步走向了宴会场所中央。

"这般喜事没有音乐和舞姬相伴甚是不起兴啊,大哥,我想舞剑来活跃一下气氛,您允许吗?"身着铠甲的项庄和他的兄长项羽一样威风凛凛。

"你的剑舞可是天下公认的,来助一下兴吧。"

项羽一允许,气宇轩昂的项庄便拔出剑来开始舞剑。张良一下就明白了这是范增想要杀掉刘邦的伎俩,范增秘密地会见了项庄就是想让他以舞剑为借口刺杀刘邦。

张良马上做出回应。

"项王殿下,我们的将帅樊哙也颇擅舞剑,让他与项将军较量一下如何呢?"

"剑都没有还要舞剑,真是荒诞无稽啊。"范增也回了一击。听罢,默不作声的樊哙抓住放在饭桌上的青铜烛台漂亮地一跃,跑到项羽面前叩头。

"我认为剑舞是为了表现武士的气概而不是剑术的华美,一盏烛台便可做到,只要您允许。"

项羽很看好血气旺盛的樊哙,不疑有他,顺势就同意了。于是樊哙和项庄双双舞起剑来,在战场上杀敌无数的两位将帅的剑舞饱含杀意却又不失优美。剑有时像瞄准了对方的脖子的猎鹰一样敏捷地划过虚空,有时又像蝴蝶一样温柔地躲闪。表面上两个人的舞姿像排练过很久,实际却像在战场上相遇的劲敌一样虎视眈眈地窥伺着机会。虽然范增一直暗示项庄杀掉刘邦,但是每当项庄要出招的时候,樊哙就会毫不犹豫地挡在前面。其他将军并未看出个中猫儿腻,反而围在两个将帅周围欢呼。

"请主公伺机离开这里。"

趁着众人看得兴起,张良提示刘邦。

"我也想那样,但是不告而别会不会有后患呢?"刘邦担心地问道。

"后事我自会处理,还请您速速策马前往灞上。"

刘邦不再多问,起身借口如厕趁机离开了。将帅们为了看舞剑而围了上来,导致范增看丢了刘邦。剑舞不知不觉已经向高潮靠近,宴会场也因实战般的舞姿而气氛热烈,这时才发觉刘邦消失的范增猛然站起来喊道:"刘将军去哪儿了?"

因范增的高喊声,剑舞也停下来了,同时令人窒息的寂静充斥着席间。

"怎么不见刘将军?"项羽问道。

"因这隆重的款待,沛公醉到不能自已,生怕在项王面前失礼就先行告退了,还望大王不要发怒。"张良回答说。

"因为怕惹恼我而跑了?"项羽大声笑道,他不再把刘邦当作威胁了。但是范增却不同。

"就算再怎么烂醉如泥,怎能一句话都不说就离开项王为了和解而举办的宴会呢?哪有这样无礼的事情?"

这时张良好像等了很久一样向樊哙使了眼色。

"沛公为项王准备了礼物,希望您可以饶恕他无礼的行为,还请您息怒。"

樊哙背了两个大箱子过来。一打开盖子,里面装满了璧帛和玉斗等金银珠宝。

"秦王的皇宫里有比这珍贵千百倍的金银财宝,他竟妄图用这些无足轻重的破珠宝来免罪。项王,刘邦这是辜负您慈悲的重罪啊,绝不能就这么算了,请马上派兵捉拿刘邦。"

错过天赐良机的范增非常惋惜,不管用什么方法他都要在这里除掉刘邦。听了范增的话,项羽的表情变得凝重起来。

"沛公准备的礼物不止这些。"

张良如同期待已久似的拿出了一个箱子。

"沛公说只要把它献给项王,您便可以明白沛公的忠心了。"

张良递给项羽的是一个漆成暗红色的小箱子。

"这回又是什么?难不成是始皇的冕冠吗?"范增尖锐地问道。

"比皇帝的金冠还要宝贵。"

"世界上哪有那种东西?毕竟皇帝的冕冠就意味着天下。"范增感到荒唐而喊道。随即张良嘴角泛起一丝微笑。

"是永生。"

"永生?"

项羽因好奇而凑过来。

"不知大王可否知道秦国始皇一直都在寻找生长在瀛洲山上的不老草的事情?"

"这不是全天下都知道的事吗?听说去找不老草的方士徐福在向东方起航以后就再没有消息了。"

"如果不是徐福而是另有其他人找到了不老草呢?"

"其他人?"

感兴趣的项羽小心翼翼地打开了箱子,里面放着一个长相奇怪的佝偻人偶。

※※※

拍卖会里挤满了从世界各地赶来的收藏家和艺术商，他们都是为约翰内斯·维米尔[1]的作品而来的。可以与《蒙娜丽莎》比肩、以神秘表情而闻名世界的《戴珍珠耳环的少女》的作者维米尔，据说他平生只留下了三十七幅[2]作品。但三个月前，有位匿名收藏家声称将公开维米尔的第三十八幅作品，随即在美术界引起了巨大的轰动。那幅画所画的是一个戴着白色头巾的女人在洗衣服的模样，是利用维米尔特有的暗箱技术所作的非现实构图画。画一出现就引起了坊间激烈的真伪争议，但是随着著名美术鉴定师约瑟夫·亨利·比昂以厚涂颜料绘画法和点描等手法推测这幅画是与《倒牛奶的女仆》同时期的真品时，大众的好奇心瞬时移向了作品的价格。根据维米尔作品的稀有性和高完成度，评论家们预想价格会轻松超过之前拍出最高价的蒙克[3]的《呐喊》。铺着红地毯的拍卖会里除了商人，还挤满了为一睹这历史性场面而赶来的记者和参观者。

"8700万。"

随着一个商人的叫声，场内开始骚动起来。这是苏富比拍卖行成立以来报出的最高价。

"8700万欧元，请问还有其他人吗？这是17世纪荷兰最优秀的画家约翰内斯·维米尔的作品，世界上只有三十八个人才能享受到的幸运，还有人选择吗？"兴奋的拍卖师大声叫道，但是场内只是充满

1　约翰内斯·维米尔：荷兰著名画家，画作主要有《戴珍珠耳环的少女》《花边女工》等。

2　三十七幅：维米尔存世的作品数量尚存在争议，普遍认为是在三十四幅到三十七幅之间。

3　蒙克：挪威表现主义画家，代表作《呐喊》凭借1.19亿美元的成交价创拍卖纪录。

了犹豫，再没有人开出更高的价格。

"那开始倒计时了，如果没有的话，约翰内斯·维米尔的第三十八幅作品将会到119号顾客的手中。好，现在开始，三……二……一！拍卖号390441，119号顾客以8700万欧元中标维米尔的作品《洗衣服的女人》。"

全场爆出震耳的掌声，为中标人送上祝贺，大屏幕上不停滚动着中标商人的号码以及最终中标价，与更新了美术品拍卖历史上的最高价相比，这庆祝略显寒酸。各报社和电视台的记者都急于弄清楚这一夜之间就成了亿万收藏家的富翁的身份。在一片嘈杂声中，另一个拍卖品静静地亮相了，是没有人关心的古代中国遗物。整个拍卖场好似一个破裂的水坛，人们如水流般瞬间全都跑了出去，只有几个不知道去哪儿而留下来的参观者。

"那么现在开始最后的拍卖，这个作品是公元前210年左右秦国的人偶。"

拍卖师掀开了天鹅绒，玻璃箱内的拍卖品露出了真容。这个人偶精巧到让人不敢相信这是在两千年前做出来的。它约30厘米高，为使人偶的四肢可以自如活动，每个关节都是用马鬃做的绳子和青铜环来连接的，用松木做成的身子上留下了在岁月洗刷下变得模糊不堪的色彩痕迹。它身上穿着用棉布做成的胡服，没有穿鞋的脚上还细致地雕刻了脚趾甲。最让人印象深刻的是它的长相。这个人偶是个驼背，身姿微弯，背像驼峰一样隆起，右手上还抓着像神仙才会有的手杖。脸也很奇特，头发在脑袋上盘起了三层，一只眼睛向上瞪着，歪着的嘴还吐着舌头，深黄色的面颊上还有很多难看的麻点。总的来说，它就像个出现在传统童话里的鬼怪，但是仔细看的话，在它可怕的长相中却也有能让人产生一丝怜悯的地方。

"这是在中国传统人偶剧——傀儡戏中使用的人偶,推测为秦朝第一大画家苍崖的作品。正如各位所见,它保存得非常完好,简直难以相信它已经有两千多年的历史了。19世纪荷兰的外交官保罗·门克韦尔德把它带到了欧洲,近期他的后代将它拿出来拍卖。好,那么从5万欧元开始起拍。"

虽然拍卖师喊出了底价,但是稀疏的参观者只在翻看着拍品介绍册,并无其他反应。

"5万欧元没有吗?没有人对秦朝天才画家苍崖的作品感兴趣吗?"

拍卖师的声音在卖场里空荡荡地传开,没有竞标者的作品将会被流标。"5万欧元。"就在这时,坐在最角落里的一个东洋人举起了号牌。那是一位用润发油梳着干净利落发型的男子,他穿着萨维尔街样式的正装,一看就是从日本来的富人。他身上散发着明治维新时为了实现日本现代化而派遣到英国的日本新知识人的味道,非常符合场内维多利亚式的装修风格。

"5万欧元,还有其他人出价吗?"

拍卖师鼓动起来。

"10万欧元。"

另一个竞标者出现了,日本人回头看了一眼,令人惊讶的是新的竞标者也是一位黑瞳孔的东洋人。他和之前的日本竞标者不同,穿着破旧的黑色西装,没有系领带,还有两个男人陪同着。日本人可能是因为没有料到这个人的出现,脸上的惊慌很是明显。

"15万欧元。"

"25万。"

日本人一提高价格,第二位竞标者就跟着提了价格。

"50万欧元。"

"70万欧元。"

冷清的卖场因为突然出现的两位东洋竞标者而沸腾起来。

"70万欧元,还有其他人出价吗?"

"100万欧元!"

第二位竞标者志在必得地叫道,看起来没有要让步的意思。

"终于有人喊百万欧元了。100万欧元,有人吗?这是中国秦朝时期的天才画家苍崖的作品。"

拍卖师直接看向了日本竞标者,日本人仿佛是想弄清楚突然冒出来的那位竞争者的意图,眯着眼睛望向他。

"200万欧元。"日本人喊道,想干脆断了对方的念想。但是他的想法并没有变成现实。

"400万欧元!"

听到新的竞标价格,拍卖师也稍微顿了一下。接近尾声的拍卖场里流淌着意料之外的气氛,两位竞标者不知为什么都没有放弃人偶的想法,这其中绝对不只有对美术品的热爱,并且这奇妙的执着全都表现在了价格上。

"700万欧元。"

日本竞标者的声音击打着大理石壁,回荡在卖场中,但是他的意志在拍卖师拿起麦克风之前就被另一个竞标者击破了。新的竞标者沉着地喊出了900万欧元,而日本人则是不服输地喊出了1000万欧元的价格。卖场原本已经像是血战过后的棋盘一样,只剩下王和几个兵,不知什么时候起却因为公元前制成的一个老人偶热闹起来。起初表情没有变化的新竞争者的面孔也渐渐开始涨红起来。

"1200万欧元。"

第二位竞标者并没有停下来。5万欧元起价的竞拍，却在短短五分钟内，价格翻了二百多倍，这在很大程度上超过了具有250年历史的苏富比拍卖行的预想。

"1200万欧元。还要继续进行吗？"

因沸腾起来的气氛而暂时忘记了本职工作的拍卖师对着麦克风喊道。两个竞争者互相凝视着对方，进行着无声的对话。他们知道这人偶后面藏着的价值，所以更加不能退缩。

"2000万欧元。"

日本人的声音锋利地传了出来。屏幕闪来闪去，拍卖师也说了什么，但是这两个人并没有听进耳朵里。日本人的表情有种"想跟我斗，我奉陪到底"的意思，他轻蔑地看向了他的竞争者，始终无所变化的新竞争者的眼角在此刻却因压抑着愤怒而颤抖不已。他向两位陪同他的男人说了几句悄悄话后紧紧地闭上了嘴巴。日本人也紧张地观察着他的一举一动，一直在把玩着竞标牌的竞争者最终从座位上起来离开了拍卖场。出门后，竞争者尖锐的眼神像抹了毒的箭头一样射向了日本人的后脑勺，但他马上消失在了门外。

"没有人喊价的话，秦朝天才画家苍崖的人偶将花落27号竞标者，开始倒计时，三……二……一！拍卖号349207，27号竞标者落标中国秦代木刻人偶。"

直到拍卖师敲了锤子后，日本人才放心地呼出了一口气。可能是还没从拍卖中缓过神来，他又看向了那个竞争者坐过的位置。虽然拍卖已经结束，但心里的疙瘩依然像一个黑点般留在那里。穿黑色西装的竞争者分明也知道人偶的秘密，如果是那样的话，他绝对不会放弃。"那个秘密如此重要，我需要做些什么。"随后他为了制单跟着负责人离开了拍卖场。

载着日本人的银色捷豹车正经过维斯塔伯恩公园路，比起直达的荷兰公园大街，这条路十分冷清，基本不会堵车。冷秋的雨打湿了在路面上翻滚着的落叶。

"因为出现了竞争者，价格比预期高了很多，现在正在调查他的身份，他看似从很久以前就开始寻找这个人偶，那么他也很可能知道组织的存在……"

日本人抚摸着放在旁边的钛质盒子，带着指纹识别系统的银色公文箱里装着刚刚中标的人偶。为了以防万一，车里还坐着两位武装警卫员，公文箱则用手铐和日本人铐在了一起。

"现在正在前往大使馆，到达后人偶就会立刻被运送回国内，我一旦查出对方的身份就会联系您的，我就先挂了。"

打完电话，日本人不经意地叹了口气。虽说按照计划收购了人偶，但总感觉有点儿不对劲。那人到底是谁？他又是通过哪种方式知道了人偶的存在？日本人小心地将大拇指放在了钛质盒子上。在通过指纹识别系统后，公文箱被打开了，露出了里面蜷缩着身体、静静沉睡的人偶。

"第六个人偶……"日本人如同念咒一样低声自语道。这句话吵醒了人偶，人偶睁开了眼睛。瞬间日本人浑身一颤，拿开了手。人偶的眼睛原本就能够根据倾斜度像真人一样眨，可是它刚才的睁眼却像是听到了自己名字后所做出的反应。仔细一看，这人偶确实长得有点儿不吉祥。那模样就像在月黑风高的夜里，受到诅咒、喝着父母的血诞生的婴儿。

嘀嘀。

鸣笛声使日本人回过了神。一辆大货车挡在车道上不走了。

"怎么了？"

"我去了解一下，马上回来。"

坐在副驾驶上的警卫员下了车，日本人也锁上了公文箱。警卫员慢慢地走向了货车的驾驶座。货车还没有熄火，看样子是十年前德国生产的货车，引擎发出铿锵有力的嗡嗡声，一点儿都不符合它的车龄。轮胎没什么异样，也没有地方漏油。警卫员观察了一下驾驶座，是空的。车里还开着收音机，声音很小，周围没有任何人。

"快让人把车开走，在路中间干什么呢？"日本人摇下车窗喊道。

"看不到司机。"

"你直接开走不就行了吗？真是的。"

警卫员坐上了驾驶席，正当他准备放开手刹挂挡的时候，他感觉到有什么东西怪怪的，这是来自长期经验的一种直觉。警卫员环顾了一圈，没有人。现在是下午三点，虽然这条路比较冷僻，但是这个时间点别说车了，连行人都没有，就很不正常，就像为了女王的出行而故意封锁了路一样，整条路都空荡荡的，这是不祥的征兆。警卫员踩下油门想要抓紧开走车，就在这时，对面的路上，一辆15吨重的沃尔沃货车怪叫着冲了过来，撞上了载着日本人的捷豹的侧身，抵着它径直穿过人行道，重重地撞在了水泥墙上，捷豹皱得如同被扔掉的易拉罐。确认捷豹已经无法启动之后，货车向后倒了倒，刚一离开，歪到一边的捷豹完全倒着翻了过来，窗户全部碎掉了，引擎也开始冒烟。警卫员这才拿枪跑了过来，沃尔沃货车中的人直接对着他开了一枪，他还没来得及反击就被击倒了，死亡的沉寂瞬间笼罩了乱七八糟的道路。这时从货车的副驾驶席上下来一个人，是那个拍卖场上穿黑色西服的东洋人，他理了理凌乱的头发，走向了残破的捷豹。破碎不堪的车窗露出了钛制盒子的一角，公文箱还完好无损。黑西服男子毫不犹豫地拿起了公文箱,但因为它是用手铐和日本人连在一起的,所以怎么都拿不走。

"你是谁?"日本人说。他浑身是血,但还有一口气,"为什么盯上了这个人偶?"他死死地盯着黑西服男子的脸,好似要拍下证据照片一样。

"这人偶的主人不是你们这些日本人。"

说完话,黑西服男子毫不犹豫地向日本人开了枪,子弹穿过日本人的头,他的头无力地垂到了地上。确认死亡后,黑西服男子又朝手铐上的铁链开了一枪,"锵"的一声,手铐应声而断,他提起公文箱慢悠悠地离开了现场。

讣告

眼前的这幅画并没有什么特别的地方，不过是一幅描绘了乞丐吃汉堡包的 100 号[1] 大小的水墨画罢了。泼墨和破墨都没有什么技巧可言，空白处也没有呈现层层叠加的空气感，只是把留着乱蓬蓬的胡子、穿着破烂衣服的乞丐狼吞虎咽的样子无心地画下来罢了；若硬是要找什么特别的地方，也就是乞丐的眼睛了，获得食物而开怀大笑的乞丐并没有瞳孔，弯成八字的眼皮下是一双透明的眼白在凝视着宣纸之外，就像在吃人生中的最后一餐，伤感又朦胧，这触动了嘉温。

"笔法并不出众，但总有些吸引人的地方。"

不知是谁毫无眼力见儿地打破了宁静，嘉温不快地瞟了一眼，那里站着一位梳着马尾辫、留着利索胡子的中年男子，怎么看都像是一位饱食大学饭的美术大学教授。

"正是因为他连个草图都不作便一笔挥成，所以才没有一个整齐的构图，他是位有才的朋友，就是太不听话了。"

"可能是把草图画在脑海里了吧。"嘉温没好气地说道。他此刻是在一所位于西桥洞的大学的毕业美术展展内。他偶尔会离开老掉牙的美术界，去看看大学的美术展。

"您是铅白的策展人郑嘉温吧？我之前在画家协会的晚宴上见过

---

[1] 100 号：长 162cm、宽 130cm 的国际标准油画框。

您,我是这个学校东洋画专业的教授金弼浩。"

教授伸手示意要握手,但是嘉温无视掉了。

"您的这位朋友现在在哪儿?"

"您是说成远吗?应该在工作室里。"

虽然通信已经从 BB 机时代到 Anycall[1] 再步入苹果手机的时代了,但久违的美术大学工作室并没有什么改变。房间里充斥着掺杂了霉味的、特有的墨香,仿佛是在宣示着美术系学生的特权一般,画具和其他杂物堆得遍地都是,代替着主人迎接了嘉温。

"您是?"

迟迟不能在宣纸上落笔的一个女学生发现了嘉温。工作室里有几个学生正在画画。

"我在找一位叫成远的朋友。"

女学生上下打量了一下嘉温,用下巴指了指一个角落。尽管现在还是上午,屏风一样排开的画架后面,一个穷酸男学生样的人却蹲在那里喝着啤酒,周围还有三四个空的酒罐在滚来滚去。嘉温走到男学生那里。画架上放着他画过的作品,画中的主人公都是乞丐。拿着烧酒瓶倒在大路边上的样子,抽着烟,像是回顾走过来的路一样凝视着虚空的样子,等等。他们也一样都没有瞳孔。看来这个男学生是在准备一系列的作品。

"你就是成远吗?"

嘉温一边认真地看画一边问道。

---

[1] Anycall:三星手机曾在 2000 年初使用过的产品系列名,意为随时随地都可以通电话的手机。

"是啊，怎么了？"

这语气就像刚假释的人在接受例行检查一样。嘉温一屁股坐到地上，一把抢过男学生手中的啤酒喝了起来。男学生用不可置信的眼神望着他——这家伙什么鬼?!嘉温一口气把啤酒喝完，用力捏扁易拉罐，将它扔到了其他罐子那里。

"毕业后打算干什么？"

"你是谁啊？"

嘉温从钱包里拿出了一张名片。嘉温就职的铅白美术馆是国内顶级的艺术画廊，美术界从事任何工种的人都不能无视它的影响力。

"是想要继续画下去吗？"

"打算除了画画，做什么都可以。"

"不喜欢画画了吗？"

"那倒不是……"

"钱的问题，是吧？"

男学生没有说话。

"你想多少钱卖掉这幅画？"

嘉温一边与画中的乞丐对视一边问道。

"什么？"

很少有人会在毕业美术展上买画。嘉温捡起地上滚来滚去的口香糖纸球，展开，写上价格递了过去。看到金额的男学生脸色立马就变了。

"在这周内把画送到美术馆，钱会直接打到你的账户上，存折应该有吧？"

男学生老老实实地点头。

"记得联系我，让我们一起讨论一下你的未来。"

嘉温从地上站起来，拍了拍屁股上的沉灰。

"为什么买我的画？"

"因为我闻到了金钱的味道。"嘉温边走出工作室边回答道。

"对了，能拜托你个事吗？"嘉温又回头问道。

"什么事？"

"给我画一幅肖像画吧，不过在着色之前一定要画草稿。"

树叶在晚秋寒露的点缀下色彩斑斓，剪碎阳光洒在了车窗上，天空蓝得没法形容。嘉温开着水汽尚未散去的爱车飞驰在北岳高架桥上，虽然比起约定的时间迟了一些，但他并不在意，这会儿的高架桥一直都是最棒的。这时电话铃响了。

"我是郑嘉温。"

"哎，郑主管，好久不见啊。"

是古书商人。作为在日本活动的商人，他主要的业务就是把韩国的古书卖给日本的买家。不管是多重要的史料，只要钱到位，他都会毫不犹豫地卖出去，所以他在业界的风评并不好，甚至有人骂他是卖掉祖上精神的卖国奴。但他在日本的古董市场上有着比任何人都广的人脉。

"我拜托你的事情查过了吗？"

"是谁在找这本书？"

"找到这本书了啊。"

嘉温的爱车正在进入三清隧道。

"那要看看是谁在找这本书了。"

电话另一边传来了豪爽的笑声。

"如果你找到的是真品，他能够付给你的价格是你想象中的好几倍。"

笑声停止了。

"需要我什么时候送过去？"

"我正在去见那位的路上，你先等一等，我会再联系你的。"

嘉温挂掉了电话，拐向了三清洞坡的方向。

百日红[1]若不是在春天开放，看起来就会很丑陋。在一百天左右的花期里，它会像被无数蝴蝶追捧着一样珍贵，但是在秋天就会像个年老的和尚一样不起眼。会长喜欢这样的百日红。嘉温斜眼看了一眼坚挺在庭院中间的百日红后进入了住宅，仿佛是在看会长一样。作为国内数一数二的大企业掌门人的住宅，会长的家算是比较朴素的了，既没有五个泳道的游泳池，也没有1200瓦的大型吊灯。即便如此，两个人住在这么大的房子里，也称得上奢侈了。

"会长在等着您。"

是随行秘书接待了嘉温。他一直都穿着灰色西装配蓝色BELINDA（贝玲达）领带，在公司里他被称为没有眼睛和耳朵的人，同时也是知道会长全部秘密的唯一的人。

"不好意思，迟了一些。会长现在在哪儿？"嘉温问道。

秘书用责怪的眼神看了他大约三秒钟。看着秘书那没有双眼皮的、细长的眼睛，嘉温不禁想起被水泡发的水泥渣。

"在书斋里。"

秘书带头走在前面，刚踏上云杉台阶，嘉温便看到了会长。关节炎复发的会长倚在书斋的轮椅上，正和代笔作家聊着自传。

---

1 百日红：又名紫薇。

"会长,郑主管来了。"

"来了啊。"会长欢迎道。

年过八十的会长长相敦厚,若不是带着随身秘书,走在街上怕是毫不起眼的那一类人。他个子不高,有像小孩子一样的宽宽的额头,薄薄的嘴唇边总是挂着慈祥的微笑。但是嘉温知道,这微笑至少含着五种以上的意思。当孙子们跑向他的怀中时,的确是纯粹的老爷爷的微笑;追究业绩不佳的分公司的理事时,是对无能的轻蔑与嘲笑;在青瓦台与总统共进晚餐时,又是政治家老练的面具。会长可以用一个微笑熟练地与各种各样的人打交道。铅白美术馆是他为了回馈社会而设立的基金会之一,而铅白正是会长的号。

"对不起,我来迟了。"

嘉温恭敬地低下了头。

"去哪儿了?连约定时间过了都不知道。郑主管,是在什么地方挖到珍贵的画了?"

会长一边让代笔作家退下一边问道。精心梳过皑皑白发的会长有种像嚼着什么东西一样嗫嚅嘴的习惯。

"过一会儿再告诉您吧,先看一下画吧。"

书斋中央的桌子上有一幅被棉布盖着的画。嘉温一把拿掉了布,是张晓刚的画。他以把无表情的全家福画成像老旧黑白照的样子的血亲系列作品而出名。会长要求鉴定的是他最近画的一幅夫妇抱着红色孩子的作品。嘉温拿出鉴定用的放大镜,开始观察这幅画。每个画家都有自己的笔致。这与笔体是一脉相通的,是经过长时间的积累并会把作者的内心原封不动地表达出来的一种习惯。不管是多么出色的仿制家都不能用原著的笔致来画完整幅画。而鉴定师的首要任务就是要先把它找出来。

"郑主管。"

会长坐在轮椅上晒着从窗户透进来的阳光。

"是,会长先生。"

"你认为真品和赝品的差别是什么?"

"独创性和模仿。"

嘉温毫不犹豫地答道。

"独创性啊。真品和赝品的价格又差多少呢?"

"少说有百倍,多了万倍以上的也有。"

"独创性有那么大的价值吗?"

闭着眼睛晒午后太阳的会长看起来软弱到风一吹就能飞走。

"当然。"

"是吗?"

会长"扑哧"一笑,仿佛是觉得在这个没什么一定的世界上,说出这么坚信的话的嘉温很可爱吧。

"您是想问什么呢,会长先生?"

嘉温放下了鉴定用的放大镜,看向会长。

"知道卖掉一部手机能赚多少钱吗? 8万。可是为了做一部手机,却需要足足3000个人。3000个人,不分昼夜地倾注所有才能做出来,但是一张纸片,却能值数十亿。"会长不可理喻地摇摇头。

"但您并不是为了欣赏而买的不是吗?"

会长成立铅白美术馆的理由之一就是为了利用美术作品来隐匿和继承资产,嘉温则是帮助他的一等功臣。

"就算是那样,我也不能理解。"

不知是不是厌倦了阳光,会长摇着轮椅过来了。

"的确是真品。如果您是以不到14亿的价格买下的话,是个不错的交易。"

"投资价值呢?"

"虽说他是位中国画家,但是考虑到中国的经济增长,还是有一定的价值的,是一个不错的选择。"嘉温一边收拾包一边回答。

"还有,您拜托我的那件东西……"

"《甲申日录》?"

会长如同看着老来子一样爱惜地看着画。

"是的,貌似是找到了,要让人拿来吗?"

"我看了也不知道啊,你看着办吧。"

"您觉得价格大概要多少?"

"这种能用钱来衡量吗?那可是记载着我们历史的珍品啊。价格你看着办吧。"

"明白了,但是您怎么突然对《甲申日录》感兴趣了呢?"嘉温问道。

会长露出了似有似无的微笑。

"怎么说呢,不知是不是因为上年纪了,越来越爱惜我们自己的东西,特别是痛苦时期的历史。"

会长看向嘉温。有时会长的眼神仿佛能够穿透人心,而此时正是如此。

"你是考古美术专业的?"

"是的。"

"那你怎么没去博物馆就职,而是跳进了这样一个地方?"

"会长,请问您读过司马迁的《史记》吗?"

"很久以前读过。"

"《史记》中一共有上千个人物登场,大部分都是有钱有权的人。

虽然彭城之战死了数十万人,但是普通士兵一个都没有登场,世界对没有钱权的人不屑一顾。这就是我从《史记》中学到的教训。"

会长死死地看着嘉温,好似想把他的深意给钓出来一般。

"那你今天来找我,是有其他理由了?"

"我找到了一个有才的孩子。"

"所以呢?"

"我想培养那个孩子。"

"然后呢?"

"我想在明年的美术展览上展出他的作品,还请会长您帮个忙。"

"我为什么要帮他?"

"我买了那孩子所有的画,我会原价卖给您,而您要做的就是颁给他大奖。"

"你拥有那孩子,我拥有画。"

也许是称心了,会长点了点头。

"你又委托他给你画肖像了?"

嘉温并没有回答,而是露出了似有似无的微笑。

"应该攒了不少吧。你攒那些画干什么用啊?难不成还想办一个肖像画博物馆?"

"就当是为以后养老做准备吧。"

每当闻到医院里的味道时,就会有一种把很苦的药含在嘴里的感觉,就是那种看起来挺好,但一放到嘴里又会让你愁眉苦脸的药。患者们看起来无力也许就是因为天天闻着那种味道,也不是没可能吧。嘉温坐在患者中间排队。大概是两周前开始身体就有点儿不适了,眼角时不时会泛点儿黄色,有时候胸口还会像针扎一样疼。可能是因为不久前在北京召开的韩中文化交流展而过度疲劳了吧。嘉温凭借自己流畅的中文实力和文化界广阔的人脉，担任了此次文化展的总监，但也因此大约有一个月都没能好好睡觉。

"如今我也是中年了吗？"

嘉温的年纪转眼就过了三十五。以前的话只要像冬眠一样睡上几天，所有的疲劳都会解除，但现在即便是过了好几周，也依然没能好起来。

"郑嘉温先生，请进。"

嘉温随着护士进了诊室，头发稀疏的医生正在看屏幕上出现的嘉温的检查记录。

"快请进，郑嘉温先生。"

"您好。"

嘉温已经坐上了椅子，但是医生的眼睛却仍没有从屏幕上移开，他的表情比起在看检查结果，更像是在考虑如何开口。

"上次之所以会让你拍CT也是因为我有些不太好的担忧，但是……"

医生好像还是没有找到适当的词。

"是什么病？"嘉温直截了当地问道。

医生顿了一下回答说："是胰腺癌。看这照片的话能看到一个像小气球一样的东西吧？这就是胰腺，它负责消化酶和荷尔蒙的分泌等，但是看上面的话……"

医生指着屏幕上的图一一解说着。

"等一下。您说癌？"嘉温拦下话。

"是的。基本上可以确定了。"

可能是对传达不幸的消息还不够熟练，医生露出了难堪的表情。

"幸运的是现在还是中期。因为胰腺癌没有症状,所以来医院看的时候大部分病人都到了晚期。虽然不能只用照片来定夺,但看着确实还没有转移到其他器官……"

"有多大的概率?"

"最近癌症的生存率变高了。虽然做了手术才能知道,但只要没有向肝和其他器官转移……"

"我问我能活下来的概率有多少?!"嘉温猛然叫道。

"大约百分之二十。"

嘉温突然想起自己曾读过这样一句话,人被宣告死亡后会经历五个阶段。第一个阶段是否定,是人类对于突然到来的冲击的自我防御反应,这并不适合嘉温。比起否定和愤怒,嘉温不知为何却是一股疲劳感率先涌了上来。所有的事情都觉得麻烦,他只想休息。一出医院,嘉温就回了家,也没有给美术馆打电话说要早退。他一到家就脱了衣服躺到了床上,但是过了三十分钟还是没有困意,翻来覆去的嘉温最后还是从床上爬了起来,去了附近的小酒馆。下班时分的酒馆里闹哄哄的。

"百分之二十啊……"

嘉温一边摸着空的烧酒杯,一边自言自语道。拿酒杯举例的话,就是剩在杯子最底下的那一点儿。这和宣告死亡没什么区别。

"该死的,我是那么努力地活着。"

嘉温自认为自己活得很努力。客观上来说也是,比起他生来所拥有的,他后天的成就更多。当他的同学们还在迷失着方向,辗转于教职工作与个人博物馆时,他便果断地放弃了自己的专业成为美术馆的策展人。白天为了策划展览而东奔西走,晚上则在自学成为美术鉴定师,也多亏于此，嘉温不到三十岁就考取了一级鉴定师的资格证。而后他因自身特有的热血被会长看中，被挖角到了铅白美术馆。如今在国内流通的美术作品中，足足有超过四分之一的作品经过嘉温的手。不久前他买了梦寐以求的德国产轿车，还在美术馆附近置办了一所不错的公寓。但，现在却被本应在几十年后才出现的伏兵打了个措手不及。

因为药物对胰腺癌不怎么管用，所以最好还是要尽快做手术。

虽然医生劝他做手术，但是嘉温并没有给明确答复。他到现在都不敢相信自己的身体里正有一颗会慢慢吞噬他性命的、死亡的种子在生根发芽着。更不敢相信的是，就因为一个小细胞，在两个小时之前还好端端的人生就像被海啸扫过一样只剩下光秃秃的残骸。死亡就是这么强而有力。它把以为会永远连在一起的桥梁瞬间冲塌，展现在眼前的是荒凉的悬崖。桥梁下面则是阴曹地府里那潮湿的深渊。一只脚已经迈了进去，而另一只脚也许在不久后也要迈进去。嘉温气喘吁吁地喝了一杯酒，他越想越害怕，而死亡仿佛也正随着恐惧一起在心里默默地开拓疆土。

"说不定是误诊呢。"

就算是一根稻草也要抓一下。嘉温找到了在综合医院工作的同窗生的电话号码。虽然他们已经好多年没有联系过了，但现在不是想这些的时候。他按下了拨号键。

"您所拨打的电话号码是空号……"电话里传来的是录音员干燥机械的声音。

"妈的！"

嘉温边扔掉手机边喊。因为声音太大，周围的人都看了过来。撞到墙上的手机掉在了地上。光洁无瑕的手机屏幕出现了蛛丝网一样的裂纹，就像掉进黏液里的虫子一样，越是挣扎，就被束缚得越紧。

"大姐,这里再来一瓶烧酒。"

老板刚拿来一瓶新酒,嘉温就倒满了酒杯。正当他想要麻痹自己的神经,一口饮尽的时候,"丁零零……丁零零……"掉在地上的电话响了。在这个世界里,有人在找他。若是在平时,他肯定会马上就接起电话,但现在的嘉温正站在这个世界的尽头。响一会儿就会不响了吧。可是电话铃却并没有要停的意思,周围的客人纷纷不耐烦地回过头,嘉温不得已地接了电话。

是父亲。

确认过来电人后,嘉温的脸冷了下来。他毫不犹豫地按下了拒接键,然后又像是对待敌人一样把手机扣在桌上。嘉温紧紧地闭着嘴,眼角露出对家族积怨已久的怨恨目光。嘉温像是在给什么脏东西消毒一样,用酒漱了漱口。就在此时,扣在桌上的手机又响了起来。嘉温不屑地瞪着闹腾的电话,有本事响个够啊。终于,响了许久的电话安静了下来。

"不要脸的人……"

嘉温丢下晦气的酒瓶站了起来。

"这里一共多少钱?"

"25000 元。"

当嘉温付完钱刚从店里走出来的时候,清凉的晚风就立刻涌了过来。虽然喝完了一整瓶酒,但嘉温并没有醉意。总要找个地方把没喝够的酒喝足吧,不然就睡不着了。嘉温竖起衣领,漫无目的地走了起来。电话又一次响了起来。这次只响了一声,是短信。嘉温漠不关心地确认了一下。

"不管发生什么事情都要照顾好雪芽,这是我最后的嘱托。"

是父亲。作为隔了十年才来的联系,这未免也太莫名其妙了。雪芽是谁,又要怎么照顾?简单的一句话里却充满了焦急。

"说什么最后的嘱托呢。"

嘉温一点儿都不想听早已断绝关系的父亲的嘱托。再说,现在嘉温也没有空去关心别人。嘉温删掉了短信,为了祝贺自己的死亡宣告又走向了另一家酒馆。

凌晨五点左右,电话又响了。烂醉如泥的嘉温一夜都在被断断续续、毫不相关的诡异梦境折磨着。那不是青春期时常做的、有鬼怪出现的那种梦。从某种角度看,那是一个平和而又悠闲的梦。登场人物只有嘉温,令人无语的是反派竟然是一张A4纸。梦里,嘉温正在一个宁静的湖上划着小船,整个空间则是一半的蓝天和一半规则地泛起涟漪的、阴沉沉的湖水。嘉温毫无目的地划着小船。没有波涛声,也没有鸟儿的叫声。能听到的只有嘉温的呼吸声。小船划开水雾,在湖上滑着。不知走了多久,嘉温突然发现湖面上漂浮着一个白色的东西,好似神不小心掉落的白色墨水一样在水面上轻轻地摆动着。嘉温像被迷住了一样朝着白色物体靠过去。那是张像新生儿一样雪白的A4纸,一张纸莫名其妙地在看不见湖底的水面上摇曳着。A4纸和湖面之间有一个非常窄的缝隙,凉爽的微风从其间吹过。巴掌大小的纸夹在一望无际的天空和深不可测的湖水之间,泰然自若地用自己的节奏反复摇曳着。那样子就像在表明只要它想,再大的风浪都能被它粉碎掉。这存在感太过完美了。嘉温害怕了。看到坚守自己位置的纸,嘉温都快被吓尿了,不敢大声呼吸,全身都僵硬了。嘉温终于忍不住抓住了那张纸,将其塞进了湖里,深到让它再也浮不上来。纸没力气地沉下了水。就在嘉温安心地舒了口气,回头要走的时候,那张纸又仿若无事一样好好地浮了上来,再次回到了原来的位置,用原来的节奏继续摇曳着。

嘉温气喘吁吁地从梦中醒来,全身都被冷汗浸湿了。在水面上漂着的那张纸,现在还历历在目。那张纸,仿佛从世界被创造时起就在那里等着嘉温的到来了,不管是多强的台风还是能够吞噬城市的大浪,都不能将那张纸吹走。纸一毫米都不愿离开那里,就在那里静静地摇曳,就像死亡一样。

"该死的……"

嘉温蜷缩在床上呜咽起来,他想活下去。他现在还太过年轻,不应该为死亡的痛苦而烦恼。他才三十六岁,刚买奔驰才一个月,而且还拥有十二个最有前途的画家给他画的肖像。他心里充满了委屈,胃也跟着不适,酸水不停地向上涌。豆大的泪珠打湿了他的枕头。他就这样独自漂泊在所有人都沉睡着的凌晨,哭了一会儿之后他镇静了很多。他坐了起来,反正也没有睡意,便从冰箱里拿出了一杯凉水一饮而尽,嘉温将思绪从浮想里拉出来,头脑也清醒了不少。

"百分之二十……"

就在刚才还觉得微不足道的可能性现在却像是黑暗里照进来的阳光一样,在深不见底的湖水上摇曳的那张纸也许并不是死亡,而是希望呢?虽说只有巴掌大小,但是它在偌大的湖面上依然勇敢地坚守着自己的位置。

"只能试试了。"

电话在这个时候突然响起,吵闹的电话铃声劈开了寂静。表正指着五点,没有人会在这个时候打电话,还是一个陌生的号码,有了小小的希望之后打来的陌生电话。

"您好?"

嘉温接了电话。

"请问是郑英侯的儿子郑嘉温吗?"是陌生男子的声音。

"是啊,您是?"

"我叫马敬道。我照顾了您父亲很久。"

未曾听过的名字。

"所以呢?"

对方踌躇了一会儿。

"今天凌晨您的父亲去世了,发生了一起事故。我们暂时先替您为您的父亲送终了。前因后果会在您来之后详细告诉您,您打算什么时候……"

"不好意思。"嘉温打断话,"郑英侯这个人……我不认识。"

挂了电话,嘉温把电池取了出来。

嘉温讨厌他的父亲,不,更准确来说,是憎恨。

嘉温的父亲是男寺党[1]的一员,还是那里的头领。

流浪艺人坎坷的生活,那就是父亲的人生,连带着母亲和嘉温的人生也都被赶到了市场的角落。在嘉温的记忆中,父亲是一位长得帅气又豪爽的男人,再加上他天生便有当艺人的才气,周围永远都挤满了人,而且大部分是女人。通常只要他笑眯眯地开几个玩笑,那些女人就会被他迷得神魂颠倒。父亲也是个好色之人,所以和许多女人睡到了一起,还和其中几个一起过日子。一旦他春心又荡漾了便会说走就走,连封信都不留。母亲就是其中的一个。

父亲和母亲的初见并不浪漫。那时母亲才刚满十九岁。当时父亲所在的男寺党正在母亲的故乡木浦的北门市场演出,生来第一次看到这种娱乐场面的母亲急急忙忙地就跑向了市场。那是她第一次见到父亲。脱了衣服耍功夫的父亲自然是不会放过如同刚绽放的花儿一样的母亲,父亲招摇地在母亲面前表演,结束后还悄悄地送了母亲一朵杜

---

[1] 男寺党:指朝鲜半岛里以到处唱歌跳舞为生的流浪男艺人。

鹃,之后母亲就这样毫无心眼地跟了父亲。这也是嘉温来到这世界上的缘由,而母亲人生中的阳光也到此为止了。

此后直到母亲因病去世,她终日以泪洗面。嘉温出生后不到一个月,父亲就没能拗过驿马星[1]的命运而离开了家,一年仅有的几次归家也都是烂醉如泥的状态。每次回家就只知道胡作非为,而母亲也从没停止过哭泣。即便如此,父亲在嘉温上了小学之后就再没有回来过了。母亲继承了娘家人的手艺,靠在市场里卖汤饭养大了嘉温。在一个小到只要有五六个人进来就爆满的小店里,母亲靠招待一些魁梧的工人度过了她花一般的青春,她唯一的乐趣就是看着坐在小椅子上彻夜读书的嘉温。当嘉温考入一流大学时,母亲第一次流下了开心的眼泪,而那也是嘉温唯一尽了的孝道。

然而不幸这个家伙就是喜欢找熟悉的登门。在嘉温临毕业不久的某一天,母亲笑着说她得了癌症。毕业典礼的前两天她就离开了人世。葬礼上仅有他的几个大学同窗来吊唁,那寻常的亲戚一个都没有来。虽然嘉温打听到父亲的下落给他发了讣告,但是整整三天父亲都没有露脸,将母亲的尸体放进棺材里时嘉温就决定,他这一生再没有父亲。

从那之后嘉温便与父亲断了关系,从没有打过一次电话,但又在今天飞来了这样的讣告。

"他那种人,管他死不死。"

---

[1] 驿马星:八字命理中的术语,四柱神煞之一,如命中带驿马,则此人命多走动。

奇怪的吊唁客

葬礼安排在安东太和村的一家古风韩屋里。这住宅别致地建在一个小山脚下，而这个山脚还可以通往关王庙。嘉温之所以变卦是因为母亲的遗言，不知出于什么原因，直到临走前母亲都在护着无情的父亲。

"不要太恨你父亲，这都是有原因的，总有一天你会知道的。"

母亲留了这句话后就离开了人世。嘉温无法理解，母亲怎么可以到最后都如此爱那个毁了自己人生还不够，连儿子的人生都连累了的父亲呢？只知道喝完酒耍酒疯的人，哪里有值得母亲喜欢的地方？其实，嘉温打记事以来从没有见过父亲。对父亲的记忆只有儿时的几次见面以及从母亲那里听来的故事。嘉温也很好奇到底是什么样的人偷走了母亲的心，也想知道他抛弃了家人后又过着怎么样的人生。这才是嘉温来到葬礼的真正原因。

"好啊，我倒是要看看你到底过得有多好。"

嘉温看了看面前迎接着他的吊灯[1]，最终还是迫不得已上了山坡。他走了大概200米便看到了在这个风水不错的半山腰上屹立的住宅。这栋曾经号令安东的权氏家门的房子十分富丽堂皇。阔叶杨在屋后整齐地立着，下面是带着后房和内宅的完整的传统韩屋。沿着田园旁的

---

[1] 吊灯：在丧家门前挂着的灯笼，以告知外人此处正在举行葬礼。

黄土围墙走，出现了带着檐顶的大门。

大门两边挂着颇大的灯笼，门上还完好地留着世世代代进出这扇门的官人们的痕迹。屋子里面好像还有几个人的样子。嘉温犹豫了一下，不甘地移动了脚步。相比于外面，里面看起来宽敞多了。大到可以随便容纳一百多个壮丁的院子里挂着接待问丧客的简易帐幕，从大厅的方向望过去，香火后面放着父亲的遗像。后方的厨房里传来正在煎饼的声音，十来个男人正准备着接待问丧客，但是丧主的位置只孤零零地放着一个坐垫。嘉温的突然出现，让所有人都停下手中的活儿看向了他。

"我是郑嘉温。"

看到嘉温像没有被邀请的客人一样徘徊，一个男人走了过来。

"怎么才来啊，你这个人啊！因为没有丧主，你父亲半天都没有受礼啊。快来准备准备！"

是打电话的那个人。他是与父亲一起长时间在男寺党共吃一锅饭的分领头，他给人一种耐人寻味的印象，让嘉温不禁联想起米汤来。即便是不懂看相的人，也可以看出来他奔波操劳的人生——离花甲还远着呢，他却已经满头白发，铜色的脸上爬满了皱纹，把他人生中的曲折原封不动地表现了出来。在院子里戴着棉手套帮忙干杂事的人都是男寺党中的一员。他们有三十名左右，乍一看也能知道他们之间存在着深深的同志情谊。毕竟现在这个世界，很少有人会不顾自己的事情而来同事的灵堂忙活一天。

"是怎么去世的？"

"是从高处跌下来的。"

"从高处跌下来？"

"昨天在市政府有表演来着。太阳快下山的时候我们收了摊，然后和市政府的职员们一起聚餐。大哥对酒爱得死去活来你也知道。果然，他就喝了很多酒。其间一直都挺好的，结果在聚餐快要结束时，他说再喝一杯就要出去了。直到第二天早上都杳无音讯。我们正担心着呢，结果警察局来了电话，说是在村子里会馆的工地上发现他了。好像是因为喝太多酒，不小心踩空了。"

嘉温没有再问下去。在他的记忆中，父亲一向都是醉着的，所以也没什么可稀奇的。

"先把衣服换了吧，就算不屈巾祭服[1]，该做的还是要做的，去那个房间换就可以了。"

嘉温在门房里换上了黑色的西装。平时他再怎么着急都不会去公共卫生间，而现在却要让他在弥漫着大酱臭味的陌生房间里换衣服，真不是一般的别扭。正当他系完领带要出去的时候，门外传来了干咳声。

"我进去一下。"

稍后，门打开进来了一个男人，是一个和嘉温年龄差不多的人，长长的头发像窗帘一样挡着脸。不知是不是性格太过认生，他低着头，莫名其妙地给人一种阴郁的感觉。

"分领头大哥让我把这个带给你。"

那个男人拿出来的是丧主的头巾和袖章，他在把东西递过来的时候也依然没把头转过来，只伸出手来。

"谢谢了。"

递完东西之后那个男人像逃走一样跑出了房间。他在关上房门时

---

[1] 屈巾祭服：按照韩国传统，丧者的长子需要穿屈巾祭服，即在上衣和长裤外套上祭服，腰上系麻行缠，头上戴屈巾。

无意间露出了一点儿另一边的脸，嘉温这才知道他为什么不愿意正视别人。这个男人右边的脸颊上有一个鸡蛋大小的黑色斑点，把头发留长貌似也是为了挡住这个斑点。用韩纸做的门关上后，门上依然映照着男人岿然不动的影子。

"怎么这么晚才来，知道老大等了你多久吗？"

男人甩了一句话就走开了，真是个奇怪的男人。他的语气让嘉温错以为自己是在和去世的父亲对着话。嘉温无视了他，戴上了头巾和袖章。

当嘉温穿上丧服坐到位置上后，吊唁客们就像等了很久似的一股脑儿地都围了上来。时间已经很晚了，但是仍有很多人来吊唁父亲。五六个桌子加上本用来乘凉的三个帐篷也不够，就差在地上铺上草帘子了。喧闹的院子里全都是些空的米酒瓶在滚来滚去，酒劲儿上来的老人们开始哭丧。因为端饼和白切猪肉的人手不够，到处都是叫帮手的声音，在帐篷的一角，还有些人已经开始打起了花图[1]。随着夜渐深，凉意也开始袭来，男寺党成员们也开始断断续续地生起了火。

吊丧者中不仅有道知事[2]，还有地区名人，文化界有名人士也有不少。一部分是因为父亲是代表安东地区的男寺党的老大，但更大的原因是他是非物质文化遗产的传承人。父亲是传统人偶戏的传承者，也是重要的无形文化遗产的持有者。人偶戏是男寺党代代相传的戏，是放在最后的压轴戏。男寺党一共有六种戏：农乐、转碟、翻跟斗、空中走绳、假面舞，还有人偶戏。

在很久以前，农民还是天下之本的时候，男寺党的戏就是唯一的

1　花图：韩国棋牌游戏，又名 Go-Stop。
2　道知事：相当于中国的省长。

娱乐了。只要在村口立上男寺党的旗子,女仆们就会叽叽喳喳地用最快的速度传来传去,从洗澡的孩子到耳朵稍背的老人,都会跑到那个空地去,接下来的七个小时,人们都将会在那里娱乐。

负责最先炒热气氛的就是农乐。戴着五颜六色转象帽的乐手们又吹唢呐又打小锣,兴奋地开场,整个村都弥漫着一种过节的气氛。气氛活跃到一定程度后,农乐队伍就会退出,接下来出场的则是深受女人们喜欢的转碟手。转碟就是用烟斗或者竹棍来转垫着皮革的碟子。转碟的人也叫作小戏子,会派长相最好的人来表演。长相姣好的转碟人衣着暴露,一边跟着谣曲转碟,一边偷走女人们的心。随着碟子一个个地增加,当转到六七个的时候,人们就会发出惊叹。如果是用针转碟子或者转铁盆的技术活儿,有点儿闲钱的老娘儿们就会扔给他们几个铜钱。此时乐此不疲的转碟人就会爽快地脱掉衣服,用他们的必杀技——烟斗来讨好看客。

即便如此,这个娱乐活动最高潮的节目还是空中走绳,表演者要在离地五六米的半空中系上绳子,在绳子上走来走去。这在任何党派中都是最受追捧的一门本事,也只有有此天赋的分领头才能成为走绳艺人。跟着"咚嗒嗒"的拍子,走绳艺人会接连耍出各种各样的高难度动作,人们便会忘记了饭点,在底下大声喝彩鼓掌。空中走绳接近尾声时,太阳也就要落山了。接着就会开始假面舞,假面舞是老人们最喜欢的表演。他们会戴着各种带有象征意义的面具,用有意思的段子来模仿讽刺两班[1],全村都会被他们逗得哈哈大笑。假面舞结束后所有的艺人都会走开,随之出现的是一个带着颇大的隔板的人偶剧舞台。此时夜色四合,人们安静极了,有一种电影开始之前的奇妙的紧

---

[1] 两班:指古代高丽和朝鲜贵族阶级,即文武两班。

张感。最后一个表演——人偶剧，要开始了。

嘉温小时候也只看过一次父亲的人偶剧。小学暑假的某一天，他被母亲拉到村里的会馆。因为没有一个像样的冷气装置，会馆里面很是闷热。公演难得让会馆里挤满了村子里的孩子和老人。本来害羞话少的母亲，那天看起来却很不一样。她穿出了连过年都不会穿的韩服，再小的事情也会唠叨上几句。母亲挤过人群站在最前面，不停地看着钟等待着表演开始。终于，大灯熄灭，一个男人带着人偶在微弱的照明下登场了。是父亲。

"令尊是我见过的最厉害的艺人，不会再有像他那样的人了，真是可惜啊。"

说话的是一位陌生的老人。虽然分领头大叔曾用耳语介绍过他，但是嘉温已经记不起来了。此时由于前来吊唁的客人越来越少，嘉温已经在伺候那些喝酒的吊丧者了。老人倒了一大杯米酒。

"是啊，是啊。像他那样有才艺的人，以后也是很稀有的。干什么呢？快点儿喝啊！"

"好，我这就喝。"嘉温将快要溢出来的杯子里的酒一饮而尽。

"你的父亲不仅才气过人，为人还特别豪爽。只要一杯酒下肚就会来一段水宫歌[1]，那唱得可真是绝了。"坐在旁边的另一个老人也拍着膝盖插嘴道。

"那么优秀的人为什么对家人就没那么好呢？"

他们对父亲接连不断的称赞让嘉温很不舒服，嘉温只得起身离开。疏忽了家庭的父亲，却是他们眼中的男人中的男人。他心里很不

---

[1] 水宫歌：水宫歌也叫《兔子打令》，是用朝鲜传统曲艺盘索里配上《龟兔传》故事的作品。

痛快，想找一个安静的地方抽根烟，嘉温走向了大门。虽然这里正在举行丧礼，但是在传统韩屋里度过的夜晚还是很有韵味的。空气中传来烙饼的味道，伴随着给地炕烧柴火噼啪的声音，引发了一种奇妙的化学反应。当嘉温关上有着稀疏缝隙的门，渐渐远离阻隔在墙内的噪音时，寂静夜间的晚风也随之拂面而来。

大门外，两个党内的新弟子正在和之前嘉温在门房碰见的男子聚在一处抽烟。他们看到嘉温后，尴尬地点了点头，继续他们的谈话。嘉温和他们隔了一些距离，也抽起了烟。与那两个新弟子不同，在门房处见到的男人却总是会瞄一瞄嘉温，他好像有什么话想要对嘉温说，但是一看嘉温与他对视上，又立刻转身进了院子。

"还以为马盘锁[1]家里都是像老大那样强壮的男子，原来还有像他这样弱不禁风的。"

"就是啊！长得跟秕粒似的，我看他连上床都费劲吧！"

"他长得比竹竿儿还瘦呢，哈哈哈。"

在抽烟的时候，那两个新弟子一直都在边偷瞄嘉温边嘲笑着。可是他们用的是方言，嘉温完全听不懂他们在说什么。

"你们这些臭小子，在丧家说丧主坏话，小心遭雷劈。里面那么缺人手，你们这些小辈的倒好，竟然跑出来偷懒，还不赶快进去！"

分领头也不知是什么时候出现的，对着俩弟子一顿大声呵斥，那俩弟子便急忙掐掉烟头逃了进去。

"就这么走了？还不快道歉！"分领头一把抓住了他们的领子，他们吓得瑟瑟发抖。

---

[1] 马盘锁：音译，男寺党隐语，指郑家。以下对话均使用男寺党隐语，故为方便理解在此处进行了直译。

"我们犯了死罪,分领头,饶了我们吧。"俩弟子一边不断磕头,一边道歉。

"没事的,啊……没关系。"

嘉温一头雾水地接受了他们的道歉。俩弟子这才像捡到了一条命一样消失在了门后。

"要是以前,你们就要被狠打一顿了。算你们这些小子运气好!"

"发生什么事了?"

嘉温一问,分领头露出牙齿笑道。

"那些小子说你坏话了。"

"坏话?"

"那些乡巴佬儿连首尔的周边都没有去过,所以看着你的衣着羡慕了才会那样的,不要放在心上。"

分领头一边叼起一根烟一边说道。

"他们说的方言,貌似并不是这里的方言啊,是哪里的话啊?"

"那是只有我们才用的黑话。"

"男寺党还有自己专用的语言?"

"嗯。以前我们这帮人就和贱民没什么区别,所以去哪儿都会受到冷落。不管是两班还是平民,都瞧不起我们。现在耍个技能还能给点儿钱,之前哪有啊。能不被赶走,讨到一碗大麦饭吃就谢天谢地了。想想我们当时该有多委屈,所以就有了只有我们才会用的黑话,理由显而易见,为的就是能痛快地骂一顿,就像刚才一样。你不也是没听懂吗?呵呵。"

说完话,分领头豪放地笑了笑。

嘉温想了想刚刚那俩弟子说过的话,又想象了一下很久以前男寺党一派艰苦的生活,流浪四方卖笑的艺人们悲惨的人生,正是艰辛而又饱受折磨的底层生活让他们造出了属于自己的黑话。

"那个人是谁?"

"哪个人?"

"脸上有斑的男人。"

"啊,石头啊,是你父亲的得意门生。虽然长相不怎么样,但是操纵人偶的手艺可是一流。怎么了?"

"没什么。"

嘉温深吸了一口烟,两个人吐出的烟雾顺着夜间山腰清澈的空气慢慢向远方散去。

"哪怕是我刚进男寺党的时候,一天能吃上三顿饭的日子也是屈指可数,只有掉耳朵[1]那天才能吃到白米饭。现在的人不仅有工资可以拿,还能随身带着手机,却依然一有空就满口牢骚,真是身在福中不知福。"

分领头的嘴中吐出了沉淀着岁月的烟。

"他是个什么样的人?"

嘉温突然一问,分领头愣愣地转过头来。

"谁?你的父亲吗?"

嘉温点了点头。

"最后一次见到你父亲是什么时候?"

嘉温没有回答。实话说也记不起来了。

"说又有什么用呢,我也不是不懂你的心情。虽然大哥爱管闲事,对我们都很好,但……唉!"

---

[1] 掉耳朵:指生日,韩国喜欢将生日那天比作掉耳朵的日子。孕妇分娩最痛苦的时候便是婴儿头部,尤其是额头出来的时候,之后便相对容易多了。额头出来后下面便是耳朵,所以掉耳朵指渡过难关生下了孩子,后引申为过生日。

分领头又吐出了掺着叹气的烟。

"看来他对派内的人都很好是吗?"

"他对我们好得不得了。虽然平时脾气火暴,但是一有钱就会先照顾新来的那些孩子,底下人有个红白喜事他都会送去花环。你知道吗,来我们这儿的孩子大多是离家出走的、中途辍学的,全都是你父亲供他们上到高中。你父亲说就算上不了大学,人也要多学习,所以都让他们高中毕业了。多亏了他,我们这里压根儿没有不识字的孩子。我们年轻那时候还大多是文盲呢。"

一说起他们往年的英雄事迹,分领头就滔滔不绝。

"我们派能像现在这么壮大,也是多亏了你父亲。之前只不过是在市场上表演,是大哥跑遍了市政厅,跟各种企业打通了关系,我们才有现在这样的好日子过,甚至文物厅每个月还会拨一些支援款给我们。他真是个了不起的人。"

分领头看起来是真心尊敬父亲。

"这样的家伙对家庭为什么就这么不好呢?"嘉温凝视着眼前的黑暗问道,仿佛那里飘着他父亲的魂魄。

"不管再怎么委屈,怎么能那样称呼你的父亲呢?你毕竟是上过学的人。"

"叔叔,您有没有因为上美术课的时候想不起父亲的样子而画了隔壁家大叔的经历?有没有中秋饿着肚子看着期盼着父亲归家而哭泣的母亲?有没有在母亲出殡的时候盼望着父亲出现,劝开灵车的司机再等一等?我都有过。所以,那个人对我来说不是父亲,只不过是个认识的家伙罢了,我来这里纯粹是为了母亲的遗言。"

嘉温的每一句话里都带着一股狠劲儿。

"也是,每次劝他过节的时候还是回去探望一下都没有用,唉!"

分领头只能咬了咬无辜的香烟滤嘴。古色古香的大门前,无处安放的亲骨肉的怨恨随着夜雾四处飘荡。

"分领头,已经准备好送头领走了。"

大门突然打开,一个新弟子叫道。

"知道了。你也一起去吧,怎么说也是送走你父亲的最后一次表演,儿子要在场不是吗?"

"什么表演?"

"派中长辈去世的话,我们男寺党的人会在将他送往墓地之前,把他生前表演过的把戏再演一次,可以说是迎接另一个世界的法事。"

"迎接另一个世界的法事……"

咚咚嗒,咚咚嗒。不知是因为新鲜的空气,还是因为关王庙灵验的气韵,长鼓和唢呐打拍子的声音延伸到天空高处。咚锵咚锵,随着这欢快的节拍,在用布简易布置的舞台上,人偶一个一个露出了脸。

第一个露脸的是没有台词的人偶。只见人偶穿着僧侣的上衣,头戴麻布尖顶帽,随着乐师饶有风趣的打令[1]一摇一摆。接着傀儡人偶露面了。穿着白色上衣,脸色微红的傀儡人偶羞涩地轻轻晃了晃身子,很快就消失了。之后洪同知[2]、小巫女[3]、上佐[4]等人偶也都接连登场了。人偶们在表演者的操控下又挥胳膊又耸肩地向观者打招呼。就这

---

1 打令:原意指念叨,现在多指韩国传统歌谣的一种演唱方法。
2 洪同知:傀儡戏中登场的人物,是主人公朴佥知的侄子。
3 小巫女:傀儡戏中登场的人物,是主人公朴佥知的两个侄女,一个是系着小辫子的黄花闺女打扮,另一个是绾着发髻的妇女打扮。
4 上佐:假面舞和傀儡戏中登场的人物,道人僧侣形象。

样先吊了几分钟的胃口后,主人公朴佥知[1]才登场。一见留着白色胡子,穿着长袖上衣的朴佥知出现,新弟子们都使劲儿地鼓起掌来。

"大晚上的怎么这么多人啊?"

朴佥知人偶一问,说唱乐师便回答道:"都是过来看戏的呗。话说老头儿你谁呀,大晚上在这里喧哗?"

"你问我是谁?我可是住在北边的人。"

"住在北边?那意思是北边就都是你老人家的地儿喽?"

"那倒不是。八门长安百万人口,怎么可能都是我家的地儿呢?我告诉你我家地址、我的名字,你好好听一听。你先走进那南大门,一间洞,二木沟,三清洞,四直沟,五关轩,六朝前,七关轩,八角岭,九里盖,北碧洞,南碧洞,把这些全都抛开,一说住在中间碧洞的朴贤良老人,全世界就都知道是谁了。"

朴佥知伴着长鼓的拍子吟起了假惺惺的台词,接着人偶剧就开始了。公演一共是两个场景八幕,时长大概一小时。内容是这样的:朴佥知在寺庙里目睹了住持僧人们和自己俩侄女的偷情。朴佥知一气之下直接叫侄子洪同知把僧人们赶走了,但他自己却放着正室妻子不管,和妾侍厮混在一起,到最后连财产都给了小妾。上天仿佛是想惩罚这些人,突然出现了一个叫作螭[2]的怪物把所有登场人物都给吞了,唯独朴佥知一个人捡了条性命。

第二个场景是由射雕开始的。平壤监事嚷着说要捉拿那个没有铺好路而导致马断了腿的人。洪同知被捉了过去,无奈之下只能铺好了路。而且在监事射雕的时候,洪同知还得负责把这些雕撵出来。进入

---

[1] 朴佥知:傀儡戏主人公,是一个白脸、白发、白胡子的破烂老人形象。
[2] 螭:传说中一种不长角的龙。

下一幕，灵车出现了。平壤监事在打猎的时候被蚂蚁咬死，而丧主，也就是他的儿子却做出了"乞讨打令"等各种不得体的行为。结果，洪同知又被选为杠夫[1]，光着上身在后面推灵车。在最后一幕中，朴佥知为了安抚被螭吃掉的冤魂，和僧人们一起建了寺庙，但是很快就塌掉了。

与大部分的传统大众文化一样，戏里有很多批判社会冲破阶级的内容。朴佥知和他的家族突显了家长制社会的弊端，而平壤监事的故事又露骨地表现了对统治阶级的批判。

人偶剧结束后，操纵人偶的表演者出来打招呼，派中的人们又出来跳了一场，是父亲的得意门生石头。像分领头说的一样，他的手艺真的很了不起。年纪轻轻却能把朴佥知的角色演得出奇好，操纵人偶的功夫也很让人佩服。他先是和派中的人一起跳了会儿舞，随后便走到一边的角落里叨起了烟。不知怎么，他好像与男寺党中的人不是很合得来。剩下的男寺党成员们配合着愈发高昂的拍子兴致勃勃地跳着舞。多亏了他们，原本寂静的丧家瞬间变成了娱乐场，而父亲的遗像则是在香火后面默默地看着这一切。

兴致渐浓的成员们一个接一个地走向了院子中间，绕着用来生火的大油桶围成了一圈。起初只有农乐一派人与操纵人偶的人一起随着拍子跳着舞，但马上就有一些其他的分领头和弟子加入了。他们原先只是绕着火堆转圈圈，但随着节拍渐入高潮，他们开始像是着了魔一样激烈地扭动着身体。陶醉在旋律中的鼓手也在疯了一样地打鼓，光看着就让人毛骨悚然。唢呐在后面追着鼓的节拍，沉醉其中不知尽

---

[1] 杠夫：旧时称殡葬时抬棺的工人。

头,而原本助兴的和声也渐渐变成了怪叫声。嘉温从未看过这般奇妙的仪式,感觉像是在偷看代代相传的神秘的宗教仪式。他们分着吃下被下了古代咒语的兴奋剂,响应着摇曳火焰中登场的精灵的召唤,爽快地将身体交给了音乐。

"很壮观吧?我第一次看的时候也被吓到了。"

一道稳重的声音把嘉温拉回了现实。银色的短发,穿着改良韩服的六十岁左右的男子正看着嘉温。他看起来过着规律的一生,身材没有一处赘肉,脸上的五官分明到哪怕只是几根线条也能给人带来深刻的印象。这个人,怎么看都不像是男寺党的一员,从容的语气和明亮的眼神,显示着他的博学。

"您是……"

"这个房子的主人。"

男子似笑非笑地回答道。

"哎呀,老大爷您来了。"

认出这位男子的分领头向他鞠了一躬,其他人也都赶忙停下跳舞大声问候了他。

"嗯,大家辛苦啊,没有什么需要的吗?"

男子平易近人地跟每个人握了手并拍了拍他们的肩膀。

他的名字叫权仕平,是历史悠久的权氏家族的长孙,曾连任过三次国会议员的官绅,是当地有名的人士。不仅如此,他还是个大财主,拥有安东最好的太阳道(sunroute)酒店和安东亚洲综合医院,以及咸鲅鱼产业和冷链物流业等。

"他从五年前担任文化部常任委员的时候就一直照顾我们帮派,说像男寺党这种传统文化还是要好好保存下来,帮我们在文化遗产上登记,推荐你父亲成为非物质文化遗产传承人。何止是那样呀,他有时候还会给零钱让我们聚餐,鲐鱼季节还会给我们送来几箱咸鲐鱼。本来葬礼也是要在医院里办的,但是他说高贵之人的最后一程可要好好地送走,便痛快地把自家宅子给我们用了。他真是我们的贵人啊。"分领头不停地夸他。

权仕平去里屋披了个黑袍子出来,他焚香后在遗像前用教科书般的标准礼仪行了礼。

"吊唁客们看来也消停了,我们来喝一杯吧。"与嘉温行过礼之后的权仕平说道。

"好的。"

转眼夜已深,丧家中只剩下几位住在附近、想来讨杯酒喝的老人,很是清闲。权仕平一坐下,新弟子们便像等了很久一样马上就把酒菜端了上来。

"你父亲的事情真是遗憾,他不应该就那么走了。对于爱惜男寺党的我来说,实在是很惋惜啊。"权仕平一边倒米酒一边说道。嘉温没有回答,酌了酌米酒。

"我知道你对你父亲的想法。肯定很委屈吧?但是我所知道的你父亲,一生都在用满腔热情带领着男寺党。男寺党能维持现在的名声,都是他的功劳。"

"这些事和我都没关系。"

嘉温的表情僵硬下来。米酒碗一动不动,饭桌前淌过一丝尴尬的寂静。

"但是……"

权仕平开口后先干了一杯。

"你父亲去世之前没什么遗言吗?"

"遗言?"

"或者是遗物。你也是独生子，他去世之前应该会留下什么吧。"

"并没有，自从母亲去世以后我们连一次电话都没有通过。"

"嗯，这样啊。"

权仕平尴尬地摸了摸下巴。

"为什么问这些呢？"

"这……要怎么说起好呢？这是男寺党的传统，就是头领在临终前会亲自选出后任者，同时还会给后任留下一个遗物，是从很久以前就流传下来的东西。而那东西是什么，只有头领才知道。可是你父亲在去世前既没有选后任者，也没有留下任何遗物。"

"不好意思，我真的对这件事情一无所知，他并没有给我留下任何东西。"

嘉温回答完就干了他那一杯。

"知道了，看来是我问了不该问的事情，今天应该不会再有吊唁客了，你也早点儿睡吧，还要去葬地呢，得好好休养一下身体。"

说完话权仕平就起身离开了。

山腰上的韩屋冬天比市中心来得早一些。离入冬还有一个多月呢，嘴里就已经能吐出雾气了。过了子夜，吊唁客们就都回去了。男寺党辈分明确，作为长辈的领头和各表演派别的分领头在厢房铺了被子，而那些新弟子则在帐篷下面铺了睡袋。院子里全都是累坏了的新弟子们震耳欲聋的打呼噜声。

"您要是有点儿廉耻的话也不敢乞求原谅吧？先不说抛弃我们的事了，怎么可以连母亲的葬礼都不来。"

在大家都睡着了的夜里，嘉温独自面对着遗像。照片里的父亲如同一个不懂事的孩子一样开心地笑着，而这种微笑更是让嘉温讨厌。

"怎么说也是一家人,难道您就从没想起过我们吗?就那么喜欢当这种艺人吗?人偶剧到底有多重要,让您连家人都不要了。"

嘉温低沉的声音锁在夜雾之中,原地打着转。嘉温没有忍住郁愤,握紧了拳头,但并没有用,父亲早已在冥河的另一边。他镇定了一下情绪,准备站起来,胸口突然袭来一阵异常的疼痛,万箭穿心般的痛苦瞬间占领了全身,嘉温摔倒在地板上。因为父亲过世而暂时忘却的对于死亡的恐惧再次袭上心头。嘉温竭力翻开口袋,打开了镇痛剂的盖子,把倒出来的药都塞进了嘴里,他很想快点儿摆脱这痛苦。嘉温就这样捂住胸口,一动不动地过了好久。耳边传来了风声,是人间的风声。嘉温呜咽起来,死亡的威胁从未离开,今天的痛苦让他再次明白了这一点。

"看来这里又有一个将死之人呀。"

听到陌生的声音,嘉温站了起来。院子中间站着一个像乞丐一样的老人,此刻正静静地望着他。年纪大约八十岁,乱蓬蓬的胡子垂到了肚脐。只见老人身穿一件很特别的绗缝韩服,里头加了棉,到处都是后补的各种颜色不搭的碎布,乍一看和红绿灯一样,即便是从远处望去也能一眼看到他。但是他的眼睛却清晰无比,遗像前的烛光在他的眼睛里摇曳着。

"您是谁?"

嘉温一问,乞丐便像模像样地倚靠在了地板上。

"你连丧家的礼节都不知道啊。在丧家,就是乞丐找上门来也要给他摆上一桌饭菜。"

嘉温踌躇了一下,用手指了指厨房。

"从那儿进去就能找到吃的了,您自己去拿吧。"

"真是没有眼力见儿啊,我不是来要饭的。"

乞丐突然爬上里屋的地板，走向了遗像。

"生前像是要活一千年似的，怎么就这样走了呢，你这个人啊。不管生前是贫是富，死了就都一样了。去了那边就扔掉所有的负担，过得轻松些吧。"

乞丐像是发牢骚一样自言自语后拜了一下，然后走到了嘉温这里。不知为什么，乞丐明明穿着破衣服身上却没有一点儿酸臭味，反而散发出松叶清爽的芳香。

"您认识我父亲？"

"四十年的交情了，你说呢？"

"您和我父亲是什么样的关系？"

"我曾经也和令尊一起演过戏，虽然现在已经被扫地出门了。"

说完话乞丐就起身了，他的背影隐藏着许多故事。嘉温想问点儿什么，但是没有找到妥当的问题。乞丐穿好放在石阶上的鞋子，朝着门走去，好像想起了什么突然停了下来。

"出殡在即，不知有句话当讲不当讲……"乞丐犹豫了一会儿，好不容易开了口。

"你的父亲不是坠亡，是被别人杀掉了。"

说完话，乞丐如同逃跑般地快步往大门处走去。嘉温如同后脑勺被打了一棒，愣愣地望了一会儿半开的大门。

"那个……请等一下！"

这时才缓过神来的嘉温没穿鞋就追了出去，但已看不见乞丐了。虽然他又随着坡路向下跑了一会儿，但乞丐奇迹般地消失不见了。告知葬礼的吊灯随风摇摆，发出让人心情很不爽的嗡嗡声。

"被杀的？"

嘉温跑回去，拿开放在地板上的遗像，收起了屏风，他看到了穿着寿衣静静地躺在那里的父亲。

十多年没见,他都快认不出父亲了。他就像被地球另一边的异教徒捉起来,在地下牢房里关了很久一样,浑身上下充满了阴暗的气息,看起来也比实际年龄老了许多,而且他就像另一个次元的存在,让人感到陌生。嘉温犹豫了一会儿,掀开了寿衣。他解开麻衣带,浓浓的酒精味扑鼻而来。他慢慢地将寿衣脱下来,里面是用绷带紧紧裹住的身体。他想把绷带解开看看,但系得太紧,根本解不开。嘉温找到了一把水果刀。他用水果刀剪开死结,终于看到了父亲的身体。

"天啊……"

父亲全身都是伤痕。像是被好几个人用木棍打了一样,遍体都是瘀青,胸口和肋下还有深深的伤口,像是被什么锋利的东西刺入了一样。即便只看一眼也能知道这绝对不是从悬崖上掉下来导致的伤口,分明是有人故意造成的。嘉温马上跑向了厢房,然后打开了分领头们睡觉的房间门,大喊。

"是谁发现了父亲的尸体?是哪个医生下的死亡诊断?"

在他的尖叫声下,分领头们如同遭了雷劈般霍地站了起来。

"怎么突然问这些?"人偶戏的分领头揉揉眼睛问道。

"刚刚我看了一下父亲的尸体,他全身像被棍子打过一样都是伤。这是怎么回事?"

"我不知道,我只是……"分领头慌张地嘀咕道。

"发现尸体的是工地的人。下死亡诊断的人是亚洲综合医院的院长,也是我的朋友。他说可能是从坡上滚下来的时候受的伤。如果你不相信的话可以委托警察尸检。"权仕平不知什么时候出现了,背着手站在那里。

"请让我尸检吧。"

不到三十分钟警察就到了。不仅是办重案的刑警,安东国立科学搜查组也来了。多亏了权仕平,因为他的一通电话,夜勤中的国科组全部出动了。他们在仔细地检查了尸体之后,将尸体装到了专用的冷冻卡车中就出发了。刑警们则是要了包括嘉温在内的所有人的供状,但是并没有什么特别的。嘉温的父亲对男寺党成员们来说也是像父亲一样的存在。从最小的新弟子到曾是同僚走绳的分领头,没有什么人是可疑的。都是些对父亲尊敬的证词,父亲当天的去向也很明确。嘉温写供状的时候也对那个乞丐进行了特征描述,但是不知为什么,没有一个成员认识他。

"得调查一下才能确定实情,但也有可能是那个乞丐喝醉了随便乱说的,结果会在三四天后出来,到时候再联系您吧。"

刑警一边整理供状一边说道,看起来并没有严肃对待这件事情,可能因为这件事情是由一个身份不明的乞丐说起的,所以觉得不是很可信。

"他虽然衣着寒酸,但并没有喝醉。"嘉温对刑警的态度不满意。

"先让我们等等结果吧。"

载着刑警的车顺着拂晓时分的坡路向下驶去。

因为嘉温而没有睡好的新弟子们开始用黑话窃窃私语起来。虽然听不懂在说什么,但很显然是在骂嘉温。

"闭嘴!现在搞不好老头领还是被人杀害的,你们却因为少睡了点儿觉便在那儿发牢骚。滚去睡觉吧。"分领头大叔一喊,新弟子们就回去了。

"看来你要多待几天了,我会把一个厢房空出来的,你就在那里住吧。"权仕平说道。

"不了。我要住在父亲的家。"

"按照你的意思来吧。敬道会带路的。"

权仕平说完话就走向了里屋。因为写调查报告而没有睡好的成员们也回到了房间。

"走吧,我送你。"分领头边走出门边说道。

嘉温随着分领头出了门,但是后脑勺有点儿发热,嘉温回过头看到了石头,石头圆圆的眼睛透过他那长长的头发凝视着嘉温。但是这次也一样,一和嘉温的眼神相撞他就转过身去了。他耷拉下来的肩膀像是背着看不见的包袱,背影里承载着不痛快的余味。

载着嘉温和分领头的面包车行驶在还未苏醒的城市中心,一座座低矮的建筑身后是正在发亮的拂晓天空。分领头抓着方向盘,不停地打哈欠。

"父亲死之前都发生什么事了?"嘉温问道。

"什么意思?"

"有没有什么结仇的事情,比如金钱上的问题?"

分领头无视了红灯,直接过了十字路口。

"你不是不关心吗,这是怎么了?"

"人死了,死在了别人手上,但是作为同事的你们却只想把事情盖下去,就像什么事都没有发生过一样。如果是你,你会怎么做?"

"不是说了我们也不知道吗?"分领头目不斜视地说道。

"怎么说都是我父亲。"

车行驶在洛东江边的大道上。

"你真的以为权仕平大人是出于喜爱男寺党才一直照顾我们的吗?"

"不然呢?"

"你可能不知道,但是大哥真的不是普通人。别看他表面上笑呵呵的,其实他是一个送去国会也毫不逊色的政治家。电影和网络游戏如此发达的今天,你以为像我们这样的艺人能混得有多好?要打理上下百余口人,肯定是会有债的。那债到底有多少,像我这种人是不可能知道的。那么这些钱怎么来呢?当然只有欠债了。有一次被讨债的追上门,一群大块头冲进来把东西全都砸碎了,大哥还被绑架过呢,心里是真的苦啊。就在我们帮派难以为继的时候,突然有一天权仕平老人家出现了,就像救世主一样。他帮我们还清了债款,开始为我们撑腰。不知道大哥是如何鼓动了权仕平老人家,反正多亏了他,我们才得以喘口气。"

"您的意思是,他与许多人结了仇咯?"

"我是想说我们曾经有多么不容易,但是大哥不是个会结仇的人。我也跟你说过,他真的是个很豪爽的人。就算是吵架,也是当场就解决,绝对不会记仇。"

"就算是父亲觉得都完事了,对方可能还会有积怨啊。"

凌晨的火车在江边与他们并肩跑着。

父亲的家是在龙江洞的一个公寓,公寓小小的只有二十余坪,是他平时休息的地方。

"这些就是你父亲全部的遗物了,即便如此,也只是一些衣服和旧人偶。现在这是你的家了,你就在这里住吧,有什么需要就打电话。"

分领头把钥匙递给他之后就回去了。嘉温慢慢地环顾了一下还留有父亲生活痕迹的公寓,整个屋子里空空荡荡的。所谓的家具就只有孤零零立在里屋的螺钿柜和一个一点儿都不搭的红色皮沙发,还有一张桌子,仅此而已。电视机都没有一台,早已泛黄的被子被随意地摊放在地板上。冰箱虽然还能用,但里面只有蔫巴巴的葱碎和没喝完的啤酒。冰箱门上贴满了外卖的传单纸,装满烟头的塑料瓶放在房间的各个角落,就像里程表一样。这里与其说是家,不如说是偶尔过来睡一觉的宿舍。

唯一特别的是,家里的每一个角落基本都掉落着人偶,它们或是少了条胳膊或是少了条腿,像是土地爷般地占领着这个家。因为在室内放了太久,散发着潮湿的味道。嘉温打开了阳台上的窗户,眼前的景色很不错,可以看到蜿蜒流淌着的洛东江。

"到底是结了什么仇,死了都要让我这么苦恼。"

嘉温叹了一口气。现在世界已醒来,阳光洒落在伸着懒腰的世界的各个角落。嘉温虽然身体很累,但并不困。地上还铺着父亲上次来时睡过的被褥,但是嘉温一点儿都不想拿过来盖。兴许是过去几年都没有洗过,被子上有浓浓的霉味。

"早知道这样就在酒店住下了。"

嘉温慢慢地环顾着房间。虽然曾万般埋怨他,但真当他去世了,嘉温却对他产生了莫名的怜悯。而且父亲的死亡还有疑点,也许在家里还能找到一丝线索。但家里毕竟家具寥寥无几,也不用观察太久。地板上只有一摞告知书和 20 世纪 80 年代流行的几本小说,而柜子抽屉里面只有一把指甲刀和一副花牌。别说是日记本了,连一本常见的笔记本都看不到。看来父亲虽然对帮派倾注了那么多感情,却并没有照顾好自己的生活。但是其中有一个东西吸引了嘉温的注意,是一部手机,一部旧式翻盖手机,插着充电器躺在地板上的角落里,可能是装着父亲秘密的私人手机。嘉温把充电器插头插在插座上,开了机。随着屏幕亮起光来,旧式手机苏醒了。嘉温先是打开了短信箱,可是并没有短信,随后是储存的号码,也只有一个——庆日超市。

嘉温盖上了手机的盖子。

"最近是和超市大妈玩了吗?"

父亲的秘密也就这种程度了吧。嘉温走进了里屋,房间里呆呆立着一个巨大的柜子,上面是用螺钿雕刻出的两只大凤凰以及十二生肖。这个柜子的年头应该跟嘉温差不多。一打开,一股螺钿柜子特有的味道混杂着父亲的气息扑面而来,是臭臭的汗味和老旧木头的香气结合起来的独特味道。嘉温记得这个味道。大概是七岁吧,醉酒的父亲搂着嘉温就睡了。虽然小嘉温为了从怀中挣脱出来,使出了吃奶的力气,但是父亲即便是在无意识当中也并没有放开他。结果嘉温挣扎累了,就在父亲的怀中睡着了。那是嘉温第一次闻到父亲的味道,即使是过了三十多年的今天,这个味道依然像指南针一样准确地指向了那一瞬间。嘉温摇了摇脑袋,好似要把那些记忆都抖出来一样。他往柜子里看过去,从兔毛外套到大马褂,四季的衣服挤满了整个柜子。口袋里只有很久以前的信用卡账单和一些硬币。嘉温正准备关门走出房间时,突然发现柜子里面有什么东西——是相框。嘉温小心地拿了起来,巴掌大小的相册里记录着很久以前的一瞬间,那是他公演完之后与小嘉温一起照的照片,照片里的父亲别扭地抓着嘉温的手凝视着镜头。

那一天是嘉温第一次跟父亲去餐馆吃饭的日子。人偶剧一结束,母亲就带着嘉温跑到了舞台后边。就像如果错过了这次,就再也不能见到父亲似的。父亲正在满头大汗地整理人偶,看到嘉温之后嘴角露出了隐约的微笑。三个人去了附近的中国餐馆,他们只点了炸酱面。嘉温闹着说要吃糖醋肉,母亲悄悄地捅了捅他。然后父亲叫来服务员点了糖醋肉,三个人一句话都不说地默默吃着东西。吃完后父亲结完账出了门,说了第一句话。

"过得还好吧?"

"嗯。"

"好好的，我还会再来看你们的。"

父亲摸了摸嘉温的头，就转身走了。母亲像望夫石一样站在那里一直看着父亲远去的背影。终于，就在父亲要进会馆的时候。

"那个……"母亲一叫父亲就转身了。

"我带来了相机。"

父亲又回来了，就是那时候照的相。照片里的父亲像如今的嘉温一样年轻，炯炯有神的眼睛里充满了热情，紧闭着的嘴能看出他倔强的性格。

"活得像风一样，留下来的就只有一张照片。"

突然眼角有点儿热热的，明明嘉温在葬礼上都没有流过一滴眼泪。

"不要以为我会想念你这种人，笑话，我来找你都算是好的了，呸。"

话虽是这么说，但心脏像是被人攥着一样疼。虽然他一辈子都恨极了父亲，但感情就像硬币的两面。一面是恨，另一面却是嘉温对父亲无止境的思念。那是骨肉情深，是斩不断的因缘线。而如今，这根线断了，再也见不到了。永远消失的这根线在嘉温的心中留下了伤痕。就在那时，电话响了。不是嘉温的手机，是刚刚开机的父亲的旧式手机在响。是谁会往已故之人的手机上打电话呢？嘉温看了看来电者：庆日超市。

可能是赊账的钱没有还，或者是想念父亲的怀抱了？不管怎么说，还是有必要告诉对方父亲去世的事实。

"你好？"

对面传来了意想不到的声音。

"爸爸你在哪儿啊？怎么还不回来啊！不是说要给我买红色的毛

线吗?"

像孩子一样傻里傻气的年轻女性的声音,更让人惊讶的是称呼。她叫的是爸爸,而嘉温是独生子。

"你是谁?"

听到后对方突然挂了电话,到底是谁才会叫爸爸。对方是个很年轻的女孩子,突然那条短信从嘉温的脑海中闪过。

> 不管发生什么事情都要照顾好雪芽。这是我最后的嘱托。

是三天前,焦急地找着嘉温的父亲留下的最后遗言。嘉温马上打了回去。

"你好。"

这次是一个上了年纪的大妈。

"刚刚打电话的人是谁?"

"是住在我家里的姑娘。"

"请问她的名字是……雪芽吗?"

"是啊,你是?"

"我叫郑嘉温,是郑英侯的儿子,但是刚刚那位为什么叫我父亲爸爸?"

嘉温一问,对方为难地踌躇了一下。

"因为是你父亲的女儿啊。"

雪芽

超市在距离安东有一小时车程的山脚下，一个叫朴谷里的村子里。虽说是村，但居民只有一百来名，而且大部分都是自己维持生计的佃农老人。因为村子太小，导航上也没有准确的位置，嘉温费了很大力气才找到。结果主人去田里做事了，迎接他的只有一群闹腾的狗。

在村子里找超市是一点儿都不难，因为那是村子里唯一的超市。倾斜的石板瓦屋檐上挂着一个旧牌匾，也不知挂了多久，已经看不清原来的颜色了。冬天快到了，院子里的凉床上空空荡荡什么都没有。凉床后是一个装着推拉门的小店，落满了灰尘的门上用红色的油漆写着"拉面，下酒菜"，后面堆放着罐头、饼干等东西，看起来像是过期很久了。

嘉温停下车，走向了超市。

嘉温在超市的推拉门前踌躇了良久，进去后才发现超市里没有人。用松木板做成的简陋隔板上，堆放着大碗面、气球等各种各样的杂物，满是污垢的暖炉上放着一个铝合金大水壶。此外就只剩下令人窒息的寂静，就像被时间遗忘了一样。嘉温决定等一等主人，便将在角落里的三脚凳拉出来坐了上去。水壶里的水开始沸腾，水蒸气顶着盖子，发出了微弱的火车鸣笛声。

"女儿啊。"

真是令人咋舌。这个被他叫父亲的人，不仅抛弃了自己的家庭，还给他生了一个同父异母的妹妹，而且还神不知鬼不觉地把她藏了这么久。嘉温觉得之前还起了一时怜悯之心的自己就像个傻子。不管他在男寺党里是不是个好头领，但他真的是最糟糕的父亲了。嘉温之所以会来到这里，是因为他觉得即便是同父异母的妹妹，他也需要把父亲的死讯告知她，毕竟那也是她的父亲。此外也有好奇心作祟，他想知道同父异母的妹妹过着什么样的生活，长相又是怎样的。

水壶的嘴开始喷出热气，这时与里屋连接的门被打开，主人出现了。这位五十多岁的大妈穿着工作服裤子，上身套了好几层五颜六色的毛衣，脸上透着长久以来的孤独。

"需要什么东西呢？"

"我是来见雪芽的。"

大妈开心地笑了。

"来得正好，正担心要怎么办呢，往这儿来。"

大妈带着嘉温走向了里屋，进去后看到的是一个带有院子的房子。这栋用水泥建成的房子是马蹄形的，它的门是现在少见的用窗户纸糊成的门。不知是不是养过牛，院子里还有牲口棚、饲料桶，但并没有牛，只有一条狗在对着嘉温叫。院子中间有一个水池，旁边放着洗脸盆，为了过冬水龙头上缠了一圈圈的草绳。院子中横着一条晾衣绳，上面晾着洗完的衣服。是一个常见的、典型的乡下住宅。

"怎么就客死他乡了呢？可怜的雪芽怎么办啊？"大妈的性格如同她给人的印象一样和蔼可亲。

"叫雪芽的女孩……是什么时候开始住在这儿的？"

"大概有三年了，当时和你的父亲一起进来问路来着。毕竟我们村房子长得都差不多，晚上找起路来还是很麻烦的。正告诉他路怎么走呢，他突然开始看起了房子，左顾右盼后突如其来地说想要租一间房，之后雪芽就留在这儿了。"

像是父亲的作风，因为怕人言可畏才会把独生女儿放到这样一个穷乡僻壤。

"是那间。"

大妈指向了牲口棚旁边的房间。

"谢谢。"

嘉温小心翼翼地走向了那个房间。

"但是雪芽她啊，有点儿……怎么说好呢？"

大妈看起来很为难，没能把后半句说出来。

"有什么问题吗？"

"你还是亲自瞧一瞧比较好，进去看吧。"

大妈留下令人费解的话就回了超市。嘉温踟蹰了一会儿，敲了房门。咚咚，房间里传来了扑哧声，像是动物藏起来的声音，嘉温再一次敲了门。

"雪芽啊，能和你谈一谈吗？"

没有任何回答。嘉温小心翼翼地打开了门，黑暗的房间里游荡着奇妙的紧张感。

"我进去一下。"

嘉温脱鞋进去了，但是房间内的情景让他目瞪口呆。三坪多的房间里堆满了形形色色的毛线活儿，根本没有地方落脚。不是毛衣围巾类的东西，而是没什么目的织得像蛇一样长长的、缠绕在一起的东西，甚至都看不到尽头。宽大约一拃，整个儿都是连在一起的。有红色的、紫色的，也有两三种颜色的毛线混织在一起的。这东西堆到了膝盖这么高，好像一条为了避人耳目而裹上一身颜料的巨蟒，但是这些毛线活中间都绣着很特别的纹样,仔细一看才发现是字,看不出内容的字随意地绣在上面。大小也是参差不齐,偶尔还能看到汉字。毛线堆上绣满了这样的字。

"这都是什么啊?"

沙沙。毛线活儿堆的那一边有个人蜷缩着用警戒的眼神注视着嘉温,虽然因黑暗不能看清楚,但那扑面而来的气势如同冬天出来觅食的野兽一样。

"雪芽?"

一看嘉温想要靠近,雪芽便往更角落的地方退了退。

"不要怕,我不是怪人,你知道郑英侯吧?"

听到父亲的名字,雪芽小心翼翼地放松了警惕。

"我是那个人的儿子,简单地说,就是你同父异母的哥哥,我叫郑嘉温。"

嘉温正准备拿出名片给她看时,雪芽动了。

"郑嘉温……"

雪芽终于从黑暗的角落中走到了阳光下。正要递名片的嘉温看到了雪芽之后,如同被麻醉枪打了一样僵在了那里。在阳光下,雪芽非常美丽动人。她看起来才刚满二十岁,皮肤白到透明,什么也没有抹的嘴唇像玫瑰花一样鲜红。大大的眼眸如同晨露聚集成的湖水一样清澈,上面是又细又深的眉毛整齐地挨在一起。细弱的下巴线条像是大画家妙笔勾勒出来的,披散着一头木炭一样漆黑的头发。嘉温做管理员的时候见过很多模特,但是雪芽相比她们,却有着压倒性的美丽。她的美如同沙漠中的太阳,看久了眼睛都会被烧掉。就是这样的美人,现在正目不转睛地看着嘉温。

"郑嘉温?"

雪芽叫着嘉温的名字，嘴角豁然露出了微笑。她这一笑，使得原本黑漆漆的房间如同点了几百根蜡烛一样亮了起来。就在那一瞬间，雪芽猛地抱住了嘉温。

"嘉温哥哥！"

在嘉温怀中的雪芽，如同见到离别已久的父亲的小孩一样，一直叫着他的名字。这突如其来的状况，使嘉温变成了一桩木头，他恍惚得就像快要蒸发掉一样。

"真是稀奇的事情啊。"

不知什么时候出现的大妈，站在院子中不可置信地看着他们。

雪芽是有自闭症状的社交恐惧症患者。虽然不知道是什么时候开始有的这个症状，但是自从她来到这里以后就一直避开人们，自己在房间里生活。起初连卫生间都不去，只能把尿壶递进去，饭也不会按时吃。虽然已经在这里生活了三年，但是看过雪芽面孔的村民屈指可数。而且因为一对视就会逃跑，村里面甚至还流传着令人惶恐的传闻。

"她开始和我说话也没多长时间，也就是吃饭吧、打扫一下房间之类的基本对话。唯一会对话的人就是你父亲。只有他来了，雪芽才会吃饭、洗澡。这么好看的人却一整天缩在角落里做些毛线活儿，唉！"

坐在廊台上的大妈惋惜地咂舌道。雪芽又重新回到了角落里忙碌地做起了毛线活儿。

"但是为什么会和第一次见面的我说话呢？"嘉温望着雪芽问道。

"肯定是因为血缘关系吧，是感受到了血缘的牵引啊。"

认真做着针线活儿的雪芽望了一眼嘉温又微笑了起来，那是不带一丝世俗污垢的明朗笑容。

"话说回来,怎么办好呢?之前你父亲每个月都会寄生活费过来,所以我才会一直照顾着她。现在你父亲也去世了,你要带走她吗?"

尴尬,父亲在离世的时候还要给嘉温留下一个大包袱。

"她没有母亲吗?"

"据我所知没有,我一面都没有见过,可能是生完孩子就跑了吧。"

嘉温不禁叹了口气。

"请给我点儿时间,事情发生得实在是太突然,我也不知道该怎么做。"

"我理解。突然有一个像女儿一样的妹妹从天而降,换谁可能都不知道怎么办,反正这个月的生活费已经给过了,你可以一直考虑到这个月末,走之前记得留一个电话号码就行。"

大妈离开后,房间里除了像嘉温的苦恼一样多的毛线堆,就剩下他们两个人了。雪芽听到父亲死亡的消息并没有伤心,仿佛是每日都会来临的清晨一样,她只是淡淡地专注于做毛线活儿。大概是长时间这样生活着,对死亡并没有真实感,也可能是没有过接触死亡的经历。问题在于嘉温,一下子有了一个精神有缺陷的妹妹,但是现在自己的问题已经够他忙的了。他没有一点儿想要帮忙解决已经去世的无赖父亲留下的摊子的想法,但是若真要就此丢下雪芽离开,心里总是有一点儿不舒坦。

"这个人真是到最后都不让人省心。"

嘉温抱着复杂的心情看向了雪芽,她还是在认真地织东西,仿佛那一根针尖事关着人类的生死。仔细一看,雪芽织东西的技巧很不一般。她如同一个有数十年经验的匠人一样熟练地处理着毛线。速度也很快,就像从纺织机里出来的一样,一堆毛线瞬间就变成了毛线活儿。

嘉温曾在某个地方读到过，有自闭症的人会有执着于某样事物的习惯。有的人会不停地拼图，有的人会不停地解数学题，执着于某件事情会使他们感到一丝慰藉，其中有些人会拥有超过常人的才能。雪芽看起来是从做毛线活儿中得到了安全感。

织东西的时候雪芽时不时会看一下嘉温，像是在确认他的存在。确认嘉温的视线仍看向自己后，雪芽会以微笑相迎，这样的雪芽实在惹人怜爱。如此美丽的孩子竟然会在这样一个村里虚度自己的青春。她需要其他人的帮助，但是嘉温什么都不能为她做，不知不觉中太阳落山了。

"今天要先走了，以后整理好了我再……"

嘉温收回了要说的话。他不想去承诺一个实现不了的约定。

"愿你过得好。"

嘉温坚决地站了起来。就在他要出门的瞬间，雪芽突然抓住了嘉温的胳膊。

"不要这样，没有你，我也快头疼死了。"

嘉温想要甩开胳膊，但是雪芽紧抓着衣角不肯松手。

"这是要干什么啊？我也是今天才知道有你这么一个妹妹。虽然很抱歉，但我不能对你负责，也没有那种想法。因为我也不知道我的人生什么时候就会结束，所以你的人生你自己看着办吧。去卖身还是去乞讨，现在都只剩你一个人了。很恶心吧？那也没办法，这只能怪你我有一个恶心的老爸。"

嘉温喊了起来，但是雪芽突然拽着嘉温的手走向了一边的墙。

"干什么？"

嘉温不明缘由地被雪芽拽了过去。靠在墙边的衣柜里面装满了堆得乱七八糟的衣服。雪芽把里面的衣服都扒拉出来,等衣柜空了以后,她开始推衣柜。衣柜非常重,单凭一个女人的力量完全推不动。雪芽看着纹丝不动的衣柜,向嘉温挥了挥手求助。嘉温不得已帮着雪芽将衣柜推到了一边。"哐当哐当!"衣柜移动着发出了笨重的声音。此时衣柜后出现了一个推拉门,里面是一个阁楼,只能供一个人屈膝爬进去。

"那里面是藏了什么小时候的宝贝吗?"

雪芽一笑,一下子蹿进了阁楼,然后向嘉温招手,示意他进去。

"真不知道这是在干什么。"

嘉温像是在满足她最后一个愿望一样,不得已地把身子挤进了阁楼。艰难挤进的阁楼里空间倒是不小,能容纳三四个成人躺下,但是天花板很低,只能屈膝爬来爬去。里面放满了眼熟的、父亲的东西。整个阁楼里全是些人偶,朴金知、洪同知以及各式各样被灰尘覆盖着的人偶剧主人公,都一一陈列在那里,阳光从对面墙上的小窗户透进来,照耀在它们身上。看得出来,它们陪伴了父亲一生。虽说只是些人偶,但终归都是些人形玩偶,还是在一片黑暗中盯着自己,嘉温不禁打起寒噤来。雪芽像是清理地雷一样一边清理着散在各处的蜘蛛网,一边从人偶中间爬过去。可能是感受到嘉温没有动静,她示意嘉温跟过来。嘉温只好跟过去。雪芽边爬边向两边推开人偶,最后停在了最角落的杂物箱前,然后招手让嘉温打开看看。

"这是什么?"

雪芽只是用难懂的微笑来回应嘉温的问题。嘉温不得已打开了箱子,里面装满了干秸秆。嘉温把那些草芥拿了出来,忽然有什么沉甸甸的东西碰到了他的指尖。把草芥都清出来后,才看到是什么东西。那是另一个箱子,箱子虽然蒙上了一层灰,但一摸就知道是相当高级的东西。嘉温把箱子拿出来带到了亮堂的窗户边，他从未见过这样特别的箱子，长宽约为六十六厘米，上了暗红色的漆，是用薄得可以拿来做衣服的木料做成的珍贵的箱子，也是一个年代久远的箱子。嘉温确定这是古代王公贵族用来保管贵重物品的箱子，并且还是出自匠人之手，职业的本能使他的心跳开始加快。嘉温小心翼翼地打开了箱子，里面是一个信封和一个人偶。嘉温先打开了信封，里面放着一封用质地很好的笺纸写的信。

您已被邀请参加三友会
时间 2014年10月24日下午6点
地点 中国西安红童码头

是用中文写成的邀请函，纸的四角印着汉字"三友会印"。精通中文的嘉温可以轻松看懂内容。

邀请您来三友会聚会，地点是中国西安的红童码头，日期是八日之后。嘉温仔细端详了信封。画着万里长城的邮票上印着中国西安邮局的邮戳，并没有写寄信人，有些蹊跷。为什么父亲将还有一段时间的邀请函藏到这么隐蔽的地方呢？

嘉温放下了信，开始看箱子里面的人偶。这个人偶与其他堆在阁楼里的人偶完全不是一个级别的。这个人偶是用上好的赤松做成的，是一个留着雪白头发和胡须的老人形象。身长大概三十厘米，为了让胳膊和腿可以自由自在地活动，每个关节都是用马鬃做成的绳子和青铜环连接的。胳膊和腿上都有可供连接绳子的槽眼，应该是用于人偶剧的。胡须和白发都使用了真人的毛发，脸部虽说有些夸张，但也还算写实。眉毛又厚又白，像海鸥的翅膀一样向上挑起，炯炯有神的眼神闪烁着贪婪的光芒。薄薄的嘴唇配上富态的下巴，使得原本就不好的面相更加残忍。再加上鼻子旁边还有一颗硕大的痣，让人联想起吸食平民血汗的贪官污吏。但是这个人偶不是韩国的，官帽和穿着的衣服都是胡服，宽大的衣服用腰带系着，小腿上则是绑腿样的中国传统衣裳。人偶的上衣一直盖到膝盖，脚上也穿着到脚踝的皮靴。这样的服装形态叫作袴褶，是中国唐代之前流行的样式。官帽也是颜题，是唐代之前中国贵族用过的。那么人偶的年龄至少也是一千四百岁以上。不管是从各部位的样式还是从五官描绘的手艺来看都很不同寻常。它肯定是唐代顶尖匠人的作品。嘉温一眼就看出了人偶巨大的价值。虽然之前鉴定过很多古董，但没有一件能够像它一样使嘉温兴奋。为什么父亲会拥有如此珍贵的东西呢？瞬间，嘉温想起了权仕平说过的话，可能是男寺党头领在死之前会留给后任的遗物。

"是哥哥的。"到现在一直紧闭着嘴的雪芽开了口。

"什么？"

"从现在起就是哥哥的。"

"是父亲让你给我的吗？"

雪芽还是用她那特有的开朗微笑来回应嘉温的问题。嘉温先拿着人偶和邀请函走出了阁楼。正当他们关上门，想要把衣柜移到原来的位置时，狗开始叫了起来，是在牲口棚里的狗。一条狗一叫，全村里的狗便都像回声般一起叫了起来。但是稍后，随着"嗷"的一声狗就安静了下来，有点儿奇怪。

"给你。"

嘉温把装有人偶的箱子给了雪芽，走到了院子里。他先去看了看牲口棚，但是刚刚还在蹦来蹦去的狗却早已消失不见，只有狗链孤零零地躺在那里。大妈也不见了。事情非常蹊跷。嘉温找了可以用来当武器的东西，牲口棚旁边有个拖把杆。嘉温拿起拖把杆小心翼翼地环顾四周。

"大妈？您在哪儿？我要走了。"

就在他小心走向里屋的时候，门突然打开，蹿出来了一个黑色的影子。接着就对着嘉温的脸来了一拳。突如其来的袭击，使毫无防备的嘉温直接倒在了院子中间。嘉温打起精神，握紧拖把杆，拳头又连着砸了过来。下巴如同要碎了一样疼，精神也有些恍惚了。怪汉抓住机会一跃到了嘉温的胸口上，拿刀抵着他。

"人偶在哪儿？"

他的声音尖细而干燥。嘉温在意识蒙眬的状态下看向了怪汉。深褐色的帽子压到了耳朵，一次性口罩遮住了脸，根本看不清面孔。

"什么人偶？"

"你父亲藏起来的人偶……交出来，我就留你一命。"

怪汉看着像是对这样的事上了瘾，没有一点儿犹豫。

"是你啊，杀死父亲的人。"

嘉温一叫，怪汉在口罩背后笑了一声。

"我再问一次，人偶在哪儿？"

怪汉把刀更加逼近他。尖锐的刀刃擦破了嘉温的皮肤，血顺着刀刃流了出来。嘉温皱着眉头怒视着怪汉。怪汉的一双眼睛拉得细长，仿佛正在享受着嘉温的痛苦，眼神深不见底。嘉温感受到了阴森森的杀气，他知道怪汉就算是得到了想要的东西也会杀掉自己。这是嘉温平生第一次怕到几乎小便失禁。

"人偶……"

惊慌的嘉温接不上话，支支吾吾着。就在这时，随着"砰"的一声，怪汉倒在了地上。回过神一看，雪芽正拿着拖把杆站在那里。出乎意料的一击使怪汉趔趄起来。清醒过来的嘉温抓起雪芽的手开始跑了起来。他一口气跑出院子穿过超市，看见了停在不远处的车。嘉温拿出远程密钥发动了车。晚一步振作起来的怪汉这才恼火地追了上来。嘉温把雪芽推到车里，坐到了驾驶座上。就在他拉开手闸想要调挡的时候，怪汉跳到了汽车前盖上。雪芽的尖叫声响彻了整个山谷。受到惊吓的嘉温拼尽全力踩了油门。随着喧闹的摩擦音，车开动了。嘉温狂打方向盘来了一个急转弯，怪汉就飞了出去。趁着怪汉在地上打滚，嘉温全速开向大路。上了大路后，嘉温依然疯狂地踩着油门，完全无视信号灯，直接把油门踩到了底，脖子上的伤口还留着刀刃那冰凉的触感。他活到现在，还是第一次如此心急如焚。也不知道飞驰了多久，直到心跳正常了些，嘉温才把车停到了路边。车子停定后，嘉温把头靠在方向盘上，努力让自己镇定下来。

"我想小便。"

嘉温这才意识到身边还有一个人。雪芽坐在副驾驶的位置上，抱着箱子，从膝盖上面露出眼睛正望着他。她在这个时候都没有放下装着人偶的箱子。

"在附近随便找个地方解决后回来吧。"

嘉温说完，雪芽却一动不动。周围是秋收完的光秃秃的稻田和草丛。

"又怎么了？"

雪芽仍像是期待着什么一样，恳切地望着嘉温。

"你莫不是？"

嘉温不得已跟着出去了，雪芽这才进到了草丛中。她完全不在意嘉温的眼神，欣然地把裙子卷上去，脱下了内裤。草丛之间露出了雪芽的皮肤。在这些被寒冷的北风夺去了所有生气的干草之间，她的肌肤若隐若现，就像世界上遗留下来的唯一生命一样清新。她身上有一种奇妙的力量，能够将人的本能一下子勾出来，像是一瞬间到达沸点的水一样，有能让人的心沸腾起来的魔力。嘉温许久都没能够从雪芽洁白的皮肤上移开视线，直到与雪芽对视一眼之后才转过头去。

"在想什么呢？！"

怎么说她都是自己的妹妹，而且他们现在刚从绝境中逃出来，嘉温需要好好整理一下当下的情况。首先虽然无法得知那个怪汉的身份，但他明显是一心想要父亲的人偶，父亲去世看起来也是因为人偶。以嘉温以往的经验来看，人偶是价值至少数千万元乃至数亿元的古董。那么，是因为钱吗？不，一定还有别的隐情。虽然嘉温现在也说不出个所以然来，但这个人偶一定还有些未曾浮出水面的巨大的秘密。嘉温拿出了一起放在箱子里面的邀请函。

"三友会……"

三个朋友的聚会。父亲为什么要将邀请函放到谁也拿不到的地方保管呢，还有这个人偶又是从哪儿得到的呢？父亲肯定有嘉温不知道的秘密。这时电话响了，是未知号码。嘉温看了一会儿，按了接听键。

"你好？"

"是我。"

是权仕平，他的声音一如既往的冷静沉着。

"正好想要见您，有话跟您说呢。"

"刚刚警察联系我了。"

"验尸结果这么快就出来了吗？"

这时离他委托验尸还没过一天呢。

"我拜托他们了，希望可以快一些。虽然正式的死亡鉴定书还需要一些时间才能出来……"

权仕平停顿了一会儿。

"他们说什么?"

"法医下的结论貌似说你父亲的死因是坠落的时候产生的脑震荡。"

"不可能,父亲明明就是被杀害的,他们肯定也能看到他身上的伤呀!"嘉温激动地喊道。

"说那些伤是坠落的时候撞到石头上而出现的。"

"不是的,那是打架的时候产生的。刚刚那位犯人就来攻击了我。"嘉温一边回忆起怪汉那深不可测的眼神,一边说道。

"你那是什么话?"

"我今天早晨在父亲的家里发现了一个手机,里面只存有一个电话号码。有意思的是,那是我父亲藏了一辈子的女儿的电话号码,就是我同父异母的妹妹。我很好奇,好奇我唯一的亲人会长什么样子。所以我就来见她了,结果她突然给了我一个藏在阁楼里的人偶。当然不是朴金知的人偶,那是一个有着悠久历史的中国人偶。我正拿着人偶出来,突然就出现一个戴着口罩的怪汉扑了上来。他把刀架在我脖子上,不分青红皂白就让我把人偶交出来,就是我父亲藏起来的那个人偶。"

"人偶被抢走了吗?我说人偶还好吗?"权仕平的声音听起来很兴奋。

"比起我,您更关心人偶啊。"

"我听你声音,好像也没出什么事。人偶拿着呢吧?"

"拿着呢,但是您是怎么知道这人偶的事情的?"

嘉温尖锐地问道,权仕平沉默了一会儿。

"你现在在哪儿?"

"在去安东的国道边上。"

"先来我这里吧,我会从头到尾告诉你。还有人偶要好好保管,是非常重要的东西。"

权仕平说完后便挂了电话。事情进展得很奇妙,和嘉温预想的一样,人偶背后确实有个超过其表面价值的秘密存在,而这秘密肯定与父亲的死亡也有密切的联系。突然身后传来了动静,嘉温回头一看,办完事的雪芽站在那里。她站在那里用"现在该怎么办?"的眼神望过来。嘉温的头一阵一阵地疼,但是现在已经无法挽回了。嘉温带着雪芽一起回到了车里。

"等这件事结束之后,就各走各的路。"

嘉温没有出发,犹豫着到底是回男寺党见权仕平,了解这件事的始末,还是先去了解一下人偶的来历,他不知道怎样做选择。副驾驶座上,雪芽像抱着神主罐[1]一样紧紧抱着箱子。

"你知道那是什么东西吗?"嘉温问道,雪芽却不作答。嘉温看了会儿安静的道路,重新出发了。远处出现了两条分岔路:一条写着安东,另一条写着首尔。嘉温将方向盘转向了通往首尔的道路。

---

[1] 神主罐:供奉神主的罐子,上面写着供奉的神主或是祖先的名字,一般放在长孙家中的主卧搁板上,类似中国的牌位。

人偶

嘉温是国内极少数东洋和西洋美术品鉴资格证全都拥有的人之一。此外他主修考古美术学，虽说现在只是在私人博物馆工作，但也有当过几年遗物修复家的经验。从文艺复兴时期的菲利波·布鲁内莱斯基到清朝末期的画家赵之谦，他不认识的作品屈指可数。但是人偶脱离了他的见识范围，能够接触到古代人偶剧中所用人偶的机会并不多。如果去中国上海博物馆或者北京的首都博物馆，还能看到一些展出的人偶。但它们能出现在古董市场的情况是少之又少。况且他手里的人偶至少是公元610年以前的作品。嘉温在这一行少说也工作了十多年，这样的东西还是第一次见。他需要帮助，问题是了解一千五百年之前中国人偶的人很少。

"缝纫机老头儿。"

这是嘉温最先想起来的人。虽然也可以去找大学时的老师，也就是国内最优秀的考古美术学者金明贤教授，但他毕竟职责在身，一定会追问关于遗物的出处与处理等问题。比起他，缝纫机老头儿虽说是不能信赖的人，但是只要支付足够的鉴定费，他就不会问碍手碍脚的问题。嘉温在电话中找到了缝纫机老头儿的号码。

"什么事啊，策展小伙？"

电话的另一边传来淡悠悠的卡痰声。

"有一个东西急需您看一下。"

"待会儿就是下班时间了。"

"大概一个小时就能到。"

不知是不是在看表,缝纫机老头儿停顿了一会儿。

"六点过后要额外付钱,知道吧?"

"没关系的。"

"那我只等你到七点。"

说完老头子就挂断了。表正向着六点赶去,嘉温加快了速度。载着两个人的车不知不觉过了原州,疾驰在岭东高速上。因为是工作日的下午,高速公路很清闲,一个小时足够了。坐在副驾驶座位的雪芽看起来却有些不安,她正抱着膝盖啃手指甲,眼珠焦躁地到处转来转去,一刻也停不住,身体也在前后摇晃着。

"这次又怎么了?"

嘉温一问,雪芽一边咬手指甲一边回答。

"毛线……"

"什么?"

"我要毛线。"

嘉温这才知道理由。雪芽才刚从熟悉的空间出来,现在是非常不安的状态,看来只有做一些毛线活儿才能让她安定一些。

"到了首尔就给你买,现在先忍一下吧。"

嘉温换车道超越了前面的车。雪芽摇晃得更加厉害,发出了呻吟声。

"给我毛线……"

雪芽看起来极度不安。

"高速公路上让我去哪里给你找毛线啊。快到了,你就等一会儿吧。"

尽管嘉温尝试安抚了她,但她依然没有任何反应。

"毛线……给我毛线……"

她的身体摇晃得越来越厉害,像是吞了火球一样难受。

"知道了。我想想办法,拜托你不要再晃来晃去了。"

嘉温无可奈何之下只得顺着条岔道开下了高速,岔道口上挂着"洞化里"的标志牌。嘉温将车开向了繁华的商业区,不久便到了小镇中心。虽说是中心,但也只有几栋两三层的小楼罢了。嘉温找了个适当的地方停了车,看了看周围。对面有一排各种各样的商店。嘉温边看牌子边过了马路,但是并没有卖毛线的商店。

"该死,这叫什么事啊?"

有一个看起来开了很久的药店。

"请问这附近有卖毛线的商店吗?"嘉温开门问道。

"不知道。"药师歪头说道。

嘉温只得一家家店探进去询问,但并没有一家店有卖毛线的。等到首尔再去买毛线也许会更快。就在要回到车里的时候,嘉温在一家精肉店门口停下了脚步。女主人正在一边做着毛线活儿一边等待客人。嘉温进了精肉店。

"欢迎光临。"

女主人停下了手中的毛线活儿,热情地相迎。

"那个……请问可以将你手里的毛线和针卖给我吗?"

嘉温突如其来的请求让女主人投来了无法理解的目光。

待他说完原委,女主人欣然将毛线给了他,连钱也没要。嘉温只好在店里买了一斤牛肉。他回到车中将毛线递给雪芽,雪芽如同在沙漠中遇到绿洲一样气喘吁吁地开始做起了毛线活儿。

"也不知道是什么命。"

嘉温看了一会儿专心做毛线活儿的雪芽，又重新出发了。缝纫机老头儿的鉴定所在以古董出名的仁寺洞胡同里。因为毛线耽搁了时间的嘉温正好赶上了高峰期，光是在小公路[1]上便堵了三十多分钟。街道塞满了刚下班的人们和车辆，好不容易到达仁寺洞，嘉温把车停到了比较熟悉的画廊停车场。

"你在这儿等会儿，我马上回来。"嘉温拿着箱子边下车边说道。但是雪芽却跟着一起下来了。

"你就在这儿吧。你去了也只会碍手碍脚。"

雪芽并没有回应嘉温的话，像雪一样美丽的脸蛋中藏着比驴还要倔强的脾气。

"随你便吧。"

嘉温自顾自地走在了前头，雪芽就像磁铁一样跟了上来。

缝纫机老头儿的原名叫作李斗元，但是没有人会叫他的名字，都叫他缝纫机老头儿，他自己貌似也并不讨厌别人这样叫他。至于他为什么会被叫作缝纫机，相传有很多说法，但最靠谱的说法还是来自意为会守东西的忠清道土话。虽说这个外号有点儿土气，但在这一行里他可谓是无人不晓的传奇人物。2005年发生的朴寿根的名画《洗衣场》赝品事件就是因为缝纫机老头儿在酒局中随便说的一句话而引发的，不久前在湖林博物馆展示的高丽青瓷的真伪争议也是以缝纫机老头儿的鉴定收了尾。但是考古学界却没有人认可他是正统鉴定师。事实上，他并没有任何资格证，关于理由也有很多说法传来传去。其中一个就是20世纪60年代发生的金南康津的遗物走私事件。据传，当

---

[1] 小公路：位于首尔市中区的道路。

时他是中央博物馆的遗物修复家,在发掘康津的高丽青瓷烧窑址的时候发现了一个国宝级别的青瓷。但是他并没有向上报告,而是打算将青瓷走私到日本,结果事情败露,他也被考古学界驱逐了。此后他便在仁寺洞里落了脚,以鉴定走私物和赃物来维持生计。还有一个说法是说他对于分派争权夺利的学术界感到失望,所以选择当一个幕后鉴定师。虽然不知道哪个才是事实,但唯一可以肯定的是,他确实是国内最厉害的鉴定师。

缝纫机老头儿的办公室在以古书籍闻名的通文馆书店后面的偏僻胡同里,从停车场出来的嘉温走向了书店所在的大路。然而嘉温走了一会儿却发现雪芽不见了。回头一看,雪芽在停车场入口站着不知所措,看来是突然站在人流多的城市中心,让她的症状复发了。嘉温又回去了。

"所以说让你待在车里啊,回去吧,我马上回来。"

嘉温想带着她回到车里,雪芽却甩开了胳膊。

"你随便吧。"

生气的嘉温直接丢下雪芽,走向了大路。此时雪芽却发出了奇怪的呻吟声。

"嗯……嗯……"

像是一个被遗弃的狗在找主人的声音。嘉温紧闭着眼睛,装作没听见继续向前走。见此,雪芽的声音变得越来越大。由于她的声音本来就很奇怪,走在大路上的人们自然都会莫名望过来。嘉温叹了一口气,又回了头。

"你是想怎么样?"

雪芽这才看向了没有人的胡同。

"真是要疯掉了。"

结果嘉温只有带着雪芽从没有人的胡同转了几圈才到了鉴定所办公室。一路上雪芽紧抓着嘉温的胳膊,感觉整个人都要挂在他身上了,在后面踩着碎步跟着。经过了一个颇有 20 世纪 80 年代风味的入口,上了一个老阶梯,出现了一个铁门。这个铁门很旧,让人感觉像是通往过去的入口。转了一下门把手,是锁着的,嘉温拿出手机给老头子打了电话。

"他该不会这点儿时间都等不及就下班了吧?"

虽然打通了,但并没有人接听。就当他要按重新拨打键的时候,随着厚重的一声"咣当",门开了。

"你来晚了。"

是缝纫机老头儿,他是一个七十四五岁的老人,所剩无几的白发蓬乱不堪,一个大大的老花镜遮住了他满是皱纹的半边脸。勉强到一米六的个子披着件一直拖到膝盖的紫色大褂,脚上穿着脱了毛的拖鞋,一手还抓着沾有黑色甜面酱的木筷子。老人的面孔怎么看都和名字一样乖僻。

"中间出了点儿情况。"

"那个丫头是谁?"老头子瞥了一眼雪芽问道。

之前还像影子一样静静地跟着嘉温的雪芽,一看到老头子望向自己,就紧紧地躲在了嘉温身后。

"您要操心的是这个。"嘉温一边拿出箱子一边说道。但是老头子却如同发现了什么不祥的符咒一样,眯着眼睛注视着雪芽。

"进来吧。"

嘉温与雪芽一起进了老头子的办公室。

五坪左右的小办公室里堆满了书,基本上看不到墙面,就连窗户都被书给挡起来,白天也要开灯才行。不知是不是按照需求定制的,连书柜的形状都参差不齐。上面的书早已变色发黄,像是一打开就会有书虫掉下来一样。大部分都是有关鉴定的日本书籍。另一个角落放着一个又旧又重的书桌,旧到就像只有在东洋拓殖株式会社[1]的主管办公室中才会看到。书桌上面堆满了鉴定时用的各种放大镜和一次性手套之类的东西。就连沙发茶几上放着的炸酱面碗都像是从过去派送过来的老东西。唯一能把人拉回现实的东西只有放在桌子上的电脑。

"所以你是想知道什么?"

老头子一边吃着剩下的炸酱面一边问道。

"请帮忙看一下这是什么东西。"

嘉温把箱子放下,老头子也停下了筷子。

"你知道我的鉴定费是多少吧?"

嘉温点头。

"现金还是刷卡?"

嘉温从钱包拿出一张信用卡递给了他,老头子拿过卡在终端机刷了一下,嘉温在收据上一签名,老头子马上就拿着箱子走向了书桌。换上了鉴定时用的眼镜,老头子打开了立式照明后把放大镜对向了箱子。在凸透镜的另一面,老头子的眼睛被放大得很诡异,正在锐利地端详着箱子的各个地方。

"这个很像是在日本东大寺[2]正仓院中发现的喜阿弥箱子。"

"正仓院那不是圣武天皇时建的古代日本王室的文物仓库吗?"

"对。那里保管着相当多的统一新罗时期与奈良时代之前的文物,

---

[1] 东洋拓殖株式会社:1908年日治时期日本在首尔设立的用于扫荡韩国土地和资源的国债公司,后于1945年倒闭。

[2] 东大寺:位于日本华严宗大本山的一座历史悠久的寺庙,正仓院是东大寺内用于保管寺内财宝的仓库。

其中一个就是装着统一新罗时期的木雕如来坐像的喜阿弥箱子。喜阿弥箱子是把木头像秸秆一样编织而成的,本是从中国传来的技巧,但是在日本发展得更为精巧。"

"您的意思是这是古代日本的箱子吗?"

"看木头的厚度,不是日本的。喜阿弥要比这个薄很多。"

老头子戴上了一次性手套,小心翼翼地打开了箱子,如同是从原子反应堆中拿出废燃料棒一样,非常慎重地拿起了人偶。老头子先是左右打量了一下人偶的外观,然后掀起了人偶身上的胡服,开始观察它的本体。人偶的肋下刻着小字。

"白眼"这两个字是用阴刻[1]精巧地刻在了上面的,但是字体用的是小篆体。秦始皇在一统中国后决定统一文字,于是便以大篆为基础发明并普及了小篆。然而在秦朝末期,隶书由于使用的便利性得到了广泛的流传,小篆便随之渐渐消失了,正如秦朝那一闪而逝的命运。

"这是哪里来的?"

他的表情像是发现了可以改变教科书的文物一样。

"是我父亲的遗物。我只知道这是唐代之前的东西,我想知道的是明确时间、谁做成的东西。"

老头子边摘下眼镜边问道:"你听说过白眼苍崖吗?"

是熟悉的名字,绝对是中国古代有名画家的名字,但是嘉温说不准他是哪个时代的哪个人。

"我付钱不是为了让您问我,而是回答我的问题。请解释一

---

[1] 阴刻:中国传统刻字的两种基本刻制方法之一,另一种是阳刻。阴刻是指将文字或图案刻成凹形。

下吧。"

"以后你可要按时给你爸举行祭祀[1]。"

老头子打开了电脑,在网上搜索起来。不一会儿他便找到了一个报道,将显示器转了过去让嘉温看。

　　于本月8日在苏富比拍卖场以2000万欧元得标中国古代人偶的东洋人离奇死亡。警方在伦敦维斯塔伯恩公园路附近的废车内发现了他的尸体。警方推测是以高价人偶为目标的犯罪,目前还在搜查中。

"这个报道和人偶有什么关系?"嘉温问道。

这次老头子在苏富比网站搜索了商品的详细信息,然后就出来了10日前得标的中国古代人偶的几张照片。那是一个弯着腰的驼背人偶,乍一看也能发现它与嘉温的人偶有着相似的特征。

"您意思是这是同一个画家的作品?"

老头子默不作声地放大了人偶的照片,微驼着背的人偶肋下出现了一个模糊的落款印。

"白眼……"

"是苍崖的作品,两个都是。"

嘉温这才朦胧地记起了苍崖。

"秦国时期的天才画家白眼苍崖吗?"

"这才像是铅白美术馆的首席策展人嘛。对于苍崖的出生,并没有详细记载。顶多就知道他出生于战国时期齐国的首都临淄,以及他

---

[1] 祭祀:根据韩国传统,韩国家庭每年都会在长辈去世的忌日里在家中准备食物举行祭祀。

刚出生的时候就被父母遗弃了。据说他本来为了成为一名方士而到道教名山——武夷山学习了方术，但由于他手艺实在非同一般，师父就让他画起了壁画。结果当时最有名的文学家谈斗洪看到他的作品后，拜托他画了肖像画，他也因此而变得有名起来。此后，以秦国丞相李斯为首，许多功臣和有名学者都开始拜托他画画。但是苍崖的天赋并没有止步于画画，革新的武器和农器具，甚至在建筑设计中也能看到他出众的才能。他曾设计出像魏晋时代才登场的塞门刀车一样的战车，也亲自掌管过武夷山灵宪台的再建。一句话来说，他可以说是中国古代的列奥纳多·达·芬奇。

"使苍崖更加有名的是他的相貌，他有一张非常严重的麻脸，而且是个驼背。所以就算有天才般的才能，他本人也不是很受待见。相传统一天下的秦始皇在建阿房宫的时候想要选一个画自己肖像画的宫廷画家，这时各臣子都不约而同地推荐了苍崖。几天后，苍崖得命来拜见秦始皇。正在他要进偏殿时，秦始皇看到了窗户上出现的影子，当场就把他送回去了，就是说他丑陋到这个程度。总之就是，因为相貌而不受待见的苍崖每天喝酒度日，后来有一天就像烟一样消失了。有人说他离开中国去了日本，也有人说他去长白山当了神仙，但有意思的是发现这个人偶的地点。"

老头子用手指敲了一下显示器上的驼背人偶。

"是哪里啊？"

"将人偶带去欧洲的是荷兰外交官保罗·门克韦尔德，他是1832年在日本当外交顾问的时候，在京都的某个寺庙中发现的。"

"您的意思是苍崖真的在日本停留过？"

嘉温一问，老头子笑了一声。

"这不好说。也可能是哪个家伙从中国集市上买下并带去了日本。

不管怎么说，如果这真是苍崖的珍品，而且状态还这么好，那你可就赚了大钱了。"

老头子抚摸着人偶，像是不舍得还回去。

"所以说这个人偶的用途是什么？"

"我觉得可能是用于中国传统人偶剧，也就是傀儡戏的人偶。"

傀儡戏与影戏并列，都是代表中国的人偶剧之一。影戏是利用影子表演的人偶剧，相比之下傀儡戏则是直接操纵的，有利用木棍的杖头傀儡和用线连接的悬丝傀儡等。

"但不是说傀儡戏是从汉朝时期才有的吗？"

"你在学习考古学的时候，学到的便是没有记录的东西就不实际存在吗？"

老头子在老花镜后面瞥了他一眼问道。他的话是对的。记录不过是构成人类史这一巨大行星表面上的一座小岛。嘉温望向了显示器上苏富比的人偶，丑陋地驼着的背、歪着的嘴唇和满是伤疤的脸。虽然与父亲的人偶长得完全不一样，但看制作方式和形态的相似性时，可以知道是出于同一个画家之手。这两个人偶除了出于同一人之手以外还有另一个共同点，就是人偶的主人都被杀害了。2000万欧元用韩元换算是近300亿韩元的巨额，足以成为杀人的理由。但还是有点儿不寻常的地方，其中一个就是三友会发来的邀请函。邀请函是从人偶的故乡，也就是中国来的，落款的字体也是小篆体。而且十天前在地球的另一面，同一个画家所做的另一个人偶消失了。隔着某种尚不明朗的联系，两个东西紧紧地交织在了一起，而这个联系的抵押物正是父亲的鲜血。

"哎呀，看看这家伙。"

老头子卡痰的声音使嘉温回过头来。他像是发现了什么不得了的东西，把眼神不好的眼睛紧靠在放大镜上。

"什么啊？"

老头子好像没听见一样，把人偶的衣服小心地脱下后开始认真地观察起了本体。人偶的身子分为三部分，胸部、肚子还有背，是用锯齿样子的凹凸连接而成的。接口非常精巧，需要用放大镜才可以勉强看到缝隙；木头虽然有点儿褪色，但是依然完好到使两千年的时间黯然失色。老头子看起来是不满足于用放大镜，还是翻了翻抽屉拿出了一个便携式的显微镜，然后调亮了灯，开始用显微镜细细观察树纹。

"哎呀，真是最后出问题啊。"

这是个不好的兆头。

"出什么问题了吗？"

"你自己看看。"

老头子递过显微镜。嘉温将显微镜戴在眼睛上，看起了人偶的身子。胸部部分被放大的木头的细胞通过镜片赤裸裸地显现出来，如同用水珠砌成的城墙一样，这些圆圆的细胞紧密地衔接在一起，组成表面的细胞有相当一部分都被破坏了，就像空房子一样都已经栓质化[1]了。木头细胞的栓质化程度可是测定木制文物年代的重要尺度。嘉温移动显微镜，确认了背部的细胞。与胸部不同，背部的栓质化程度明显变低。分明是不同年代的材质。

"知道这是什么意思吗？"

老头子边咬着帮助禁烟的维生素棒边问道。

"有人换掉了人偶的背部。"

"拜之所赐，价格也会降到原本的十分之一，但奇怪的是……"

---

[1] 栓质化：指细胞壁中增加栓质变化，栓质化后的细胞壁会失去透水和透气的能力。

老头子重新看向放大镜,接着说道,"貌似并不是因为背部坏了才换掉的。"

"那是什么意思?"

"你看这里。"

老头子递过放大镜。他指向的地方是连接背部和胸部的接口,还留着些许被坚硬工具砸碎的细微痕迹。

"这是故意摘下来的痕迹,而且是出自熟练的匠人之手。这种痕迹贯穿了所有背部的接口。"

"那就是说故意把完好的原版摘下来,换上了新的吗?"

"虽说不能确定百分之百是,但以我的经验……百分之九十?"

"是什么时候换的呢?"

"嗯……"

老头子重新戴上了显微镜,观察被换掉的背部材质。

"材质和别的部位一样都是日本产赤松,从变色程度和栓质化程度看的话……"

老头子慎重地凝视了镜片很久。

"130年左右。也就是说,是1880年到1900年的产物。"

是朝鲜末期。嘉温看向了因凸透镜变得奇怪的人偶的面孔。

"换掉背部的理由会是什么呢?"

嘉温一问,老头子露出黄牙笑了一声。

"这不是很明显吗?是为了隐藏什么。"

都心建筑林里的每一处角落都让黑暗吞噬了,但是当嘉温走出胡同后,如同触角会发光的发光鱼一样蠢蠢欲动的霓虹灯却围绕住了他。

走出缝纫机老头儿的办公室，嘉温的脑袋就像用湿稻草堆成的稻草人一样沉重不堪。虽然知道了人偶的来历，但是并没有解决什么问题。人偶留下了另一个谜题后便又沉睡在了箱子里。嘉温拿出放在口袋里面的邀请函，这又是一片拼图。离开鉴定所之前嘉温问了老头子关于三友会的事情，但是并没有问出什么来。即使上网搜索了半天，搜到的也仅仅是像法律公司或者是韩国餐厅这类庞杂的信息。为了弄清楚这块拼图的位置，他只能重新回到安东。嘉温确认了时间。八点四十五分。这个时间上高速有点儿晚了，看来还是明天早点儿出发比较好。

紧张过后袭来了一阵饥饿感，嘉温这才想起今天一整天都没有吃什么东西。为了充充饥，嘉温先随便找了家餐厅，但他感觉像是丢了钱包一样有点儿空虚——从鉴定所出来时还紧跟在旁边的雪芽不见了。嘉温深深地叹了口气。看来是雪芽见到了熙攘的人群，症状又发作了。嘉温不得已回到了胡同。窄窄的胡同像是失去子女的老人一样孤独，而雪芽则蹲在一个保安灯照不到的墙角处。

"走吧，你也得吃点儿什么吧。"嘉温说道。但是雪芽却一动不动，她每当听到大路上人们的噪音时，都会一惊一乍地浑身颤抖。

"你要这样到什么时候？快点儿起来啊。"

嘉温一拽住雪芽的胳膊，雪芽便强烈地反抗了起来。

"别惹毛了我，快点儿跟过来。"

嘉温抓住她的胳膊，打算强行拉她起来。

"啊！"

雪芽边尖叫边用力甩开了嘉温的手，就像鱼市中一条为了活命而进行最后挣扎的鱼一样。这突然的反应使嘉温吓得后退了一步。雪芽回到了原来的位置，像刺猬一样蜷缩起来。

"你随便吧,你饿死在那里也不关我的事。"

嘉温丢下雪芽,无情地转身走了。仁寺洞的路上挤满了各种各样的人,他们就像被海潮冲上岸的海洋生物一样。嘉温穿过他们来到了一家刚刚看好的面食店。

"欢迎光临。"

嘉温找了个空位坐下,服务员拿来了水杯。

"您要点什么?"

凝视了一会儿墙上的菜单的嘉温把视线转到了入口,并没有看到雪芽。

"给我一碗泡面吧。"

点完后厨房就开始煮起了泡面。钢精锅的水一烧开,厨房大婶便娴熟地撒进了调料包,放入了面条。稍后,面汤开始一点点翻滚起来,面也跟着熟了,引人胃口大开。旁边的桌子上,有几个才下班前来吃晚饭的附近公司职员在一边骂上司一边吃着紫菜包饭,点缀的电视机里面放映着陈旧的电视剧。其间,嘉温默默地等着泡面。

"您点的泡面来了。"

服务员带来了冒着热气的泡面和一碗辣白菜。嘉温从餐具盒中拿出了筷子搅拌了几下后就大大地吃了一口。面煮得还不错,熟得刚刚好,作为菜码儿加的葱和鸡蛋刺激着食欲。喝了一点儿汤,正要再吃一口的时候,莫名地,嘉温放下了筷子。

"这些多少钱?"

"3000元。"

嘉温放下基本没动的泡面,从面食店出来然后走向了停车场。来来往往的人群都沉浸在城市夜晚的氛围中,嘉温走在路上不时地会撞到路人的肩膀,从心底生了厌烦。即便是在两天前,他的人生也如同是按照年代和商标整理好的红酒仓库一样，所有事情都在按照计划有序地进行着。但是收到一张讣告之后，他的人生就变得乱糟糟的了。癌细胞手里攥着他的命，还在腹中虎视眈眈地窥伺着机会，而拜戏子父亲留下的两千年前的人偶所赐，嘉温今天还险些命丧黄泉。不仅如此，还出现了一个精神不正常的妹妹，让他连吃顿饭都变得如此费劲。这不公平。嘉温虽然从来都没有信过神什么的，但是如果有机会站在神的面前，绝对会想打他一巴掌。

"妈的！"

嘉温没有忍住愤怒，在路中间怒喊道。

赤裸裸的脏话撞到墙上形成回声，在如蜘蛛网一样复杂的胡同路上传开。路过的人如同发现了可怕的异种一样，嫌弃地看了他一眼。嘉温无视了那些视线，望向人偶箱子——引发各种闹心问题的源头，同时也有着巨大价值的箱子。嘉温只要愿意就可以以适当的价格直接卖掉，重新回到原来的生活。那个连家庭都不要，随心所欲地活了一生后撒手人寰的父亲，只要不管就可以了。但是总有东西在拉住嘉温——父亲留下的最后的遗言。完全不把家人放在眼中的父亲为什么会在死之前提到了雪芽呢？而且还嘱咐自己要照顾好她，像是有人要害她一样。不知为何，这句话一直回荡在嘉温的耳边。事实上，雪芽没有任何过错，如果硬说有罪的话，那就是继承了流氓父亲的血液。走向停车场的嘉温又折了回去。刚走进胡同，他便听到了雪芽微小的哭声。她像是被魔咒所困变成石像的公主一样，还保持着刚刚的姿势僵在那里。蜷缩着身体的她如同被母亲抛弃的小鸟，她真的是被单独留下的一个存在。嘉温突然觉得她有点儿可怜，温柔地向她伸出了手。

"找一找住的地方吧。"

嘉温带着雪芽在胡同角落里的一家简陋的小旅店里落了脚。虽然是一个不见光的小屋子，但兴许是因为四周都被墙挡着，雪芽如同一条回到了熟悉的水槽的观赏鱼一样放松。嘉温把行李放在了隔壁房间后，就去便利店买了些方便食品回来。看来雪芽是非常饿了，嘉温一放下食物，她就狼吞虎咽地吃了起来。

"你真是忠实于本能啊。"

嘉温拿了一盒饺子就回到了自己的房间。两坪多的房间里没有床，放着卷好的被褥和如今难见的显像管电视机，还好浴室里有淋浴器。嘉温脱了衣服，准备去浴室洗去这一天的风尘，打开水阀后流了好一会儿锈水才开始出热水。正当嘉温调好适当的温度，准备走进水流之中时，有人这时敲门。

"哪位？"

有声响，但并没有回答。嘉温开了门瞄向外面，是雪芽。她非常畏怯地徘徊在走廊里。

"都给你买了吃的了，还有什么事啊？"

雪芽没有回答，只在那儿扭怩着。

"拜托你就让我自己待一会儿吧。"

嘉温要关门的时候，雪芽抓住了门把。她尴尬地看向了自己的房间，嘉温只得随便穿了件衣服走向了雪芽的房间，还没等开门就知道是什么事了。旁边房间的男女正在激烈地做爱，单薄的墙壁丝毫不起隔音作用，女人的呻吟声传遍了整个走廊。

"所以要怎样？"

雪芽不知什么时候进了嘉温的房间，嘉温只能和雪芽换了房间。在他洗澡的时候，那个女人快要叫到咽气了。嘉温默默地无视着女人达到性高潮的叫声，用热水暖了身子。小小的窗户的另一边，仁寺洞整条街像灯泡一样闪烁着。直到不久前为止,嘉温还在为绮罗星般的企业老总们鉴定画作,用最高级的红酒润口;而现在却在一个便宜的旅馆里听着陌生女人的叫床声,这让他莫名其妙地想起某个人的名言:"生是出还算好的戏,即便第三幕写得非常糟糕。并且主人公在第三幕就死了。"

虽然记不起是谁说过的,但这是此刻最触动嘉温内心的一句话。"我的戏现在到第几幕了呢?"如果说是第三幕,那么自己的戏肯定是非常令人恶心、充满着恶意的剧本。

就在嘉温想着一些琐碎的事情时,旁边房间里的男女已不知不觉完了事,安静了下来。嘉温关上水龙头,用毛巾擦去了身上的水珠,蒙上雾气的镜子中出现了嘉温的身影。虽说是三十中段,但因为规律的健身习惯,就算说是二十多岁也信得过,怎么看也不像是即将死去的身子。嘉温小心地抚摸胸口,几厘米下面就有着吞噬生命的癌细胞在生长,可是身体看起来却正常得让嘉温无法置信。嘉温用力把手指头按到肚子里,像是要把癌块拿出来一样。结果,貌似是美梦被吵了很不爽一般,癌细胞苏醒了。疼痛徐徐向胸口蔓延,瞬间就疼到不能自已,仿佛是在向嘉温示威一样。嘉温捂住肚子坐在地上艰难地呼吸起来。膨胀的痛苦却连呼吸都不容许他做。痛楚比起之前更加重了,就像瞬间繁衍出无数细小又执着的虫子在挖取内脏吃一样,整个腹部都疼得要命。嘉温竭尽全力爬到了有镇痛剂的房间,伸出颤抖的手翻了翻夹克的口袋,药瓶却是空的。嘉温呼吸逐渐变得不均匀,意识也开始模糊起来,痛感已经加深到还不如直接在这里死掉算了。

就在他失去意识前,门打开了,是雪芽。兴许是她的直觉告诉她嘉温有危险,她毫不犹豫地跑过来抱住了嘉温,当即便将自己的嘴贴到了嘉温的嘴上，像是要做人工呼吸一样。艰难地维持着意识的嘉温没能做出任何反应，只能接受雪芽的嘴唇贴过来。并不是人工呼吸。雪芽将自己的嘴唇贴到嘉温的嘴上后，让自己的口水流到了嘉温嘴里，雪芽清澈的唾液顺着嘴唇流了下来。这是非常不同的奇妙的体验，就像小时候发高烧时母亲唱的摇篮曲一样，温柔地抚摸着痛苦。当痛楚渐渐平息后嘉温的意识也回来了，回过神的嘉温推开了贴着他嘴唇的雪芽。

"这是在干什么？！"

嘴唇那柔软的触感还留在嘴边。嘉温像是要把负罪感洗掉一样，擦了擦嘴唇。相反，雪芽用一种不能理解的表情望着他，仿佛是觉得自己分明是做了应当做的事情。嘉温这才反应过来，痛苦消失不见了，真是神奇的事。像是她的嘴唇上沾了神秘的妙药一样，瞬间就将痛楚驱除了。

"你做了些什么？不可能吧？"

雪芽直勾勾地看着嘉温，嘉温这才意识到自己什么都没有穿。

"我现在没事了，你回到房间里去吧。"嘉温急忙挡住身子，尴尬地说道。

雪芽回去后，嘉温关了灯躺了下来，虽然浑身都酸疼且累得要死，但是不知为何还没有睡意。嘉温轻轻地摸了摸嘴唇，那里还留着雪芽的香味。

"那到底是怎么回事？"

真是个奇妙的孩子。嘉温到现在都没有见到过如此美丽的姑娘，如同是刚从与世隔绝的密林里来到文明世界一样单纯，但她却又异常固执，像不知会往哪里跑的皮球一样不可预测，像将大相径庭的两个元素合在一起后产生的新物质一样，是个又奇异又有魅力的孩子。嘉温不能否认他正在一点点被雪芽吸引,但这是不能够被接受的不合理的感情,虽说不是一母同胞,但她也是流着同样血液的妹妹。嘉温丢掉了没用的杂念,想要入睡,明天他要走的路还远着呢。

三个朋友的聚会

驱车驰向权仕平住处的嘉温在安东站前面停了车。既然现在已经知道了人偶的来历，就不能随便在耳目多的地方带着它，嘉温带着装着人偶的箱子下了车。站前因刚到达的从首尔出发的列车而人流混杂，嘉温穿过人流走到了站内。

候车室的角落里有一个自助物品寄存处，嘉温很是慎重地选了一个号码。4是嘉温的幸运数字。这是他小的时候挑的，当时还嘲笑别人因4会联想到"死"而嫌弃这个数字。到目前为止运气还不算坏，还有144号没有占用。嘉温看了一下周围，并没有发现什么可疑的视线，他将母亲的生日作为密码输入之后就关上了门。嘉温再次确认了寄存柜的号码，回到了车中，开门的时候听到了歌声，雪芽正一边做毛线活儿一边哼着歌。

"苦大仇深的佝偻老汉驼背唱起了花之歌，他要在洛阳高楼献给白云。在那遥远大海的另一边有仙药，小心翼翼地乘上小船漂过去。天空中的圣人啊，您又怎会来帮我们呢？越过千里波涛后就是神仙之地啊，白雪覆盖的瀛洲真是远又远啊。得不到不老药，皇帝会震怒。拼命也要回去，但毕竟是吞人的大海。驼背佝偻老汉不会叹气的，毕竟膝下还有子嗣……"

比起歌，这更像是古典诗歌或是乡歌。歌词就像老人们在澡堂中吟唱时的调一样陈腐，旋律也像是即兴似的，并不连贯。

"你这种年纪不是唱嘻哈才正常的吗？"嘉温边发动引擎边说道。

雪芽现在仿佛已经不觉得嘉温尴尬了，直接脱了鞋盘着腿，认真地做着毛线活儿。一日之间副驾驶座上就让她摆满了织好的毛线布，上面写满了看不懂内容的字。

"你到底是在认真地织些什么啊？"

嘉温不经意地拿起了一些毛线布读了读内容，手掌大小的毛布头上绣着以下的字：

善男是仅属于我的竹林善男是不会泄露秘密的因为我的儿子是一半

虽然大小和形状都参差不齐，但也不是完全说不通的内容，是有着完整内容的句子。嘉温又看了看其他的毛线布。

善男的父亲因为太爱善男睡觉都会抱着他有时就算想自己待一会儿父亲也不会放着不管所以善男伤心

布头上的字都是关于善男这个孩子的内容。

"善男是谁啊？"嘉温问道。

雪芽停下毛线活儿露出了奇妙的微笑。

"你有朋友吗？"

据说沉浸在自己世界当中的孩子有时候也会在想象中捏造出一个朋友来，然后当作现实中存在一样，嘉温也听说过这种情况。但是雪芽只是笑一笑而已。

"我就不应该问你这种问题。"

嘉温放弃了追问,启动了车。

正在车开过庆东路,进入太华洞的时候,天上淅淅沥沥地下起了小雨。嘉温把车开向通往权仕平府宅的坡路。昨天还排成一列的吊灯,今天就不见了。顺着弯弯曲曲的道路开上去,就看到了权仕平的韩式老屋。被雨淋湿的瓦顶上飘着乌云,总给人一种阴森森的感觉。嘉温把车停在了离大门有段距离的地方。

"这次你就老实地在这儿吧,不要把事情弄得复杂。"

嘉温正要下车,雪芽却抓住了他的胳膊,她受到惊吓的眼神不停在大门和嘉温间转换着。

"怎么了?"

雪芽蜷缩起身子摇头。她像是能够预知灾难的动物一样,有时候会对即将来临的不幸做出本能的反应。尽管莫名有些不安,但嘉温必须要弄清楚邀请函是怎么回事。

"我会回来的,不要担心。"

嘉温好不容易哄好雪芽,下了车。

打开大门后一进去,等待着嘉温的是空荡荡的院子。一天前还在为吊丧者遮挡太阳的帐篷以及桌子都已消失不见,只剩下空旷的泥地被雨淋湿着。嘉温走向了权仕平所在的里屋。刚才还在拍打瓦片的雨滴,现在却如同瀑布一样顺着屋檐倾泻而来。走过厢房出现了成员们待过的门房,但是成员们都不见了,只有家政阿姨在默默地打扫。连个行李都没有,看来是都走了。这么大的地方却没有几个人,让人感到有些冷清。嘉温走过中间的门进到了里屋,正准备走上地板,他就看到了石阶上的两双鞋子。一双是权仕平的皮鞋,另一双是男寺党分领头的运动鞋。

就像在反映两个人的人生,比起一点儿瑕疵都没有、闪闪发光的牛津皮鞋，运动鞋显得无比寒酸。里屋传来了两个人低低的谈话声，是隐蔽而又秘密的对话。

"老人家，我是郑嘉温，可以和您谈一谈吗？"

对话停止了，不一会儿，分领头出来了，像是有什么不能暴露的弱点被发现了一样，他那急急忙忙离开的身影总让人感觉有些不自然。嘉温模棱两可地低了下头，分领头若有若无地跟他打了声招呼就赶忙穿了鞋。

"进去吧。他在等着你呢。"

嘉温透过敞开的门缝看到了权仕平，他穿着灰色的改良韩服坐在炕头的褥垫上。身后放着写有《金刚经》段落的屏风，很有韵致。

"来了，坐吧。"权仕平一边把散落在经床上的文件堆在一个角落一边说道。嘉温这才走进了房间。

"要喝杯茶吗？"

"不了，谢谢。"

"你父亲的事情我已经又跟警方说过了。警方会将他杀的可能也放在考虑范围之内重新调查的，所以一起等一等吧。"

权仕平习惯性地翕动了嘴唇。

"先不说这件事了，人偶带来了吗？"

"我保管好了。"

"我之前也说过，那个人偶不是你父亲的，是男寺党代代流传下来的遗产，还回来吧。"

"如果那个人偶真的是男寺党的东西，我自然愿意归还，但是在案件解决之前，还是先由我来保管吧。我父亲像是因为人偶才被杀害的，而且我也差点儿死掉了。"

嘉温给他看了被怪汉的刀划到的伤口。

"被人伤害了？是不是应该报警啊？"

"就算去报警也没有什么特别要说的，那人的衣着相貌也没有什么特征可以成为线索。比起他，我有更好奇的事情。"

"说说看。"

权仕平拉来了放在经床上的烟灰缸，烟头在颇大的水晶烟灰缸里滚动着。

"老人家您是怎么知道人偶的事情的？不是说人偶是男寺党头领才会知道的秘密吗？不是说其他成员都不知道那是什么吗？"

嘉温并没有婉转提问的想法。权仕平沉默了一会儿，从嘴里慢慢吐出了烟。

"你认为我和你父亲是什么样的关系？"

"听说是您在他困难的时候给了他很多的帮助。"

"帮助……"

不知是不是不太满意这个词，权仕平反复说了几次。

"你父亲欠我一条命。"

"父亲欠了那么多吗？"

"你以为你父亲的命只值那么一点儿钱吗？"

"那是怎样的……"

"人都去世了，还说这个债干什么？重要的是，你父亲信任我到可以将人偶的事情告诉我。还有那个人偶归男寺党所有，不管发生什么事都要还回来。"

他非常坚决。看那气势，如果不还回去可能还会采取什么措施。嘉温拿出口袋里的邀请函放到了经床上。

"这是什么？"

权仕平打开信封确认了内容。之前本来一点儿表情都找不出来的权仕平，现在表情却有了一丝裂痕。

"这个邀请函是和人偶放在一起的。"

"是吗？"

"您听说过三友会吗？"

"不好意思，没有。"

裂痕已经不知不觉地消失了。

"邀请函是在父亲去世的一周前到的，父亲有和您说过关于邀请函的事情吗？"

"没有。"

嘉温想从他的眼神中判断真伪，但是权仕平却要老练得多。他一点儿动摇都没有地凝视着嘉温。嘉温重新把邀请函收了回去。

"明天将人偶拿来吧，知道了吗？"权仕平一边把烟头摁在烟灰缸里碾了碾，一边说道。但是嘉温没有回答。

"我就当作是这样了。但是我听你说你父亲有个藏起来的女儿，那是什么话？"

看起来权仕平对于雪芽的存在毫不知情。

"那个孩子在哪里？一起来了吗？"

"这是我的家事，为什么要关心这个呢？"

"因为你父亲是我的故交，你反倒是敏感得有些奇怪。"

"那个孩子现在住在我一个熟人的家里，暂时打算都让她住在那里。"

嘉温说了谎。虽然不知道理由，但觉得应该把她藏起来。

"把她带来一次吧，我也想看看她长什么样。"

嘉温没有回答。

"你现在打算怎么办？不用去画廊看看吗？"

"公司没什么问题，在结果出来之前都会一直留在这里。那我就先回去了。"

嘉温郑重地道了别，转身想要离去。

"啊，对了……"

走出房门的嘉温停了下来。

"我昨天去找了一个专家鉴定人偶，发现人偶有一些问题。"

权仕平立马对"问题"这个词起了反应，万年不变的表情发生了比刚才还要明显的龟裂。

"有人换掉了人偶的背部。没什么事情那我就先走了。"

留下这句话后嘉温离开了房间。

正在穿鞋子的嘉温心里很复杂。人偶绝对有什么嘉温不知道的秘密，而这个秘密与三友会有关，也与父亲的死亡有很深的关联。父亲的死亡肯定不是单纯的杀人事件，而是一条告知巨大事件开端的导火线。看起来权仕平什么都知道，事情越来越微妙了。

嘉温穿过雨幕回到了车中。一走出大门，他便能看到自己的车在沉着地等着他。嘉温抖去身上的雨水坐上了驾驶座。

"肯定有猫儿腻。"

嘉温在发动引擎的时候才发现雪芽不见了，副驾驶座位上只放着毛线针。

"她这又去哪儿了？"

嘉温正准备下车去找雪芽，就在这时——

"那个人偶还是还回来比较好。"嘉温大吃一惊转过身，后座上坐着石头。他戴着一个很久前解散的职业棒球队的帽子，本来就抑郁的脸看起来更加阴暗。

"谁同意你上车了？"

"我也没有其他办法。"

石头看起来非常不安。

"听说你是我父亲的得意门生,你知道一些关于人偶的事情吧?"

嘉温一问,石头便快速推开了车门,仿佛是在后悔着不该上车。强风裹着雨从门缝中冲了进来。

"再说一遍,那个人偶还是还回来比较好,不然你会很惨。"

留下这句话,石头就从车上下去了。嘉温赶忙跟了上去。

"你知道关于三友会的事情吧?"

嘉温的声音回荡在大雨中,正在下山的石头停了下来。嘉温走过去给他看了邀请函。

"这个是和人偶放在一起的,是寄给父亲的。三友会到底是什么?父亲到底发生了什么事?"

石头拿着邀请函,木讷的脸上开始写满了纠结。他没有能把感情藏起来的本领。

"我有权知道,因为我是他的儿子。而你有说出来的义务,因为你是他的得意门生。"

嘉温看准缝隙,执着地紧抓着不放。石头的眼神摇晃不定了一会儿,终于静了下来。

"在这里不行,换个地方吧。"石头一边看着周围一边说道。嘉温犹豫了一会儿,是因为雪芽。这孩子到底是去了哪里,但是现在没有办法多想了。

"上车吧。"

嘉温载着石头开下了山路。经过一个窄窄的胡同后,眼前便出现了太华洞中央路上的一排银杏树。嘉温没有定目的地,只是一直在毫无目的地开着车。直到开出太华洞,石头都默默地坐在后座,一言不发。

"车挺好的。"

过了好几个路口,石头才打破了沉寂。

"从一开始你就一直看着我,你是想说什么?"

嘉温一边按下侧灯的按钮,一边问道。即便现在是大白天,天也暗到了需要开前灯。

"老头领将我指定为接班人。"

"你的意思是你才是人偶的主人吗?"

嘉温透过后视镜看了他一眼。

"我对人偶什么的没有兴趣。只是想说老头领他之前确实是要把那个传给我的,但是……"

"但是?"

"权仕平反对了,他推荐敬道师兄。"

是刚刚从权仕平房间里出来的分领头。

"理由是?"

"因为两个人是一伙的呗,敬道师兄是个很听话的走狗。"

雨刮器在认真地刮去雨水。

"权仕平说父亲欠了他一条命,到底父亲和权仕平是什么关系?"

"虽然大家都认为老头领是因为有需要才去找的权仕平,但他们都是不知道随便说的。老头领是中了权仕平的套,才会变成那样的。"

"仔细说说。"

"大概是我进党派第三年的时候,那时活儿开始变少了。别说是平常挣点儿零花钱的企业活动了,就连最重要的饭碗——文物厅的公演也全都没了。老头领想尽了方法,但是都没有用。将近一年的时间,一百多名成员都只能喝西北风。金钱面前哪有什么能人呀,老领头最终还是负了债。结果债越滚越多,直到有一天,权仕平像彗星一样出现了。"

"到这里我都听过。然后权仕平帮父亲还了债,还在应季的时候送他烤鲌鱼什么的。"

"那些都是权仕平的奸计。从没有活儿干到帮忙还债,都是他一手打造的诡计。他利用人脉挡住了帮派所有可以挣钱的机会。毕竟是国会议员,又是企业人协会的理事,这对他都不算什么事情,甚至连老头领去借钱的高利贷公司也都是权仕平的。他表面上说是出于对传统文化的保护一类冠冕堂皇的借口,但其实男寺党会变成什么样,他一点儿都不放在心上。那家伙从一开始就是盯着人偶才接近的男寺党。"

故事一步一步走向了核心,载着两个人的奔驰驶过太华洞三岔路口,正在进入市中心。

"这和父亲的死又有什么关系?"

可能是嘴唇太干了,石头连续咽了好几口口水。

"请问有水吗?"

嘉温从副驾驶座前的储物箱中拿出矿泉水递给了他,石头瞬间喝了一半。

"在老头领去世的前一天晚上,我们都在忙着准备第二天的公演。说是外国会派考察团过来,市政府文化部的职员好好拜托了我们,所以我们也都打算好好施展一下身手。当时我正在检查老头领的人偶,但是朴金知侄女的脖子断了,是修也修不好的那种断。于是我便去了老头领的办公室,因为如果要更换人偶的话需要有老头领的许可。我刚到办公室门口就听到了里面的吵架声。是权仕平。两个人在争吵。我屏住呼吸偷听了他们俩的对话。"

"他们在吵什么？"

嘉温把车停到了路边。

"是关于人偶的故事。"

顺着长长的走廊，毫无二致的门如同带着编号的试管婴儿一样排列在那里。其中唯一开着灯的地方就是头领郑英侯的房间。石头拿着脖子断了的朴金知侄女的人偶站在门前，就在他要敲门的那一瞬间。

"那个人偶不是你的！你要是敢动它一根毫毛，我不会放过你的。"

是权仕平的声音。气氛很不妙。石头小心翼翼地透过门缝看向办公室里面，头领郑英侯和权仕平正隔着一张桌子对质着。

"不知从什么时候开始，你就开始像是我们的东家一样做事，就好像男寺党是你的私有物一样。"

"难道不是吗？不是的话你就说不是。"

权仕平眼神犀利地逼问道。本来就狠毒的眼神现在都要喷火了，但郑英侯也是一个一句话就能让整个党派发抖的人。

"男寺党不是任何人的所有物，它是数百年来从一个灵魂传给另一个灵魂的血脉。不是你的我的，而是一个鲜活的生命，不是用几个钱就可以买到的东西。"

郑英侯的脖子上爆出了血管。两个人的气势非常强烈和尖锐，在门外都能感受得到。

"所以你打算把人偶怎样？"

"那六个人偶要从这个世界上消失，它们就不应该诞生。"

"又是那个根本不成立的诅咒的事情吗？"

"这不是你想的那种传说和童话，是历史，而且就是因为有你这种人的存在，历史才会重复，就像一百年前的那天一样。"

"那件事情你知道了？"权仕平的声音有些颤抖。

郑英侯没有回答，只是凶狠地望向他。从两个人的眼中射出相反颜色的光线，相碰之后擦出火花。仿佛只要两者中有一人稍微提高一下强度，就会发生巨大的爆炸。

"所以说，你是要毁掉这百年一次的聚会？你有什么权利毁掉这传承了两千年的聚会？我看那个聚会才是你最爱惜的男寺党的根源吧？但是你这个家伙竟然要断了这个历史，我绝对不能容忍。如果人偶出了问题，那时候你也死定了。你最好记住我说过的话。"权仕平放完狠话后便走出了房间。

石头为了不被他发现，迅速地躲到了隔壁房间。随着嘈杂的关门声，权仕平的皮鞋声也向着漆黑的走廊深处慢慢远去。

乌云密布的天空中突然闪过一道光芒，紧接着便响起了轰轰雷声。

"人偶的诅咒……"

嘉温咕哝道。

"肯定是权仕平杀死了老头领。"

很长一段时间里，车里都只回荡着嗒嗒嗒的雨滴声。

"你刚刚说总共有六个人偶，那么剩下的人偶都在哪儿？"

"我也不知道。但老头领总是说人偶是超越人类欲望的物品，倒不如销毁来得好。"

"所以你是说我父亲想要销毁人偶，而权仕平则是反对他这么做，而他一看父亲真想销毁人偶了，就杀了父亲想把人偶占为己有。"

这倒也是一个说得通的剧情，但没有任何物证和人证。阴暗的天空中再次闪过一道闪电。

"请把所有有关三友会的事情告诉我吧。"

"事实上你父亲从来没有提起过它，因为还没有正式开始选拔后任。但自从收到那张邀请函后，他便非常纠结，觉也睡不好，总是一副失魂落魄的样子。"

权仕平口中百年一次的聚会一定是指三友会。不仅如此，这还是延续了两千年的聚会。和他想的一样，人偶和三友会有着密不可分的联系。

"如果是那位的话或许会知道些什么。"石头像是突然想到了什么说道。

"谁？"

"我们男寺党派有自己传统的特别过冬地，就在西云山青龙寺。从很久以前开始，我们便会在接不到什么活儿的冬天过去过冬，顺便帮忙做点儿杂事。最近几年的十二月到二月也都会待在青龙寺里。那里有位叫作务安的住持，他或许会知道有关三友会的事情。青龙寺的住持和我们党派的头领自古以来就有着非同寻常的关系，而且寺庙里也保管着大量的男寺党资料。"

"青龙寺的务安大师……"

"不管怎样人偶肯定是被下了诅咒的，要是一直留在手里必定会带来灾难。"

石头留下这些话后就走了。看着石头那渐渐消失在雨中的背影，嘉温理了理头绪。按石头的话来看，杀害父亲的凶手是权仕平的可能性较大。不管是出于什么原因，他一心想把人偶拿到手，也因此和想要销毁人偶的父亲站在了对立面。但有一个疑问，如果真按石头所说，权仕平有预谋地通过断掉男寺党的饭碗，以此来得到男寺党的话，那么就是说他在认识父亲之前就知道人偶的存在了。问题是，再怎么是价值数十亿的文物，身为国会议员、非同一般的资本家的他，为了一个人偶而持续几年动用人脉，甚至还不惜杀了人，听起来还是有些牵强。人偶一定有表面价值以上的秘密。

嘉温发动引擎，驾车离去。虽然想直接前往青龙寺，但他不能这么做。他得先找到雪芽，为了找到她，嘉温开车重新驶向了权仕平的家。

嘉温先是仔细地搜寻了住宅附近，四周被灌木丛和小树林包围着。暴雨倾泻而下，仿佛是天空破了个洞一样。他把周围能躲雨的地方都找了一遍，却都是白费力气。他甚至还爬到了关王庙，但雪芽却像蒸发了一般，没有留下任何痕迹。淋了一身雨的嘉温回到车里。

"真是个让人不省心的丫头。"

离她失踪已经过了近一个小时，嘉温渐渐担忧了起来，她肯定是因为石头接近车才会不安地逃跑。一想到身体虚弱的雪芽要独自在雨中徘徊，他便有些焦躁起来，就连他自己都对自己如此紧张雪芽而感到奇怪，他的心思竟全部放在了雪芽身上。这可能是因为血缘关系，也或许是因为对他人产生的怜悯。但与此不同的是关心的性质有些不太一样，这让嘉温有些慌张。嘉温像是收到使命的骑士一般跑下山坡——雪芽也可能为了躲雨跑去了大路那边。

也不知跑了多久，嘉温突然停了下来。山坡路的周围有一片茂盛的树林，簇拥着栗树和橡树。虽然只是一瞬间，但他确实感觉到了密林中有什么动静。嘉温慢慢走近了树林。雪芽有躲避人的习惯，躲进了黑黑的树林也是很有可能的。

"雪芽！"

嘉温向着一片漆黑的树林喊道。因为倾盆大雨，周围满是下雨的声音，其他细微的声音全都被吞没了。

"是我，嘉温！你在那里就回答一声。"

他全部的心思都在黑黑的树林里，但是树林里并没有任何反应。可能是看错了吧。就在他准备转身的时候，有什么东西动了。嘉温眯起眼睛凝视着物体，动静越来越近。它终于从黑暗中出来，走进了模糊的光线之中，是雪芽。全身被雨淋湿的雪芽像被遗弃的小狗一样可怜地哭着，她一确认是嘉温就一下子跑过来抱住了他。嘉温先是拘谨地看了会儿挤在自己怀里的雪芽，然后才小心翼翼地抓住了她的肩膀。雪芽像是在埋怨嘉温抛弃她一样，捶起了嘉温的胸口，而嘉温则是默默地接受了她的拳头。雨下得小了一些。

青龙寺坐落在安城西云山山脚下。据说这座寺庙是在高丽元宗时期建成的，懒翁禅师看到了踏着瑞气环绕的云彩飞下的青龙，所以就将原本叫作大长庵的寺庙名改作了青龙寺。按照石头所说，男寺党从19世纪后半期就开始在青龙寺寄籍。男寺党从春季农忙开始到秋收结束时都会在全国漂泊表演，到了冬天就会回到青龙寺。青龙寺将他们当作伙夫，给他们提供住处和食物，久而久之这里便成为中部地区男寺党的根据地，并且青龙寺也以附近的男寺党第一个女头领巴吾德之墓而闻名。

载着嘉温和雪芽的车开在围绕着青龙寺的34号国道上。雨虽然停了，但还是有一层厚重的乌云低悬在空中。在雨中冷战了半天的雪芽早已累得睡着了。盖着嘉温的夹克小声打呼噜的雪芽就像一片没有化掉的雪花。

嘉温到目前为止见过很多女人，其中还有一些耳熟能详的知名模特，但是他从未将自己的心完全交付给过任何人，那是他看着母亲领会到的一种自我防御系统。母亲因为爱情毁了自己的人生，并且付出了一生的代价。这就是爱情这种东西带来的问题。就算是千辛万苦得到了也不会持续很久，而且如果付出了真心却还不能拥有，就要尝到人世间最苦的味道。这是一个需要忍受相当大的痛苦还附带损失的赌博。而且从经验来讲，比起能够得到的人，得不到的人从概率上来讲更多。最大的问题，就是因此而产生的抹不掉的伤口，即使会随着时间流逝而愈合，也会留下硬硬的伤疤一般的后遗症。这是一件愚蠢的事，是感情的过度消费，也是浪费人生的事情。一旦关系进行到产生美妙的感情，嘉温就会本能地退出。所以即使他的心一直都在他的胸口跳动，但随着时间流逝也渐渐石化了，如同是看不到太阳而渐渐失去生气的向日葵。嘉温明知这个事实，却也坦然地接受了。人生就是这样，为了获得一样东西就必须要放弃另一样。

但是像昨天的冰雹一样从天而降的那个女孩儿现在却想要占有他的心。嘉温虽然在拼尽全力抵抗着，但他也不知道自己还能坚持多久。这个孩子用充满好奇的脸打开了嘉温封锁了三十多年的感情之门，还一下子就到了最深处。嘉温明知道这个感情的最后会是不幸，但还是像落在了流沙中一样，越是抵抗就陷得越深。电话响了。

"您好。"

"您好，这里是圣保罗医院。请问是郑嘉温先生吗？"

是不久前去接受诊察的医院。

"是啊，有什么事吗？"

"是为了确认手术预约时间才向您打的电话。您预约了十月二十六日上午十点钟权明灿医生的手术，请问没有什么变动吧？"

三天前嘉温收到癌症诊断之后，在主治医生的劝导下定下了手术日期。

"就先那样吧。"

"知道了。手术前一天需要您前来检查并办理住院,还有手术前两天开始就什么药都……"

"我现在在忙,以后再给我打电话吧。"

嘉温挂了电话。不知是不是听到了要消灭自己的计划,癌细胞苏醒了。嘉温的胸口开始酸痛起来,是痛苦在驯服着人类。恐惧导致冷汗反射性地顺着他的脊背流了下来。

"疼吗?"

刚睡醒的雪芽从夹克里露出头来看着他。

"不,没事。"

痛苦真的消失了,如同是狗撞见了天敌一样垂下了尾巴。雪芽伸了个懒腰就把下巴靠在窗边,看起了窗外掠过的风景。雨后的湖边很平和,平静的水面上时不时会跳出鱼,排列在街边的法国梧桐也在随风起舞。

"爸爸对你好吗?"

雪芽好像是没听到,正在试图用手抓住从车窗缝隙吹进来的风。

"那根本不可能。哪怕只是有一点点关心,也不会把你放到那样一个乡下。"

"全国第 134 名。"

雪芽像是突然记起了什么一样嘀咕道。

"什么?"

"全国第 134 名。"

雪芽用力读出了数字。这是高三模拟考试时,嘉温考过的最高名次。看到成绩单的母亲开心到不能自已,在村里到处炫耀。市场里的人都吹捧说上首尔大学是十拿九稳的事情,而嘉温则是每天早上都得根据母亲的心情改变所希望的专业。前一天的汤饭卖得不好，第二天早上就会改成经济学专业，报道上说要改善教师待遇那一天就是英语教育学专业。但是不知是不是因为过度的压力，嘉温高考时的成绩比平时差了许多，所以只能报考考古美术学而不是经济学科。因为实在是太久之前的事情了，嘉温也都忘掉了。

"难道父亲……不会的，那个人怎么会知道这个。不是吗？"

嘉温就带着一丝希望问了一下，而雪芽只是看着窗外若无其事地哼着歌。

"苦大仇深的佝偻老汉驼背唱起了花之歌，他要在洛阳高楼献给白云。在那遥远大海的另一边有仙药，小心翼翼地乘上小船漂过去。天空中的圣人啊，您又怎会来帮我们呢？越过千里波涛后就是神仙之地啊，白雪覆盖的瀛洲真是远又远啊。得不到不老药，皇帝会震怒。拼命也要回去，但毕竟是吞人的大海。驼背佝偻老汉不会叹气的，毕竟膝下还有子嗣……"

不管听几次都是一首会使气氛平静下来的奇妙的歌曲。悲伤的歌词和雪芽柔弱的声音合在一起，把周围都染成了灰色。

"这首歌是在哪里学的？"嘉温问道，但雪芽只是向路过的耕耘机招招手，所剩不多的落叶随着雪芽的歌声在空中纷飞。

沿着水库，爬上西云山，青龙寺在茂盛的树林之间露出了模样。把车停在停车场后，大概走了五分钟的山路，寺庙的入口终于出现在眼前。四天王像守着挂有用汉字写的"西云山青龙寺"的牌匾的入口。走过双眉紧蹙的持国天王后，眼前出现了一座雅致的寺庙。正前方是大雄殿，左右两边则是面对面伫立着的安置着法鼓和梵钟的钟阁和观音殿。像童子僧一样小巧的三层石塔在大雄殿前面守护着它。由于是工作日的午后,嘉温并没有看见信徒们。他看了看大雄殿里面,但里面也只有一座佛像在房椽下摆着拈花示众般的微笑,此外并没有看到礼佛的僧人。嘉温走向钟阁后面的供养间。走过摆放整齐的水缸做的酱台后,便能看到散发着馨香的寺庙饭味儿的供养间了。准备晚饭的阿姨正从缸子里舀出大酱。

"打扰一下,我来找务安大师。"

"住持大师现在应该在处所。"

"那请问大师的处所在哪儿?"

"你绕过观音殿就能看到了。"

嘉温随即走向处所。刚绕过观音殿,随着陡峭的石阶望去,便看到了大师的处所。那儿与法堂有所不同,屋檐不是丹青色的,不知是不是因为阴天,即便时间尚早,玄关也开着灯。嘉温爬向楼梯。闪亮的铝合金门上贴着大大的"谁都欢迎"的字眼,与布袜般的传统屋檐格格不入。嘉温敲了敲门。

"请进,门是开着的。"

沉稳又从容的声音中带着歌曲般的韵律。嘉温整理了一下穿着才走进处所里。大约二十坪的屋里有两位僧人正坐在可移动暖炉边下棋。拿着白棋的僧人看上去有点儿年纪,另一位则看上去比较年轻,长出的新发还泛着绿光。棋盘上已经摆了很多棋子,意外的是拿着黑子的年轻僧人胜利在望。

"两位看着也不像是为了施斋而来,请问是为何事而来?"上了年纪的僧人在空白处放下棋子后问道。

"我是来找务安大师的。"嘉温干巴巴地回答。

"为何事来找我这个老和尚呢?"

"我是郑英侯的儿子郑嘉温,我来是想请教您一些事情。"

年轻僧人很是尖利地回了子，务安大师将棋子放在手里摩挲着寻找生路。

"英侯过得还好吗？正好最近也快到他们回来的时候了。"

听说是他儿子后，大师第一次转过头来。

"他四天前去世了。"

正准备落子的务安大师顿住了。

年轻僧人泡了杯茶放在已失守的棋盘上，便静坐一旁。

"英侯为人很厚道，我还以为他会寿终正寝呢，啧啧……反正生者必亡，你也别太悲伤了。"了解了事情始末的务安喝着茶说道。

兴许是眷念那一杯热腾腾的茶，雪芽双手握着茶杯。极度怕生的她不知为何没有排斥务安，许是她生来就有判断善恶的敏锐感知吧。

"听说您和我父亲有很深的交情。"

"第一次见到英侯是在我刚成为浴头[1]不久后的事情，已经过去四十年了。当时你父亲还只是个在供养间砍柴烧火的弟子呢，呵呵。和他一起偷偷从功德箱里拿钱出来买药果的事儿还恍如昨日呢。"

务安的思绪随着茶水里散发的缕缕蒸汽，沉浸在回忆中。

"这么说您应该知道不少父亲的秘密喽？"

"或许吧，人毕竟自己也不太了解自己。你想知道什么？"

嘉温拿出邀请函，放在棋盘上。读了邀请函的务安脸上蒙了一层阴霾。

"是它来了呀。"

"看来您真的知道。"

---

[1] 浴头：寺庙里负责澡堂及烧水的和尚。

务安拿着茶杯走向窗边。夜幕好似泼墨水，顺着西云山山脚蔓延开。

"找到人偶了吗？"

务安也知道人偶的事。

"我把它藏在了只有我知道的地方。"

"人偶落到你的手里了呀。"

似是有张怎么也甩不掉的不祥符咒跟在后面一般，务安紧蹙着眉头看向嘉温。隐隐的烛光在微妙的气氛下摇晃着。

"父亲绝对是因为人偶而去世的，人偶又和三友会有关联，三友会到底是什么？"

务安像是从长久的睡眠中醒来一样，深吸了一口气。

"三友会是韩国、中国和日本的传统人偶剧艺人每十年聚集在一起，相互斗艺的聚会。"

"韩、中、日的人偶剧？"

很是意外，竟是一个过分和平的聚会。

"三友会是一个历史悠久的聚会。中国和日本也有着和我们国家的人偶戏一样、历史悠久的传统人偶剧。中国的代表人偶剧是傀儡戏，而日本则是文乐。这三种人偶剧都是从同一种人偶剧发展来的。始于秦朝的人偶剧流向韩国和日本，分别发展成了不同的人偶剧。历史学家们主张傀儡戏源于汉高祖时代，但那是错误的。在中国古代的文献中，最早关于傀儡的记载是春秋时代的《列子·汤问》。周穆王在巡查完西部返程的途中，一个地方的官吏献上了一位名叫偃师的手艺高超的工人。王问，你有什么才能，偃师便回答说他为王准备了些东西，恳请王看一看。次日，偃师带着一位面生的人来到王面前，穆王便问他是谁，偃师回答道：'此人是神创造的，叫作傀儡的人偶。'

"穆王仔细一看，人偶低头看地、抬头仰天的样子竟和真人毫无差别。传说那就是傀儡的开端。傀儡的历史就是这么悠久，但在春秋战国之前，大部分傀儡只是用来代替殉死者下葬，或者是丧家用来哀悼逝者、驱走厄运的道具。第一个把傀儡用在人偶剧的人便是苍崖了，他是秦朝有名的画家和发明家。"

故事又再次和苍崖联系起来。

"我知道关于苍崖的事情，您继续讲吧。"

务安把茶壶里剩下的茶水倒入茶杯。

"苍崖是把在商街即兴表演的傀儡戏正规化，并赋予人物与故事的第一人。之后傀儡戏不断发展，并在汉代和唐代传到了中国所有地域。关于苍崖为什么要创造人偶剧，众说纷纭，但史书里记录的内容是这样的：有着天才般的才能，但因长相丑陋躲避着人群的苍崖，在某天被一位名叫王龁的将军找到了，王龁拜托他画一幅在战争中丧命的儿子的肖像画。王龁作为六大将军之一，是在秦朝统一全国时立下大功的重要将领。王龁承诺若肖像画能画得和他死去的儿子一模一样，便会给他与他体重同重的银两。偏信了王龁的苍崖开始画起肖像画。过了不久，完成了肖像画的苍崖去找了王龁，但看了画的王龁一直找碴儿。虽然苍崖后又画了几幅，但每次王龁都会找出各种借口来拒绝给钱。最后，愤怒的苍崖让他拿出承诺的银两，反被杖责后赶出去了。拜之所赐，痛失一条腿的苍崖抑制不住心中的怒火，把王龁的恶行编成人偶剧，传播给了戏曲表演者，王龁也成了人们口中的笑柄。得知此事的王龁本想抓苍崖，但苍崖早已消失不见了。王龁为了禁止苍崖的人偶剧不惜颁布了法令，但人偶剧早已流传开，法令也无法阻止。最终，被人们嘲笑的王龁因郁结去世了。

"在后汉时期的学者魏静之游遍全中国搜集到的民谈所编成的

《魏静之游记》里，也有关于苍崖的另一个故事。秦朝时，有一个受到人们蔑视的驼背老汉。他的手艺出色，做过很多人们必需的物品，但人们不仅没有感谢他，反而嘲笑和欺负他。生气的驼背老汉便用石头和树枝做出了和村里的人长得一模一样的人偶，命令它们把村民对他做过的恶行也同样对村民做一遍。于是人偶就把驼背老汉受过的欺辱原封不动地还给了村民，村民这才意识到自己有多坏。但是人偶并没有停止报复行为，村里的人们为了谢罪去找了那个驼背老汉，但他已经离开了。在这个故事里，驼背老汉指的便是苍崖，报复村里人的人偶则意味着人偶剧。不管哪个版本是正确的，苍崖是傀儡戏始祖这一点都是确定的。可奇怪的是，在苍崖完成傀儡戏还没多久的时候，傀儡戏就已经传到了朝鲜半岛和日本。对于那个交通不方便的时代来讲，传播速度可谓是相当快了。只不过当时朝鲜半岛和日本的历史几乎没有留下什么记录，因此没法对此有更深的了解，但高丽时代的一部著述《三国遗事——纪异篇》里记载着以下内容：

"'爱襄国的莲花公主和已柢国的辅国王子结下了婚姻。在盛大的婚礼上，从大真国来的叫作陈康的人，用木头和皮革做成的人偶表演了歌舞。'

"这里有意思的是从大真国[1]来的陈康。马韩的爱襄国是在公元前后，秦国灭亡后过了约二百年建立的。因此，大真国指的并不是秦始皇的秦国，而是三韩七十二个国家中的一个。还有一点明确的是，陈康并不是人名。据传苍崖有六个弟子：玄成、濂溪、马云、石子促、舒谦、还有陈康。这六个弟子在苍崖死后便纷纷离开了，据说有几个人去了倭国，即日本，还有几个人去了朝鲜半岛。虽然不知他们为何

---

[1] 大真国：在韩语中音同"大秦国"。

不惜历经险恶的旅途也要到达朝鲜半岛和日本，但苍崖死后，他们确实是分摊了人偶就散开了，陈康就是前往朝鲜半岛的弟子中的一个，所以《三国遗事》里所说的陈康是指继他之后进行人偶公演的团体。韩语中的'人偶戏'一词也是在这个时期从郭秃[1]傀儡的汉字衍生而来的。于是就这样分散在日本、朝鲜半岛和中国的六名弟子纷纷传播从师父那儿学到的技艺，人偶剧就是其中之一。最后传到当代，形成了今日韩、中、日的传统人偶剧。"

"看来那六个弟子会每十年聚一次会，也就是三友会吧？"

"是的。三友会在弟子们死后也依然传承了下来。虽然其间由于战乱有过几次危机，但这传统还是传承了两千年，可惜的是聚会突然在一百年前终止了，没有人知道其中的原因。有人说是因为中日战争和冷战不得不终止，也有人说是因为他们互相猜忌和嫉妒对方的人偶剧，才导致了争执。总之，这三个国家的人偶剧从此断了联系，就这么过了一百年，但就在不久前，这个邀请函寄到了你父亲手里。"

"六个人偶……六个弟子……"

事情随着苍崖的人偶，与两千年前分散到朝鲜半岛和日本的六个弟子紧密地联系在了一起。刹那间，嘉温的脑海里闪过父亲和权仕平的对话。

"看来我父亲知道了其中的原因———一百年前那天的事情，所以我父亲才想要把人偶销毁，并说是被下了诅咒。"

不知不觉，黑暗已蔓延到玄关门口了。山中的黑暗从深度开始便很不同。

"您有听说过有关人偶的诅咒吗？"

---

[1] 郭秃：古代对"傀儡子"的俗称，也是傀儡戏中最常见的角色。

"男寺党有一个只传给男寺党大领头的秘密,别的成员都不知道那是什么,甚至党派中最年长的老前辈也不知,而我也是如此。"

"您的意思是说诅咒就是人偶的另一个秘密?"

务安露出了意味深长的微笑,既没有肯定也没有否定。

"去年冬天你父亲曾含着醉意说了句话,那天是我进寺庙以来雪下得最大的一天。"务安凝视着时间那头覆盖在素服上的白雪说道。

"他说了什么?"

"六个人偶聚在一起会出大事!"

咚!

门外的梵钟声正在为众生卸下那刁恶的烦恼,然而嘉温心里背负着的苦恼却如苍崖的身体那般重,在钟声下反而变得更加焦躁。

"这么快就到了晚饭时间。你们爬了那么久的山,肚子也该饿了吧,一起吃吧?庙里的饭还不错。"

"不用了。我听说寺庙里有保管男寺党的资料,是否可以看一下?"

"不知能否把它称为资料,都是一些出纳簿和账本而已。"

"有一百年前的账本吗?"嘉温起身问道。

"你去给童子僧们送点儿饭团。"

对年轻僧人说完,务安便把嘉温带去了观音殿后面的一个小仓库。

打开沉甸甸的锁头,屋里传来了刺鼻的大酱味。务安很熟练地穿梭在浓密的黑暗中,他走到仓库正中间,拉动了如同钟摆般垂落而下的电灯的开关线。初冬的夜里,冷冽的光带着森然的寒气驱散了黑暗。三四坪的仓库里挂满了秋天做的酱块,每块酱块都用绳子系着挂在椽子上,储藏酱菜和沙参的陶罐则是顺着墙边围了一圈。旧报纸和一些看似是书本的杂物也占据了仓库的一角。务安推开酱块,从架子上搬下来一个箱子。用透明胶带密封的箱子上有签字笔写着的"男寺党"三个字。一共有七个这样的箱子。

"天冷了,如果需要就用这个吧,出来时别忘了关灯。"务安递来毯子说道。

"我父亲也看过这些资料吗?"

听到嘉温的提问后,走向供奉间的务安回了头。

"他整天待在这里,忘了吃饭是再寻常不过的事了。"

务安露出菩萨一样的慈祥微笑就走了。顺着山麓浸升上来的冷气早已蔓延了仓库的地板。

"你也跟着大师走吧,要不就感冒了。"

雪芽听了却毫无动静。她披着嘉温的衣服又紧紧裹住毯子,贴在嘉温身旁。嘉温摇摇头打开了第一个箱子,箱子里面装满了笔记本。所有笔记本都长得一模一样,也许是手工做出来的,什么纹样都没有,还是用棉线穿起来的。封面是用厚厚的黄板纸做的,而里面则是最近已经很难看到的抄更纸[1]。虽然整体来看保管得并不是很好,但是想看清楚内容应该也没有太大的障碍。嘉温拿起最上面的一本。

安东男寺党金钱出入账簿

是用圆珠笔一笔一画写出来的名字。嘉温翻开第一页。

抄更纸在岁月的打磨下,不是缺了个边便是少了个角。只见第一页上面写着"1961 年 崔革舜",这是账簿的完成年份和当时头领的名

---

[1] 抄更纸:用碎纸再制的纸。

字。嘉温直接翻了页，开始读起内容。空白的纸上被作者认认真真地画下了横线，记载着如下的内容。

  阴历1月3日
  给寺庙做伙夫收了二十升大米、十天的柴火、十二双满月[1]防寒靴。防寒靴给了长鼓手相旭、假面舞领头钟武、老小七峰各一双。

  阴历1月6日
  给大小邑里长办了七旬生日宴，收了现金五百元和三斤猪肉。负责联络的领头东灿大哥的儿子结婚支出十五元。

  阴历1月8日
  新弟子大圣趁夜逃跑了。出去找的伙计们在竹山面车站抓住了他，将其打了二十大板后关到了库房里。虽然新弟子们都说他是因为想家才会逃跑，但我觉得应该是老成员在欺生。要给他们几天时间处理。

  本子里从头到尾都是这样的内容。与其说是账簿，更像一帮人的金钱出纳和一些大小事记录集。虽然不是很详细，但也充分可以了解当时的情况了。嘉温瞅了瞅箱子里的其他本子。是从1960年到1980年的内容。他要找的是1880年到1900年初的账簿，就是三友会终止聚会和人偶背部不见踪影的时期。从人偶的重要性来看，这两件

---

[1] 满月：韩国20世纪60年代流行的防寒靴产品系列，由京城橡胶工厂所制。

事肯定有着密切的关系。嘉温又看了看别的箱子。他仔细一看发现箱子侧边也都写了装有账簿的具体年份,大部分都是以二十年为单位整理的。嘉温翻找着箱子,一点点逆着时间往上走。但是日期却停在了1910年,最后两个箱子上没有任何标识。嘉温凭直觉打开了放在最下面的箱子。里面装满了用构树纸做的韩纸书本。这些散发着韩纸特有的亲切香味的书本被绳子绑着,封面的名字也不再是用圆珠笔,而是用墨写出来的。

　　男寺党 出纳章程

虽然上面的字换成了墨水写的汉字,但与之前的一样都是账簿。嘉温为了弄清年份翻开了封面。

　　癸酉年 李斯同

第一页果然记载了完成年份和作者的名字。朝鲜时代时,只有王室和官厅才会使用中国明代或清代的年号,而平民一般都会使用天干地支来记载年份。癸酉年是1873年。是无所不为的大院君下台,高宗亲政体制刚施行的那一年,同时也和缝纫机老头儿推测的年头差不多。据务安大师的话得知三友会是每十年举行一次,虽说中间有一百年的间隔没有举行,但也有必要从收到邀请函的今年开始回算起。这样的话极有可能是1884年和1894年,还有1904年是召开最后一次三友会的一年。嘉温把箱子移到仓库中间开始查看里面的东西。翻了几本账簿之后,他拿起一本标着"甲申年"的账簿。甲申年是1884年。嘉温坐在地上开始读了起来。这本账簿的作者是头领"李乐云"。

这一本大部分也都是关于金钱出纳的内容，嘉温直接跳过那些部分，只快速地通读了跟内部情况有关系的史料。

正月初三

没有做好越冬准备的转碟伙子的脚冻伤了。必须得去看看大夫了，可是全部家当也才不到三十两。如果村子里不允许赌博，就只能把他转给那些喜好初学者的老爷子了。

正月初六

跟着鹰潭大师做了人生第一次的三千拜，儿子善男也一起。一天拜一千次，足足拜了三天才拜完。新手时期刚摸着人偶的时候也没有这么艰苦，膝盖破了，腰酸背痛，可是出于对帮派的担心，我还是咬牙完成了。每一年都是岌岌可危，我每天都因为担心能否养活帮派而睡不着。这一年是否也能平安无事地过去呢？

正月初九

五天前下山的分领头峰秋回来了。了不起的是他还带来了转碟伙子元久的药，包袱里还有酒和白切猪头肉，多亏于此肚子也填饱了。他貌似是一路走到了安城，醉意上来之后便开始讲起在山下的所见所闻。之前只有京城才有的西洋茶馆好像也开进了安城，就开在崇仁路安逸屋对面，老板是去东京留学归来的千石户李金知的小儿子。和大家起初认为开不到一个月的担忧相反，茶馆刚开张门口就排起了长队。在茶馆还能经常听说京城的事，据说紧接着清军、日军也入了京城。街上都在说着国家会落入日本鬼子手里的传闻，闹得人心惶惶，不知去日本的古筠先生是否安好。

账簿是日记的形式。跟之前的内容相比更加详细，偶尔还会体现出作者诚实的感情。嘉温很有耐心地读下去。看起来男寺党当时的生活极其艰苦，大部分村子都不允许演出，所以他们经常会在村口就被赶了出去。即便村长同意了，表演也没有得到热烈的掌声。背上莫须有的偷窃罪被拖去官衙的事数不胜数，有时还要仅仅因为是男寺党的一员，便被围打得半死不活。最艰难的部分果然还是财政问题，他们大部分的经费都是走的直接交易。表演后收不到钱，只能收些村子里最多的农作物或物品，然后再拿到别的村子里卖掉，购入生活必需品，但是大部分时候都没拿到说好的东西，不得不过上贫穷的生活，所以他们会把年轻的弟子上贡给那些有权有势的人来解决钱的问题。到这里还没有出现关于人偶或三友会的内容，嘉温继续耐心地往下读着，忽然有一段内容吸引了他的注意。

十月十二日

古筠先生回来了，不论何时先生都是那么聪慧过人，我们一起喝了他带来的珍贵清酒。微醉的他说了令人毛骨悚然的话。他说他打算改变国家，要建立属于百姓的国家，希望我也可以加入他。我说像我这样卑贱的人又能起到什么帮助，先生却说在他的组织里不分两班与贱民，只要把国家惦记在心里就可以。我没有给先生答复，我这样的戏子有何国家，又有何民族？只是个为下一顿饭担忧的蜉蝣罢了。

十月二十一日

　　我们被邀请在新公州府使上任的宴会上表演。府使可能是玩得很尽兴，给了很丰厚的报酬——一百五十两和一头猪。有了这些钱，党派四个月的饭口就不用愁了。我去找了搭桥牵线的古筠先生道谢。先生正在准备去京城，我感谢了先生一直以来的照顾，他却让我回答是否有意愿加入。我郑重地拒绝说现在比起国家，对我来说更重要的是男寺党。党派连即将到来的冬天都不知该如何挺过去，我又如何能跟着先生走呢？接着他又问我是否有只传给头领的人偶，我惊讶得说不出话来。先生到底是怎么知道的呢？他又是从哪里得知的呢？

　　嘉温把视线从书上移开。事情发展得越发微妙了，第一次出现人偶的内容里却夹杂着一位意想不到的人物。嘉温对向李乐云问起人偶的人再熟悉不过了。就是"甲申政变"的主人公金玉均，字是伯温，号是古筠，籍贯是安东。当时身兼户曹参判和外衙门协办等要职的他不知是出于何理由，与男寺党有着联系。当然也可能是另一个号为古筠的人，可是从他想改造国家的计划和结成神秘组织的情况来看确实是金玉均，他为了引起"甲申政变"组建了一个叫"忠羲契"的神秘组织。时间也完全吻合，以安东为活动根据地的男寺党与他的籍贯也很一致。而且金玉均从年幼时起便不管他人地位高低，只要志同道合，他都会敞开心扉地与之和睦相处。但是这样的他却询问了人偶的事情。嘉温又翻开了账簿。

十月二十六日

终于收到了邀请函。会合地点是京城松月馆,时间是十二月初五。离会合时间还有一个月零十天左右。为什么地点会定在京城?按顺序的话,今年应该是在清国的西安才对。心里总有点儿不情愿。上次会合后便开始传起了些诡异的传闻。说是驼背人偶回来了。虽然不清楚是谁用了什么办法把消失的人偶拿到手的,但是若附着鬼的人偶真的归来了,那定会发生头破血流的事,太不祥了。

十一月初一

我把人偶交给了修皮鞋的孔道老头儿。虽然做个一模一样的人偶需要七十两,但是只要能避开凶事的话,一点儿也不觉得可惜。那是个不甘当第二的老头子,肯定能做得很好。谁也不知道这件事,除了我儿子善男。善男是仅属于我的。善男是不会泄露秘密的,因为我的儿子是一半。

嘉温终于看见了期待的内容。会合就是指三友会没错,会合貌似会根据顺序来变换聚集的地点。但是李乐云却在恐惧什么,在他的话语里驼背人偶被鬼附身了,说的好像就是父亲口中六个人偶的诅咒,所以他想制作另一个人偶。账簿里提及的驼背人偶是指不久前在伦敦苏富比失踪的那个没错了,嘉温快速地翻了页。

十一月初九

孔道老头儿把人偶给我了。他做得非常神似,甚至连我都无法区分真假。只有背部是真的,其他部位全都是假的。

我多给了他二十两封口费。幸好老头儿只对钱感兴趣,并没有过问人偶的事情。现在剩下的问题便是要把一分为二的人偶给藏起来。不管藏在哪里,以防万一都得带上善男。万一我出了什么差错,总得留一个知道隐藏人偶之处的人吧。

十一月十二日

今天我给我儿子教了只有头领们才知道的秘密歌曲。他很喜欢这首歌,相比以往教的歌曲他唱得更尽兴了。如果他不是一半,那我就能把头领一位传给他了。

十一月二十五日

明天要出发去京城了。路上至少要走三天,所以就打算提前出发。党派可以交给分领头峰秋管理。别看他吊儿郎当的,其实人也挺可靠。我打算拿新做出来的人偶去会合,若是能安然归来也算是天运护体了,即便真发生什么不测,秘密也不会泄露,但我还是睡不着。

与人偶有关的记录正式开始了。隐藏人偶背部的人正是这本账簿的作者,即一百年前的党派头领李乐云。他听到了不吉利的传闻说是第六个人偶出现了,于是便将人偶一分为二,以避免秘密的泄露。他先是找手艺出色的匠人制作了一个一模一样的人偶,然后把背部转移了过去。人偶中蕴含的秘密到底是什么?六个人偶聚在一起又会发生什么事呢?

十一月晦日[1]

在麻浦渡口的市井找了间房,第一次见到晚上还这么热闹的村子。渡口旁不仅有济物浦的船,连从遥远的竹城浦开来的船也都靠江岸停着,周围虾酱味熏天。都说京城消费很高,一晚的住宿费要十多两。一向怕人的善男好像很不喜欢这里,即使是第一次来京城也丝毫不兴奋。明天该去钟路看看了。

腊月初一

好为难。大清早就收到了古筠先生的书信,他邀请我拜访他在花洞的家。我只得哄好又哭又闹的善男,向先生的家出发了。先生家里挤满了雄赳赳气昂昂的壮丁,仿佛在预兆着即将会发生什么大事。果不其然,先生命所有人退下后说了一句晴天霹雳的话,他说不久就会有大事发生,并叮嘱说人偶会派上用场。这已经是先生第四次拜托我了。我问区区一个人偶怎么会在改变国家的大事中派上用场,先生只说人偶可以让自己的军队更强大。先生虽然给了我两天的考虑期限,但他还是希望我能尽快决定。肯定是有人泄露了人偶的秘密。凶事已经不可避免,这该如何是好?

腊月初二

考虑很久之后,我打算把人偶交给先生,但是我不能把藏有秘密的部分也给他。幸好孔道老头儿做完人偶后还剩了

---

[1] 晦日:阴历每个月的最后一天。

点儿残余的材料，我便直接拿来替代了那一部分。先生称赞我对拯救国家做出了贡献，可是我心里却很不自在。但我也没有办法，我作为头领有义务保守秘密。

腊月初三

我给清国和日本的同志发书信通知会合地点从松月馆改为麻浦渡口的终末旅店。虽然日本的北山会员回信并提出了异议，但决定地点是我这个东道主的权力。会合秘密已经泄露，谁都不能确保那个地方是否安全。

腊月初四

整个国家都乱套了。据说叛军们和日军一同斩了六曹大臣，还把王上和中殿娘娘绑到了景祐宫。万万没有想到先生所说的大事是指这些。到处都是士兵，人们生意也不做了，全都在急着避难。四处都是哭叫声和枪炮声。据说钟路已经铺满了士兵的尸体。街上流传着各种残忍诡异的传闻，幸好之前转移了会合地点。我让会员们上了好不容易才弄到的船，离开了京城。在这种混乱中清国的苏名邦和日本的北山都平安无事。打算按原计划进行会合。如果没有找到合适的场所就打算在船上简略地举行了。我们在上船前听说清军也都拥来了，也不知道先生是否平安。

是"甲申政变"。以金玉均为首的开化党宣扬着要摆脱清国的干涉，创建一个近代国家的大义，除去了守旧势力，把高宗和明成皇后移送到景祐宫，发动了军事政变。最后因为日本的背叛和清军的介入，仅三天便告失败，史称"三日天下"。

抓住嘉温视线的句子是发生政变三天前李乐云和金玉均的对话。金玉均要求李乐云捐出人偶，名分则是可以强化军队。当时开化党有在日本学习军事的徐载弼等十四位士官生和朴泳孝、尹雄烈等人组成的千余武装兵力。但是集权势力守旧派在后方还有着清军一千五百兵力的支援。而且与匆忙组建的开化党士兵相比，清军的士兵都是经过训练的精锐兵，各方面来说，情势都对开化党不利。就在那时日本公使竹添进一郎出现了，他愿意借给开化党公使馆一百五十名的兵力以及提供三百万日元，甚至还欣然接受了开化党的要求，只分担护卫王宫和防卫清军，并不干涉改革内政。得到日军支援的开化党最终于1884年12月4日在洪英植主管的邮政局举行落成典礼，掀起了政变。

但是历史学者们对于日本介入"甲申政变"的原因却是众说纷纭。当然主流认为朝鲜当时还处于清国的影响下，日本想要在朝鲜打下基础的话就不得不帮助政变，但依然有些说不通的地方。首先，当时日本的政治因"明治维新"全面瓦解，为了改宪制为内阁制，各势力之间都在进行内部调整，政势混乱无比。当时从欧洲学习宪法回来的伊藤博文把所有精力都放在了组建内阁和制定日本第一部宪法上，福泽谕吉等自由主义者提出的必须支援朝鲜改革的建议也都被他驳回了。然而一直与开化党处于敌对状态的日本却突然转换立场支援政变。不仅如此，在政变发生的第二天，日本甚至还单方面违背了和开化党的约定撤了军。不管怎么看，说人偶可以强化军队的金玉均都肯定和日本有关系。如果当真如此，那人偶定是有足以改变日本政策的巨大威力。嘉温没忍住好奇心急促地向后翻页，但是记录却戛然而止了，不知为何后面全都是白纸。嘉温又看了看别的账簿，但已经是别的年份了。账簿的作者也不再是李乐云。

"怎么回事？这后面的内容去哪儿了？"

嘉温又翻了翻别的账簿，里面都没有可联系上的内容，与李乐云有关的只有一句很短的句子。

乙酉年 正月初七
今天我简单地给李乐云前头领举行了葬礼。没有尸体的空灵车伴着悲戚的哭丧声向青龙寺驶去。首领的儿子善男到底去了哪里？

这就是全部。之后再没有发现任何关于李乐云的内容，也没有再提到三友会了。嘉温合上账簿捋了一下思绪。政变时期举行的三友会上肯定发生了什么事，就像李乐云担心的那样，发生了什么凶事。拜之所赐，传承了两千年的三友会陷入了长达一百年的沉睡。到底发生了什么事？李乐云悄悄转移的人偶背部到底去了哪里，而那里面又到底藏着什么样的秘密？问题是时隔百年三友会重启了，而在那之前驼背人偶再次现世了，驼背并且身为头领的父亲还被杀害了。想到这里，嘉温才发现自己的手在抖。肾上腺素飙升，心脏跳得飞快。他从没有感受过如此激烈的冲动，同时还有微妙的恐惧缠绕着他，就像成了祭品被扔在蟒蛇洞里一样，嘉温立刻带雪芽走出了仓库。寺庙里隐约传来晚餐之后正在拜佛的务安大师的诵经声。

甲申日录

之前坐在冰冷的仓库地板上时，嘉温的心志都连带冻住了，于是他一上车便把车载空调开到最大靠在了车座上。

"现在要怎么办？"

关于父亲之死的疑惑，先是从一个来路不明的乞丐开始，现在又通过那遥远的秦朝傀儡，连接到了百年前的政变。苍崖制作的怪异人偶受到了不知名的诅咒，每当六个人偶齐聚一堂时便会带来死亡。给父亲举行葬礼时，嘉温还处于一片无声袭来的巨大旋涡的边缘，而在三日葬结束的现在，嘉温已经被旋涡卷着向中心地带飞去。嘉温也想要逃离旋涡，但离心力太小了。他并不只是单纯地为了揭开父亲的死亡之谜。将嘉温拉扯到沼泽底部的重力散发着魅惑的香气，甚至让他忘记了死亡的威胁。秦朝最有名的匠人苍崖，他制作的六个人偶所具有的考古学价值以及足以改变历史的巨大秘密，嘉温身为专攻考古美术学的策展人，好奇心又怎么可能不受到强烈刺激？但是他不知道要从何了解百年前那本账簿未曾记录的缺失内容。副驾驶上，雪芽一脸悠闲地看着即将溺死的嘉温，仿佛只要给她一堆毛线，即便是面临风暴也能找回平和。

"心大真好啊！"

雪芽织的毛线已经不知不觉地塞满了副驾驶座，开始往后座蔓延。照这样下去他们可能会被埋在毛线里窒息而死。嘉温把跃跃欲试着想要滚到驾驶座的毛线堆重新塞回了副驾驶。雪芽织好的众多文字又组合成了新的单词。这些文字就像人类智商无法理解的外星暗号一样，反而不可思议地让嘉温想开了，然后就像个预兆般，让嘉温想起了被扔在记忆阶梯另一端的一本书——《甲申日录》。

正是之前账簿里断掉的线索。《甲申日录》是政变失败的金玉均在逃去日本后，为了把当时发生的事情留给后世而写的日记形式的记录。金玉均在这本书里详细地记述了他从1881年第一次访问日本到政变失败期间围绕着朝鲜的内外政治关系以及当时的情况。很有可能能找到在男寺党账簿中断掉的线索，但是这本书从以前开始就有很多真伪之争。甚至还有人认为作者并不是金玉均而是日本人，第一个根据就是书上完全没有提到当时当权的伊藤博文、井上馨，还有福泽谕吉的责任。现在被世人所知的《甲申日录》手抄本里所记录的是，支援开化党是当时驻韩协理公使竹添进一郎的独断决定。但是派遣本国军队去支援朝鲜政变这种重大事项竟然让一介公使来决定，这件事本身便很不合常理。另一个根据是《甲申日录》的文体和叙述方式都和当时福泽谕吉所写的《明治十七年朝鲜京城变乱的始末》特别相似。由于《甲申日录》是汉字手抄本，字体和文章不可避免地会彰显出作者的个人特征，但令人震惊的是，它却与福泽谕吉的文体极度相似。这就暗示两本书的作者是同一个人。然而就在四天前，从日本来的古书商人却联络嘉温说他找到了金玉均亲手执笔的《甲申日录》。如果商人的话是事实，那么这不仅是对珍贵的朝鲜近代史史料的发现，更是可以找到其他关于人偶线索的唯一可能。嘉温拿出手机拨通了商人的电话号码。

"喂，策展小伙儿，你貌似很忙啊，联系晚了。"

"你还拿着书吗？"

"有其他的买家出现,现在还在协商价格,你还想要吗?"

"我想亲自看看书,就今晚。"

"现在这个时间吗?"

"十点拿着书到铅白画廊找我。"

嘉温挂了电话就马上发动车子,前灯的灯光剖开了漆黑的夜晚后开始行进。载着两个人的奔驰车在弯弯曲曲的土路上快速行驶着。乌云遮住了本就微弱的月光,山里真可谓是一片漆黑,眼前连一尺远的地方都看不清。嘉温只能依靠着两束灯光向山下驶去。

不知跑了多久,除了决定视野的那两束灯光外又出现了其他光线。那束灯光的出现很是突然,就好似沉睡的狭口蛙突然睁开眼睛一样,而且还保持着一定的距离一直跟在他们后面,仿佛在窥伺着攻击的机会。虽然也可能是附近居民的车,但是从距离来看这里离居民的聚集地还很远,而青龙寺的停车场里除了嘉温的奔驰车外就只有一辆标着"青龙寺"字样的面包车。嘉温通过后视镜观察跟来的车的型号,从剪影来看应该是中型轿车。嘉温想起了昨天所经历的怪人的突袭。只要能得到人偶,即便是要那个戴着口罩的怪人杀人应该都不在话下,而且他还有跳到奔跑车辆上的胆量。可能是那家伙又出现了。嘉温为了甩掉后面的车辆猛踩了油门。终于山路结束,眼前出现了双车道。嘉温把车调到了去首尔的方向,并且观察了一下车后的动静。不久后,那辆中型轿车的前灯也从山脚路口的黑暗中冲了出来。它在两条车道面前毫不犹豫地跑上了嘉温所在的车道。随着被乌云遮住的月亮悄悄地探出了个头,那辆车的模样也呈现在嘉温的视线里。是一辆现代捷恩斯,黑色的车身,连车窗也都贴黑了。那辆黑色捷恩斯仿佛是手握写着嘉温姓名的死亡名册的阴间使者,双眼死死盯着前方,安静地跟在嘉温身后。嘉温想试探一下捷恩斯的用意,稍稍提升了车速。95……110……120……125……随着速度表上的指针越转越高，映射在后视镜里的捷恩斯车灯也越来越远直至消失。嘉温露出了安心的笑容，可能真的只是恰巧方向相同的寺庙信徒而已，是自己太敏感了。

　　嘉温把速度降下来，向高速公路方向开去，不久后就到了交叉路口。指往首尔的指示牌在远光的照射下像夜光灯一样闪耀着。嘉温对着停止线准确地停了车，路口很是冷清。只有反方向有两辆等待绿灯的小型轿车驶过，斑马线上连等红绿灯的路人都没有。嘉温边等着绿灯边调整车载空调的温度，刚才还给他带来温暖的热风现在却让他感觉很有压力。正当他关上空调，视线转向前方时，后视镜上突然映射出了熟悉的车前脸和车灯，是那辆黑色捷恩斯。本以为已经甩掉了的捷恩斯现在就停在车后，鸡皮疙瘩顺着脊椎爬满了嘉温全身，他不顾红绿灯猛踩油门。伴随着刺耳的轮胎摩擦声，奔驰冲出了交叉路口。捷恩斯也跟着发动了。那家伙就像在噩梦中追来的怪物一样，看似悠闲无比但又绝对甩不开。嘉温将油门踩到底，车发出了巨大的怪声并且 RPM[1] 的数值到达了最高值。随着发动机轰鸣的声音，嘉温的心跳也越来越快。两辆车飞驰在没有路灯的马路上。惊慌的嘉温压过了中央线，费尽力气想要甩掉捷恩斯。这时马路对面突然出现了一辆巨大的卡车。"啊！"听到雪芽的惨叫声，嘉温反射性地打了方向盘，隔着一张纸的距离勉强避开了卡车的嘉温连气都没有喘上来就观察了后面，捷恩斯依然保持着固定的距离跟在后面。

　　"是要跟我比一比吗？"

　　双车道道路结束后又出现了一个十字路口。嘉温无视了红灯，快

1　RPM：Revolutions Per Minute 的缩写，即转每分，表示设备每分钟的旋转速度。

速通过之后踩了刹车。吱——轮胎刺耳的摩擦声划破了黑夜的沉寂。嘉温拿出了储物箱里的扳钳。若是那家伙再敢耍花样的话，这次嘉温打算给他点儿颜色瞧瞧。捷恩斯就快要过来了。嘉温紧握着沉重的扳钳转身看向后面，但是本应该穿过路口的捷恩斯并没有出现。嘉温走下车查看了路口，原来捷恩斯停在了另一边。虽然信号灯闪着绿灯，但那家伙却一动也不动。捷恩斯的车灯紧紧地盯着嘉温。嘉温用双手紧紧握着扳钳慢慢走向捷恩斯，他想要确认一下驾驶者。一见嘉温要靠近，捷恩斯突然慢慢动了起来并且开始向右转，然后便悠然地在反方向的道路上慢慢消失了。嘉温不再追逐，只是静静看着那家伙的背影。在驾驶座的窗户里，有一道未知的视线一直都在凝视着嘉温。直到捷恩斯的尾灯在狭窄的道路上渐行渐远，最终变成两个小红点时，那道视线才消失。嘉温回到车上，受到惊吓的雪芽瞪大了她那原本就很大的眼睛，在车里等着嘉温，然而她的双手却还在不由自主地织着毛线，现在她织东西的模样反而能给嘉温带去点儿安全感。

"到底是什么家伙呢？"

虽然时间很短，但是捷恩斯分明就是在追着嘉温。搞不好在嘉温到达青龙寺之前就开始跟踪了。按照现在的情况来看，他极有可能是之前袭击嘉温的那个怪汉。但与其说他是自发地在追寻人偶，不如说他更像一个受到他人指使的走狗。那么他的背后是权仕平吗？一切暂时都还不明确。嘉温现在和百年前记录里的李乐云一样，一直有个致命的威胁在如水蛭般地缠着他不放。

"我饿了。"是雪芽。她专注地织着毛衣说道。

"那真是难为你了。"

嘉温重新发动了车。

铅白画廊坐落在光化门美国大使馆的后面。英国著名建筑家诺曼·福斯特设计的画廊让人联想到巨大的四叶草，当初设计的模型也确实是四叶草。画廊大部分的天花板都用的是玻璃，墙面则用环保砖代替了混凝土。为画廊专门制作的砖石在照明的映射下会变成绿色，所以从远处看的话就仿佛有朵巨大的四叶草开在了光化门的中间。嘉温开着车来到了画廊，但是他并没有进地下停车场，而是直接把车停在了画廊的入口。时钟准确地指向了十点。由于之前和黑色捷恩斯的那场追逐战，他现在四肢都瘫软了。嘉温重新确认了放在后座地上的人偶箱子，他在回首尔前先去安东站取出了放在储物柜里的人偶。虽说想要隐藏一棵树最适合的地方便是树林了，但若是人偶一直不在身边，他还是不太放心。人偶像是冬眠了，紧闭着双眼。

嘉温把箱子深深推进驾驶座下面，看了一眼雪芽。刚用紫菜包饭填饱了肚子的雪芽把毛线紧紧地抱在怀里，似乎是把它当成了自己的孩子。很神奇的是，她竟然可以很好地适应副驾驶这种狭窄空间里的生活。门把手里整整齐齐地插满了湿巾和织针，杯托里则放了她专用的矿泉水瓶和剩余的毛线。一句话说，她把副驾驶完美打造成了自己的私人空间。她现在也正在那并不舒服的座位上安然地睡着觉。嘉温看着这样的雪芽不禁心疼起来，她早已习惯了在被遗忘的空间里独自生活。仅仅因为有一对不负责任的父母，一朵美丽的玫瑰就这么在垃圾堆里靠着污水孤独地生存着。与她相比，嘉温是在充满爱的家庭里长大的。他有一位出色的母亲，母亲在生前把所有的爱都给了嘉温。那些爱原原本本地堆积在他心中，成了一口井，即便是在已长大成人的今天，每当世界吹起干燥的风沙时，他都会去找那口井润润嗓子。

"你没有对妈妈的记忆吗？"嘉温望着不知不觉已醒来织着毛线的雪芽问道。

雪芽忙碌的手停住了,就像毛线打结了一样,但是很快又重新忙碌起来。

"上过学吗?至少上了小学吧?"

雪芽的手变得更快了,仿佛这是她能表达愤怒的最好办法。

"身份证呢?不会连出生登记也没有做吧?"

雪芽像是不想想起不堪的回忆一样,更加专注地织起了毛线。但是织得明显比之前要更加松散,也更加杂乱不堪。

"天啊!那该死的老头儿。这样还生什么孩子呀,还不如养狗呢。"

嘉温忍不住怒火,狠狠地拍打了方向盘。雪芽停下手中的活儿望着他,一直以来像个孩子一样只表达单纯感情的雪芽眉间出现了成人的伤感。

"爸很珍惜哥哥的。"

"什么?"

只愿意说短句的雪芽突然说起了完整的长句子。表情也与之前都不同,开始有了二十岁女人的复杂微妙的表情。

"爸非常爱惜哥哥的。"

雪芽好似在寻找证据一样开始翻找起织好的毛线,然后递了一团毛线给嘉温。嘉温只得没头没脑地读起上面织的字。

  哥哥是非常优秀的人比我优秀一百倍一次辅导班都没有上就考上了首尔大学大学期间一直拿着奖学金他毕业以后一定会变成有益于国家的人

读完后的嘉温陷入了混乱。

"这是父亲对你说的吗?"

雪芽点了点头。

真是无法理解的事情。父亲在高中入学典礼后一次也没有再进过家门,虽然母亲每年春节都会煎好父亲爱吃的绿豆饼等父亲,但是父亲连人影都没出现过,甚至母亲打电话给他他也不接。看着母亲失望的背影,嘉温心里对父亲的憎恨也愈来愈深,但是父亲却把自己的事悉数说给了同父异母的妹妹。这时雪芽又递上了另一团毛线。

现在的运动鞋长得像装甲车一样听说世界第一的篮球选手也穿这双鞋希望你哥哥也能喜欢这么快就二十一岁了都长大了

嘉温有一种后脑勺被狠狠地打了一下的感觉,他清清楚楚地记得他二十一岁收到的生日礼物。那时嘉温还住在学校的宿舍里,虽然情况比其他学校好点儿,但想要住进宿舍仍然需要突破高竞争率,并且要一直与绩点角力。那天正好是嘉温因为上学期成绩不错而被分配到了单人间的日子,厌倦了给前辈们跑腿的嘉温好不容易住进了单人间,照理说该开心才对,可是他那一整天都很忧郁。不仅是因为假期里一直都在忙着打工而未能回家看过一次,甚至连生日也得自己孤苦伶仃地过。嘉温因为不喜闹的性格,并没有交到些可以为自己唱生日歌的朋友,更没有能和他一起吹蜡烛的恋人。正当嘉温打算随便吃点儿敷衍了事,用咖啡壶烧着水时,宿管在广播里让他过去一趟。他想应该是母亲寄的小菜到了,便去了宿管办公室,结果宿管却递给他一个大大的包裹。嘉温漫不经心地打开箱子一看,惊讶地发现里面竟然装着一双耐克乔丹的篮球鞋,还是当时最受欢迎的、有着气囊充气功能的那一双。由于当时价格高过十万,嘉温压根儿没想过自己能有一双。平时吝啬于表达感情的嘉温无声地跳起舞来。之后嘉温收到了宿舍舍友们羡慕的目光,还穿着它参加了许多联谊和女子大学的庆典。后来嘉温曾打电话跟母亲表达了感谢之情,但母亲貌似毫不知情。

之后每次重要的日子嘉温都会收到来自不明者的礼物:考上一级鉴定师时收到了二十二年的单一纯麦威士忌、在去铅白画廊面试的前一天收到了一套订制西服和绸缎领带。虽然嘉温为了弄清楚礼物的来处试了千百种方法,但还是没有找到那个长腿叔叔。他做梦都没有想过礼物的主人竟然是父亲,那个连母亲葬礼都没有露面的人竟然会为嘉温过每一个纪念日,这是他无法想象的事情,但是给他寄来乔丹篮球鞋的人确实是父亲。

"不可能,那个人……怎么可能?"

嘉温尖叫了起来,这时雪芽从口袋里拿出了一样东西,是一个画着 Hello Kitty 的儿童用手袋。她打开手袋拿出了一张照片,是嘉温的毕业照。当时母亲已经去世,嘉温自己戴着学士帽去参加了毕业典礼,照片里的他抽着烟,是从远处照的。嘉温耗费三十年垒好的多米诺骨牌一下子都坍塌了。无论是生日还是过节都没有出现的父亲竟然匿名给自己送礼物,甚至还偷偷来毕业典礼拍了照片。这和嘉温记忆中的父亲判若两人。

"父亲经常说起我吗?"

雪芽含着笑看着他。即便是在讲话途中,她的手也依然像是个纺织机一般,不停地织出完整的毛线,并且都一如既往地织有文字。曾觉得只是毫无意义的文字组合现在看来竟另含深意。

"他还和你说了什么?"

嘉温抓了一大把雪芽织好的毛线开始读了起来。但是正如雪芽是因为精神上的不安症状才养成的织毛线习惯一样,毛线上织的字也很非同寻常。可以说它是一个个人记忆的储藏柜。虽然是没有前后之分随便织出的文字，但记录的分明是过去的事情。没有一点儿雪芽的个人感情和思想，内容都是她从其他地方的所听所闻，其中有相当一部分是父亲讲给雪芽的话。

  嘉温肯定恨着我那也可以理解毕竟他以为我不要他了但这是无可奈何的事为了救那个孩子我别无他法随着时间的流逝他总有一天会理解我的吧

  嘉温的身体就像在车底扎根了一样完全无法动弹。这段话告诉他，父亲好像是故意远离他和母亲的，仿佛亲近他们会发生什么不幸的事情一样。嘉温想起了母亲去世前的遗言。
  "不要太恨你父亲，这都是有原因的，总有一天你会知道的。"
  嘉温的心开始一点点无声地崩塌。记忆和感情的元素飞快地冲撞在一起，发生了巨大的反应。要说正是对父亲的憎恶成就了今天的嘉温也毫不为过。他为了治愈因父亲缺位而受的伤，拼死拼活地学习，而为了掩盖那道伤疤，他不得不逼自己堂堂正正地成功，但那一切就因为毛线上的区区几个字全都倒塌了。如果雪芽说的是事实，那父亲一直在咫尺之外照看着嘉温。想走近但是因为绝对的理由不能走近，只能在周围盘旋。肚子里像是吞了块滚烫的石头一样灼热不堪。许多感情同时沸腾着，狠狠地揉搓着嘉温的心。
  嘉温缓缓放下毛线，他读不下去了。突然知道父亲的另一面，他心里感慨万分，有点儿无法接受，并且自然而然地产生了另一个疑问。父亲一生藏藏掖掖躲着家人的原因是什么？答案就在身边。男寺党头领间代代相传的人偶的秘密。父亲开始与家里断绝来往是在嘉温升高中的那一天，和他成为男寺党头领的日子一致。父亲知道人偶的秘密可能会伤害到母亲和嘉温。秘密太过致命，甚至会威胁到家庭的安危。一直未曾解开的人生难题因为雪芽这道新方程式的登场正朝着正确的答案接近。

"但是他为什么会在去世之前给我打电话呢？"

这时，一辆车在嘉温的奔驰车后面停下，闪了闪远光灯。嘉温望向后视镜想确认一下车型。白色的君爵，是古书商人。

"你待在这里，我马上回来。"

嘉温下车走向君爵。古书商人与嘉温年纪相仿，是第三代在日侨胞，是嘉温几年前在大阪举行的韩日作家交流会上因一位日本策展人的介绍而认识的。他有着一段格外独特的经历。作为毕业于东京大学经济学系的高才生，他先是在三井物产的秘书室工作，而后跳槽到一个叫作森崎财团的政治团体里担任咨询师，结果有一天却像是受到天启似的突然递交了辞职信，摇身一变成了古书商人。他跟风评一样有着令人不好的印象。

"那么急着呼叫我，看来是客户在催你呀。"

他连招呼都没有打便直接进入了正题。

"书在哪里？"

"在那之前先告诉我客户是谁，我要是不满意还想直接走人呢。"

古书商人眼神里满满都是不如意。

"那 SD 的会长还令你满意吗？"

古书商人脸上露出了市侩的笑容。

"那当然满意了。"

说毕，他从后座的文件包里拿出了一样东西，是包在塑料袋里的书籍。嘉温想接过来，古书商人拦住他："3000 万以下想都别想。"

嘉温点点头。

"日元。"

嘉温抢过书,打开了塑料袋。呈现在他眼前的是已经泛黄的汉字书籍。看着还真有点儿朝鲜古书的样子,封面用的是厚厚的楮皮纸,上面写着行云流水的行书体:

甲申日记

横着写的题目旁边还写着"金玉均著"。

围绕《甲申日录》的争论中心有以下三本书:金玉均的《石笔日记》,另一位政变主角朴泳孝的《石笔日记》,还有整理了许多其他见闻录的《甲申日录》。本来这三本资料全都保管在日本,但是从某一瞬间起金玉均和朴泳孝的书都消失了,只流传下了《甲申日录》。可是古书商人说是真品而带来的书籍名字竟是"甲申日记"。

"这本书是在哪里找到的?"

"那个我不能说,毕竟我也有自己的业务机密要遵守。不过我可以告诉你一点,找到这本书的地方并不是日本,而是上海。"

上海是金玉均被日本抛弃后逃去的地方。金玉均在那里被朝鲜政府派去的刺客洪钟宇暗杀,尸体被送回本国后又追加了凌迟处斩的酷刑。嘉温小心翼翼地翻开封面,正文的字体也与书名一样,只不过是竖着排列的。

開國四百九十年辛巳十二月 奉我大君主命 出遊日本 翌年壬午六月歸路舟次赤馬關

记录便这样开始了。

"根据调查,最初拿到金玉均原文日记的人是一个叫小山六之助的日本人。这是他的朋友久保贤太在金玉均被暗杀23周忌上发行的《金玉均》这本书里写到的。但其实在哪儿都找不到是小山六之助拿走原文的记录,只能找到他是发起金玉均23周忌法会的49人之一,以及他的名字曾在乡土名人录中出现过而已。不管怎样从小山六之助手里拿到记录的久保贤太发行了《金玉均》这本书,而书里有一张照片,这里才是关键。其实现在流传的《甲申日录》都是复印本,光是日本就收藏了七本。但是所有复印本上那张12月4日邮政总局开业庆祝宴的座位图全都用的是久保贤太书里的那张照片。关键就是这个。"

说到这里,他从包里拿出了另一本书,是市面上广泛流传的《甲申日录》。他打开书,让嘉温看了看里面12月4日邮政总局庆祝宴上的座位图。

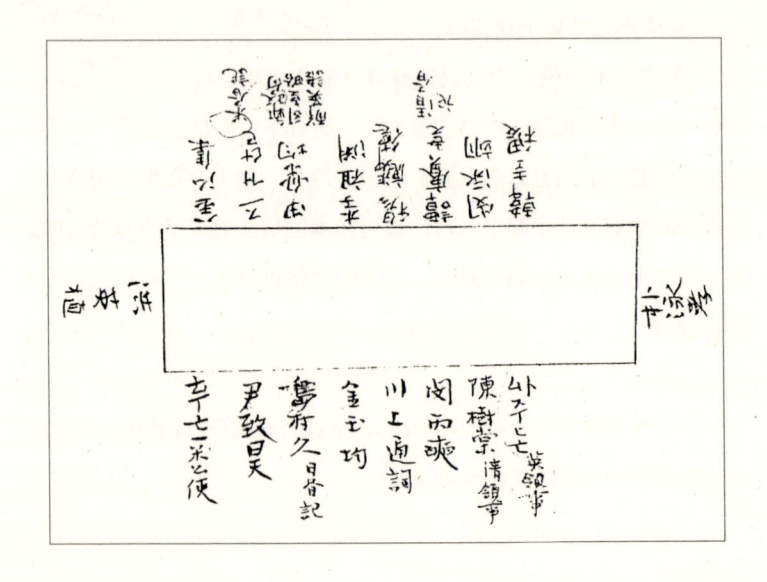

"这张图有一个很奇怪的地方。和今天一样，被邀请参与国家大事的外交官的座位安排关系到国家的威信，所以都会非常慎重。然而在《甲申日录》复印本里的座位图中，主办宴会的邮政总局总办洪英植对面的主宾位置上坐着的却是朴泳孝。虽说朴泳孝是哲宗[1]的驸马，也是正一品官员，但让他坐主宾未免有点儿逾矩了。让美国公使卢修斯·富特或是与闵氏一家一起拥有强大影响力的清朝总办造船商务陈树棠坐在主宾才更合适吧？可当代最高权力家的闵泳翊和清代表陈树棠都被排到末席去了。完全说不通。还有一个问题就是'甲申政变'主角之一的徐光范根本没有出现，金玉均画的座位图绝对不可能忘了徐光范。第三个问题就是把督办交涉通商事务的金宏集写成了金弘集。虽然他原来的名字确实是金弘集，但由于当时清朝高宗的年号是弘历，于是便避讳改成了金宏集。当时甚至连弘礼门也为了避讳改成了兴礼门。又不是其他人，身为协办交涉通商事务的金玉均即便真的失误了也不会错写成这样。但是你看看这个座位图。"

古书商人翻开了他主张是真品的《甲申日录》。在这本书的座位图中，洪英植左边是美国公使富特，右边是朴泳孝，并且旁边尽头处坐着金宏集和徐光范。

"还有一个重要的不同是……"

古书商人还想继续说下去，但嘉温抬手阻止了，他想亲自确认。他最先想确认的便是政变发生第二天颁发的改革政令。现有的《甲申日录》里只记录了当时颁发的政令中的十四条政令。但其实当时开化党颁发的政令有八十余条。按照日期把政变当时发生的情况和地点都详细整理下来的金玉均绝不可能把政变核心的政令记录得那么简便。

---

[1] 哲宗：朝鲜第二十五代君主。

嘉温快速地翻着页,找到了政变第二天12月5日的记录。前一天便来到景祐宫避身的高宗和明成皇后要求回宫,金玉均考虑到人身安全问题,将避身处移到了李载元位于桂洞的家,然后他紧接着便颁布了改革政令。但令人震惊的是书籍上记录的政令一共有七十九条。正确来说是七十九条政令加三条附则,总共是八十二条。确实有可能是真品。虽然还得看看有没有与原文解释不同的日语表达或是对井上馨在此政变幕后影响的提及等才能确定,但嘉温还是先翻到了11月1日的记录。是李乐云在账簿里记录的金玉均提及人偶的日子,但是这一天却记录了令人震惊不已的内容。

  接到李君到达京城的口信后,我便约了他前来商议举事要义。是因为日本副边吏井上馨通过日本公使竹添进一郎提出的关于人偶的提案,要想得到日本的协助便必须要有头领代代相传的人偶。虽然我也拜托李君与我一同为国效力了,但并没有得到明确的答复,甚是遗憾。

正如嘉温所料,日本会参与"甲申政变"果真与人偶有关。而且是当时跟伊藤博文一起构建内阁的权力家井上馨亲自写信提及的人偶。嘉温翻到下一个记录,结果第二天人偶又登场了。

  十一月二日
  未时[1]左右李君来了。他说能帮助到国家大事自然是再好不过了,说完奉上了一个厚重的箱子,里面是人偶。我仿

---

1 未时:十三时到十五时。

佛得到了千军万马，不停地称赞李君，并表示有需要尽管开口，但李君只是谦虚地离开了。真是一个很有想法的朋友。能让边吏大臣恋恋不忘的人偶吗？我敌不过好奇心打开看了看，模样确实有点儿古怪。

十一月三日

今日是日本天皇的天长节[1]。在校洞新建成的公使馆举行了庆祝宴会。受到邀请的只有我和朴、洪、徐三人，此外各国公使和领事也都来了。差不多在酒过半巡的时候各自说了祝词，有的人还说成了演讲。宴会在亥时[2]结束，我将日本公使叫来说有要事要与他商议。公使立刻明白了我的意思，迅速地送走各位贵宾，与我独自邀谈。我给公使看了李君给我的人偶，我还是第一次见到他瞠目结舌的模样。公使非常开心，说会把之前商议好的内容都传达给上面。而我则说在收到答复前，人偶必须要由我来保管，之后便回住所了。

十一月三日

送朴君到日本公使馆见公使，把我们最近整理的方案告诉了公使。公使表示他对此事并无异议，又提出若是王上不愿去景祐宫怎么办，朴君便说一切交给我们，请他尽管放心。然后公使问到是否拿来了约定好的物品，朴君先是再次确认了日本的协助意愿，随后才递过物品。公使非常满意。

---

1 天长节：庆祝日本天皇生日的仪式，明治天皇时是11月3日。
2 亥时：二十一时到二十三时。

把人偶交给日本公使的人是朴泳孝。金玉均在深夜邀请包含公使在内的四名日本人到密室商议第二天的举事日程，然后终于到了举事当日。发生政变的4日的记录和现有的《甲申日录》并没有很大的差异。天一亮，金玉均便派朴泳孝先去日本公使馆得到确保派兵的承诺，然后在下午三时收到了邮政局的情况报告。金玉均再一次给聚集在府邸的政变参与者仔细地说明了计划后，五时一起向邮政局移动。当邀请的贵宾到达后，盛宴和举事就一起启动了。原来的计划是在别宫引起火灾转移注意力，由于觉得不妥最后还是改成了邻近的草屋。稍后烟雾升起，一听到"起火了"的高喊声，金玉均便迅速跑到日本公使那里，再次确认了日本的意思。幸好此时日军已经做好准备正在待命，于是金玉均便立刻进宫觐见了高宗。金玉均以邮政局之难为借口把高宗和明成皇后转移到景祐宫避难，并让自己膝下的士兵与日军警戒王宫周围，之后巧加罪名处置了守旧派势力。政变的第一天就这样过去了。12月5日由于高宗和明成皇后要求回宫，金玉均只得先把他们转移到李载元在桂洞的家。但是明成皇后一再要求回宫，下午五时，金玉均又把他们转移到了昌德宫。然后就是政变的最后一天了。

> 李载元和洪英植两位大臣跑过来说日军想要以驻军形势为借口撤军。我吓了一跳，急忙去见了日本公使。这是怎么一回事啊？若是现在撤走贵国的军队，政变必定会以失败收尾。我劝他再等三天左右撤军便能准备就绪，也不会再有后顾之忧。而日本公使却以低沉的声音说阁下给我们的东西是假的，因此我们也无法遵守跟阁下的约定。他说完便直接撤

退了军队。

这是一段令人震惊的内容。日军背叛开化党撤退的理由竟然是因为金玉均给了假人偶。

"李乐云的账簿写的都是真的。"

嘉温的声音在微微地颤抖。

"怎么？这本书有什么问题吗？"

古书商人很不满地问道，但嘉温并没有回答他，直接翻开了下一页。《甲申日录》的记录只到政变失败而归的12月6日，但是这本书里还有另一页。

> 当我带着惨淡的心情踏上日本公使安排的船只时，有一个少女走近了我。虽是自身难保的处境，但由于少女确实是眼熟之人，我还是迎了上去。少女介绍自己是李君的女儿善男，并递过来了一封信。我问了李君的情况，少女只是摇摇头。

是金玉均在政变失败后亡命日本前的记录。嘉温本想了解李乐云所写的信件内容，翻了页，但那是最后一张，再没有更多的记录了。按情况来看，李乐云肯定是在三友会合日的12月4日死亡了。据账簿记载，会合是在船上进行的。世界因为政变变得动荡不安，他们肯定很难再另找地方。那么他们不得不在船上会合，然后会合途中发生了李乐云害怕的事情。

"六个人偶聚在一起会出事……"

新的事实是李乐云的孩子善男还活着。男寺党的账簿里只说善男

165

的行踪渺然，但是善男却将李乐云的遗书传达给了金玉均。让嘉温诧异的是，金玉均说善男是李君的女儿。

"善男原来是女儿。"

到19世纪末为止，男寺党都是仅由独身男人组成的男人堆，女人是绝对进不去的。若是有人胆敢违反规则偷偷引进女人，一旦被发现便会被打成半残废并逐出党派。他们便是如此地重视这条规则。但是李乐云的女儿却是一半，当时的一半常指低能儿，所以李乐云为了照顾女儿，将她伪装成儿子带进了帮派。虽然有很多疑问都被解开了，但还是留着最重要的问题，便是藏有秘密的人偶背部的下落。

"什么时候转账？两天够吗？"

古书商人无聊地打着哈欠。嘉温把书籍递给了他。

"我会联系你的。"

嘉温从车上下来。

"如果两天内没有入账的话契约就结束了。记住了，等着要这本书的人可排着队呢！"

古书商人在后面大声喊着，嘉温看都没看他，径直走向自己的车。正当他打开车门坐进来的瞬间，他突然发现路对面停了一辆车，是黑色捷恩斯。窗户上全都贴了黑贴纸并且轮胎还是镀铬的自制铝合金材质。是之前在西云山山脚下一起展开追击战的家伙。之前它消失在了青龙水库边的十字路口，现在竟然又追上来了。嘉温在跑高速的时候也丝毫没有放松过警惕，一有黑色的车辆出现就会观察车型，还会时刻通过后视镜确认是否有尾随的车辆，然而嘉温这一路上都没有看到黑色捷恩斯，没想到它竟然在目的地悠闲地等着自己。

"他怎么会在这里？"

不是一般的家伙。嘉温一边注视着它，一边从储物箱子里拿出了扳手。

"你待在这里别动。"

嘉温锁住车门,小心翼翼地走向捷恩斯。为了不让它发现,嘉温把扳手藏在身后,从对面的人行道绕了过去,就像去便利店买烟一样。捷恩斯的引擎是关着的,一点儿动静都没有。嘉温斜眼观察车内的动静,不像有人的迹象。虽然头顶便有一盏路灯亮着,但由于车窗全都贴黑了,嘉温一点儿都看不清里面。他只得从捷恩斯身边径直走过,然后立刻藏到了停在旁边的面包车后面。嘉温透过车窗看向捷恩斯,但那家伙仿佛没有发现一样,还是一点儿动静都没有。嘉温深呼吸了几次之后,飞快地绕过面包车向捷恩斯突进。他紧握着扳手,"哗"的一声拉开了车门。可是驾驶座上并没有人,车后座也一样空着。嘉温警惕地瞥了瞥四周,并没有看到那个怪汉,他只得放弃而归。

"那家伙到底是想使什么鬼花招?!"

此时嘉温突然发现捷恩斯驾驶座边的雨刮器下夹了一张纸。嘉温拿过纸翻开一看,上面写有一句简单的留言。

> 从今天起你就算是后脑勺也要长个眼睛,许多人都在虎视眈眈地盯着你呢。线索已经在你手里了,注意周围吧。

这便是留言的内容。嘉温仿佛后脑勺被狠狠地敲了一棒。黑色捷恩斯的主人竟不是怪汉,而是另一个人。留言的内容看起来不是敌人,但是也没有是盟军的迹象。嘉温快速地回到了车上。

"许多人在虎视眈眈?"

嘉温启动车辆,现在得先离开这个地方。如果留言上的内容是事实，那么觊觎人偶的人就不止一个。除权仕平以外还有谁在觊觎这个人偶呢？看来只在头领间代代相传的秘密泄露得比嘉温想的还要严重。然而嘉温本人却对人偶的秘密一无所知。另一点，"线索已经在你手里了"，这又是什么意思？

世宗大王像坐落在光化门大道正中间，在灯光的映衬下威严地俯视着四方。嘉温不知道要去哪里，只是跟着信号灯胡乱地开着。

"我手里的线索……"

嘉温静下心来重新回看自己的旅程，最先给嘉温发短信的是父亲——不管发生什么事情都要照顾好雪芽。

这是父亲的遗言。而后是父亲的死和身份不明的乞丐。

雪芽的登场以及阁楼里里藏着的两千年前的人偶，最后是青龙寺的务安大师。这四天里发生的事情就似走马灯一样在眼前闪过。其中嘉温手里有的只有从三友会寄来的邀请函和苍崖的人偶。那人所言的关于秘密的线索到底是在哪儿？

"我渴了。"睡醒的雪芽揉揉眼睛说道。

"看看后面，应该会有水的。"

雪芽转过身去，在座位的缝隙中找到了一瓶水。兴许是水有点儿难拿出来，她挤在缝隙里翻找了很久。好不容易拿到水的她在开着瓶盖时突然停住，望向了嘉温。

"喝过的。"

是嘉温喝过一口的水。

"死不了，喝吧。"

"给我新的。"

"就凑合着喝吧。"嘉温坚决地说道，但是雪芽一动也不动，只是抿着嘴瞪着他。

"我不是父亲。想跟我在一起就得服从我的规则。"

嘉温如此说道,他的耐心已经到了极限。雪芽狠狠地扔了水瓶,开始疯狂地织起毛线来。她生气了。

"到现在为止,你想做的我都给你做了,只是喝个水而已,就不能随便点儿吗?"嘉温大声吼道,但是雪芽理也不理他一下,只顾着自己的毛线活儿。

"我说话的时候看着我!"嘉温捏住雪芽的下巴吼道,雪芽这才停住手上的活儿,狠狠地瞪着他。就像有暴风雪透过敞着的窗户一拥而入一样,雪芽透明的眼眸里奔涌而出满满的委屈。嘉温感受到了一丝凉意,仿佛周遭的温度降了一摄氏度似的。雪芽的眼睛里堆满了小小年纪本不该有的故事。和她对视的瞬间,嘉温心底的罪恶感油然而生,就像将沙漠里唯一为她遮阳的树给砍掉了一样。

"你的人生也许并没有想象中那么不幸。"

嘉温转变车道,找了一家便利店。就在那时,嘉温突然意识到自己忽略了一件重要的事。在这历时四天的奇妙旅程中,始终陪伴在身旁、一次也没有离开过的、父亲唯一的遗产,是雪芽。想到那里,如同连锁反应一样,其他一直在关心以外的碎片拼凑在一起,渐渐形成了一个具体的模样。嘉温看了看车里堆成山的毛线团。他突然想起毛线上曾多次出现"善男"这个名字。嘉温把车停在路边,在毛线团里翻找起来。没多久眼前出现了令人震惊的文句。

　　善男是仅属于我的善男是不会泄露秘密的因为我的儿子是一半

是和李乐云写在账簿上的内容完全一致的句子。毛线上织的善男并不是雪芽想象中的朋友,而是李乐云的女儿。但是雪芽为什么会知道善男?是之前看过李乐云的账簿吗?嘉温急忙看了看其他毛线团。

  今天我给我儿子教了只有头领们才知道的秘密歌曲他很喜欢这首歌相比以往教的歌曲他唱得更尽兴了如果他不是一半那我就能把头领一位传给他了

果然还是账簿里记载的内容。
"头领间的秘密之歌……"
嘉温突然想起雪芽之前哼唱的那首不知名的歌。既不是时调,也不是流行歌里歌词奇异的歌。
"你之前一直在唱的是头领间代代相传的歌吗?"嘉温问道,但雪芽貌似是还没有消气,连看都不看他一眼。嘉温只得放弃,继续翻起其他的毛线。令他惊讶的是毛线上完全呈现了账簿里的内容。虽然雪芽织得很杂乱无章,但大部分的内容都有。奇怪的是虽然内容一样,但是文字里蕴含的性格却不一样。账簿的文体是李乐云记录自己想法的日记体,而雪芽的毛线上却是日记体和对话体的混合。当然,嘉温也可以丝毫不把这当回事,直接忽视过去,但里面却藏着足以动摇基础的小细节。毛线上记载的对话相当详细,甚至还有李乐云账簿里没有提及的内容,消失的线索正隐藏在其中。

  现在开始你要好好听我说的话这里面放着藏有男寺党秘密的贵重物品我要把它藏在所有人都找不到的地方那个地方只有你和我知道如果我出了什么事你就带着它去找分领头峰秋叔千万不能告诉其他人只能交给峰秋叔

那个贵重物品一定是指人偶的背部，李乐云为了以防万一把藏有背部的地点告诉了善男。账簿里提及的分领头峰秋应该就是接任下一任头领的成员。嘉温无法抑制住焦急的心情，快速地拉扯着毛线。随后他终于找到了毛线团的线头。

  这里你可要记好了这里是比丘尼[1]居住的道场你以后终有一天也会过来历代王妃们也会经常来这里卸下担忧我会把我的名字和这个一起挂在这里如果我出什么事了那你寄宿在这里时也偶尔给我倒一杯酒吧一想到要撇下你离开我的心情就很是沉重啊

这是有关背部下落的最后也是唯一的线索。虽然嘉温翻找了所有的毛线，但再没有更多的线索了。

"比丘尼的道场吗……"

到19世纪末以前，寺庙中可供女僧居住的地方被称为僧房，仅限于国家指定的那几处。而且根据前后情况推理，人偶的背部绝对是在去三友会会合之前藏起来的，那么就是位于首尔的僧房之一。嘉温上网搜索了首尔寺庙中可供女僧居住的僧房。一共有四个地方：曾被称为塔古僧房的普门寺、玉水洞的豆毛僧房、石串洞的石古僧房，还有就是崇仁洞青龙寺的新寺僧房。还需要更多线索，嘉温再次确认毛线上的内容。上面提到历代王妃们也会经常去祈祷，那么青龙寺是最有可能的。青龙寺是高丽末名臣李齐贤的女儿兼恭愍王的王妃——惠

---

[1] 比丘尼：是梵文 Bhikkhuni 的音译词，佛教用语，俗称尼姑。

妃居住过的地方,并且在朝鲜初期太祖的女儿庆顺公主也曾在此短暂停留过,是一所和皇室有着密切联系的僧房。特别是被世祖废位的定顺王后在与端宗死别后,也来青龙寺剃度出家了。说不定李乐云是因为"青龙寺"这个熟悉的名字而选择了这里。

嘉温没有迟疑,驱车前往了青龙寺,更何况崇仁洞也不是很远。但是若只有青龙寺这一个线索,想在那么大的寺庙里找一个巴掌大小的背部真的是海底捞针。嘉温快速地在车流中窜来窜去,推测着各式各样的可能性。

"和我的名字挂在一起……给我倒杯酒……那到底是什么意思?"

听起来像是临死前的遗言,但嘉温无从得知他具体是在暗示什么地方。嘉温决定先试一试,拐向了通往崇仁洞的道路。

青龙寺坐落在定顺王后和端宗离别的永渡桥那一头,东幕山路的边上。李乐云为了与女儿共度最后一段时光前去青龙寺,那早是朝鲜王朝末期时的事了,如今的寺庙四周已围满了混凝土公寓楼。顺着双车道道路向上开去,定顺王后思念着端宗暂居的女僧房净业院就出现了。之后便是"三角山青龙寺"的牌匾。被高墙围着的青龙寺显得小巧又雅致。嘉温停下车看了眼时间,已经接近子夜了。除非是在搞什么活动,要不然很少会有寺庙这么晚还对外开放。但嘉温现在一刻也等不及,决定先下车再找办法。雪芽仍然是一脸的冷漠,看都不看他一眼。嘉温放弃了哄她,径直走向入口。他试着小心地推了推门,门上的插销果然插得严严实实。嘉温仔细观察周围的高墙,寻找着可以进去的办法。

用砖头砌成的墙既高又坚固,与其说是围墙,倒不如说是抵御外敌入侵的城墙。嘉温本想等明天天亮后再来,但又莫名有点儿不放心。一想到百年前的秘密就在那围墙里面等着自己,这么回去未免太可惜了。不仅如此,现在还有许多人在追着嘉温,那些人虎视眈眈地觊觎着人偶的秘密,如若不是现在可能永远也找不到线索。那么方法只有一个,嘉温深吸一口气,向着高墙伸出了双手。正当他想用力跳上围墙的瞬间,副驾驶的车门忽然打开,雪芽下车了。她像是要嘉温跟着自己一样瞥了一眼后便向着某个方向走了过去。

"你要去哪里啊?"嘉温问道,但是雪芽只是大步沿着围墙走。

"我问你去哪里?"

听见嘉温大喊,雪芽留下一个冰冷的眼神后就消失在了围墙后面。嘉温只得急匆匆地跟了上去。绕过寺庙的围墙,接着又出现了一堵与附近住宅相邻的围墙。围墙与住宅楼中间有一条只能勉强过一个人的小路,雪芽正站在小路中间。她仿佛成了向导,温顺地将双手放在一起等着嘉温。嘉温小心地穿过小路走了过去。不久后他发现围墙之间有一个小门,仅仅能勉强一个人出入。门虽小但却砌有砖瓦屋顶,很像是过去比丘尼们为了避开他人视线而使用的门。嘉温悄悄推开了门。

吱吱吱——

门是开着的。

"你怎么知道这个门?"

雪芽紧闭着嘴进了门,真是个莫名其妙的孩子。明明是个隐居在偏僻山间的孩子,怎么可能知道连嘉温也是第一次来的寺庙的后门?嘉温紧跟着进了门,后门是与供养间连着的。青龙寺原本便很小,所以供养间也像家用厨房一样坐落在寺里的一角。由于早过了晚饭供养的时间,供养间的灯是关着的。寺内静悄悄的,让人真切地感受到"静在寺间"一词。僧人貌似也下班了,寺庙里一点儿动静都没有。

嘉温经过供养间去往大雄宝殿[1]。那是环顾院内的最佳位置。这座寺庙很朴素。以一柱门为中心，左边是大雄宝殿，大雄宝殿的左边是作为寮房的寻剑堂[2]，东北角坐落着冥府殿[3]。登上大雄宝殿旁的石阶，一座名为山灵阁的小楼阁雄伟地俯瞰着整座寺庙。嘉温站在大雄宝殿的石阶上，环顾着院内。夜风顺着远处嶙峋的三角山吹拂而上，裹挟着隐隐的松叶香，扑面而来又转瞬即逝。嘉温试着平复心情，回想着毛线上所写的李乐云的遗言。

　　我会把我的名字和这个一起挂在这里，如果我出什么事了，偶尔给我倒一杯酒吧。

听起来像是把人偶的背部藏在了一个对外公开的场所里，一个虽然公开却比任何地方都要安全的地方。还有给我倒杯酒又意味着什么呢？嘉温尝试着把记忆里与寺庙有关的知识一点点扒出来。

"挂名字……倒酒……"

嘉温边想边仔细观察院子，竖立在净业院[4]遗墟碑旁的千年松树的影子笼罩着整个院内，随风晃动着。也不知是疲于观望这贪嗔的人间世还是什么，每根树枝上都缀满了松果。然而在有树枝垂落的围墙下却整齐地堆满了信徒们许愿的瓦片。嘉温的脑海里瞬间闪过握着佛珠的遗属在忌日时到寺庙祈祷的景象。

1　大雄宝殿：佛教寺院的主殿，是整座寺院的核心建筑，用于供奉本师释迦牟尼佛的佛像。

2　寻剑堂：寺庙中用于僧人坐禅的地方，意为"寻找智慧之剑"。

3　冥府殿：奉地藏王菩萨为本尊，供奉阎罗大王与十王的法堂。

4　净业院：供女僧修道的地方。

"灵牌！"

每个寺庙里都有专门为已故信徒保管刻有名字的神位的地方，一般都会另建一座祠堂统一保管灵牌，这是佛教的古老传统。青龙寺建于追崇佛教的高丽时期，更不可能没有保管灵牌的祠堂。想到这里，嘉温看了看四周。山灵阁旁边还有一个小楼阁。牌匾上写着雨花楼，入口处还放有信徒供奉的鲜花。雨花取自《法华经》，是花像雨一样从天而下的意思，主要用于安慰归真的灵魂。有可能是那里。嘉温快速地爬上石阶，荷花丹青整齐排开的屋檐下挂着写有"雨花楼"的牌匾，下面是紧紧关着的翡翠色木门。但是嘉温并没有看到锁，其实这个世界上谁都不会想要来偷逝者的牌位。嘉温拉开门闩，走进了楼阁。

房间差不多十坪大小，里面可以说堆满了灵牌。墙边自不用说，连天花板和地板都堆满了，压根儿无处落脚。由于房间原本便很窄，灵牌排列得都很紧凑，很难看清上面的字，而且很多灵牌上还挂满了遗属带来的花和遗物。整个房间看起来非常混乱。嘉温甚至开始怀疑里面真的有百年前的灵牌吗？但现在也没有其他方法。嘉温从角落的灵牌开始确认起来，这些灵牌大小不一，模样也形形色色的。虽然大部分都是由灵牌制作公司统一制作的，但偶然也能看到些自己做的灵牌。嘉温拿着带来的手电筒一一确认灵牌上的字。他发现有些灵牌上还会刻有死亡的年代和时间，太好了。嘉温顺着灵牌上的年代慢慢回到过去。正面的都是近年的灵牌。灵牌的年代按照顺时针方向一点点倒退，经过一圈之后回到了中央。是1930年，离李乐云来访的时期还差四十年。现在只剩挂在天花板上的灵牌了。

嘉温一一确认着这些仿佛是挂在城隍堂里的符咒一样的灵牌。不知道过了多久，他几乎查遍了所有灵牌，依旧找不到李乐云的。白费力气了。这个推测并不一定准确,不是青龙寺而是其他寺庙的可能性也不能排除,甚至也许地点本身可能猜错了。嘉温的心情就像到嘴的鸭子飞走了。

"你在干什么?深夜出现在别人的寺庙里。"

嘉温吓了一大跳,祠堂门口一位女僧人正拿着棍子看着他。

"呃……我是……"

嘉温找不到合适的借口,吞吞吐吐的。

"看起来好好的一个人,没事干吗跑来神圣的寺庙里偷东西?实在是太恶劣了!"

女僧人拿起手机打了电话。

"喂,是警察吧?这里是崇仁洞的青龙寺。"

她二话不说就报了警。

"等一下,我不是小偷。我会告诉您缘由的,请您先挂掉电话吧。"

嘉温靠近女僧人说道,女僧人举起棍子警告他。

"耍什么花招,年轻人?"

就在惊慌的嘉温不知道怎么办的那一刻。

"大师……"

是雪芽。原本徘徊在大雄宝殿的雪芽出现在了门口。雪芽的突然登场把女僧人吓了一跳。她拿着手电筒仔细地观察着雪芽,而后看清面容的女僧人放下了棍子。

"雪芽?"

女僧人是今晚当值的比丘尼,非常熟悉雪芽。

"郑施主一年中会带这个孩子来做几次三千拜,也给我们施斋了很多，尤其在冬天他还会时不时赠予我们很多煤炭，是个好人。"

从嘉温那里听完缘由的比丘尼，放下警戒和他们一起走向寻剑堂。

"最近这样的世道几乎没有人愿意来做三千拜了，但是你父亲一年怎么也会来做几次三千拜，寺庙里几乎没有人不知道他。我有天问他是为了谁来拜佛，他说是给死去的夫人，我猜你父母之前一定很是恩爱吧。"

嘉温愣住了，今年正好是母亲去世的十周年。至今为止，嘉温从没有忘记过母亲的忌日，每年去坟上献花时总会想到冷酷无情的父亲。但是同一时间里，父亲却在首尔一个偏僻的寺庙里为母亲做着三千拜。一支名为憎恶的毒箭就这样穿过嘉温无知的十年岁月，重新向着他的背上飞来。

"这边。"

感觉到嘉温没有跟过来，女僧人转过来说道。嘉温这才回过神跟了上去。与其他建筑不同，没有涂上丹青色的寻剑堂看起来与普通的韩屋一样安宁。玻璃制的推拉门里是韩国传统的木地板，后面排着大师们居住的房间。

女僧人穿过寻剑堂向后走去，眼前是一扇看似是仓库的门。门闩里塞满了粗条树枝的门上还挂着一把早已生锈的锁。女僧人打开锁进到里面。

"很久以前的灵牌都保管在这里，都是些无人问询的灵牌。你要找的应该也在这里。"

女僧人拉动了墙上的电闸，仓库的模样呈现在眼前。如同书架般整齐排列的隔板上工整地堆叠着老旧的灵牌。

"我父亲有来这里找过灵牌吗？"

"我不太清楚。"

嘉温开始查看起隔板上的灵牌。隔板一共有六个,每个隔板上都有数百个灵牌沉睡在灰尘中。若是想要全部翻完,估计得熬个通宵。嘉温刚才看过了入口处的灵牌,但是上面并没有写年代。得想办法缩小范围才行。嘉温想起了毛线上的线索。

"我会把我的名字和这个一起挂在这里,偶尔给我倒一杯酒吧。"东西是和名字挂在一起的。

就是说那东西和灵牌保管在了一起。

"一起保管的话?"

嘉温开始找起内里中空成箱子形状的灵牌。大部分灵牌都是用平整的木板做的,想找到中空的灵牌并不难。他先是找到了几个像屋顶一样顶着纱帽的箱子形状的灵牌,但是里面什么都没有。嘉温快速地确认着每一个灵牌的内部。突然他发现了一个灰尘积得太多以致几乎看不见字的灵牌。咯噔,里面有什么东西。嘉温用袖子擦掉灰尘,灵牌主人的名字出现了。

先亡嚴父慶州后人李公樂雲靈駕[1]

是李乐云的灵牌。他预见了自己的死亡,提前把刻有自己名字的灵牌保管在了青龙寺。李乐云的灵牌比起其他的又厚又大。说是灵牌,倒不如说是一个封闭的保存箱。嘉温小心地晃了晃灵牌,从撞击的声音来判断里面应该有块巴掌大的木片儿。嘉温的直觉告诉他,里面是人偶的背。

---

[1] 此处繁体字出自原文,意为先亡严父庆州后人李公乐云灵驾。

"我可以拿走这个吗？"嘉温问女僧人。

"不好说，我们从未把牌位给别人……"

女僧人貌似很难下决定。

"它对我缅怀父亲有重大的意义。"

嘉温殷切地看向女僧人，女僧人迫不得已地点了点头。嘉温郑重地道谢之后，便与雪芽一起走出了青龙寺。女僧人给他们开了正门，并且将他们送到了门口。嘉温回到车上，一直等到女僧人回去之后才拿出了灵牌，然后他揭开了刻有李乐云名字的木板。灵牌与他僵持了一下最终还是吐出了里面的内容物，碎成了两半。嘉温小心翼翼地捡起内容物，有一个巴掌大的硬硬的东西被窗户纸包着。嘉温像是剥皮般慎重地剥去窗户纸，内容物终于现身了。是他苦苦寻找的人偶背部，圆形的赤松板因为氧化变成了红色。好奇心驱使下的嘉温拿着背部仔细端详起来，发现背部里边刻着几个很小的字，嘉温立刻打开手电筒确认了字。

五十，七十，七十八

这就是刻在背部的字。嘉温又仔细观察了其他地方，却什么都没有发现。

"这就是全部吗？这算什么秘密啊！"

就在这时，驾驶座的窗户突然被打破，一个黑影向嘉温扑了过来。只见那怪汉一瞬间就往嘉温的嘴里塞了纱布，同时副驾驶那边的窗户也碎了，另一个怪汉闯进来塞住了雪芽的嘴。纱布上抹满了氯仿。化学药物火辣辣的气味刺激着嘉温的鼻子，精神也跟着恍惚了起来。嘉温拼死挣扎，但随着药效上来，最终只得浑身无力地任由意识一点点远离。渐渐恍惚的嘉温好似看到了尖叫的雪芽在向他伸手。嘉温也用力地向雪芽伸出了手,但是他的手并没能碰到雪芽的手,眼睁睁地看着她消失在黑暗之中。

啊啊啊!

凄惨的哭声像是从洞穴那边传来一样,回荡在耳边后又慢慢消散了。是熟悉的哭声。

"雪芽……"

嘉温反射性地睁开了眼,周围漆黑一片。他试着动一动身体,却无法动弹。脸上被蒙了什么东西,手脚也都被绳子捆绑住了。雪芽的尖叫声越来越近。

"雪芽……你还好吗……"

嘉温想要喊出声来,但不知为何,话语只在嘴巴里盘旋着,怎么都出不了声,他的嘴巴被堵上了。恍然之间,他好像听到了草叶在风中摇曳的声音。这里貌似是山里。

"啊啊啊!"

雪芽像是要毁灭世界一样,用着诅咒全世界人类的声音凄惨地哭喊着。

"把那个女孩子处理一下。"

是一个毫无感情的声音,近在眼前却又无法触碰的记忆中的声音。

"不要伤害那个女孩子,她可是个重要的人物。"

那人话语刚落,雪芽的尖叫声便消失了。估计是让她晕过去了。

"男的怎么办?"

"安静地处理掉吧。"

有个人抓住了嘉温的脖颈,拖着他向某个地方走去。嘉温挣扎了,但是没有什么用。捆绳子的技术是一流的,一点儿破绽都没有。锋利的草叶划过肉,留下一道道伤口。嘉温中途好几次被石头绊倒了,但那人并不在意,只是毫不留情地拖着他继续往前走。之后有个人过来扶起嘉温,很大力地推了一把他。嘉温想迈出步去,却什么都踩不到。失去重心的嘉温在地上滚来滚去。是一个提前挖好的坑。不久后,嘉温的身上慢慢开始落土了,他们想把他活埋了。嘉温为了活命拼死挣扎,但此刻的他什么都做不了。

一堆一堆的土砸在嘉温身上,他想出声喊救命,但是什么声音都发不出来。现在连脸上都开始有土了,呼吸开始不畅,心脏像是在做最后挣扎一样大力地跳着,浑身都让冷汗浸湿了,就要这么死在这里吗?现在土已经堆得他动弹不得了,而且还顺着头巾的缝隙挤了进来。极度紧张的嘉温开始流口水,因为恐惧连尿都出来了。但是铁锹还在挥个不停,地上的声音渐渐远去。现在看似已经没有希望了,可供呼吸的空气也快没有了。因为缺氧,嘉温的意识渐渐模糊起来。这时,地面突然传来远远的一声尖叫,而后随着"啪"的一声,铁锹停止了。嘉温用尽最后一股力气尖叫了起来,但由于被埋在土里,什么声音都传不出来。随后他又失去了意识。

苍崖

薄雾笼罩，湖光朦胧，风消声息，如镜面一样透明的水面上没有一丝波澜，只有像海市蜃楼般飘浮着的水雾和坐在小船上的嘉温。四周一片死寂，低矮的云朵仿佛是用吸音材料做的一样，吸走了所有的噪音，嘉温甚至连自己的心跳声都听不到。嘉温愈发焦急，愈发不安，一股来历不明的恐惧紧紧地攥住了他的心脏。嘉温尽全力嘶吼着，但像是按下了静音键一样，一点儿声音都发不出口。

嘉温重新瘫坐在小船上，水面倒映着他的模样。但仔细一看却不是嘉温，是雪芽！如白雪一样纯净的雪芽正在水面下望着他！嘉温小心又怯懦地向雪芽伸出手，果然倒映在水中的雪芽也带着同样的表情向他伸出了手。就在他们要碰到彼此手的时候，之前还犹如水银般没有一丝波澜的水面突然泛起了波纹，并迅速以正圆的模样向四周扩散。与此同时，波纹所及之处，全都染成了血色。小船四周的血水不停向外蔓延，很快整个湖都变成了一潭血水。很诡异的一幕。嘉温看向雪芽，处于血泊中的雪芽正哭泣地看着他。

"哥哥，救救我。"

雪芽的眼泪通过水面径直掉在了嘉温的脸颊上。

嘉温猛地睁开了眼睛，像个刚出生的婴儿般重重地喘了一口气。他抬手摸了摸自己的脸，发现全是冷汗，但好在是真实的触感。

"雪芽！"

嘉温环顾四周，发现自己在一个陌生的地方。他正躺在一个环形的密闭空间里，两边圆形的窗户排成一列，窗户下面还摆放着椅子。外面传来嗡嗡的机器声。

"不要担心，你没事的。[1]"

那是个很柔和的女声。当嘉温试图坐起来时，那女人又说了一句。

"现在还不能动。[2]"

那女人一直说着日语，嘉温甩开了她的手，挣扎着站了起来。痛，浑身像是散了架一样。原来这是一个能容纳二十人左右的很高级的专人直升机。和头等舱座椅一样宽敞的床垫旁是医院里挂水用的放置台，嘉温在挂水，像是什么营养剂。女人虽然穿着便服，但应该是个护士，她时不时地会确认与嘉温身体连着的心率监测器。前面的座位坐着三四个壮汉，感觉到嘉温的动静后，他们纷纷向后看去。

"你们是谁？这是哪里？"

嘉温质问道，壮汉们警惕地挡在他面前。就在这时，坐在最前面读书的男人做了个手势，随后壮汉们便一齐退下，给他让出了道。

"你刚才休克了，毕竟都去鬼门关走了一遭，现在还是镇定点儿比较好。"

男人在书里插入书签后，缓缓向嘉温走来。就在那瞬间，嘉温无力地瘫坐在地上。男人说得没错，他好像还没有从巨大的冲击中缓过神来。

"听闻郑先生精通日语。"

---

[1] 原文为日语：心配しないで，あなたは大丈夫です。——译者注
[2] 原文为日语：まだ いてはいけませ。——译者注

男人一直在跟嘉温讲日语，嘉温定了定神望向他。男人留着帅气的胡子，看上去和嘉温差不多年纪。他穿着量身定制的藏青色西服，系着象牙白的丝绸领带，干练得无懈可击。头发用发蜡整齐地向后梳去，隐约可见几根银发，眉毛也像修过一样对称。再加上让人联想起演员的帅气外貌，整个人就像从漫画里走出来的一样。

"你怎么会认识我？"

嘉温用日语问道，男人勾唇一笑。他的笑容就像照着镜子练过上百次一样，帅气又干练。

"您是已故的头领郑英侯的儿子郑嘉温，也是韩国最好的画廊铅白的首席策展人。"

不得不说，他的韩语非常完美。

"我是阳平财团的榎本良一，很荣幸见到您。"

榎本向嘉温伸出的手并没有等到回应。阳平财团是日本历史最悠久的私立财团之一，由曾是皇室成员的阳平在1867年成立的非盈利组织。虽然创立阳平财团的初衷是为日本近代化发展培养人才，但现在的阳平财团已成为皇室代表，并成为为其打理事务、发挥自身政治作用的日本第一财团。

"阳平财团为什么……"

"有人想要见您。"

"谁？"

"您去了就知道了，大概一个小时就能到。"

嘉温望向窗外，专机正在玄界滩上驰骋。

"是你们救了我吗？"

嘉温望着窗外的云层问道。

"很遗憾并不是。我们到的时候，已经有人将您从地下救出来并做了简单的急救措施。我们只是将您带到了医院而已。"

那个身份不明的人物再一次出现了。嘉温十分确定,他肯定就是昨晚在捷恩斯雨刮器上留下警告的人。

"这样说来,你们一直都在暗中关注我咯?"

嘉温这么一说,榎本笑了笑。他的笑容好像也是分深浅程度的,这次是那种最浅的笑容。

"原来你们也在追那个人偶。"

窗外的云层消失了,转而是一眼望去的蔚蓝大海,飞机往东南方向滑去。

嘉温乘坐的专机降落在大阪湾的神户机场,专机轻轻着陆在方方正正的人工滑道上,减速后停在南走廊的一角。

"你们大费周章携我来日本,却连要见我的人是谁都不说吗?"

嘉温再次问道,但榎本却始终面带微笑,恭敬地指向出口。嘉温无奈地走出专机,发现楼梯下站着几名男子在迎接他们。他们清一色地都身着黑色西服,一头干净的板寸,应该是保镖。旁边停着一辆轿车,那是已停产的丰田皇家世纪,边上甚至还站着一名穿着十分正式的司机。嘉温一眼就明白了,等待自己的绝非普通人。丰田的皇家世纪是日本一些大企业会长和皇室才能拥有的高级车,而且他还动用了私人飞机,那肯定是在日本数得上号的巨头。嘉温从楼梯上走下来,戴着帽子和白色手套的司机恭敬地为他打开了车门。嘉温坐上车的上席后,榎本也坐在了车子的前面。

"车子要出发了。"

轿车像是飞在白云之上似的,一点儿颠簸都没有。司机在每次拐弯之前都会提醒一下,过减速坎之前也会十分郑重地告知要减速,甚至在换车道的时候也会先取得他们的谅解。轿车开出机场，驶上了阪神高速。神户市的全貌在低矮的白云下映入眼帘。车毫无阻碍地开在悠闲的高速上，现在离高峰期还有点儿时间。榎本看了一眼时间，打开了收音机，收音机刚好在播整点新闻。

"前段时间天皇殿下因急性心肌梗死晕倒而住院，如今天皇殿下的身体逐渐好转，对外部刺激的反应也逐渐增强。医疗人员表示，这是天皇殿下即将恢复意识的信号。但是由于天皇殿下年岁已高，且因为反反复复的疾病失去了元气，所以还要继续观察。"

刚好在播前不久晕倒的天皇的消息。刚播完天皇的消息，榎本就关掉了收音机，好像其他新闻一点儿都没有必要一样。播完新闻的车内，温度仿佛都降了一摄氏度。

"为什么一直关注我？"嘉温打破这死寂问道。

"确切地说，我们并不是在关注您，而是在关注您的父亲，郑英侯先生。"榎本答道。

"为什么关注我父亲？"

"我能给予您的回答十分有限，还请您谅解。"

汽车飞驰在高速公路上，窗外是一成不变的风景。

"是从什么时候开始的？"

"五天前。"

嘉温猛地坐起来。五天前的话，那不正是父亲被杀害的日子？

"那你应该知道我父亲是怎么死的吧？"嘉温高声质问道。

榎本没有作答，但嘉温在后视镜里捕捉到了他的犹豫。

"你知道是谁杀了我父亲，对吧？"

从未流露过任何表情的榎本此时却有了点儿动摇。

"您很快便会知道一切，还请您再耐心等一会儿。"

榎本不再作声。他看起来是个十分稳重又十分忠心的人，一般这种日本男人绝对不会做出逾矩的事情。嘉温对此很清楚，便不再说话，转过头看向窗外。看着一辆一辆飞驰而过的车，嘉温的眼前浮现起了刚刚在梦中见到的雪芽的模样，她正在一片血色的湖面下等着自己的救援。

"雪芽没出什么事吧？"

雪芽原本便是个很怕生的孩子，现在却落入了一群陌生怪汉的手里。嘉温一想到这里，感觉心痛得都要窒息了。这心痛真实无比，仿佛胸口被剜去了一块。至今为止，除了母亲以外，还没有人能让他如此挂念。才相处几天而已，雪芽便留下了很多痕迹，并且还带走了嘉温的心。那些人到底是谁，又为什么要绑架雪芽？嘉温突然想起被活埋之前隐约听到的——不要伤害那个女孩子，她可是个重要的人物。

他们称雪芽是个重要的人物。无论他们是什么身份，无疑的是，他们都是为了人偶才跟踪的嘉温，而且他们还知道人偶的背部被换掉了。所以他们才会一直等到嘉温找到人偶背部，然后在决定性的最后一刻突袭。但是在得到人偶之后，他们却选择活埋了嘉温，并且绑架了雪芽。

"雪芽身上肯定还有我不知道的其他秘密。"

如果嘉温的猜测是正确的，那么绑架雪芽的人肯定也知道雪芽身上的秘密。也就是说，在他们达到目的之前，雪芽肯定是安全的。另一个秘密到底是什么，绑走雪芽的那些人又是谁？嘉温回想着人偶背上的字，与新登场的日本人一起穿过淀川江，到达了大阪。

轿车穿过天王寺公园驶入了堀越住宅区。在穿过一大片很普通的住宅区之后，一幢十分豪华又高级的传统住宅进入眼帘。这个房子几乎占了一整个街区，外表不是黑瓦便是白墙，十分壮观。丰田皇家世纪沿着围墙向前开着,最终停在了一个红色大门前面。门上顶着日本特有的双层瓦片,乍一看像是戴着头盔一般。门前还有两个身着和服的女人在迎接他们。

"跟着她们去吧,那位在等您。"

嘉温没有应声,起身准备下车。

"您在见他时一定要恪守最高的礼仪。"榎本很严肃地用日语说道。

"你不说我也看得出来。"嘉温也用日语答道。

一见他下车,下人们立马走近并弯腰表示敬意。嘉温微微颔首,跟着下人们一同进入院内。

"等等,您忘了些东西。"榎本在后面喊道,"这是您之前携带的东西。"

榎本把嘉温的钱包和手机递给他,嘉温无声地接过东西后走向入口。

眼前的宅院比嘉温见过的所有日本屋舍都更大、更华丽。走进大门,最先映入眼帘的是两边茂密的竹林,穿过竹林里一条蜿蜒的石子小路,嘉温看到一个带有日本传统莲花池的庭院。莲花池正中央建了一座人造小岛,岛上的松树披散着繁茂的枝丫,上面还盖了一个日式的拱桥。胳膊般粗大的锦鲤在池里欢快地游动。走下拱桥踏上石阶,迎面而来的是一棵巨大的枫树,树后面是一个古风盎然的宅子。宅子是一层和两层建筑的结合体,构造非常独特,一眼就能看出这是日本数一数二的传统建筑。

"请走这边。"

下人径直走过堆在枫树两边的红色枫叶堆,站在建筑入口处等着嘉温。嘉温看到房檐瓦砖上刻着的纹样,顿了一下。只见每一片瓦砖上都刻着十分漂亮的菊花纹样，在日本只有天皇和皇室成员才能使用。其中天皇一家用的是16花瓣的八重菊，其他皇室成员用的则是14花瓣的裹菊。嘉温默默数了数瓦砖上的菊花，14花瓣。

"也就是说这座宅院的主人是皇室成员咯。"

嘉温小心翼翼地走进入口。一进门便是一条一字形的榻榻米走廊，走廊长得望不到尽头，两边依次排列着传统的日式门。然而那些日式门上也都镶着金色的14花瓣的菊花纹样。嘉温跟着下人走在走廊上。透过一些开着的门缝可以看到房间里面，就像只是用来展览一样，大部分的房间都空空如也。房子里寂静得可怕，有时隐隐约约地听到屋檐下的风铃声，但连那都是人为发出来的声音。走到走廊一半左右的时候，出现了通向二楼的楼梯。下人恭敬地用双手指向二楼，嘉温走上楼梯。二楼和一楼一样都是榻榻米走廊，但和一楼完全不同的是，二楼充满了生活的气息。走廊的一边全是推拉门式的玻璃窗，可以将漂亮的庭院尽收眼底。眺过竹林，还能看到大阪市繁华地段的风景，这次的视野果然不错。能在市中心地段拥有如此庭院式别墅的人，肯定是个位高权重之人。下人在最后一间房间门口停下了。和之前的其他房间不同，这个房间的门上画着十分华丽的浮世绘[1]，两扇推拉门上各有一个打扮华丽的歌舞伎演员带着浮世绘特有的表情望向他。从房间内侧传来了三味线[2]凄凉的声音。

"我家主人已恭候多时了，请进。"

说完，下人庄重地跪坐在拉门两侧，为嘉温打开了门。嘉温有点儿紧张地踏进房间，突然，手机响了。已开通国际漫游的手机收到了

---

1 浮世绘：日本的风俗画、版画，兴起于日本江户时代。

2 三味线：日本的传统乐器，与中国的三弦相近。

一条短信，嘉温打开信息。

"若见到菊花纹样的男人便向他询问《帝皇徐福本纪》的事情吧。"

是匿名发送的信息。但嘉温的直觉告诉他，对方肯定是那个在危急之下救了自己的神秘人物。《帝皇徐福本纪》，从来没有听过的书名。

嘉温将手机放回口袋里，走进房间。这个房间有一般的礼堂那么大，地板上铺了很软的榻榻米，两边是一掌高的壁龛，上面整齐摆放着修剪规整的日本兰草。墙上还挂了很多高雅的画轴和字卷，一看就知是出自名家之手。门的正对面是一个小型的舞台，舞台有人的膝盖那么高，大小也足够三四个人站在上面表演。舞台虽简约，天花板上还是装了简单的打光机器。

舞台上的演员们正演得热火朝天，是日本传统的人偶剧文乐。后面的背景墙上画了一个小钟楼，舞台上有三个人偶操纵师正在操纵一个女人偶演着戏。舞台右侧坐着负责念台词和传达剧情的解说人义太夫[1]，旁边还有负责背景音乐的乐师在演奏传统乐器三味线。舞台下只有一个观众，他穿着一身舒适的和服，坐在带有椅背的坐式椅子上，观赏着人偶剧。不管是从操纵师娴熟的演技来看，还是从解说人兴奋的声音来看，表演已经进行了有段时间。唯一的观众也看得津津有味，完全没有发现嘉温进了房间。

一个下人安静地走过去，对着他的耳朵说了一句话，他这才微微点了点头。而后下人请嘉温入座旁边的观众席，嘉温这才看到那是一

---

1 义太夫：日本人偶戏人形净琉璃的一种。

位处于晚年却又意气风发的老人。虽然老人看起来已经过了杖朝之年，但即便是从远处看也能感受到他的高贵风度。自然垂落在后的一头银发与充满了年轮气息的高雅气质使他人无法亵渎。即便是一直自信满满的嘉温，也没勇气开口搭话。老人看到嘉温，拍了拍自己旁边的坐席，嘉温无言地坐了下来。

人偶剧渐渐走向高潮。三个人偶操纵师正操纵着一个穿着开满樱花的红色和服，梳着日本传统发式束鬓的女人偶。人偶有真人一半的大小，做得相当精致。人偶的眼珠可以上下左右自由滚动，薄薄的嘴唇还可以做出日本人特有的笑容，甚至五个手指也可以随意活动，可以很自然地演出各种感情。这一切都要归功于那三名人偶操纵师的熟练操控。再加上解说人哀切的声音以及三味线的伴奏，整个剧给人带来一种异色的感兴。主操控师穿着高跟木屐，由于地上铺着稻草织成的榻榻米，即便走起路来也一点儿声音都没有。他是唯一露脸的人，两个副操纵师都用黑色头巾蒙着面，就像打了阴影一样。

"这个剧叫《最近河边的义气》。那个女人偶是女主人公瞬，是妓院里的妓女。"

老人的声音也是极为贵气的，发音是十分标准的东京腔，都可以拿去当教材了。

"她和一个井房家的儿子伝兵衡坠入了爱河。被爱情蒙蔽双眼的伝兵衡试图把她从妓院里救出来，却不料被卷入一场意想不到的纷争，失手杀了人，只能开始逃命。瞬不想卷入此事，便回了老家。瞬的母亲因为担心女儿，便强迫她和伝兵衡分手，并让她写下离婚书，然而瞬写下的却是遗书。因为瞬的母亲是文盲，所以她在什么都不知道的情况下给伝兵衡看了遗书。伝兵衡看完遗书后对她的痴情很是感动，于是决定和瞬一起自杀。在旁看着的瞬的母亲最终确认了女儿的真心，劝他们一起逃亡，去过幸福的生活。也算是很老套的爱情故事了。"

舞台上的瞬正一边想着心爱的他一边写着遗书。

"但我喜欢人偶剧不是因为剧情，而是因为由人手炼制加工出的人偶的演技。演员的演技很容易就会用力过猛，坏了整部剧。但人偶剧就不会有这种情况，即便是能表达出人类感情的最单纯的表情和动作，人偶师都会经过数千数万次的练习来完成。你好好看那些人偶师。"

仔细一看原来三个人偶师操纵的部位并不相同。主操纵师操纵的是人偶的脸和右手，而两位副操纵师则分别操纵人偶的左臂和腿部。

"他们三个可是赋予人偶灵魂的人。其中主操纵师太郎先生是由大正天皇的次子秩父宫雍仁亲王亲自封了爵位的小菅太夫大人的第三代继承人，也算是非物质文化遗产了。你看他精湛的表情演技，不觉得十分美丽吗？"

决定要自杀的瞬无法控制自己悲痛的心情，奔向钟楼，疯了般地敲起钟来。三个人偶师就像一个人似的完美地操纵着人偶，解说人也伴着三味线的旋律悲痛地念着词。整个剧可以说是达到了日本人所特有的人工精巧的极限。但在看着公演时，嘉温却从这份完美中感受到了一丝的抗拒感，要说是种被困在一个没有丁点儿误差、方方正正的房间里的心情吗？他需要一个脱离直角的小窗透透气。

"听说是您要见我。"嘉温开口说道。

钟声终于停下，瞬痛哭着跑下舞台想要自尽。同时三味线的演奏也达到了高潮，宣告着这一幕的结束，幕布缓缓落下。老人满意地站起来欢呼，嘉温也一起为他们鼓掌。随后，人偶师、解说人，还有伴奏者登上台谢幕,老人走近舞台与他们一一握手并夸他们演得十分完美。

"榎本和你说了什么?"

老人夸奖完人偶师之后转头问道。从正面一看,老人不但慈祥还很坚韧,强硬的目光和脸部线条诉说着他一生面对过数不清的逆境。

"他是个嘴巴很严实的人,但我一路上猜出来这宅院的主人是个有名无姓的家族的子孙。"

日本皇室是没有姓氏的。嘉温说完,老人微微笑了一下。嘴角在笑,但眼睛依然直直地看着嘉温。

"可惜我是个有姓氏的人。"

日本皇室中有姓氏的人,要么是因为离皇室家谱太远了没有拿到爵位,要么就是和平民结婚了。当然,在幕府时代也曾有皇族因政治原因被抛弃,但是是极为罕见的情况。然而现在,这个属于皇室的宅院却是由一个有姓氏的人在管理。

"其实第一次见面应该是要自我介绍的,可情况特殊我不能这么做,还希望你能谅解。"

老人很郑重地说道。

"您为什么不惜使用专机也要把我接过来?"

嘉温并不想和老人虚伪地周旋。

"韩国人都是如此直率的吗?"

"我昨晚刚去鬼门关绕了一圈回来,醒来时却发现自己坐在来日本的飞机上。"

老人向在旁等待的下人打了个手势,下人马上走近鞠躬行了礼。

"喜欢喝酒吗?"

"若您要喝,我不会拒绝。"

"来人，准备一下。"

下人领命退下，动作迅速且无声无息。老人带着他去了书房。与其他房间不同，书房的装修是西式风格，巴洛克风格的沙发和几个古董装饰柜摆放在一起，很有韵味。柜子里放着唐三彩和平安时代的绿釉陶器等很多古董，其中还有朝鲜白瓷。墙上挂着一些皇族的肖像画，画中他们都穿着西洋式的礼服，胸前戴着徽章，画旁还有紧贴着墙壁的书柜。与之相反，地板上铺了榻榻米，窗户也是日式的格子窗。西式的家具配上日式房内的风景，整个房间有一种19世纪末的复古式氛围。房中央的小桌子上有下人刚刚准备的酒和下酒菜。

"喜欢威士忌吗？"

老人喜欢的酒出乎意料地居然是麦芽威士忌，桌上放着三得利·山崎十二年和冰块。下酒菜是花果和简单的豆腐菜，还有牛油果沙拉，干干净净地装在没有花纹的有田陶瓷盘里，看起来非常美味。

"我都行。"

老人将冰块放在杯子里再倒上三分之一左右的酒递给嘉温，然后也给自己炮制了一杯。透明的水晶杯中，浓烈的麦芽威士忌漂浮在冰块周围。

"这个宅院是1573年正亲町天皇赐给我祖先智仁的，当时在大阪可是除大阪城以外最大的建筑物了。幸亏1615年德川家康提出了'一国一城令'，才使这个遭受火灾的建筑重建了起来。结果太平洋战争的时候，宅院在美军的轰炸下只剩了个架子，后来好不容易才复原。一句话来说，这个大宅足足经历了两次战乱。"

老人拿起杯子，坐在了沙发主位上。他习惯性地转着水晶杯，冰块撞击水晶杯的声音十分悦耳。仿佛是在一层层地打开复杂的金库大门一样，他就这样呆呆地凝视着虚空。

"若你能拥有一个永远不会坍塌的房子，你会不会选择在那里过完余生？"

"我不是很相信有永远这个东西。"

"看来你是个彻头彻尾的现实主义者。我倒是很喜欢那个词，永远……我从没见过比这还浪漫的词汇。"

老人抿了一口威士忌。

"我们日本人可以。比起培养对新事物的好奇，我们更熟悉守护已拥有的东西。我估计连子孙后代也都会埋骨在那宫殿里。"

老人像是在看着子孙后代埋在不朽宫殿里的骨头一般，脸上浮现出一种虚无的笑容。

"您为什么要带我来日本？"嘉温问道。

老人从怀里拿出一个信封放在桌子上。蜡笺纸做成的信封上印着一个小篆体的印章——三友会。

"原来您收到了邀请函。但它为什么会在您这里？不是应该给文乐大师的吗？"

看来在一百年前的最后一次会合之后，三友会在日本已经不算是秘密了。

"你问错问题了。重要的并不是谁收到了邀请函，而是邀请函是谁寄出的。你知道是谁吗？"

老人的问题很尖锐。嘉温这才发现自己从没有对寄信人有过任何怀疑。

"在三友会的传统还传承着的那两千年里，三国的匠人们都会选出一个会长来主导会合。这个选举是公正的投票选举，大部分都是最有经验、最受信赖的年长者来胜任，大家都称其为'大率'，也就是头领的意思。大率会决定会合的地点和时间，管理整个会合期间的事务。然而近百年来，三友会的传统被打断了，大率也随之消失了。但现在却有人私自冒充大率给我们发了这封邀请函，而且还没有获得其他匠人的同意。我们也是为了找出这个冒充大率的人才去见你父亲的。"

"我父亲也收到了邀请函。"

"这个我知道。重点是寄出邀请函的人，拥有第六个人偶。"

"您怎么知道？"

老人拿起桌上的遥控器摁下开关，墙壁上的大屏幕慢慢启动了。老人摁了另一个开关，屏幕上出现拍卖场的画面。拍卖桌前站着一个留着胡子的白人正在进行拍卖，观众席上只坐着几个观众，其中只有两个人在参加拍卖。虽然视频没有声音，无法知道准确的内容，但能看出来当时的气氛非常激烈。

嘉温一眼就认出来桌上摆着的拍卖物品，是苍崖的驼背人偶，屏幕上显示的拍卖价已经到了 2000 万欧元。主持人试图将价钱再提高一点儿，但一个竞争者放弃了人偶离开了拍卖场。这时老人摁了一下遥控器，视频暂停，正准备走出拍卖场的竞争者的脸被放大了。一共是三个人，都是穿着西装的亚洲人。

"我们很久以前就开始追踪第六个人偶的下落。然后我们得知人偶在 19 世纪初被一个荷兰外交官带去了欧洲。"

"我也看到新闻了。苏富比拍卖行拍出的苍崖的人偶被盗了。"

嘉温抿了一口微冰的威士忌。

"我们怀疑正是那人偷走了人偶。他叫陈康辉，是一家前端有限公司的 CEO（首席执行官），也是 Conrad（康拉德）娱乐的代表理事长。有趣的是这两家公司都是三合会旗下的子公司。"

三合会是民间帮会，它的成立本是为了在 19 世纪末抵抗大清的统治。

"三合会相当于日本的八九三[1]。陈康辉是三合会的二把手，现在的老大是个叫元航寂的人。我们猜是他偷走了第六个人偶，并假冒大率给我们发了邀请函。"

卷入湍流的故事渐渐向着地图上不存在的瀑布冲去。想要得到人偶的都不是普通人，从日本皇室的后裔到三合会的老大。嘉温完全掌握不了水流的方向。

"您还没有告诉我您接我来的理由。"

嘉温放下酒杯，他现在没有心情喝酒。老人凝神看了会儿顺着杯沿而下的水珠，缓缓开口。

"我希望你能帮我们找出人偶。"

出乎意料的回答。

"您为什么不亲自出面呢？您完全可以拿到手。"

虽然老人没有挑明自己的身份，但他既然跟阳平财团还有天皇一家有关联，那肯定也是个权势滔天的人，他有充分的能力和三合会对抗。

"不能那么做。如果我们亲自出面拿回人偶的话，这事情就变大了。因为那是某种意义上的宣战。"

"宣战？"

"嗯，这是战争，以历史为目的展开的无声战争。战争的导火索往往都只是芝麻大点儿的事情，现在形势本来就十分紧张了。就像一个小房间内已经充满了煤气，想要爆炸，连小火苗都用不着，一点儿静电就足矣。"

---

[1] 八九三：名称出自日本纸牌游戏花札中的最坏组合"八九三"。

老人仰头将酒杯内的酒一饮而尽。嘉温仔细咀嚼着老人说的话。在一个两千年前做成的人偶面前，老人身为日本皇室的后裔，竟然使用了"历史的战争"这种词汇，这里面蕴含了很多东西。中、日、韩三国是历史和文化相互交叉的共同体，有着各自的文化却又都彼此影响，就像三面体一样。

嘉温意识到人偶背后的秘密拥有着巨大的破坏力，足以动摇他们根深蒂固的历史文化自尊心。如果将这个秘密公之于众，则现在大众所熟知的历史很有可能会被颠覆掉。嘉温在商场历练了那么多年，立刻知道了鬼牌就握在自己手上。

"若我帮您拿回人偶，我能得到什么？"

嘉温重新拿起杯子。老人像是已经预想到嘉温会问这个问题，一点儿慌张都没有。

"你妹妹，还有你的弑父仇人，我都能帮你找到。如果你希望的话，我也可以直接帮你解决掉那个仇人。"

老人在杯子里重新加了冰，又新倒了威士忌。

"我还会给你人偶拍卖价的十分之一，以你想要的方式支付给你。"

拍卖价的十分之一是有近 30 亿韩元的巨款。老人说完后仔细地打量了一下嘉温的表情，但嘉温连眼睛都没有眨一下。他像是在权衡什么一样，用水晶杯画着圆。

"我还有一个要求。"

"什么要求？"

"请告诉我关于《帝皇徐福本纪》的事情。"

是刚刚收到的短信内容。嘉温说完后便将杯子里的酒一饮而尽，顺着食道流入胃里的高浓度酒精刺激着嘉温所有的感官。嘉温在赌。

那个给他发短信的人一直都在暗中关注着自己,并会在必要时伸出援手。虽然还不能确定那个人的动机,但至少到现在看来他都算得上是我军,他的话暂且还有相信的价值。嘉温仔细观察老人的表情,一直很悠闲的老人开始微微蹙眉。嘉温短短的一句话像一把尖锐的小刀狠狠刺到了要害,本是十分坚固的龟壳瞬间有了裂痕,开始涌出液体。老人靠着沙发闭上了眼睛,像是在努力找回冷静。嘉温也没有催他,耐心地等待下文。

"你是怎么知道那本书的?"

老人没有睁开眼睛。

"我是在追寻人偶的秘密时偶然知道的。"

老人微微睁开眼,凝视着嘉温。

"这个世上知道那本书的人不到四十个。在我国历史学家中,亲眼见过那本书的也屈指可数。"

"我能看看那本书吗?"嘉温向老人面前移了移,问道。

"我无法把书给你看。正如刚才说的,那本书只有极少数人才能阅览。"

"那我们的协商算是失败了。"

嘉温打算从沙发上起来。

"但我可以给你讲书里的部分内容。"

"部分内容是指哪部分?"

"关于苍崖的那部分。"

老人放下酒杯,重新满上威士忌,再次一饮而尽。

"关于人偶,你知道多少?"

"人偶是秦朝最优秀的画家兼人偶剧的创始人苍崖的作品。苍崖有濂溪、陈康、玄成、石子促、舒谦、马云六名弟子,这六人分别带着苍崖的六个人偶去往朝鲜半岛和日本传授人偶剧,那便是韩国人偶戏和日本文乐的起始。他们每十年都会有一次聚会,分享各自的技术,这个聚会便是三友会。三友会的传统持续了两千年,在 1884 年的'甲申政变'之后便没有了。并且从那以后,人偶的秘密就不再只属于三友会了。"

嘉温责怪般地看向老人。

"你以为'甲申政变'的时候,为了人偶踏上朝鲜半岛的只有日本人吗?"

"您莫非是指大清的袁世凯吗?"

嘉温一问,老人便露出了微妙的笑容。

袁世凯是 19 世纪末大清的军人兼政治家。他镇压了义和团,当上了临时总统。难道袁世凯也在追寻苍崖的人偶?

"跟我来。"

老人走出房间,带着嘉温下了楼。到了一楼之后,老人走过长长的走廊,到达了另一个楼梯口。房子的背面有个一模一样的楼梯通向地下室。老人径直进入地下室,楼梯历经了几个世纪的洗涤,他们每踩一下,楼梯都会发出痛苦的呻吟声。

"袁世凯出身于河南的一个有钱人家,从小便比较迷信。不只是日常生活,就连在打理军政事务的时候,也会找人来算一卦再做决定。1911 年,袁世凯五十二岁生日时亲信们都前来袁世凯府中祝贺,其中有个方士叫无碑子,是一个亲信知道袁世凯迷信为了投其所好带来的。无碑子是北京城内最有名的算命先生,他说袁世凯今年运势大通,是要成为皇帝的一年。结果正如他所言,袁世凯镇压武昌起义之后成为内阁总理,之后还成了正式的总统。从那以后,袁世凯开始对无碑子说的话深信不疑。"

楼梯尽头连着的空间与嘉温在上面看到的完全不同，是一个很长很凄凉的混凝土走廊。地面是冷冰冰的水泥，上面铺了一张蓝色的地毯。嘉温不禁想起应对轰炸的地下防空洞。头顶是圆润的拱形天花板，有些地方的混凝土已经掉下来，露出了红色的砖块。老人毫不迟疑地走过走廊，每走一步都会有"咯吱"的声音回荡在走廊里，令人毛骨悚然。走廊两侧时不时会有连向其他房间的铁门，门上都用锁牢牢锁住了。嘉温沉默地跟在老人身后。

"然而有一天，因袁世凯急于上位当皇帝，无碑子便为他整整算了二十一天的卦。最后一天他递给袁世凯一张纸，上面写着一句很奇怪的话。

"'找到皇帝的人偶。'

"袁世凯问他这是什么意思，无碑子便开始给他解释。一统天下的秘诀全都写在了一个人偶里，只要能将那个人偶握在手中便能登上帝位。然而袁世凯之前也听过差不多的流言，就是在他为了镇压'甲申政变'而去了朝鲜半岛的时候。他在成功镇压政变之后有过一个疑惑，那就是日本为什么不计任何代价选择帮助改革派开化党，却又在最后一刻选择撤军，然后他便听说了人偶的故事。然而在三十年后，他又在自己最信任的方士口中再一次听到了这个故事。从那以后，袁世凯像疯了一般地开始寻找人偶。在他得知人偶在一个表演傀儡戏的剧团手中之后，他便把所有人偶剧团都掌控起来，一一搜寻。得知此事的人偶主人为了躲避袁世凯的搜查藏到了地下，当时向他伸出援手的就是天地会了。

"天地会是三合会的前身。天地会成立于18世纪末，作为反抗清朝统治的秘密组织，他们当时的目的是反清复明。后来在1851年的太平天国运动和后来的辛亥革命中也做了很大的贡献。令人心痛的是，此后天地会却变质成了暴力组织三合会。但当时帮助人偶主人躲避袁世凯暴政的组织也是天地会。"

老人停在走廊尽头的一扇门前。与其他门不同，眼前的这扇门是由不锈钢制成，还装了最新的三重防盗装置。老人熟练地解开锁，打开了门。一个崭新的世界呈现在嘉温面前。

那是个与日式庭院很相似的地下博物馆。地上铺着漂亮的白沙，中间有一条黑色花岗岩铺成的石子路蜿蜒向里伸去。白沙上还稀稀落落地堆着一些用天然石制成的石阶，四周是修剪得如同倒扣着的碗一样的冬青卫矛。正中间有一棵早已枯死发白的枫树，它正直挺挺地向着天花板伸展着自己的枝丫，让人联想起古怪的行为艺术家。然后石子路的两边还摆放着玻璃展览柜，里面展示着各式各样的文物，一看就知道十分贵重。有新罗时代的青铜佛像，有唐代的瓷器，还有飞鸟时代的青铜剑。其中有很多都是本应待在国立博物馆里的展品。老人像是散步一般，悠闲地走在石子路上。

"这是我们家族的博物馆，能进这里的外部人员你算第一个。"

他弯腰拾起一颗细沙中的小石头放进口袋里，这应该是他的兴趣吧。

"《帝皇徐福本纪》不会也是由你们收藏的吧？"

"怎么可能？那个在国家的宫内厅地下保管处。但我可以让你知道那是个什么样的东西。"

老人走过石子路，向着博物馆正中央的展示台走去。展示台里摆放着几张单张的书页，是某本书的部分章节，但也只有封面和最开始的五页左右。

"这便是你说的《帝皇徐福本纪》的开始部分。"

嘉温小心地打量着书页，那是用高画质的相机照下后再打印出来的复本。书页不但发黄,甚至还泛黑了,而上面的字也未能战胜岁月的痕迹,往四周晕开了,但还是能隐约看出来是什么内容。第一页是书皮,上面画了一幅色彩华丽的画,画中是一个白须飘飘站在船头的人。他身着一件垂落到脚跟的白色胡服,一只手指着那遥远的水平线,水平线那端是由三个山峰形成的小岛,岛上云雾缭绕。画的左边写着书名。

帝皇徐福本纪

是《帝皇徐福本纪》。第二张则是对整本书的内容概要。

记帝皇徐福寻瀛洲山达神仙国立万民之国济的故事

下一页上是一张很精致的人物肖像画。画中的人戴着镶有金和玉的头冠,穿着华丽的绸缎容袍,正视着前方。白须飘飘至胸,双眼炯炯有神,鼻翼挺立。他雪白的眉须是海鸥状的,圆润的脸上神采奕奕。引人注意的是鼻子旁边的痣,那个痣足有指甲那么大,一直长到法令纹上面,使整个人看起来不再那么明朗帅气。嘉温一看到肖像画就想到了父亲留下的人偶。虽然人偶是戏剧化的模样,但整体的相貌还有法令纹旁边的痣都和这肖像画中的人物如出一辙。

"你听过徐福这个名字吗?"老人望着画中的人问道。

"看来就是这个人了吧。"

"这人叫徐福,也叫徐市。他是我们日本的农神、医神,他将五谷之籽带到日本,并传授了我们耕田之术与医术,救活了很多人,但徐福却不是日本人,他是中国秦代人,准确地说,是秦统一之前齐国的人。"

"一统天下的秦始皇沉迷于神仙之术,所以经常和安期生等方士一起研究长生不老之术,其中一位就是徐福。"

听到这里老人笑了笑。

"对,他确实是奉了秦始皇的命两次前往瀛洲山寻不老草的人,据说那时瀛洲山上住着神仙,所以他才会向东方航行。《帝皇徐福本纪》就是记录徐福远征过程的书。"

"那应该比《日本书纪》[1]或者《古事记》[2]早多了吧?"

老人没有肯定也没有否认,只露出了一脸微妙的表情。

"这么贵重的史料,为什么不公之于众呢?"

老人依旧没有回答,但嘉温却知道个中缘由。《帝皇徐福本纪》里肯定有能推翻日本长时间构筑的历史,而且还是最脆弱的古代史的内容。

"据神仙思想所言,在东海数亿万里之东的地方有一个三神山。每座山都高达三万里,山上遍布珠玉木,整个山都在一个大乌龟的背上。住在那个地方的都是仙人,能够上天入地。若能吃上那个地方的果子,便能从此长生不老。琅琊台是仙人思想的发源地,沉迷于长生不老的秦始皇曾三顾琅琊台。有时还会待上三个月之久,与他的方士们一同研究。

"秦始皇如此痴迷于不老草是有契机的。在他刚登上帝位没多久的时候,大宛国爆发了瘟疫,许多人因此而丧生。再有能力的医员在

---

[1] 《日本书纪》:日本流传至今最早的正史,六国史之首,原名《日本纪》。

[2] 《古事记》:日本第一部文学作品,包含了日本古代传说、神话、歌谣、历史故事等,与《日本书纪》合称为"记纪"。

瘟疫面前都束手无策,每个村子都是尸横遍野。突然有一天一只乌鸦叼着一种从未见过的草放在死人的脸上,那些人顿时都活了过来。官吏上报此事后,秦始皇便拿着那神奇的草去问当时最优秀的学者鬼谷子。鬼谷子看到之后说,这是长在东海祖洲的不老草,这种草长在阳气充足的地方。叶子长得和藤蔓差不多,但不会一堆一堆地长,只需一棵便能救活上千人。从那以后,秦始皇就梦想得到不老草。然后有一天,一个年轻的方士前来上奏,说是大海中央有座灵山叫瀛洲,山上住着神仙,若皇帝肯下令,他愿意带着童男童女前去讨要长生不老的仙药。秦始皇当即下令,命他带着数千童男童女前去讨药。这人便是徐福。"

女下人不知何时出现了,端着放有冰块和花果的托盘站在一旁。老人说完话,坐在了博物馆中央的长凳上。下人立即将托盘放在桌子上,调制了两杯冰酒,然后便无声退下了。

"那是公元前219年吧。秦始皇甚至还在琅琊台为他举办了豪华的出征仪式。然而别说是不老草了,徐福什么都没有带回来。可是这又和苍崖有什么关系?"

身处在地下庭院里,又被一群文物围着倾听公元前的故事,嘉温觉得自己跌入了一个异次元的空间。

"第一次远航失败十年后,徐福开始了他的第二次远航,带着更多的人和更多的装备。当时秦始皇派给他三千童男童女,五千同行者,以及当时的顶级匠人与六十艘船。在所有准备都结束后,徐福开始找画家来记录这次远行,这个时候有一个画工找来了。"

老人轻轻摇着水晶杯,杯子里的威士忌被卷入时间的龙卷风里,向着过去流去。

***

码头人山人海，到处都是将货物运上船的车夫和壮丁。再加上以壮丁为对象做生意的商人们，码头一片混杂。为此次远航而特意加固过的码头边上停靠了数十艘正在抛锚的船，人们正忙着往船里搬腊肉、淡水和用于点灯的鲸油。船中大部分都是搬运货物的沙船，其中还有一艘巨大的楼船。楼船任谁看都似宫殿一般豪华。然而在这繁乱的码头上却有一个男子一动不动地凝视着船尾随风摇摆的秦国旗帜，时间仿佛都在他身上停止了一般。那男子身高不到五尺，驼背，身着黑色长道服，用布将脸遮了起来。他一只手里握着一把用雷击木做成的拐杖，另一只手则是珍惜地攥着一个沉甸甸的包裹。那容貌确实很难看，但露在布外、凝视着旗帜的眼神却如同十字星那般耀眼无比。

"请问去哪里可以见到徐福大人？"他抓住经过的壮丁问道，他的声线和容貌不同，优美且善意。

壮丁从头到尾地打量着他，不屑地说道："徐福大人可是要去见仙人的贵人，你这种丑八怪压根儿近不了他的身。"

壮丁一脸嘲讽地走开，男人恨恨地看着他的背影。

"徐福大人应该在那边的蓬莱阁里。"

旁边一个眼神混浊的海鲜老贩望着蓬莱山顶峰说道。

蓬莱阁十分险峻，建在悬崖之上。据说曾有八位仙人在此处开过宴会，并从此处踏过汪洋大海到达了瀛洲山。天气晴朗时站在西边的海市亭望过去，还可以看到海市蜃楼般的三神山。蓬莱阁周围云雾缭绕，它傲慢俯瞰整个东海的姿态的确很壮观。男人拖着自己不便的身体到达蓬莱阁后，缓了好久才喘过气来。背上背着一个巨大的瘤子上山，可以说是天下一大惨事了。

休息完毕的男人正准备走进蓬莱阁，入口处身着盔甲、佩带长剑的武卫们拦下了他。

"你要去何处？"

男人从怀里掏出一张纸来，是市井大道上贴的皇榜。

"听闻徐福大人在寻一名画工记录此次的瀛洲山远征。"

他的身高连那武卫的一半都不到，连连哈腰回答武卫的问题。

"呵呵，你一个驼背能做什么！难不成你还能是那著名的画家苍崖不成？太尉大人可没时间见你，快给我滚！"

那武卫一点儿都不想和他说话，直接将皇榜扔了出去。

"我就是苍崖。"

武卫吃惊地回头。

树立在峭壁之上的楼阁的八角屋顶在晚霞中被染得通红。二楼徐福的房间里聚集了全部的使臣，他们正在商讨航路。房间中央有一个很大的桌子，上面铺着一张地图。地图里画有山东半岛、朝鲜半岛以及瀛洲附近的海流。地图上还摆放着木制的船队模型。

"一种是从成山头[1]或芝罘[2]顺着暖流绕过朝鲜半岛，去到瀛洲的山阴处；另一种则是从苏北沿海出发直接穿过东海，经过半岛的耽罗[3]海峡去往瀛洲的南部。"赵雄校尉说道。兴许是因为他第一次负责六十艘的大舰队，所以看起来多少有些紧张。

"杨起，你怎么看？"徐福严肃地看着半岛周围的海流问道。

"东海有左旋的回流，相对来说比较安全。只要利用好这回流，

---

[1] 成山头：又称"天尽头"，位于今中国山东省威海市荣成市成山镇，因地处成山山脉最东端而得名。

[2] 芝罘：今中国山东省烟台市的古名。

[3] 耽罗：现在的韩国济州岛。

应该能从半岛南部的辰韩[1]顺利到达瀛洲。"

杨起参加过第一次远征,经验丰富,性格也很稳重。

"但若是考虑到回来的路线,还是顺着成山头暖流走……"

"不用想回来的路线,只要考虑最短时间内到达就行了。"徐福不容置疑地说道。

"虽说此次远征用时可能会较长,但怎能过早放弃希望呢?"

校尉质疑着,徐福死死盯着地图上的三神山说道。

"找不到不老草,我们就不回来了。"

"什么?"

所有人都大吃一惊。

"若此次也找不到不老草,我们就算回来也只有死路一条。还不如在那里直接成家立国来得明智。"

徐福此话一出,所有人都震住了。房间里流淌着与远征责任感等重的沉默。

"太尉大人,有一个自称是苍崖的人想要见您,该怎么办呢?"

是那武卫。

"苍崖?"

"就是那个给宰相李斯大人作画的画工,在咸阳城内倒是以天才画工著称。"杨起回答道。

"我也听说过,让他进来吧。"

武卫领命去传召苍崖。不久一个穿着破破旧旧的道服、拄着拐杖的驼背男子歪歪扭扭地走进了房间,所有人都对他褴褛的模样吃了

---

[1] 辰韩:古代朝鲜半岛南部"三韩"部落集团之一,因其居民中多有秦朝遗民,故又称"秦韩"。

一惊。

"小人苍崖。"

"你就是那个天才画工……"

徐福不敢置信地望着苍崖。

"请不要叫我天才,小人不胜惶恐。小人只是有一技之长而已。听闻大人在寻一名能记录远征的画工,希望我的这一点儿长处能够为大人效力。"

徐福僵硬地看向周围的人,大家都是一脸的尴尬。

"为什么把脸遮起来了?"杨起问道。

"样子太丑,怕会惊扰各位大人。"

苍崖把遮脸布往上拉了拉。

"能给我们看看吗?"

徐福下令后,苍崖犹豫了一下,缓缓揭开了遮脸布。只见那块布转着圈地慢慢掉落在地上,苍崖的脸终于暴露在众人眼前。

"天啊……"

苍崖长得真的十分吓人。嘴巴像是被马蜂蜇过一样肿胀,鼻梁像是被人打过一样歪歪扭扭,脸上布满了麻子。真的很难看着他的脸与之对话,但他的眼神却像少年一般干净透明。看到大家反应后的苍崖慌手慌脚地重新遮住了脸。

"你知道此次远征的目的吗?"

"知道,是去找仙人讨要不老草。"

"那你知道三神山的仙人都是美丽不可方物的吗?"

苍崖犹豫了。

"你没听说此次远征只收善男善女前行吗?"

"可是……"

"对不起，我知道你是很优秀的画家，但不能带你一起去。"

徐福使了个眼色，武卫便上前想要拉走苍崖。

"但我一定要去三神山。求求您了，太尉大人！"

即便是被拉走的瞬间，苍崖也在不住地乞求。然而徐福却不再看向他。

"我说什么了，都说了肯定不行。快乖乖地跟着我出去。"

武卫拉着苍崖的后颈，像拉着一条小狗似的强行将他往外拖。苍崖突然甩开武卫的手，跑进房间里，从包裹里掏出毛笔和墨。

"不是，你这个人！"

武卫追了上来，苍崖却毫不在意地用毛笔蘸了点儿墨，开始在地板上作起画来。

"别做无用功了，快给我出来！"武卫拉起苍崖的手腕喊道。

"等等。"

徐福叫住武卫，他想看看苍崖的实力。苍崖疯了一般地挥舞着毛笔。不久后他用力完成了最后一笔，退了下去。徐福上前看画，那是站在船头指着三神山的徐福，毋庸置疑这画力必然是最好的。徐福简直无法相信这竟然是苍崖即兴创作出来的，画里的自己像是活着一般生动形象。无论是构图还是画工，都能感受到最原始的力量。徐福一瞬间竟移不开眼睛。

"你为什么非要去三神山？"过了半响，徐福问道。

"我听说那边的仙人通治百病，我想问问他们能不能帮我治病。"

苍崖的眼神里充满渴望，徐福闭上眼睛陷入思考。

"好，一起去吧。"

"谢大人，谢谢。"

苍崖连忙跪下，给徐福磕了好几个响头。

"但我有一个条件,直到远征结束,无论发生什么事情,你都不能被人发现你的存在。仙人是自不用说,连远征队的人都不能知道你在我们队列里。若你答应,我便会帮你问一问仙人能否为你治病。你听懂了吗?"

"谨遵大人吩咐。"

只要能一起去瀛洲山,苍崖愿意将性命送给徐福。

***

老人望着封面上的画,画中徐福挥斥方遒的模样像是感染了他。

"原来苍崖曾来到日本的说法是真的。"嘉温说道。

"徐福远征队从山东半岛的琅琊台出发,经过朝鲜半岛,向着日本驶去。其实那时,被称为瀛洲山的山,光是在朝鲜半岛和日本就有数十个,其中一个就是济州岛的汉拿山。汉拿山正房瀑布的岩壁上现在还刻着'徐市过之'的字样,还有西归浦这个城市的名字,也是因为当时徐福的远征队曾去过那里而来的。徐福远征队经过朝鲜半岛,到达了日本九州的佐贺县西南方向的储富。之后徐福便和他的远征队一起成立了一个国家,然后再也没有回过中国。因为当时的秦始皇已经变成了一个暴君,若是空手回去,肯定不能活命。徐福在九州成立国家后,取了自己故国的名字——'齐'。徐福称帝后接纳了当地的原住民,带着一同前去的技术者们将水稻技术、医术,还有做陶器的方法传授给他们。仗着从中国本土带来的先进武器,徐福在占领九州地区后又不断拓展自己的国土,甚至到了本州南部的部分地区。不过记录中也有提及苍崖,他在到日本之后不久便和一个叫御园的日本女人结了婚,并很快有了孩子。

"苍崖觉得自己的人生终于迎来了曙光,然而他的不幸并没有就此结束。"

***

窝棚里御园的呻吟声仍在继续,她正在经历着分娩之痛。御园身材本就娇小,长时间的阵痛会让她的性命垂危。苍崖正在窝棚外生火烧水,每当御园惨叫一次,他就觉得自己的心脏被人揪得紧紧的。御园可是苍崖来到异国后好不容易遇见的珍贵妻子,虽然她身材矮小,容貌丑陋,但却是世界上无人可比的珍贵姻缘。她是唯一会每天都为苍崖亲手洗脸、举案齐眉地准备每一顿饭的人。她正在给自己传宗接代啊!苍崖现在完全沉浸在美好的希望中,他心想,只要能有一个温馨的家庭,不老草什么的不要也罢。

御园的惨叫声再一次传来,她正顺着产婆的引导拼死将孩子生到这个世界上来。就这样,坐立不安的一个时辰过去,御园的惨叫声终于停止了,窝棚里传出孩子的哭声。苍崖再也等不及,马上飞奔到窝棚里去,然而产婆的表情却不太对劲。

"怎么样了?孩子平安吗?"

产婆点了点头,苍崖眉间染上一抹兴奋之色。

"但是……"

产婆说不下去了。

"但是什么?有什么不对吗?"

"御园她……"

苍崖一把推开吞吞吐吐的产婆,走近御园。御园躺在铺满杂草的地上,裹着被子,脸色苍白。

"御园,你还好吗?"

御园挣扎着睁开眼睛看向自己的丈夫,筋疲力尽的脸上充满了绝望。

"答应我,要好好照顾我们的孩子……"

"不要离开我,御园!"

苍崖哭喊着抱住妻子。

"拜托了……相公……"

御园拼尽最后一点儿力气,将孩子交给苍崖。苍崖接过孩子,御园的手也无力地垂了下去。

"御园……不!"

苍崖无助地趴在妻子的身上呜咽起来。那小小的身躯弯曲在一起,正疯狂向外传达他的悲痛之情。在这个世界上唯一认为他是个完整之人的御园走了。虽然看起来一无是处,但她却是苍崖最重要的女人,她走了,她再也回不来了。苍崖就这样抱着妻子的身体哭泣了很久。

不知过了多久,孩子的哭声传来,苍崖这才意识到自己不是一个人。虽然妻子走了,但她为自己留下了子嗣。苍崖小心翼翼地将孩子身上裹着的布掀开,首先看到的就是孩子的脸。幸好孩子的五官都有,并且是端正的,五指也能自由活动。苍崖放心地长吁了一口气。然而孩子的动作却有点儿不太自然,他的身体像弓一样弯着,腿也不能自如活动。一股不祥的预感迎面袭来。苍崖不安地将布完全揭开,看向孩子的身体。

"不,这不是真的……"

孩子的背上长着一个丑陋的肉瘤子。啊啊啊！苍崖的惨叫声穿透乌云，冲上云霄。

***

威士忌里的冰块像冰山一样缓缓塌进酒里。

"孩子居然也是个驼背。"

嘉温的嘴角扯出一抹苦涩的笑容来。苍崖哀切的哭声穿过时间，在地下庭院中响彻着。

"苍崖千辛万苦才得到的孩子却也继承了他悲剧的命运。受挫的苍崖埋怨着神与世界，隐居了起来。连着几天几夜他都把自己灌在酒里，像个废人一样。另一边，坐上王位的徐福平定了九州，而且还为了征服本州，带领军队，踏上了远征路。然而即便到了这时候，徐福也还是没放弃对于不老草的追寻，一直都有派远征队外出寻找瀛洲山，甚至还派了远征队去连原住民都十分陌生的北海道地区。然后就在某一天……"

***

王宫还没有建好。由苍崖亲自设计的王宫是在咸阳皇宫的基础上添加了这个地区特有的高房顶，十分独特。在这两年间，徐福用这个地区常见的赤松，在山腰处建起了一座能一览整个城内风景的王宫。围绕整个王宫的围墙还有本殿已经完工了，自立为王的徐福也已经从临时住处移到了本殿打理政事，但却没有一个人知道苍崖是王宫的设计者，是因为他与徐福的约定。在来到此处的期间，苍崖一次也没有在远征队面前露过面。直到现在，他也依然生活在徐福的影子下。因此即使是徐福的左膀右臂也不晓得苍崖的存在。答应是答应了，但是苍崖想要反抗徐福顽固态度的念头慢慢地变强了。

"今天，我一定要给你看看我的厉害！"

烂醉的苍崖踉跄着走在被冬雨染成泥巴色的王宫前面。他第一次违背约定，向着王宫正门走去。夜晚阴湿的空气里裹袭了满满的冬日气味，宫廷入口处有几个官兵正在守卫着。

"来者何人？"

看到黑暗中有个驼背抖着身子的人接近，官兵举着矛大声叫道。

"你问我是谁？本官就是徐福皇帝的专属画家兼皇室记史大臣苍崖！赶快给我开门！"苍崖喊道，一个士兵举着火把走近他。

"你这个疯子！区区一个驼背还敢来宫前胡闹！赶快给我滚一边去！"

火把照着苍崖的穷酸模样，士兵一脚就把他踢倒在地。本就直不起身的苍崖直接被他踢得摔到了水沟里。

"我可是皇上的专属画家呀！这皇宫也是我设计的！"

苍崖虽然被泥水染得狼狈不堪，但依然还在继续吼着。

"你这个疯子，那便让我来帮你改改这个信口雌黄的毛病！"

气愤的士兵们开始拼命地踢苍崖。不久，苍崖就昏了过去。解气的士兵们这下才吐着痰回去了。过了半响，小雨变成了倾盆大雨。冰凉的雨滴惊醒了苍崖，他躺在泥泞中看着天疯狂地笑了起来。不惜历经艰险逃离秦国来到这里，却什么改变都没有。甚至，千辛万苦得来的孩子也和自己一样有着悲惨的命运。虽然有着令人嫉妒的才能，但是谁也不容忍他在史册上留名。跌落人生谷底的苍崖已对人生毫无留恋，他现在只剩下一个选择——与自己最伟大的作品——王宫同归于尽。

苍崖忍着腿痛通过秘密通道偷偷地潜入王宫。后院地下的秘密通道是直接连接到正殿的。苍崖推一下龙像底部的地板，出现了竖立着千年赤松柱的回廊。正殿中央摆放着一座模仿秦始皇皇座的青龙玉座，前方有几层丝绸做成的帐幕遮挡。由于徐福远征去了本州，偏殿空空如也。苍崖举着一个烛灯慢慢登上玉座。他像皇帝一样，斜躺在玉座上，仔细地将自己的作品——王宫内部刻印在眼里。

"玉皇大帝呀！天下第一不幸儿，驼背苍崖，就这么走啦！下辈子请一定要让我作为仙人出生！"

苍崖的眼里流下了一行眼泪，说完这没人听的虚无遗言后，苍崖把烛灯放倒在龙像的栏杆上。烛火的热气慢慢地烤着栏杆，不一会儿便起了小火苗。他想跟王宫同归于尽，就在这时，"太师大人，远征队传令官有事向您禀告，要让他进来吗？"内宫府宦官说道。他正在用焦急的声音寻找杨起，徐福去远征时把杨起封为太师，让他主管政事。但杨起并不在住所。躺在玉王座上等死的苍崖猛然而起。不知不觉中，栏杆已经烧了起来。苍崖赶快脱下衣服灭了火。幸运的是，多亏了龙像前垂了几层丝绸帐幕，他才得以躲过这场危机。

"太师大人，您没事吧？"感受到有人的宦官走近问道。就这样暴露的话，免不了一场酷刑。

清醒过来的苍崖立刻反射性地回答道："这么晚，有什么事？"

虽然从始至终都活在别人的影子里，但苍崖一直关注着所有的政事。多亏于此，他对杨起的语调也一清二楚。

"北进和歌山[1]的远征队传令官回来说是有急事要上报。"

瞬间，有一种不同寻常的感觉顺着苍崖的脊椎直冲而上。和歌山是瀛洲被称为瀛洲山的众山之一。

"让他进来。"

苍崖冒充杨起的声音回荡在偏殿里。既然决心要死，就要走到尽头。宦官退下，紧接着进来了一个一只手端着头盔的传令官，他浑身都被雨水淋湿了。

"你是谁？"苍崖严肃地问道。

"臣是王促将军膝下的传令官孔泰秀，王将军有一封信急需上告。"传令官跪着回答了他。

"到底是何书信，让你赶在深夜上告？"

"是关于瀛洲山的书信。"

传令官的话让苍崖的耳朵立刻竖了起来。

"你现在持有那封信吗？"

"是，臣一直保管在怀里。"

"你把书信放在玉座前便退下吧。"

传令官得令后便带着书信走进了帐幕之中，当他走到玉座前刚想把头抬起来时，苍崖急急地叫出了声。

"我现在的模样略有憔悴，你把书信放在前面就走人吧。"

"是。"

传令官立即低着头放下书信，退了回去。一见传令官退下，苍崖便急不可耐地拿起书信回到玉座，然后很快地把内容过了一遍。看完信件后，苍崖的脸上渐渐有了血色，那张潮湿的纸上写着惊人的内容。

---

[1] 和歌山：日本三大都市圈之一大阪都市圈的组成部分，属于日本地域中的近畿地方。

带领远征队，西进本州的王促将军在西北方和歌山附近的村子里听到了奇怪的传闻。那村子里有很多年过一百的长寿老人，这传闻正是从他们口中传出来的，是关于一个仙人的故事。仙人隐遁在和歌山深处数百年，有着能治愈不治之症的神奇医术。不仅如此，仙人的庭院里还种着一棵天桃之树，仙人正是因为吃了天桃才一直保持着青年的模样。天桃是不老草的一种。信中还附了和歌山的精确地图。

读完信件的苍崖感觉自己一直在隐藏的欲望正在翻滚。之前由于这副外貌不得不压抑着的所有愤怒都喷涌而出，融化了其他所有思虑。完全没有犹豫的理由，他已没有后退的余地了，苍崖掏出了怀中的匕首。

"还有谁知道此事？"

"王促将军带领军队进入和歌山之后便没了消息，只有臣为传达消息回来了。"

苍崖抓紧手中的匕首，缓缓掀开一层层帐幕走了出去。

"那么，知道此事的人只有我们俩了。"

"是的。"

掀开最后一层帐幕，苍崖赫然站在他面前。

"你……你是谁？"

传令官看到苍崖后，惊慌失措地边向后退边叫道。片刻，苍崖的匕首便断了他的生机。

***

老人拿起了一个荷花模样的花果。粉红和淡绿相称，给无色的庭院吹入了一丝生气。

"相传不老草不但能使人永生，还能通治万病。因自己的孩子也遗传了驼背而受挫的苍崖最终杀掉了传令官，前往瀛洲山寻找不老草。然而不久后，徐福从本州回来，知道了这件事情，勃然大怒的徐福亲自带领军队去追苍崖。穿过酷寒追在后面的徐福得知苍崖要去的地方是和歌山后，命所有军队都去和歌山抓捕他。然而没过几天，徐福便遇到了从山上自己走下来的苍崖。

"然而苍崖的样子却诡异无比。抵不住严寒、得了冻疮的苍崖浑身上下都是鲜红的血痂，失魂落魄地站在那里，像是吞掉了一整只九尾狐一样。徐福押着苍崖回到宫中，开始了审问。虽然他质问了苍崖关于仙人与天桃的事情，但苍崖却像是突然哑巴了一样，一句话都不说。无论如何严刑拷打，苍崖一声呻吟也没有发出。最终震怒的徐福还是给苍崖定了死刑。然而就在执行死刑的前一天晚上……"

*＊＊

拷问之下满身疮痍的苍崖被塞进了监狱。木制的粗糙窗户外，新月一点点地爬上树梢。雨停后，寒冷的冬风像是要刺破皮肤一般。苍崖的身上全都是伤，烫伤的地方伤口腐烂了，鞭打时掉下肉的地方在不停地流着血。然而他却比任何时候都要坚毅，因为他已不是阳间之人了。自从他爬上和歌山，他的魂魄就永远地留在了那里，被禁锢在此的只有一副走样又破碎的无用之躯罢了。从出生以来，他还是第一次感谢自己背上有一块肉瘤子。因为这丑陋的身躯很快便能发挥它的作用了。

在去深山寻找仙人的那半个月里，苍崖经历了很多从未遇见过的震惊之事。即便双手和双腿都在暴雪中冻伤了，也依然坚持，找到的东西并不属于人类世界，更是不能落入人类之手。但苍崖别无他法。若只是为了他自己，肯定是没法坚持下去的，但是一想到驼背的孩子，他不得不咬牙挺下去。

"我想拜托你一件事情，狱卒大人。"

也许是太久没有说过一句话，苍崖的声音已经沙哑了。

"你这个驼背终于肯开口了。说吧，拜托什么？"狱卒问道。

"我想给孩子留件遗物。"

"这不是我能决定的事情，你等一下吧。"

其中一个狱卒匆匆跑去向上面禀告。没过多久，狱门打开，穿着龙袍的徐福走了进来。皇帝一出现，所有狱卒都下跪行礼。徐福缓缓走到苍崖面前。

"把头抬起来。"

苍崖费力地抬起头。这些年徐福变了太多太多，当初憧憬着三神山的方士徐福是个对神仙世界怀有梦想的青年，是个可以为了仙缘放弃一切的真正的方士。但自从称帝后，他彻底变了。为了扩张自己的领土，他不惜一切代价，甚至残忍地杀害了那些不愿投降的原住民。远征初期对他忠心耿耿的心腹们也陆陆续续离开了他。其中有些人想要回到故乡秦国，但徐福却完全不能容忍。只要是想背弃他回秦国的人，他都要派人去追回来并处以枭首之刑。现在的徐福和曾经那么令他厌恶的秦始皇如出一辙。

"听说你想拜托什么事情。"

徐福背手站着，他不经意间已经沦为了权力的奴隶。

"我想给孩子做点儿遗物。"

徐福杀气腾腾地看着他。

"只要你把在瀛洲山上的事情说出来,你就能见到你的孩子。把不老草的事情都说出来,我便赦免你。"

徐福若无其事地用着慈祥的声音劝道。然而苍崖却走回牢房,挂上了锁。

"反正你已经没有机会得到不老草了,毕竟你就要死了。只要你说出来,我就准许你带着孩子远走高飞,不管是去秦国还是去半岛,我都不会再阻拦你们。我最后再问你一次,你有没有找到不老草?"

徐福渐渐发了狠,但苍崖仍然不为所动。

"你这个忘恩负义的家伙,胆敢偷走我日思夜想的不老草。若是再不说出来,我就割下你死去妻子还有你孩子的头颅,挂在城门上。"

苍崖身躯一震,他气得连眉毛都在抖。

"现在听到我的话了?所以,你打算怎么办?愿意说了吗?一切都看你怎么做了。"

苍崖突然笑了。

"你是失去理智了吗?笑什么!"

苍崖不再大笑,望着徐福。

"陛下找的东西根本不存在,就算杀了我、杀了我的孩子,不存在的东西就是不存在。"

"这是什么意思?"

"就是字面上的意思,没有所谓的瀛洲山,没有所谓的仙人,也没有所谓的不老草。那只是个地狱般丑恶又残忍的地方。"

"看来你还是不知好歹。若是果真如此,你为什么到现在都不肯张嘴?"

徐福拽着苍崖的头发大声质问道。

"反正说出来了陛下也不会相信,不是吗?"

苍崖的眼神十分坚定。

"你肯定在说谎,三神山肯定存在,仙人亦是如此,所以不老草肯定也存在在某处。我分明看到了,在海市亭看日出的时候,东海上的太阳缓缓升起,旁边没有一点儿云雾。我从来没有见过那么美的景象,大海像湖水般寂静。仿佛世间所有的恶都在前一天被消灭了一样,那是多么平和的一个清晨。通红的太阳正在一点点地冲破水平线,就在那个时候,海的那边突然出现了一个岛,就像一缕烟一样!我记得清清楚楚,它有三个山峰,山上长满了青松,中间还有仙鹤飞来飞去,瀑布之下有仙人们在嬉闹,那明明就是瀛洲山!"徐福着迷地说道。

"那为什么没有?我们翻山越海,走过辰韩国,来到瀛洲,瀛洲山怎么还没有出现?"

"我也不知道,或许永驻并不是我们想的那种地方……也可能是我们没有注意,途中错过了它。即便仙人站在我们面前,我们也不一定认得出来,这就是我的结论。但是半个月前,王促将军传令说找到了瀛洲山,明明他去远征的地方是我们两年前找过的地点。但是王将军在出征前说绝不能放过一丝线索,琐碎的传闻、征兆、细微的痕迹等都不能轻易放过。我的猜测是正确的,瀛洲山就在很近的地方,仙人也在我们周围,现在只要找到不老草就可以了。但是你,你夺走了我十多年的心血。"

徐福死死地抓着苍崖的衣领。

"你肯定在和歌山遇到了仙人,而且问了他关于不老草的事情,毕竟这是当初你进入远征队的初衷。我再问你一次,你把不老草怎么样了?"

徐福下了最后通牒。

"不知道。"

这是苍崖最后一次回答。

"那就去死吧,你的孩子很快也会随你而去。"

徐福冰冷地转过身,走出了监狱。

时间已经过了亥时,接近子时了。整个牢房静悄悄的,连之前还能听到的一些琐碎声音都没有了,正是狱卒开始昏昏欲睡的时间。这时,牢房旁一个狱卒敌不过睡意,开始点起了头来。苍崖像是一直都在等着一样,立刻挣扎着扒开了手上的铁链。对于当世最棒的发明家来说,这种铁链只是装饰品罢了。挣脱开铁链后,苍崖便把手指伸进了自己的肛门中,掏出了手指大小的两个银块,然后走向门那边。

"狱卒大人,醒醒。"

听到苍崖的声音,狱卒猛地一下坐了起来。

"怎么了?天哪,你怎么……不许动!"

看到苍崖挣脱了铁链,他举着矛喊道。

"您别激动。我只是个无力的驼背而已。拖着这个身体,我哪里都去不了。只是我死前还有一个愿望。"

苍崖拿出了银块。

"这……这是什么?"

"辛苦费,这些应该能买到五六头牛。"

"什么愿望……"狱卒偷摸地收下银块,问道。

***

冷清的地下庭院里飘浮着一层微妙的紧张感。

"苍崖的愿望很简单,他想给孩子做几个人偶,希望能有点儿上好的赤松、布以及结实的蚕丝。利欲熏心的狱卒满足了他的愿望。那天晚上,苍崖将自己的天赋发挥得淋漓尽致,做出了前所未有的六个人偶。第二天,他便变成了刑场的一缕青烟消失于世间。"

老人放下酒杯,拿起了水,看来是有些口渴。

"就是那六个人偶吧?"嘉温说道。

"对,拿到六个人偶的不是他的孩子,而是他的六个弟子。濂溪、陈康、玄成、石子促、舒谦、马云。他们为了把人偶交到孩子的手上,马不停蹄地出发了。迟迟才知道此事的徐福立刻派兵追寻那六个弟子。最终那六人还没见到苍崖的孩子,便被赶到了一个海边。他们约定好十年后再见,便各自逃向中国、朝鲜半岛和北海道。"

"原来是从那个时候开始有的十年之约。"

"嗯,到这里便是《帝皇徐福本纪》中关于苍崖所有的内容了。"

两人像是在为苍崖默哀一样,沉默了一会儿。

"如果这么说的话,我们也无法得知苍崖是不是在人偶中藏了什么秘密,不是吗?"

嘉温打破了沉默。

"你应该亲眼确认了,人偶中有什么。"

嘉温想到了人偶背上的字。

"我是确认了,但我不知道那是什么意思,至少现在还不知道。您应该也看过了吧?"

嘉温试探着说道,他确信老人肯定有六个人偶中的一个。

"那是当然了。"

"那您觉得是什么意思?"

"我也不能确定。"

"但您至少推测过吧？所以才会一直对人偶穷追不舍，难道不是吗？"

"对不起，我不能把那些都告诉你。"

嘉温也不再问了。

"我能告诉你的已经说完了，只剩你自己的决定了。怎么样，你打算接受我的提议吗？"

"如果我拒绝呢？会把我活埋了吗？"

老人只是微笑，喝着杯里的威士忌。

"看来我并没有选择的余地。"

嘉温将剩下的酒一饮而尽。

"榎本会跟你讲具体的内容，那就拜托你了。"

不知何时起，榎本已经在入口处等他了。老人放下酒杯，背着手悠然地走出庭院。两千年的传说像个尾巴一样紧紧地跟在他身后。

"请走这边。"榎本对嘉温说道。

嘉温被带到二楼的客房。典型的日式榻榻米房间正中间摆放着一张被炉，窗下铺着干干净净的床褥，窗外已经很黑了。

"今晚就请睡在这里，一会儿会将晚餐送进来。那我就告退了。"

榎本行了个礼便打算退出房间。

"老人家说以后的事情都要跟你商量。"

"明天再和您讲具体的事项，今天先休息吧。"

榎本说完就走出了房间。房间很别致，透过四四方方的窗户可以看到外面红红绿绿的大阪市中心，就像在赏画一样。夜晚平静得连嘉温都要忘记自己是被绑架来的了。被寂静笼罩的夜晚仿佛一张温暖的毯子，疏散了所有紧张。

嘉温的脑袋像是过载的电脑一样卡得不行，这四天发生了太多太多的事情。虽说确实该整理一下情况,但嘉温的身体沉重得忘却了一切想法。他甚至忘记了饥饿,直接缩进了被子里。即便想破脑袋,现在也什么事情都解决不了。

"不知道雪芽怎么样了……"

最后浮在脑海中的,是雪芽的脸。

一百年前的那天

掀开窗帘，阳光洒了进来。突然的明媚，让裹着被子的嘉温渐渐醒了过来。

"准备一下，一个小时后我们出发。"

是榎本。嘉温挣扎着坐了起来，他很久没有睡得这么安稳了，但还是很疲惫。指针分毫不差地指着七点的方向。莫非是昨晚有身着和服的田螺姑娘来过了？被炉上已经准备好了早餐，是大酱汤和煎鱼。昨晚连饭都没有吃就睡觉的嘉温也没有梳洗，立刻就拿起了筷勺。滚烫的大酱汤进入肠胃，嘉温瞬间觉得活过来了。

"去哪里？"嘉温用勺子吃了一大口饭，问道。

"上海。"

榎本望着窗外，大阪正在清爽的清晨阳光下伸着懒腰。

"有什么计划？"

下人给榎本拿来了一杯茶。

"元航寂是古董狂，特别是对自己国家的文物尤为痴迷。有一家她常去的古董店，只要把线放出去，就能钓到鱼。"

哪怕只是喝杯茶，榎本都能让人感到他良好的修养。

"钓到鱼之后呢？不会是让我去把人偶偷回来吧？"

煎得恰到好处的鲢鱼特别好吃，别的菜也都很合嘉温口味，每吃一口他都会情不自禁地感叹一下。

"只要知道人偶在哪儿就可以了,剩下的我们会看着办的。"

嘉温把剩下的饭都吃完了。

"去上海前,我想先去个地方。"

"哪里?"

"把我送到金浦机场吧,给我半天的时间就可以了。"

"请告诉我,要去哪里?"

"私事,别问了。"

榎本考虑了一下,点点头。

"准备好就到一楼来吧。"

榎本说完便走出了房间。嘉温放下筷子,田螺姑娘又端来了一盘哈密瓜。

榎本准备的专用机是庞巴迪公司的国际快速专用机。之前嘉温也坐过这种机型的专用机,是跟着 SD 集团的铅白会长去慕尼黑参加博览会的时候。翱翔在喜马拉雅山脉之上,吃着豪华的牛肉料理,喝着酩悦香槟,这种回忆让嘉温感慨良深。那是他此生最特别的一顿晚餐。看着万年之雪漫天飞舞于神峰之上,喝的香槟都觉得甜了几分,仿佛是青春之泉水。但现在的情况完全不同,他的周围全是穿着黑色西服的壮汉,还有每时每刻盯着自己的榎本。

"你需要提着这个去上海豫园的吉圆古董店。"

榎本递给他一个箱子。铝制的箱子看起来十分结实,而且上面还设有指纹锁。箱子并没有锁上,嘉温小心翼翼地把箱子打开。

"这是……"

嘉温看到里面的东西,惊讶得瞪大了眼睛。箱子里是清朝的瑰宝之一——观世音菩萨玉像。

"把这个带到吉圆古董店,就说你想卖了它。"

"那就完了吗?"

榎本点了点头。

"如果有别人想买怎么办?"

"不会的,放心吧。"

榎本露出了神秘的微笑。朝鲜海峡上空万里无云,从小小的窗口可以看到下面一望无际的大海,仿佛一块平展无比的地毯。

"你没有话要跟我说吗?五天前我父亲被杀害的那天,你就在那里。"

嘉温低声说道。榎本从搁板上的包里掏出了几张照片,递给他。第一张是两个人在暗处对话的剪影,照片里的两人坐在一家偏僻又破烂的酒馆门口激烈争执着。虽然照片很暗,距离也有点儿远,但嘉温依然可以辨认出父亲来。然而与他争执的另一个人,却是一团失焦的黑点。

"是这个人杀了我父亲吗?"

榎本冷静地开始说了起来。

"那天晚上,你父亲在公演结束后去了市政府后面山区入口的米酒馆。因为时间很晚了,店里并没有多少客人,我们小心翼翼地尾随在你父亲身后。"

***

"数不清的夜晚,痛彻心扉,你哭了多久,山茶花小姐……"

轻声的哼唱透过树枝与风声交织在一起,荡到远方。天空乌黑一片,像是马上就要迎来倾盆大雨。郑英侯丝毫没有在意,继续向山上走去。远处有些许人家的灯火,就像星星一般散在四方,其中有一家是他常去的地方。那家店主要接待前来登山的人,漂着冰块的米酒和橡子凉粉配在一起堪称一绝。醉醺醺的郑英侯哼着歌走进店里。低矮又破旧的老酒馆里,只有上了年纪的店主在擦着桌子。

"朴老板,这个时间早都没人了,怎么还没下班?"

"正打算关门呢,倒是你,怎么这个时候过来了,不该早就呼呼大睡了吗?"店主正收拾桌上的下酒菜,问道。

"酒鬼到酒馆来能干什么,给我上一桌好菜。"

"少喝点儿,我老婆还在等我呢。那个人是和你一起来的吗?"店主从冰箱里拿出一瓶米酒,问道。

"一起来的?"

有人跟着郑英侯一起走进了店里。

"是的,我们是一起的。"

是权仕平。

两人到店外的露天桌边坐下。乌云像是在回应他们之间的尴尬氛围似的,突然吹起了一阵厉风。店主拿来了橡子凉粉。

"我觉得昨天我已经说得很清楚了。"郑英侯一边手抖着倒着米酒一边开口说道。

见此,权仕平立刻将瓶子抢过去,替他倒了一杯。

"昨天是我不好,最近又是事业又是广播通信委员会的事,我实在忙晕了,所以才会有点儿敏感,你理解一下吧。来,我们干一杯。"

权仕平给自己也倒了一杯,提议一起干一杯。郑英侯不安地看着他,实在不得已,碰了杯。

"你又有什么小心思?怎么跟到这里来的?"

"怎么能这么说话呢？我们都是认识十年的老朋友了。"权仕平擦擦嘴角，说道。

"正因为认识你十年了，才知道你是无事不登三宝殿的人。"

听到此话，权仕平露出了像蛇一样邪恶的微笑。

"好，我也不想和你拐弯抹角。昨天和你吵了一架后，我回家好好想了想。为什么你会那么顽固，我到底是做错了什么？然后我突然明白了，我漏掉了重要的东西。"

权仕平从口袋中拿出一样东西拍在桌上，是支票。

"想要多少钱，你就往上填，多少都无所谓。但是你要把人偶给我，只要把人偶给我，什么事我都能让着你。男寺党那边呢，我也可以帮帮忙，让你们一辈子都衣食无忧。我和你保证。"

郑英侯盯着支票看了很久。明明是合法发行的支票，但是金额和发行日这两栏却是空着的，这就是传说中的空白支票？郑英侯新奇地左右打量着支票，突然大笑了起来。

"笑什么？"权仕平很无语地问道。

"你以为人偶里有什么秘密？沉在海底的宝物船的位置，还是秦始皇的宝物仓库？不好意思，人偶里才没有那种秘密呢。"

郑英侯将支票撕得粉碎，支票化为粉末在风中飘扬着。

"别在这儿浪费珍贵的酒了，赶紧滚。"

郑英侯又倒了一杯米酒。权仕平震怒，拿起郑英侯的酒杯就往桌上摔，支票碎片之上淅淅沥沥地淋了米酒。

"我都这么做了，你还不识好歹是不是？你觉得你这么做还能安然无事吗？等着吧，你和你的党派现在还在我的掌控下呢！"

权仕平愤怒地站了起来。

"你要是以为我只是个眼馋宝物的人便大错特错了。我早知道了，那个人偶比你的命值钱多了,值钱到两千年来有数不清的人为它丢了性命,我一直都知道!所以从现在起你最好也小心点儿,你想守住人偶,那必须要拼上你的命才行。"

权仕平说完就走了。他坐过的位置依然残留着一丝浓烈又潮湿的味道,就像他本人的欲望一般。

"可惜了酒。"

郑英侯捡起在地上打转的酒杯,喃喃道。不一会儿,摇曳的乔木林中又隐隐回荡起《山茶花小姐》的歌声。

***

嘉温盯着照片中的权仕平。虽然嘉温无法看清坐在桌子另一边、与父亲对峙的他的表情,但能感受到他的杀气。

"凶手果然是权仕平啊。"嘉温无力地自言自语道。

"故事还没有结束呢。"

榎本又从包里掏出了一张照片,那是两个男人站在正在施工的悬崖边上谈话的场景。照片里的人并不是权仕平,而是另外一个男人。

***

郑英侯歪歪扭扭地下着山,他已经醉得不省人事了。

"思念使花瓣哭出血泪,染了一片红……"

他的歌声在今天听起来尤为悲伤。米酒的香气与歌声做伴,静静地传达着一个无法言说的故事——那个无法与任何人倾诉的、内心深处的秘密。与歌声一起,郑英侯的脚步突然停住了。郑英侯抬头望向乌蓝的天空,黑压压的乌云像是迷了路的羔羊般徘徊在天空中。

"也不知嘉温过得好不好……"

郑英侯叹了口气。他呆呆地望着天上的乌云许久,还是从口袋中拿出了手机。他找到了那个号码,存了很久却始终没有拨出去的号码。

儿子。

郑英侯盯着号码犹豫了许久,趁着酒意,按下了通话键。"嘟……嘟……"电话打通了,但对方一直都没有接。郑英侯再次按下通话键,他直觉到若今天不打,可能再也听不到儿子的声音了。这次他决定一直等到有人接为止。

"臭小子,为什么不接……"

郑英侯祈祷着,希望电波能将他迫切的心意传达过去,然而手机里却一直只响着机械的信号声。最后郑英侯只得把手机收了起来,无法联系到血亲的他只能肃然地低下头来。黑压压的乌云还是没有忍住,开始下起了雨。

"会不会有一天你能够理解我……"

无法摒弃希望的郑英侯再次拿出手机,发了一条短信。他已经预知到了自己的死亡,这个世界上唯一让他惦记的只剩嘉温了,那个恨了自己一生的儿子。郑英侯要拜托他的是另一个悲伤的人生,这个负担实在太重,但他没有别的办法。

"对不起,拜托了。"

按下发送键的手指和他现在的心情一样沉重。短信成功发出去后，郑英侯将手机关机，直接扔下了悬崖。它已经没有任何用处了。现在唯一要做的事情就是把那个跟了自己一世的妖物烧掉，它不属于这个世界，理应要消失去它该在的世界。

"说不出的心酸，今天也在等待……"

郑英侯一边哼着最后一段一边拉下裤子，对着悬崖尿起尿来。爽快的弧线伴着雨点一起落下悬崖。就在这个时候。

"老头领。"

郑英侯震了一下，他转头望向声音的主人。

"你到这儿来有什么事？"

***

嘉温想着父亲最后的样子。一想到父亲面临死亡之前，第一次也是最后一次给自己打电话的模样，嘉温便觉得心脏一角有海啸席卷而过。

"所以到底是谁杀的？"

榎本摘下了雷朋眼镜，颧骨上的皱纹紧了紧。

"绑架你父亲的人是他的首席弟子——金石头。"

嘉温的脑袋炸开了。他愣愣地看着照片中的男人。

"金石头……"

脑海中掠过这些天石头的模样，他分明很尊敬父亲。

"到底是为了什么……"

"我们也不知道，你父亲被绑架之后发生了什么也无从得知。我们也尝试去追了，但被他狡猾地逃掉了，因为有一伙人在帮助石头。"

"有一伙人在帮助他？"

榎本点点头。

"然后第二天，在施工现场发现了你父亲的尸体。我所知道的就这些。"

榎本和嘉温描述着郑英侯的结局，语气里一点儿温度都没有。嘉温莫名觉得有点儿烦躁，但什么都没有说。他无意识地叹了口气。凶手并不是石头一个人，他背后还有人，一个尚未登场过的新人物。事件就像超级病毒一样无差别地迅速扩散，连抗生素都阻止不了。

"可以在法庭上为我做证吗？"

"那恐怕有点儿困难。但我可以将证据交给你。"

大海反射着耀眼的阳光，嘉温却觉得只是一片灰色。

拿到了停靠许可的专用机轻巧地降落在金浦机场。

"我会在七点前回来的，别想跟踪我。"

嘉温走向出口。

"好的，不过一定要小心，现在盯着你的人不少呢。"

嘉温无法确定他们会不会跟踪，就算跟踪了他也没什么办法。他走进机场租了一辆车，之前嘉温的车停在了非法停车区域，牵引车不可能坐视不管。他租了一辆老式的桑纳塔，立刻开车驶向安东。进入高速之后，他给了男寺党里自己唯一存有手机号的分领头敬道打了电话。既然知道了凶手是石头，那就要采取措施了。

"喂？"

电话才刚响，敬道就接了电话。

"我是嘉温。"

"你跑去哪里了？大家都很担心你。"

"发生了很多事情，警察那边怎么说？"

"虽然调查结果还没有出来……"

敬道没再说下去。

"看来是要敲定成失足死了。"

"对不起。"

嘉温烦躁地打开了窗户,刚上高速便堵住了。

"我知道凶手是谁了。"嘉温盯着前面的车说道。

"什么?凶手是谁?"

"石头在哪里?"

"那家伙从昨天下午就不见人影了,也没人知道他去哪儿了,电话也不接。莫非石头也……"

果然如他所料。那家伙从见过嘉温之后就匿了行踪。如果石头是凶手,那绑架雪芽、偷走人偶的,可能都是他和他背后的那些人。

"我以后再打给您。"

"等等!"

分领头试图再和他说点儿话,但嘉温已经挂了。导航显示到安东需要一小时四十五分钟。

小超市的门锁得很紧,门上贴着告示——出于个人原因休息几天。整个村子像是一起搬家了一样毫无人迹,只有无主的狗在叫着。嘉温来到了朴谷里的庆日超市,那里是他第一次见到雪芽的地方。主人大妈在被怪汉攻击后可能是受到太大惊吓,暂时离开了。嘉温径直绕过围墙,向着里屋走去。虽然水泥围墙绕了房子一整圈,但也没有高到爬不过去的程度,嘉温一下就翻了过去。房子里面也是空空的,连之前守着牛舍的狗都不见了。兴许是走得太急了,外面晾着的衣服都没有来得及收。嘉温径直走向雪芽的房间。

房间内还是走之前的那副模样。挡在秘密阁楼前的衣柜歪歪斜斜地靠在墙上，拥挤的房间里堆满了雪芽的毛线团。这便是嘉温前来的理由。雪芽织东西绝对不只是因为情绪不稳定，那是一种信息，嘉温想确认一下雪芽之前织的毛线上都记录了什么样的内容。

"你到底想说什么，雪芽……"

嘉温先是环顾了一圈，院子里只有午后毒辣的太阳留下的点点耀斑，再无其他动静。嘉温把门关上，开始找起毛线团的头。毛线团堆在一起，很难找到头在哪里。过了好一会儿，嘉温才找到了头。他平复了一下心情便开始读了起来。

> 船在晃我想吐人好多啊全都是外国人有梳着奇怪头发的中国人也有长得像西方人的日本人圆圆的眼镜真搞笑我就跟着父亲因为我只认识父亲

内容有些奇怪，准确地说，应该是视角比较奇怪。以前是以李乐云视角记录的，这次则是以善男视角记下的。

> 在船上举行了祭祀他们都穿着奇怪的衣服穿着黑色的衣服戴着黑色的头巾还戴着奇怪的面具桌子上放着一个丑丑的人偶是一个驼背的人偶他们向着丑人偶磕头还说了一些奇怪的咒语真个奇怪的祭祀因为我是女子只能远远地看他们祭祀结束后他们围在一起拿出了人偶父亲也拿出了很丑的人偶中国人和日本人也都拿出了人偶人偶全都不一样但看着又很像放在一起就像亲兄弟一样不对更像是仇人他们把人偶的衣服脱下来他们依次观察裸体的人偶他们往人偶的腰部蘸了点

儿墨往纸上印纸上有字了真是奇怪的祭祀

嘉温看得目瞪口呆,毛线上记录的居然是一百年前三友会最后一次的会合。而且都是李乐云的女儿——善男的视角所看到的场面,还挺具体的。会合由祭祀拉开序幕,所有人都穿着黑色祭服、戴着黑色头巾。特别的是,与神位一起,祭祀桌上还放着苍崖的驼背人偶。很明显,祭祀是为了追悼苍崖。

第一次看到这个人偶剧那个驼背就是主人公古代中国的皇帝下令去找什么草的故事父亲和外国人都穿着黑色的衣服在演人偶剧那个驼背的人偶天天被坏人偶欺负驼背的人偶只能避开别人的视线生活他有了儿子但儿子也是驼背真可怜有一天有个神仙驾云而来给了驼背人偶一个通治万病的草驼背人偶想把草给儿子但是坏人偶要抢它驼背想逃跑但是被坏人偶抓住了坏人偶要抢草杀了驼背人偶但最后驼背人偶战胜了坏人偶将草交给儿子儿子的病都好了驼背人偶高兴地跳着舞真是奇怪的人偶剧

祭祀结束后是人偶剧,人偶剧的内容和《帝皇徐福本纪》里记载的苍崖的故事很像。他们为了纪念苍崖,将苍崖的人生写成了人偶剧。但是和苍崖真正的人生不一样,人偶剧以圆满的大结局收场。嘉温继续读着毛线上的字。人偶剧结束后,他们便开始吃晚餐。参加会合的人一共十余名,代表各国的匠人还带了两三名弟子陪同。三友会的首领大率负责整个流程的进行,而李乐云作为东道主招待了酒和食物。一百年前最后一个大率似乎是日本代表,所有流程都由他出面主持，开场白和晚餐前的举杯也都是由他来做的。

晚餐进行到很晚，他们都喝了酒。过了子夜后，他们各自回到自己的房间，缓解旅途的疲劳。这便是会合第一天发生的事情，所有事情都是在船上发生的。然而看似平静的第一晚，实际上却一点儿都不平静。

船在晃我睡不着我想去茅厕但是不敢去茅厕有个大坑坑下面都是黑压压的海水我实在忍不住去了茅厕因为是晚上所以更害怕从茅厕出来时听到了什么声音乒乓乒乓是日本人的房间人们都躺在地上地上都是血他们都死了我好害怕我逃了出来我跟跄地跑在摇晃不止的船上又听到了什么声音这次是中国人的房间我第一次觉得如此害怕我回到房间叫醒父亲父亲却很冷静地把地板掀开让我藏进去声音又传来了这次大了很多我藏到了地板下父亲给了我那个丑人偶让我千万不要出来父亲盖上地板走出房间我的腿在颤抖好安静怎么都等不到父亲回来我实在等不住了要出去这时候又有声音传来了乒乓乒乓还有什么东西碎了的声音我又回到了地板下我的腿在颤抖周围突然又安静了下来父亲还好吗但是我不想出去我害怕我等啊等父亲还是不来不行了我要吐了我爬出来找父亲可怎么叫都没人回应谁都不在我小心翼翼地徘徊在船内我找不到父亲我哭了我想父亲我哭了好久终于看到父亲了但是好奇怪他躺在地上一动不动父亲起来啊我们赶紧走啊我的手怎么湿了全是血父亲躺在地上没反应父亲的肚子和背都在流血旁边的人也是他们都死了船长叔叔也死了父亲也死了鸡皮疙瘩起来了现在我该怎么办但是有人活着是中国人你还好吗中

国人在说着什么但是我听不清你说什么我把耳朵靠近他他
说你要记好我的话先向西南方向走四百五十六步再向南走
三百五十九步不是五十九步说完他也死了他到底在说什么船
里谁都不在突然后背发凉后面有人你是谁

到这里就结束了。嘉温放下毛线团，靠在墙上。果然就如李乐云所料，一百年前的那次会合最终以鲜血落幕。杀戮的动机很明显，就是人偶的秘密。为了独吞所有人偶，有人杀了所有的会员。凶手肯定是内部人员。因突如其来的政变，会合只能在船上进行，而且船没有在中间停靠过，也没有带上其他人员。凶手就是李乐云和女儿善男之外的日本或中国会员中的一名。凶手残忍地杀害了自己的同僚，聚齐了一个个人偶。有先见之明的李乐云将自己的女儿善男藏在地板底下，独自面对凶手。但他终究没能阻止他，像其他人一样壮烈牺牲了。活到最后的生存者是善男，但最后一刻凶手在善男背后出现了。之后善男是否生还就不得而知了。

毛线团上的内容到这里就结束了。之前嘉温敲响房门时，雪芽应该正在织着最后一段。善男活下来的概率微乎其微。一个娇弱的少女又有什么办法去抗衡一个被欲望蒙蔽了双眼的凶手？有一点可以确定，凶手并没能揭开人偶的秘密，这多亏了李乐云将真正的人偶藏了起来，他带去会合的一定是假人偶。虽然账簿上并没有记载，但是李乐云当初肯定制作了至少两个假人偶。他把写有人偶秘密的背部藏在青龙寺的灵牌里之后，把一个假人偶给了金玉均，又拿着另一个去参加了会合。嘉温现在大概弄清楚了一百年前的那天到底发生了什么事。正是拜那一天的杀戮所赐，传承了两千年的传统被打断，各国会员不再往来，各自发展到了现在。人偶是如何从凶手手中拿回来的尚不明确，但人偶确实都被各国会员拿了回去。各国会员也都按照传统，传承着那个秘密，一直延续着命脉至今。然而不久前，随着第六个人偶在苏富比拍卖行出现，邀请函也飞到了各国代表手里。与此同时，各国背后的势力又开始蠢蠢欲动，带着杀戮的气味从暗中现身，开始追寻人偶的秘密。在这个过程中，嘉温的父亲牺牲了，而嘉温也被手无寸铁地扔到战场中央。嘉温无力地躺在地板上，那些人的欲望就像周围的毛线团一样复杂地交织在一起，裹得他无法动弹。但是还留有一个疑问。

"雪芽怎么会知道一百年前那天的事情，而且还这么详细？"

毛线团上记录的内容就像她亲眼看到的一样，十分直观、十分详细，就像将善男的日记抄了过来一样。但这是不可能的，当时那么混乱，年幼娇弱的善男不可能避开凶手记下这一切。那雪芽又是怎么知道的呢？难道还存在他没能找到的其他记录？也有可能是生活在山沟沟里的雪芽太无聊编出来的，但这也太真实了。现在来说什么都还不能断定。

透过门缝挤进来的阳光已经倾斜得很厉害了，不知不觉下午五点了。嘉温抱起毛线团，走出了房间。他把毛线团堆在院子正中间，点了火。如果毛线团上的内容属实，那它将成为只有自己才知道的重要线索，能够在与那些追寻秘密之人的战争中保他平安。一百年前那段隐秘又残忍的历史，渐渐在火焰中化为了飞灰。嘉温望着那一小簇火花，内心重归平静，仿佛这些天经历苦难的都不是自己。看着即将燃烧殆尽的毛线团，嘉温想起了故事的结局。但故事却像莫比乌斯环一样，总是回到起始点。

名医谈灭

豫园是明朝高官潘允端为父亲建造的园林,曾在鸦片战争和太平天国运动中被大火焚毁,复原之后成了上海市的一大旅游景点。昨晚深夜才到达的嘉温彻夜未眠,天蒙蒙亮的时候就到达了豫园市场。

想起昨夜,真是个令他毛骨悚然的夜晚。自从遇到雪芽后,嘉温便忘记了体内癌细胞的存在。多亏了雪芽那能让癌细胞畏缩的神奇能力,他才得以从刺骨的痛苦中摆脱出来。但雪芽一离开他身边,善于察言观色的癌细胞就开始肆虐起来。同行的护士给他注射了两次镇静剂,却没什么用。直到天亮为止,嘉温都只能蜷缩在床上攥着肚子呻吟。随着太阳升起,疼痛逐渐减缓,但嘉温早已耗尽了力气,连根手指都动不了了。一想到雪芽还在某处害怕地等着自己,嘉温现在一刻都不容耽搁。

通过写着"上海老街"的入口,展现在眼前的是清式的街道。飞檐直冲天际的中国传统建筑在红色柱子和红灯的装点下显得华丽无比。街上还有清洁工在打扫昨夜旅客留下的垃圾。嘉温从他们身边走过,开始寻找榎本所说的古董店。走过大路,便出现了迷宫般的商业街。

"安仁街 128 号日月商社 2 楼……"

嘉温确认了一下纸上写着的地址。虽然之前他来过这里旅游,但是对于一个外国人来说,仅靠一行地址在各形各色的店铺中找古董店还是个很困难的任务。嘉温走进一家纪念品商店问了路,看来那古董店所在的商业街在附近很是有名,店主马上认出了是什么地方,指给了嘉温,就在不远处。嘉温几乎没费力气就找到了古董店,离他几步远的地方还有榎本的部下在如影子般跟着自己。

"去古董店找一个叫刘世权的人,他是店主,也是中国地下古董交易市场中有名的中介。若是问起你的身份,你就说是从日本来的常盘古祖,那么刘世权一定会出现的。如果他问你为什么不在日本卖而来到了中国,你就说听说了有人在找这个,他会看着办的。"

这是从酒店出来之前榎本对他说的话。嘉温确认了一下装有东西的包,走进了楼里。绕过一楼的金店走上楼梯,二楼出现了一排小饭店。饭店都还没开门营业,店里奔走着准备迎客的职员们。嘉温边闻着隐隐飘来的高汤香味边找到了古董店。

出乎意料的是,店铺门面很小,只有十五坪左右,入口处挂着写有"吉圆"的招牌。店里放着蔷薇木制的柜子和玻璃展台,柜子里只放着疑似宋代文物的白瓷、粗制滥造的佛像,还有几个金铜烛台,并没有任何特别的地方。所有文物上都堆了一层厚厚的灰,即便是看到客人进来,店里的职员也依然只顾着自己聊天。嘉温直觉地认为这都是假象,只为隐藏他们地下的交易。嘉温走向其中一个职员。

"什么事?"

那职员看起来有点儿不耐烦。

"我想看看那个青瓷烛台。"

嘉温指向展览台内的烛台。

"不好意思,你可能买不起。"职员看着手机回答道。他带着浓浓的上海口音。

"我不会买的。虽说从形态和色泽上看像是明朝的东西,但实际上它出生还没有一个月呢。若是真品,在窑火中烧制的釉组织会薄得多,纹理也会更加细致一点儿。而那个烛台肯定出自一个新人之手,上釉时毫无章法,粗糙得在这里都能看到纹理。而且还是用煤气随便烤出来的,色泽完全看不下去。无须进一步鉴定,一千块,肯定不能再多了。"嘉温锐利地看着烛台说道。

"你是什么人?"

店里的职员们都恶狠狠地瞪向嘉温,气氛顿时冰到了极点。

"我来找你们老板,我有东西要给他看。"嘉温将铝制包往台上一放,说道。

"你是谁?"

"你就说是从日本来的常盘古祖,他会出来见我的。"

职员试图打开箱子,确认里面的东西,嘉温阻止了他。

"这不是你这种人能看的,把刘世权老板叫过来。"

看到嘉温的态度很强硬,一个职员拿出了电话。他连连哈腰打完电话,走了回来。

"老板马上就来,请稍等。"

职员的态度来了个一百八十度大转弯。嘉温点了点头,靠坐在沙发上。

老板不到十分钟便出现了。当时嘉温正喝着茶,门口走进一个壮汉。他看着足有120公斤,全身上下都戴着金链子,比起古董店老板,更像是什么黑社会中层。他身着一件光滑的黑色西服,脚上穿着白色皮鞋,每根手指上都戴着金戒指。短又粗的眉毛像是一直生着气一样,高高扬起。脸上肉很多,还蓄着长长的络腮胡。他一走进店里,所有职员都大声向他打招呼。壮汉傲慢地挥挥手,径自坐在了沙发的另一边。他肥胖的身子猛然一坐,周边的空气都跟着颤抖了。壮汉看了一眼嘉温，朝着职员抬了抬食指和中指。职员飞快地把烟盒拿过来，壮汉拿起一根雪茄放在嘴边，职员立刻弯腰给他点了火。烟雾围绕着一群假古董，添加了些许神秘感。

"听说是你在找我，敢问贵姓……"刘世权正了正雪茄的位置，问道。

"我是常盘古祖。"

"古祖先生，是谁介绍你来我这里的？"

刘世权微眯着双眼的模样，活像一个堆起来的雪人，脸上嵌着两个煤炭块和一根胡萝卜。

"讲谈社的裕之社长介绍我过来的。"

嘉温随便说了个认识的日本人。

"哦，松井啊，他最近过得怎么样？高尔夫水平还是那个鬼样子吗？"

刘世权像是要宣示主权一般，反应得格外夸张。

"最近打不了高尔夫了，他患了关节炎。"

其实嘉温也只是见过一次讲谈社的裕之社长，并不熟络。关节炎也只是虚张声势罢了。

"让他喝点儿泡蜈蚣的酒吧。我有个熟人也因为关节炎走路不便，喝了一年左右蜈蚣酒，现在都能去登山了。"

"下次见到他，我会转告的。"

嘉温露出了商业性的微笑，刘世权也是。

"听说你有东西要给我看？"刘世权在烟灰缸里摁灭了雪茄，说道。

嘉温拿出了铝制箱子，放在桌上，打开了。刘世权戴上手套，小心翼翼地拿出了菩萨像，先是用肉眼观察了许久。与他的外表不一样，干正事的时候眼神倒是十分犀利。用肉眼观察完之后，刘世权拿出放大镜正式开始做鉴别工作，与壮硕的长相不同，他看着文物的眼神犀利无比。

"你从哪里拿到这个的？"刘世权放下放大镜，严肃地问道。

"都是老手了，问这个干吗？"

"如果只是普通的青铜像，我也不会问了，我也不喜欢磨磨叽叽的人。但这个菩萨像，在我看来，是中国文化遗产管理局回收名单上的国宝。"

嘉温犹豫了一下，回答道："是日本皇室的东西。"

"为什么要在这里卖？"

是预习过的问题。

"我听说有人一直在找这个，我好奇能拿到多少钱。"

嘉温抿了口茶。

"你知道在中国地下交易国宝级文物被抓到的话，会受到什么惩罚吗？"

"死刑吧。"

"那你还要卖它吗？"

嘉温没有说话，递给刘世权一张名片，是榎本事先准备好的。刘世权沉默不语，只有嘴里吐着浓浓的烟雾。

"给我一天时间，如果没给你打电话，那就当这场交易不存在。"

刘世权说完就走出了店铺。

嘉温从古董店走出来，挺直腰板离开了，直到身后社长的视线消失。尾随的人也只跟到了豫园街道口，便不再跟了。那人消失后，嘉温立刻无力地瘫坐在地上。一整晚都在与癌细胞抗争，他实在没有力气多走一步路了。这时一辆雷克萨斯停在了他旁边，后座的门打开了。

"请上车。"

是榎本。嘉温用尽最后一点点力气,拖着沉重的身子坐上了车。

"怎么样了?"

榎本这个人,身体里似乎自带冰箱冷冻一切感情,任何时候都能做到冷静。

"我就按你说的做了。"

"没有别的问题吗?"

嘉温摇了摇头。他一直在冒冷汗。

"酒店有护士在等你。好好休息,等他电话吧。游戏现在才开始。"

雷克萨斯好不容易才穿过突然涌入的人流,驶上了人民大道。

嘉温沉沉地睡过去,完全没有听到电话声。

"来电话了。"

榎本的声音像是伸进深渊的一只手,叫醒了嘉温。嘉温费力地睁开眼,打算接电话。榎本示意让他清清嗓子。嘉温咳了几声,接过电话。

"你好,我是常盘。"

"下午一点拿着东西站在正公路第八个路灯前等人。"

刘世权没等嘉温回应,径自挂断了电话。

"他说什么?"榎本问道。

"他说一点钟在正公路等他。现在怎么办?"嘉温打起精神问道。虽然只是一会儿,但睡过一觉后还是清爽了很多。

"先去见元航寂吧,肯定是带你去见她的。等见到她之后,告诉她你有云居寺出土的舍利庄严塔，她肯定会心动的。她会问你，你还收藏了哪些东西。这个时候你可以提起苍崖的人偶，你就假装你拥有六个中的一个，就说是前不久被偷的徐福人偶也可以。她一定会上钩的，到时候你再问问她第六个人偶的事情，从这里开始就靠郑先生你的能力了。请务必详细地弄清楚。"

"没了？"

榎本点点头。拉开窗帘，映入眼帘的是灰蒙蒙的天空。

正公路位于黄浦江西边的老城区里。20世纪初悲痛的历史被刻在旧城的每一砖每一瓦上，欧式的石造建筑与充满现代气息的浦东地区隔江相望。曾挤满了进口鸦片和香薰料的西洋贸易公司的建筑现在却被中国工商银行等当地金融公司和高级餐厅占领了。街边排列着和巴黎香榭丽舍大街一样的青铜路灯，每个路灯上都被贴上了号码牌。嘉温提着装有玉菩萨像的包站在第八个路灯下。与人头攒动的外滩相反，这条街即便是在大白天也依然安静得诡异。不知为何，明明约定时间已过，古董店老板却依然没有露面。只偶尔有几个迷路的旅客拿着地图左顾右盼着。

"是被耍了吗？"

江风凛冽地穿梭在厚重的建筑之间。也不知道那群日本人是藏到了哪里，完全不见踪影。已经一点四十了。嘉温竖起衣领，决定再等十分钟。就在这个时候，一辆银色宝马无声地靠近了嘉温。宝马像是刚刚打完蜡，在阳光下闪闪发着光。车刚停稳，刘世权那张油腻的脸便从车窗里伸了出来。

"上车。"

嘉温上了车，随即宝马就出发了。

"怎么这么晚？是约定有变吗？"

刘世权像是在严守秘密一样，并没有回答嘉温的问题。嘉温也没有再问下去，紧紧抓着包，看向窗外。宝马像是在带着嘉温游览上海似的，一直在市内转来转去。他们经过人山人海的外滩，去了浦东。转了一圈东方明珠，再次经过人民广场，在上海博物馆前面停了下来。宝马无所事事地在博物馆入口处等了五分钟左右，再次开向外滩。在那期间，刘世权一句话都没有，只在那儿静静地抽着雪茄。车内烟雾缭绕，气氛有些紧张。司机时不时地确认一下后视镜，刘世权也在一直看着手机。

就那么过了三十分钟左右，刘世权的电话响了，是一条短信。刘世权看完短信之后，用上海话和司机交谈了几句，然后拍了拍驾驶座的座椅。随后司机无视信号灯，直接在大路中央掉了头。对面的车辆发出了刺耳的鸣笛声，踩下了急刹车。然而司机却丝毫不理会，径直开走了。之前的那些举动貌似是在确认有无车辆尾随。宝马立刻下了隧道向老城区驶去，不久后便回到了原本的约定场所正公路，随即折进了一栋建筑的地下停车场。驶进漆黑停车场的宝马一口气下到了地下三层，地下三层和其他层比起来空旷多了。宝马慢慢地在停车场里转着圈，似乎是在找人。转了一圈后，突然有一辆停好的车打了打远光灯，是一辆黑色的凯迪拉克。得到信号的宝马慢慢向凯迪拉克开去，这时凯迪拉克上下来了几个男子。宝马一停，其中一个男子便打开了宝马的车门。

"跟着他们走吧。"刘世权没好气地说道。

嘉温犹豫了一下，下了车。只见男子穿着不合季节的白色西服和画着热带水果的夏威夷衬衫，一眼就能看出来是三合会的人。

"常盘先生？"男子痞痞地问道。

253

"没错。"

男子笑了一下，露出了虎牙位置处闪闪发光的金牙。

"失礼了。"

男子使了个眼色，旁边的小喽啰们就往嘉温的头上套了个黑色的麻袋，拽着他上了凯迪拉克。凯迪拉克离开滞留区后，畅通无阻地开了一段时间。似乎是在开向郊区，但谁都没有告诉嘉温要去什么地方，嘉温也没有问。凯迪拉克终于停了下来，男子们把嘉温拽下来，拉着他走向另一个地方。嘉温虽然什么都看不到，但能听到声音，闻到味道。院子里传来修剪树枝的声音，打开一扇厚重的大门后，一阵浓郁的薰衣草香迎面袭来。男子们带着嘉温进入了房子，从耳边回荡着的脚步声来看，肯定是个大房子。从不远处传来了钢琴的演奏声，虽然并不是很熟练，门缝之外还传来了吸尘器的声音。他们拉着嘉温下了楼梯，去了地下室。混杂着霉味和水泥涩味的阴湿空气透过麻袋，直接钻进了嘉温的鼻子里。到达地下室之后，男子们粗鲁地把嘉温摁在椅子上，开始捆绑他的四肢。

"干什么？这是要干什么？！"

嘉温试图反抗，却只是无用功。男子们把嘉温绑起来后就消失了。周遭寂静得令人害怕。在什么都看不见的情况下，被禁锢在一个陌生的空间内，嘉温感受到的恐惧是超乎想象的。嘉温费力挣扎着，妄图解开绳子。然而绳子绑得太紧，一点儿面子都不给。最终嘉温放弃挣扎，等待事情的下一步发展。不知过了多久，生不如死的几分钟过去后，耳边终于传来了干练的脚步声。紧接着，嘉温又听到了一大堆的皮鞋声，脚步声在包围住自己后便停住了。又是一阵死寂，嘉温口水吞了一半便停住了，浑身都让紧绷着的神经支配了。

"你为什么要找我？"

一个女人的声音,而且是上了一定年纪的女人。声音很细、很低,却有一种不能忽视的压迫感。

"我只是托刘世权老板给我找个能买我东西的人罢了。"

嘉温的声音在颤抖。

"你为什么要找我?"

女人又问了一遍,声音里充满了不耐烦。

"你蒙了我的眼睛,我怎么知道你是谁。"

即便是隔着麻袋,嘉温也能感受到周边一记记锋利的眼神。

啪!

有人拿棍子狠狠地抽向嘉温的大腿。

"啊啊!"

地下室里回荡着嘉温的惨叫声。棍子没有停下,又接连落了五下。结实的棍棒一口气便将冲击直接传到了骨头深处,破碎的痛苦顺着脊椎蔓延了全身。

"为什么这么对我,我做什么了?!"嘉温颤抖着问出声。

"再问你一次,你为什么要找我?"

"我不是说了吗,我是来卖观世音菩萨像的,如果不信,你可以看看我的包。"

棍棒再一次袭来,这次没有只打五下,而是连砸了大腿十多次,咬牙坚持的嘉温最终忍不住叫出了声。

"你才不是卖古董的呢,你找我有其他目的。不想死的话赶紧说出来,找我干吗?"那女人冷冰冰地问道。

"到底为什么这么对我,我真的是……"

棍棒又砸了下来,力度也越来越狠了。如今嘉温的大腿已经没有了知觉,忍不下去了。再忍下去,就要瘫了。

"等等！"

嘉温喊出声，随之棍子也停下了。

"我说！不要打了！"

为了忍住酥麻的痛苦，嘉温重重地喘了口气。

"你是谁？"

"我是从韩国来的郑嘉温。"

"为什么来找我？"

"我来找回你在伦敦从日本人那里偷来的苍崖第六个人偶。"

不远处传来女人喝茶的声音。

"关你什么事？"

"别人拜托我的。"

"谁？"

"日本皇室的人，准确的名字我不清楚。只要能从你这里打听到第六个人偶的消息，他就会给我一定的报酬。"

这时，嘉温听到了一声细长的叹气声。

"什么报酬？"

那女人细细地叹了口气。

"他说会帮我找到我被绑架的妹妹，并且告诉我我的杀父仇人是谁。"

痛感麻痹了嘉温的神经，嘉温口干舌燥，浑身上下早已让冷汗给浸湿了。有人将嘉温头上的麻袋取了下来，待他适应了周围的亮度，女人的模样终于浮现在眼前。只见她身材娇小，一头银发一丝不苟地绑在脑后，看上去快六十岁了。品着茶的薄唇干练无比，单眼皮的眼形犀利至极。她坐在庞大的巴洛克椅子上，沉默不语地喝着茶。

"你是……"

率领着三合会的老大竟然是一个身高不足160厘米的女人。元航寂就像一个虽小却黑得发光的碎石一样，强硬得不可一世。此刻的她双腿并拢，两手捧着茶杯。品茶的眼神仿佛几百年都活在零下数十摄氏度的冰山一般，感受不到一点点温度。

"你比看起来蠢多了，郑嘉温先生。"

她的声音清清冷冷，没有一丝感情。

"什么意思？"

嘉温微微蹙眉，被打的大腿处传来一阵痛感。

"你听信了一个连名字都不知道的日本鬼子的话，就把自己陷入困境中，这还不蠢吗？"

"我也是无可奈何。"

元航寂恨铁不成钢地摇摇头，将手中的茶杯递给旁边的心腹。

"我不知道日本鬼子跟你说了什么，但偷走人偶的不是我，更重要的是那人偶是假的。"

箭离开了弓，却射在了奇怪的地方。

"你是说苏富比卖了假货？那个拍卖行在过去的二百四十年里卖出的全都是真品。"

听到嘉温顶嘴，元航寂狠狠地瞪向他。

"你最好别质疑我说的话，那是我最厌恶的事。"

元航寂从椅子上站起来，走向嘉温。V领的针织开衫配上浅紫色的布裤，看起来就像每次扔垃圾时都会碰见的邻居大妈。

"自从濂溪从苍崖那里拿到第六个人偶后，人偶便随着他一起失踪了，一直没有出现过。那些愚蠢又贪得无厌的日本鬼子白白浪费了钱。更无语的是，居然有人为了那假货，在伦敦市中心搞出那么大的动作。拜之所赐，追寻人偶的人都开始蠢蠢欲动了。"

"但监控拍到的不是你的部下吗?"

元航寂将食指贴在唇边。

"你知道我第二讨厌的是什么吗?是别人打断我的话。"

嘉温被元航寂的气场震慑住,乖乖闭上了嘴巴。

"你知道陈康辉现在在哪里吗?他现在正跟着绑在自己腿上的那块混凝土块一起在上海前海里和鱼儿们嬉戏呢。知道为什么吗?因为他违背了和我的约定。约定很简单,没我的允许,不和任何人做交易。这十五年他都守得好好的,也不知为什么突然像脑子抽风一样,去和别人做了交易,而且还没给我打任何报告,所以我就按约定把他丢海里去了。"

元航寂背着手在地下室走了两圈后又坐回了椅子里。

"有趣的是,跟陈康辉做交易的那个人,就是杀了你父亲的人。"

元航寂第一次露出了笑容,这一瞬间似乎有另一个她苏醒过来了,而那另一个她像是个被杀戮蒙蔽双眼的怪物。

"原来你一开始就知道我是谁。"

"我还知道凶手是谁呢,我不是说那个脸上有痣的小矮子,我是指他背后的人。"

"是谁?"

"现在你还是担心担心你自己吧。"

她说得没错。

"你打算把我怎么办?"

元航寂将手合在一起,形成一个三角形,贴在嘴唇上。

"按规矩应该是要杀了你,神不知鬼不觉的。我们很擅长做这种事的。"

嘉温瞳孔微微震了一下。对她来讲,杀人只是家常便饭。

"但你还有用得上的地方,虽然你自己不知道。"

嘉温松了口气。但她指的是什么呢?

"可我也不能破了规矩放了你。一个组织总是要有规矩的,老大也不能打破。"

她的部下们缓缓拿出了别在后腰的武器,像是在让他自己选择死的方式。嘉温的生死就在元航寂一句话之间了。元航寂一边在脑海中飞快地计算着,一边凝视着嘉温。

"我要给你出一道题,困扰了我很久的题。若你能做出来,我就不杀你。如果做不出来,你就和陈康辉一起去海里看小鱼吧。"

元航寂使了个眼色,站在一旁的部下便将准备好的投影仪放在地下室正中的桌子上。随着"啪"的一声,地下室被黑暗吞噬了。

"好好看接下来的照片,里面有我出的题目。"

投影仪的光打在正对面的墙上,墙上出现了一张照片。是展示在玻璃箱内的玄武岩碑石,看起来已经有不少年岁了。碑石最上面刻着两条龙在托着一颗燃烧着的如意珠,即碑座璃首。下面的碑身刻了长长的碑文。以风化的程度来看,应该是明代以前的东西。紧接着后面还有几张放大的照片。

"这是第一件文物,下面是……"

元航寂摁下按钮,这次是横穿古城的一条江。江很宽,足以让三四艘船同时在上面行驶,两边是用石头砌成的河堤。江边排列着看似有五百年历史的水杨树,水杨树后可以隐约看见明代风格的民屋,江上还坐落着几座中国传统石桥。接下来的照片都是江堤部分的放大照片,整齐叠放的砖块中间还固定了几块花岗岩做成的基石,基石上还刻有一些字样。

"最后是这个。"

元航寂打了个手势,地下室的灯被打开了。她从部下那里拿过一个小箱子,箱子是乌蓝色的钢制品,似乎用了很久,边边角角都被磨得发亮了。盖子上挂了一个黄铜材质的锁。元航寂拿出钥匙开了锁,给嘉温看里面的东西。沉睡在红色绸缎里的东西是一个印章。由绿翡翠做成的印章只有拳头般那么大,握柄上面雕有奔马,画面栩栩如生,仿佛真的有一匹蒙古野生马在握柄上飞驰着。

"这三个文物有一个共同点,找出来那是什么。"

元航寂抽出一根烟,叼在嘴上。

"能让我再看一次吗?"

"我还有约,不能给你太多时间。"

元航寂看了看手表。

"再给你五分钟时间。"

元航寂使了个眼色,她的部下便立刻给嘉温松了绑。恢复自由之身的嘉温松了松手脚,走近投影仪,开始仔细观察第一张照片。嘉温确认了一下璃首,发现石碑是皇帝下令制造的。托着如意珠的两条龙都有着完整的五只龙爪。在中国古代,不论官位高低,都最多只能使用三爪龙,只有皇帝才能使用五爪龙。紧接着,嘉温开始读起碑身上的碑文,是楷体。楷体是从后汉末期开始盛行,直到唐朝才被完善的字体。碑文上的字体像极了东晋王羲之的字体。

"既然会用书圣的字体来刻碑文,说明下此令的皇帝对书法颇有造诣。"

嘉温淡定地读起了碑文。

长孙皇后因病郁郁寡欢,上天不忍于此,派下名医谈灭到此救治,仅三天皇后愈矣。谨以此碑记名医谈灭,望后世周知。

石碑的主人是唐朝第二代皇帝，唐太宗。碑文中提到的长孙皇后就是唐太宗的皇后。长孙皇后帮助唐高祖的次子李世民发动"玄武门兵变"，辅佐他称帝。她成为皇后之后，一直谨言慎行，勤俭节约，对唐太宗直言不讳，是一代贤后。但是她一直患有糖尿病，因此饱受折磨。然而她的病却让一个叫谈灭的名医治好了。唐太宗深受感动，为纪念谈灭的功德立了此碑。

"你最好快一点儿，还剩三分钟。"

元航寂在烟灰缸里摁灭了烟蒂。

嘉温急急地看向第二件文物。第二张照片是古代人工制造的河堤的基石。仔细一看，是604年左右，隋炀帝所建的大运河的照片。大运河从北京历经洛阳，一路修到杭州，近1700千米。照片中是从各角度多场所拍摄的江堤，无法看出准确的拍摄地点，但从河两边的树和房屋的形态来看，是江南地带，应该是苏州和杭州之间。然而江堤各处的基石上居然都雕刻着一模一样的字样。照片总共有八张，每张拍的都是江堤正中间的部分，而且范围十分广泛。基石比周围的普通石头足足要大上三四倍，是花岗岩制成的，中间还用阴刻法刻了字。石头被河水腐蚀了，几乎看不出刻的是什么字。嘉温将图片放到最大，终于隐约看出了上面是什么字。

天降谈灭

这就是刻在基石上的字，别的基石上刻的也都是一模一样的字。嘉温略微看了看，刻有字样的基石多达数百千米。嘉温已经知道了这些照片的共同点，但还是有必要确认一下最后的文物。

"给我看看印章。"

旁边的部下看了看手表，拿出了手枪。

"你能行吗？还有五十秒。"元航寂拿出印章，说道。

嘉温无所谓地开始观察印章。翡翠制成的印章比想象中轻很多，是为了减轻重量，挖空了印章内部。嘉温随便找了张纸，印下印章。印章上的内容随之呈现在眼前。

山西仓钞

这便是阴刻在印章上的字样。嘉温歪歪头。山西仓钞是明朝时期最繁盛的山西商人们使用的期票，借垄断粮食和食盐交易获得巨大收益的山西商人继而转战期票、换币和制造货币等金融业务，成了国库也无法忽视的庞大势力。山西仓钞几乎是唯一在明朝全境通用的期票。当初的山西商人对外封闭，只收同乡人，其中也只有部分阶层才拥有这枚印章。但这印章和之前的照片又有什么关联？然而印章的握柄处还刻有其他的字样。

持此信物者乃救死扶伤之医者 定要助他一臂之力

嘉温终于能确定这三件文物的共同点了。信物是某种身份的证明，可以保证持有者的身份。特别是在明代持有山西仓钞印章的人，商人之间自不用说，甚至连官厅也无法擅自对待。而持有这印章的人，是个医者。

"时间到。"

元航寂盖上箱子。随即，部下将枪口对准了嘉温的太阳穴。

"说吧，这三个东西的共同点是什么？"

从枪膛里流出的冷气沿着枪身，蔓延到嘉温的头上。

"答案是谈灭。"

"理由呢？"

"第一个碑是唐太宗为了称颂谈灭治好长孙皇后的病而建造的；第二个是建在杭州的隋朝大运河的基石，上面的字样也是为了赞扬谈灭的功德。"

"第三个印章呢？"

元航寂露出了玩味的笑容。

"这个翡翠印章是明朝最大商团山西商人的山西仓钞印章，也是受过名医恩德的商主送给名医的礼物。"

"并没有证据说那名医就是谈灭吧？"

"没有，但我确信就是谈灭。"

"能赌上你的性命吗？"

嘉温犹豫了一下，点点头。听见后，元航寂的部下给手枪上了膛，空气中回荡着冰冷的金属声。现在只剩元航寂一句话了，一滴冷汗顺着嘉温的背滴了下去。

"回答正确。"

嘉温放心地呼了口气。

"第一张就跟你说的一样。长孙皇后从年轻时便患有糖尿病，过了三十岁之后，病势就逐渐加重。宫中所有的御医都去给她看过病，但并没有任何起效。爱妻心切的唐太宗就下令在全国寻找能给皇后治病的大夫。全国各地的大夫都去踊跃相试，却依旧没能治好皇后。唐太宗越来越焦急，这个时候有一个衣衫褴褛的大夫找过来，自称谈灭。谈灭是个不到三十岁的青年，说能够治好皇后。但他有一个条件，就是治疗时必须让他和皇后独处一室。当时御医给皇后诊脉都是要系蚕丝的，要看皇后的体肤时还要在三尺之外看镜子反射出来的映像，旁边还要有宫女陪着。跟皇后独处一室给她治疗？这完全是不敢想象的事。但是唐太宗并没有别的办法，就准了他的条件。谈灭拿着简陋的器材和药材，走进了皇后的房间，牢牢锁住了门。唐太宗在内殿等候，然而谈灭整个晚上都没有出来。直到第三天的清晨，谈灭终于出来了。唐太宗马上跑到皇后床边，却发现皇后死了般一动不动，也就还剩一口气了。唐太宗大怒，下令当场砍了谈灭的脑袋。侍卫得令，刚要把剑拔出来，皇后醒了过来。然后像是从来没有生过病一样直接站了起来。唐太宗大喜过望，让谈灭尽管提要求，他什么都能答应。然而谈灭却什么报酬都没有要，转身离开了皇宫。唐太宗深受感动，为了称颂谈灭，便给他在皇宫前面建了个碑。正是这块碑了。"

元航寂拿出了第二张照片。

"正如你所知，隋炀帝在北京和杭州之间造了个大运河，光是投入的人力就多达一百万。当时隋朝全部人口也只有五千万，可以说是能干活的壮丁都被拉了过去。大型的土木工程后永远都会跟着不幸，我是指那些死在恶劣环境中的壮丁。大运河也不例外。在隋炀帝的暴政下，每天都有无数的壮丁殉身。毕竟即便是在施工中受了伤，也得不到正常的治疗。然后就在此时，有一个名医如同救世主般地登场了，那正是谈灭。他不要任何回报，每天给受伤的壮丁治疗伤口。在工程持续的六年里，谈灭一次都没有离开，一直守在那里。被他的恩德所感动的壮丁们开始不分先后地在基石上刻下他的名字，以此来称颂他，就是照片里的样子。你知道运河里刻有谈灭名字的基石一共有多少块吗？"

"不知道。"

"保守估计有十万块，反而负责监工的官吏却谁都没有发现。因为那些基石刚好在水面之下，只有到冬天水位下降的时候，谈灭的名字才会露出来。"

元航寂似是有些口渴，喝了口茶。

"第三件东西是明朝著名的首富黄严的期票印章。山西商人中最有钱的黄严有一个独生女，可是她从小便体弱多病。能找的医生都找来给她看过病，能用的药材也都给她用过了，但却连是什么病都不知道。然而有一天，有个医员出现了。对，还是谈灭。谈灭只是给她扎了几针便把病治好了。黄严特别感激，想给他些谢礼，但谈灭依旧谢绝了，所以黄严便给了他自己珍惜的山西仓钞印章。当时只要拿着这个印章，到什么地方都能得到山西商人提供的马、粮食和住的地方。"

元航寂放下茶杯，凝视了印章片刻。

"也就是说，名医谈灭云游各地，救济了很多人。但是时代却有很大的出入。一个在隋朝，一个在唐朝，最后一个在明朝后期，他们肯定不是同一个人吧。"

元航寂露出了笑容，欢喜得像是一个考古学家发现了一个隐世已久的遗迹。

"我当然也没觉得是同一个人。估计是师传名医谈灭的弟子们为了称颂自己的师父，才会在后代一直都使用他的名号。"

她的推论很可行，但还是有一个奇怪的地方。嘉温对中国古代史十分了解，毕竟想跟古董打交道，这些知识是必需的。从记载中国正史的二十四史到《清史稿》，大部分的史书都有阅览过，但他从没有见到过谈灭的名字。

元航寂继续说道："其实我给你出的题，我已经知道答案了，毕竟是我收集了那么久的东西。可是关于谈灭的遗物一共有四件，我为了找到最后那一件，在过去的二十年里读了无数的史书，也到处咨询了，可是到现在我甚至都不知道第四件是什么。你要做的事就是把第四件遗物找出来，我给你两天时间。若是找不到，我就会要了你的命，若是找到了，我便护你安全回家。"

毫无选择的余地。嘉温的性命已经被她牢牢抓在手中了。

"我有一个疑惑。"

"什么？"

"听说你对本国文化遗产有很大的兴趣，也收藏了很多的文物，但为什么这么热衷于谈灭？"

"嗯，也许是因为谈灭为人处世如此正直吧。"

元航寂像是在自问一样，视线望向虚空。虽然说得很模糊，但嘉温感觉到了她的真挚。

"好吧。但你要把关于第四件遗物的所有线索都告诉我。"

"这段时间我也一直在找线索，但得知的却只有后汉时期还存在一个谈灭这一事实。他便是最初的谈灭，也是所有谈灭的师父。这就是我知道的全部。"

这个线索有没有都没什么差别。此时嘉温脑袋里又闪过一个新的疑惑，是与一直以来困扰着他的问题息息相关的根本疑惑。

"谈灭和苍崖的第六个人偶有什么关联吗？"

元航寂脸上无懈可击的面具终于开始有了龟裂。

"我不喜欢回答跟正事没有关联的问题，记好了，我只给你两天时间，若是你解决不了，那就等死吧。"

鬼都市

嘉温双腿颤抖地走向酒店，大腿像是在热锅上煎过一样滚烫。从没被母亲打过的他都已年过三十了，还在异国遭遇这等灾祸。当他打开酒店大门进去时，大厅的人们纷纷都看向他。他们像是看到不速之客似的，都皱起了眉头。他的样子实在是没得说。衣服被汗水浸湿，还顶着一头散发，裤子上印着被木棒打过的黑色痕迹，四肢上还有绳索留下来的印记。

"瞧瞧你现在的样子。"

嘉温在前台拿了房卡后走进电梯。就在电梯门快关上的一刹那，有个少女跑了过来。

"请等一下。"

当他按下打开按钮后，少女上了电梯。

"谢谢。"

穿着纯白色连衣裙的少女像是在洁白的雪中盛开的花儿一样清新。电梯门关闭后电梯慢慢开始上升。

"雪芽……"

看到少女的他脑海中浮现出雪芽的身影。她现在在何处，是否平安无事？

"什么？"

少女听到了嘉温低声嘟囔后便问道。

"没有，没什么。"

听到他回复的少女露出了微笑。

"看来您今天有些疲惫呢。"

"是呀。"

嘉温一边整理着着装，一边回答道。电梯门开了。他礼貌性地向她微微点头后下了电梯。快走到房间时他紧张的心情才放松了一点儿，身体变得沉重无力。他好不容易走到房门前，掏出房卡开了门。

"回来得有点儿晚了。"

是榎本，不知何时他和他的手下已站在房门前。嘉温没有理会他们，径直走向浴室洗漱。冰凉的水打在脸上，他稍许镇定了些。这一天真的是糟糕透了。

"怎么样了？"

榎本问道。他总是那样，沉着得令人讨厌。

"没看到这寒酸样吗？"

"看来你需要换一身衣服，我去帮你准备。"

"衣服？现在是换衣服的问题吗？我差点儿就送了命，腿现在还发软呢。"

榎本疑惑地看向喊叫的嘉温。

"这点儿觉悟不是早该有的吗？所以有获得新的情报吗？"

他顿时哑口无言。他不再回答，脱下被汗水浸透的衣服，身体袭来阵阵刺痛。

"我们是制定了契约的，你必须要为我们打听到第六个人偶的行踪。"

榎本顽固地追问道。他就像一个彬彬有礼且懂得时尚的水蛭。

"她没有第六个人偶。"

脱了裤子后大腿露出几块瘀青。

"那是什么意思？难道第六个人偶不在元航寂手上？"

"是的，偷走第六个人偶的人并不是元航寂。"

"那会是谁？"榎本大声问道。

"我也不知道，更重要的是那个人偶是假的。真的在弟子濂溪失踪后就再也没有出现在世上。"

嘉温呻吟着倒在了沙发上。榎本像是遇到了意想不到的难关，开始踌躇起来。从他慌张的表现来看就知道他以前的计划从没出现过差错。

"你们居然愚蠢到用巨资买个假的人偶。"

榎本愤怒地回头看向他。

"不要忘了我们救过你一命。除了这些你还打听到别的了吗？"

"我现在想休息了，请你出去。"

嘉温一边走向床一边说道。但榎本却依然抱着胳膊一动也没动。在没听到想要的答复之前，这只水蛭中的绅士完全没有要走出房间的意思。

"她要我去西安。"

"你是说陕西西安？"

"是的，说是从那里开始。"

"还说了什么？"

这时嘉温意味深长地看向榎本。

"你听说过谈灭吗？"嘉温仔细观察榎本的表情问道。

"谈灭？"

短短的两个字像是一把利刃深深扎入他的心，他的表情僵硬起来。他分明是知道谈灭的。

"关于他都说了些什么？"

"她给我看了三件描述谈灭故事的遗物，然后……"

"然后什么？"

榎本有些急了。嘉温的直觉告诉他第六个人偶和谈灭有着密不可分的关系。

"她让我去寻找有关谈灭的第四件遗物，说是那里隐藏着第六个人偶的秘密。"

嘉温开始套他的话。元航寂从来都没有和他说过第六个人偶和谈灭有关系。尽管嘉温演得很笨拙，但那条水蛭依然上钩了。从始至终都那么镇定的榎本开始紧张起来。

"她还说了什么？"

"没有了。这是全部。"

"真的吗？"

"看到我这副模样你也不相信吗？"

嘉温露出大腿上的瘀伤给他看。榎本先是陷入了沉思，随后站了起来。

"请稍等一下。"

榎本拿着手机走出了房间。他不知是去和谁通话，过了好久才回到房间。对方的身份显而易见。

"那你去找谈灭的第四件遗物吧，找到后请务必拿给我们。"

"元航寂的手下也会跟过来的，没准儿此时此刻他们也正在某个角落注视着我们。"

"他们由我们处理，所以找到遗物后请交给我们。"

"元航寂知道杀了我父亲和带走雪芽的幕后黑手。如果把遗物带给她，她答应会告诉我这个幕后黑手是谁。"

虽然性命还握在别人手里，但托元航寂的福，嘉温掌握了决定权。他们两方正站在天平的两端，嘉温才是决定天平偏向谁的仲裁者。

"关于那件事我们也答应过会告诉你，而且我想你忘了一点，之前救你一命的是我们，能要了你的命的人也一样是我们。"

榎本的眼神瞬间变了，口袋里插着紫色方巾的整洁西装下有着一只不输于元航寂的野兽。

"反正是要死的命。"嘉温摸了摸自己的胸口说道。

"先休息吧，明天还要远行呢。对了，玉菩萨像怎么样了？"

"她都把我弄成这样了，还会把玉菩萨像还给我吗？"

榎本似乎并不在乎，直接带着手下离开了房间。嘉温确定房门关上后从外套内侧的口袋里拿出了玉菩萨像。他怕以后可能会需要，便要回了玉菩萨像。确认玉菩萨像还在后，他把像铁一样沉重的身体躺倒在床上。由一个老旧人偶引发的案件，越挖越深，随之而来的则是根部交纵错杂的无数欲望。整整缠绕了两千年之久的树根看似复杂得难以拆解，但其实所有须根都是往一个方向伸展的。那就是苍崖的第六个人偶。不论是出于本意还是他人逼迫，嘉温也一样在向着那个方向摸索。而雪芽肯定也在人偶所在的地方，她最后的模样如今还历历在目。他无法忘记像是想要抓住最后一根稻草而向他伸手的雪芽。

"雪芽，再等我一会儿。"

嘉温的身体情况并不乐观，像是剧毒通过血液扩张到整个身体似的，癌细胞一点儿一点儿地吞噬着嘉温的身体。他所剩的时间不多了。

***

第二天清晨，大雾笼罩的西安城墙下有一群人正在打着太极拳，横穿城市中心的朱雀大街上则是上班族自行车队列形成的壮观光景。凌晨到达西安的嘉温还没来得及订酒店就赶往了西安的心脏。

"既然中国人已经知道我们的存在，我们得尽量减少接触。除非紧急情况，我们不会出现在你面前。但是你要时刻记住，我们一直都在看着你。"

这是在机场分开时榎本说的话。

如他所说，监视他的视线确实有所变淡。另一边，三合会甚至完全没有暴露自己的存在，但他们总会在某个地方监视着他的一举一动。

"怎么感觉自己成了实验室里的小白鼠？"

忽然被两种势力缠上的嘉温只得带着身后的视线一起进入了市内。曾是秦朝首都的西安是本次事件的发源地。不仅如此，它还是两天后三友会的会合地。从周朝到唐朝，历经了13个王朝的西安有着无数的遗迹。著名的秦始皇兵马俑也在此地。嘉温站在朱雀大街上，透过黄沙依稀可见远处的大雁塔，那里保管着玄奘法师从天竺国取来的七百多本经书。虽然听了元航寂的话来到了这里，但嘉温实在是不知从何下手。

"谈灭……"

在到达之前，嘉温给一些认识的历史学家打电话询问了关于谈灭的事情，但没有一个人知道。他甚至还硬着头皮打电话给自己的老师金明贤教授，但教授也说是前所未闻。他实在是想不明白，如果真按元航寂所说的那样，谈灭便是华佗以后最出众的名医，然而对谈灭的记载就只有记录唐朝正史的《旧唐书》里的短短几行，是关于谈灭为长孙皇后治疗疾病的内容。而有关大运河基石的故事则是从运河附近的民间传下来的古典传说，山西仓钞的印章也只是在山西省附近的商人们口中流传的老故事，除此之外就找不到关于谈灭的记载了。还有一个奇怪的地方，元航寂和身份不明的日本皇室为什么非要嘉温去调查此事？他们的权势足以雇用全国乃至全世界最著名的历史学家，然而他们却宁愿透露自己的目的，也非要把这件事情交给嘉温去办。从各种情况来看，理由只有一个，那就是雪芽。她身上一定隐藏着嘉温都不知道的秘密。绑架雪芽的人也提到过雪芽是重要的孩子，而元航寂也说过雪芽有重要的用处。

"雪芽就在谈灭所在的地方。"

不知从何时开始，雪芽的面孔总是会浮现在他的脑海中。直到她从眼前消失，嘉温才明白自己早就失去了心脏。原本是心脏待的地方现在却填满了她的芳香和记忆。虽然嘉温之前有过几个女朋友，但他从没有过完整的爱情。现如今，一个隐居在乡下的少女却真真实实地教会了他爱情的滋味。曾不经意掠过的每一个瞬间，现在却像是戴上了显微镜一样鲜明无比，从漆黑房间里的初见到轻轻触碰嘴唇的那一刻，每当回想到这些时，他的心都像是被暴风雪肆虐过般冰冷。嘉温习惯性地摩挲着自己的胸口，试图融化自己冰冻的心。

"现在不是想这些的时候。"

嘉温振作了一下精神，重新推敲起每一个线索，把所有线索都结合在一起。现在的问题在于找不到有关谈灭的资料，时间只有两天。眼前的城墙仿佛像是无法高攀的峰顶一样。嘉温想起了他在西安唯一的熟人——几年前在研究复原技术的合作签名仪式上见过一面的负责复原遗物的专家。他光是在陕西博物馆便工作了二十多年之久，对西安历史了如指掌。嘉温立即给他打了电话。

"你好。"

一个稳重且充满了学术气息的声音回答道。

"是高耀祖博士吗？"

"我是，请问你是哪位？"

"您好，我是您三年前访问韩国时有过一面之缘的郑嘉温，铅白画廊的策展人。"

"啊，我记得你。这些年过得如何？"

"好久不见，博士。"

"一大早找我是有什么事情吗？你是在西安吗？"

"是的，我现在在西安。是因为有一些事情想问问您，才给您打了电话。"

"请讲。"

"博士，您是否听说过一位叫谈灭的名医？"嘉温直截了当地问道。

"谈灭吗？"

"他曾经医治过唐太宗的皇后——长孙皇后，唐太宗还下指示建造了纪念他的石碑。他还在隋朝时医治过大运河工程中的受伤人员。"

"是吗？你这么突然问起……"博士像是在摸索着记忆，小声说道。

"实在是不好意思，我有些唐突了。但实在是情急之下才给您打的电话。"

"我现在实在是想不起来，你先来博物馆吧。我们可以一起想想寻找谈灭资料的方法。"

博士很亲切地说道。

"那我几点过去找您好呢？"

"我上午也没什么事，你随时可以来。"

"那我立马过去找您。"

嘉温挂了电话。事情似乎有了一丝希望，但这希望的火苗又有点儿太微弱了，只好先碰碰运气了。他伸出手想叫一辆出租车，然而现在是上班高峰期，很难打到车。就在这时，来了一条短信。

请找到鬼都市。

又是一条发自未知号码的短信。

"该死的家伙！"

嘉温急忙环顾四周，他一定就在附近。不然不可能做到看准时机给他留下线索。嘉温在拥挤的上班人流中寻找着追逐自己的视线，然而谁也没有留意他。大家都全身心地投入在自己今日的生活中，专注地赶着路。

"一定在这附近。"

就在这时，斜对面出现了一个男子。他戴着登山帽和墨镜在人群中注视着嘉温。他既不是三合会的一员，也不是日本皇室的手下。直觉告诉嘉温，他就是发短信的人。

"喂！"

嘉温不顾红绿灯径直跑向路对面。有几辆车赶忙急刹车后冲着嘉温大吼，但嘉温无视他们只顾着跑向男子。男子发现嘉温后沿着朱雀大街跑了。

"站住！"

嘉温一瘸一拐地追在后面。穿着登山服的男子像是受过长期训练一样,迅速地穿过人流。嘉温生怕会跟丢,紧紧跟在身后。但由于大腿的伤痛,他与男子的距离越来越远,这样下去迟早会跟丢。这时,一个男人像是救世主一样骑着摩托车从嘉温身边路过。嘉温想也没想地跑到车前,把那个人拽了下来。摔倒在地的车主冲着嘉温咒骂着,嘉温直接无视他上了车,掉头就去追那男子。摩托车伴随着刺耳的引擎声疾驰而去,嘉温与男子的距离瞬间便缩小了。正当嘉温手指快要碰到他的时候,发现嘉温的男子顺势拐进了小胡同。跑过胡同口的嘉温急忙刹车,与车子一块儿摔倒在地上。眼看着咒骂的车主也快追上来了,嘉温赶紧扶起摩托车往小胡同里冲去。胡同两边都是正准备营业的小饭馆,有搬运食材的搬运工,也有正在熬汤的主厨。除此之外,还有来吃饭的客人。一个小小的胡同被挤得毫无空隙。眼见男子已经穿过人群,回头看着自己,嘉温拉开了手闸。不一会儿,胡同里便躺满了在躲避横冲直撞的摩托车时摔倒的搬运工们。

"这次一定不会让你跑掉。"

嘉温又加快了速度。他骑着摩托躲避着过往的人,紧紧地追赶着男子。不一会儿的工夫,嘉温的手又要碰到男子了。但那男子也不简单,这次直接跑上了摩托车上不去的台阶。嘉温一时没来得及减速,直冲向台阶。摩托车在空中旋转了一圈后撞在了栏杆上,嘉温被摔得精神都恍惚了。但现在并不是矫情的时候,嘉温正了正肩膀,开始向台阶跑去。跑着跑着,他终于看到了男子不知疲惫的身影。

"他到底是谁?为什么一直躲在我周围给我发短信?"

更奇怪的是,男子每次发的短信里都有着重要的线索,可见男子对人偶的秘密有一定的了解。若是现在能抓到他,便可以揭开很多谜团。嘉温不顾心脏的反对,发狠地爬着台阶。肾上腺素的分泌终于让速度提了上去。嘉温忍受着从大腿传来的剧痛,咬紧牙根继续追着男子。看见嘉温穷追不舍，男子的神色有一些慌张。他一边时不时地回头确认，一边竭尽全力地甩掉嘉温。台阶大概有五十米长，在快喘不过气的时候台阶终于结束了，又一个胡同出现在眼前。这次是工厂，胡同里排满了一个个小缝纫工厂。连个像样的招牌都没有的破烂建筑里堆满了缝纫机和布料，一群面无表情的工人正在机械地工作着。还有一辆搬运车在沿着窄窄的胡同行驶着。男子如鱼得水地穿梭在其中。搬运车总是阻碍着嘉温追逐男子，嘉温只得慢下速度来环顾四周。这时他发现胡同左边是一排混凝土烂尾墙，横在那里扮演着栏杆的角色。嘉温用尽全力跳上墙，踉跄的同时看了一眼墙下的市场。只要一个不小心就会从上边摔下来，然而现在他压根儿顾不了那么多。嘉温开始沿着烂尾墙追赶起男子，虽然时不时地会踩空，但他丝毫不在意，眼里只有那男子。终于，和男子的距离只差三四步了。在最后那一瞬间，嘉温纵身扑向男子，抓着他的衣领翻滚在地。男子对他突如其来的袭击毫无办法，随着他一起滚了起来。在翻滚的过程中，男子戴着的墨镜被撞掉了，面孔出现在嘉温的眼前。率先骑在上面的人是嘉温。

"你是谁？为什么要跟踪我……"

看到男子的面孔，嘉温瞬间愣住了。是之前来参加葬礼的乞丐。葬礼上裹着五色破布、大言不惭告诉他父亲是被杀害的乞丐，此时此刻正气喘吁吁地看着他。

"你为什么……"

嘉温震惊得说不出话来。慌张的乞丐像是被冻住一样，躺在那里一动也不动。和葬礼上不一样，他现在穿得干净得体。留长的胡须全都被剃掉了，凌乱的头发也收拾得干净利落。更震惊的是，整个人的气质都截然不同了。不管从哪方面来看，眼前的男子都是个学识与财力兼具的知识分子。

"你的身份到底是什么？为什么一直暗中跟着我?！"

就在这时，毫无眼力见的癌细胞突然发作了起来。痛苦瞬间征服了嘉温的身体，嘉温抱着肚子，摔倒在地上。痛感愈加强烈，四肢开始痉挛。虽然止痛药就在口袋里，但他已经痛苦得连一根手指都动不了了。周围渐渐失焦，他的意识越来越模糊。这时，男人迅速地从他的口袋里找出止痛药，往他嘴里塞了一颗。然后他可怜地看了嘉温短短几秒，转身离开了。痛苦逐渐减弱，但嘉温只能不甘地看着他离去的背影。

陕西历史博物馆在大慈恩寺的北边。曾被数个王朝封为都城的西安，它的博物馆里收藏了很多中国的文物，并且以秦始皇陵的发现而著名。在癌细胞的扰乱下放跑男子的嘉温振作了一下，向着博物馆走去。

在坐车前往博物馆的路上，男子的面孔和窗外的景象重叠在一起。孕育着阴谋的蜘蛛在四方撒下了卵，随着卵的孵化，事件也跌入了混乱的悬崖。他想不明白男子为何要把他卷入此事，又为何要在暗中帮助他，他是谁，对秘密又有多少了解。一路上嘉温不停地反问自己，却怎么也推理不出答案。

"我找过了关于谈灭的资料，但只有《旧唐书》里的'唐太宗'一篇提到过他。"

高耀祖博士正在忙着完善即将要展示的复原了唐朝长安面貌的模型。横竖都有15米大小的模型精巧地再现了公元800年时的长安。高博士正拿着长安的古地图和模型仔细对比，进行着最后的检查。嘉温之所以能记住博士的名字，就是因为从没听过比他的名字更适合在博物馆的名字。他的名字有"让祖上光芒万丈"的意思。看似苛刻的博士其实与第一印象截然不同,是一位和蔼又风趣的人。

"那书上是怎么写的呢?"嘉温边揉着胸口边问道。

"皇后身缠疾病,病卧在床,皇上也日益担忧。他在全国各地寻医,却没有人能治好皇后的病。突然有一天,出现了一位名为谈灭的大夫,他想要看一下皇后的脉象,皇上准许了。后来,他又请求独自一人医治皇后,也被准许了。就这样三天后,皇后的病好了。皇上非常高兴,想要给他奖赏,但他却婉言拒绝,安静地离开了。"

高博士小心翼翼地把一个模型的方向调整了一下。

"这就是全部吗?"

"对。"

他不禁叹了一口气。

"这不是失恋时才会发出的叹气声吗?"博士往嘴里送了一颗糖,开玩笑地说。塞了糖后,他的脸颊变得鼓鼓的,有一种与年龄不符的可爱。

"说来话长。那您听说过鬼都市吗?"

博士抚摸着模型的手顿时停了下来。

"为什么问起鬼都市?"

一副占到凶卦的表情。

"有人告诉我那里有线索。"

博士兴致索然地放下模型。

"鬼都市到底是什么?"

"鬼都市如同它的名字一样,是'鬼'住的城市。"

"真的吗?"嘉温难以置信地问道。

"别着急。要一杯咖啡吗?"

嘉温郑重地拒绝了。高博士用画着兵马俑的马克杯接了一杯咖啡。浓浓的咖啡味弥漫在房间里。

"众所周知,西安在周王朝之前便已经存在了。作为史前时代仰韶文化[1]的发源地,西安历经多个朝代后,在唐朝渐渐发展成了西域乃至中国的交通枢纽和中心。然后公元582年,隋朝建立了,文帝杨坚统一南北后把都城迁到了西安。可是环顾西安后,文帝对这座城市并不满意。战乱后的西安非常破败,只剩废墟和难民。文帝决定在西安当时的基础上,再重新建设一座新城市,并命名为大兴城,意为都市兴旺,还把财政经费都交给了建筑家宇文恺打理。宇文恺是一个很有野心的建筑家,他想要建设一个只属于自己的完美城市,于是他把贫民区全都拆毁,开始建设起理想的城市。数以万计的门户被拆,百姓不得不流落街头。如今像棋盘一样的城市格局就是当时形成的,当时世界上唯一规划的都市就这样建成了。

"问题在于无处可去的贫民。存在了几千年的城市地下自然有着四通八达、复杂如迷宫的下水道。即便是身为完美主义者的宇文恺,也由于工程时间紧迫而未能重新修建地下下水道。贫民扎堆在下水道,形成了与地上的繁华城市截然不同的漆黑又隐秘的另一个城市。然后那里发生了一些完全想象不到的惨无人道的事情,地下的人只能靠黑色交易、盗掘祖先的坟墓来续命。人们把这座地下城市称为'鬼都市'。"高博士凝视着如实展现当时城市样貌的模型说道。

听他这么一说,嘉温仿佛也看到了隐藏在华丽都城下的那个阴森的地下城。

"现在也还存在鬼都市吗?"

---

[1] 仰韶文化:黄河中游地区一种重要的新石器时代彩陶文化,持续时间在公元前5000年到公元前3000年。

"虽然没有去过，但我听说旧城区那里还有点。据说现在也还有些小偷、人贩和盗墓者会在那里进行交易。"

世上各个地方都存在被抛弃的人们集中的地方，西安也如此。

"鬼都市和谈灭会有什么关系呢？"

"我猜指的应该是黑历史吧。"

"黑历史？那是什么？"

"中国是有着几万年悠久历史的国家。这里留着数十亿百姓的泪水和鲜血，也有着数不清也理不清的历史。然而公之于世的历史事迹只有一小部分，正史就更少之又少。西安就像中国一本活着的历史书，它目睹了不少王朝的兴亡盛衰，也埋了相当多的历史遗物。拜之所赐，全国的盗墓贼自然也会聚集在此。虽不是官方数据，但据说实际经手盗墓贼的历史文物数量比我们所知道的要多百倍，甚至是千倍。即理应被世人所知的众多历史都是通过地下世界流通的。换句话说，就是那些盗墓贼知道一些我们也不知道的历史。我们把他们偷走的历史称为黑历史。"

"也就是说，他们偷走的历史中可能会有关于谈灭的内容咯？"

高博士苦涩地笑道："考古学可以说是和盗墓贼的战争了。"

高博士重新开始检查起模型。他一直都在为把看不到的历史公之于世而做着微小的努力。

"那我要如何才能找到鬼都市呢？"

"不知你为何要去，但那里是比你想象中还要危险的地方，我劝你还是打消这个念头。"

"我必须要去。您可以给我介绍一个能带我去鬼都市的人吗？"

"对不起，这我不能告诉你。毕竟我是拿着国家俸禄的人。"

高博士是一个品性刚直的学者，嘉温也不好意思继续打扰他。

"谢谢您抽出宝贵的时间。"

嘉温向他郑重地道谢后走出房间。

"哦，对了。忘了和你说《旧唐书》里还记载着关于谈灭的其他内容。"

嘉温停住脚步。

"有记载谈灭的外貌描写。谈灭年近三十，是个面善且英俊的美男子，手边一直拿着像是神赐予的拐杖，还总是说自己曾经是个驼背。"

"驼背吗？"

嘉温瞬间想起了苍崖，那个丑陋又扭曲的佝偻苍崖。接着第六个人偶也浮现在他脑海中。凌乱的拼图开始一片片地拼凑起来，凑成一幅奇异的图片。

"希望你能找到答案。"

高博士露出温和的微笑。不知为何，博士的脸上慢慢浮现出谈灭的面孔。

走出博物馆的嘉温站在门口的阶梯上思考起来。乞丐给的信息分明是在指引他去寻找第四个遗物，但却没有给他前往鬼都市的地图。

"说不定元航寂会知道呢。"

她确实有着足以撼动地下世界的权势，其中一定会有知道鬼都市的人。问题是他没有办法联系上元航寂。想到这里，嘉温环顾了一下四周。

"附近应该会有人在监视着我吧。"

门口挤满了排队买票的游客，已经买好票的游客在安检处进行着安检，警卫在他们周围巡逻。哪里都没有异常的视线，嘉温也不能拉着他们一一询问。只有一个办法了。

"请让我和元航寂通话。"

他冲人群喊道。贯穿整个大厅的高喊声吸引了人们的注意力,人们纷纷转过身看向他。

"想找到第四个遗物,就让我联系到元航寂!"

怕那个人逃走,他再次大喊,同时警卫向他走过来。

"这里是博物馆,请你保持安静。"

警卫的语气中有一丝压迫感。

"听不见吗?现在立刻让我和元航寂通话。"

看到嘉温丝毫不在意他们的警告,警卫们把他拽出博物馆。人们似乎对这次的骚乱有一些好奇,纷纷看向他们。被赶出博物馆的嘉温再次环顾四周,依然没有发现像是三合会的人。时针指向上午十点,天气晴朗但有些微凉。嘉温一边揉着刚才撞到栏杆的肩膀一边坐在了公交站台的长椅上。他想喝一杯热茶了。几辆公交车停下,看到没有任何乘客上车又开走了。附近小区的居民遛着狗经过,看着像是证券公司职员的人正对着手机大声嚷嚷。在那期间嘉温就坐在那儿等着。大概过了十分钟,他的手机响了起来。

请去未央区工农路的小六汤包。

正如他所料,是元航寂手下发的信息。嘉温立即打车前往那里。

坐落在繁华四岔路口正中间的饭店看起来很平凡。门口有一块橘红色的牌匾,挂着一串写着"福"字的红灯笼,还有一排中式的推拉窗户。主菜单是小笼包和牛肉面。应该是这附近有名的店铺,离午餐时间还有一段时间,饭店里就坐满了客人。嘉温进到饭店后,一个身穿红色旗袍的店员走向了他。

"现在没有空位,等一下就会有了,您要不先点一下餐吧。"

"我叫郑嘉温。"

嘉温突然就报上姓名,让店员有一些疑惑。

"请和你们老板说有个叫郑嘉温的人来了。"

"好的,请稍等片刻。"

店员急忙走向后厨。在等待的这段时间里,另一位店员端着放在竹子做的蒸屉上的汤包向客人走去。一股香浓的汤包味随着白色的热气扑鼻而来。没吃早饭的嘉温肚子咕咕叫了起来。这时,店员带着老板走了过来。长相憨厚的老板好像是刚睡醒,走过来的时候还在揉眼睛。

"郑嘉温是吗?"

"是的。"

"这边请。"

老板带他去了厨房后面的办公室。只放了一张桌子的办公室里还有一台老式电话。

"请坐在那边。"

老板请他坐在椅子上。然后便没有其他特别的说明,只在那儿愣愣地啃着手指甲。约过了一分钟,电话响起来了。老板接起电话说了一会儿后,把电话转交给嘉温。

"你好?"嘉温接过电话问道。

"为何要找我?"

是元航寂。看来这家饭店是西安三合会的联络地。

"我需要你的帮助。"

元航寂停顿了一会儿，像是不太顺心。

"你说。"

"我得去鬼都市。去那里可以找到有关谈灭的资料。我需要一个介绍人。"

"是谁给你的情报？"

"我不能告诉你，但确实是可靠的情报。"

"你知道那是什么样的地方吗？"

"知道。"

又一次停顿。

"你在那里等着，会有一个介绍人去找你的。还有，像刚才的事情最好不要有第二次。下次我会一枪崩了你。记住，你只剩一天半的时间了。"

说完元航寂便挂了电话。

老板让店员把嘉温安顿在角落里的位子上。不一会儿，店员端上了菜单里的几道主菜，是小笼汤包和加了猪肉的牛肉面，看起来很是美味。然而嘉温虽然是空腹，却一点儿食欲都没有。在介绍人出现之前，他必须要尽快想出找到遗物的方法。若是真像高博士所说，一天的时间压根儿搜不完鬼都市，那里也许会和地上的西安一样大。没有任何线索的他又怎么可能在一天之内找到第四个遗物的线索呢？嘉温现在的心情就像没有穿上救生衣就被扔进茫茫大海一样。

"与其这样，还不如一开始就告诉我具体情报呢。"

嘉温打开蒸屉，摆放整齐的汤包上散出缕缕热气。他夹起一个汤包送进嘴里，随着里面汤汁的溢出，他咬到了散发着香味的虾。汤包做得很好吃，足以闻名遐迩。

"能尽快找到遗物的办法是……"

嘉温又夹了一个汤包,这次是蟹肉的,猪肉和蟹肉混搭出美味可口的味道。

"可算知道为什么那么多人都来这里吃饭了。"

瞬间,一个方法闪现在嘉温的脑海中。这个方法曾经帮助嘉温在仓促的时间内成功地举行了展览。当时在做人物画像展企划的嘉温想要把在肖像画方面最有名的已故画家朴英贤的作品展示出来,但由于与朴英贤画家相识的收藏家少之又少,想要找到他的作品是一件困难的事情。在情急之下嘉温想到了一个极端的方法,他利用了传闻效果。他给所有他认识的经销商打电话说有人想用两倍的价钱购买朴英贤的作品,这个消息很快就传到了美术界,不到几个小时嘉温的电话便被打爆了。多亏于此,他成功地举行了展览,虽然后来为了收拾传闻,也卖掉了不少作品。

他决定再试试这个方法。自古以来人类的本性就禁不住金钱的诱惑。尤其是对生存在社会底层的人来说,效果显而易见。

"有希望。"

嘉温突然有了食欲,把剩下的汤包都吃完了。很久没有好好享用美食的他,此刻心情有些愉悦。正在他把最上层的蒸屉拿开,打算吃另一盘汤包时,一个男子出现在饭桌前。

"郑嘉温?"

三十中段的男子穿着暗褐色的衬衫,搭配着不适合他的格子西装,像是一个在吉林省某个村落长大,进城找工作的乡下人。他的脸又长又消瘦,眉毛浓到看不清眉间,看着他就想给他点零钱。

"我就是郑嘉温。"

确认他是嘉温后,男子坐到他对面,没有征询他的同意就吃起了汤包。

"上海的老大派我过来的。"

男子一边狼吞虎咽地吃着汤包,一边对他说道。他吃的是嘉温最爱吃的松茸小笼包。

"你知道怎么去鬼都市吗?"

男子点点头。他很快就吃完了一盘,接着吃起了面条。他哧溜哧溜地吃得很大声,连隔壁桌的客人也不禁看向他。

"我需要去见一个在那里有点儿地位的人。你能介绍给我吗?"

男子再次点头。他似乎是不太愿意理会嘉温,只是低头吃着面条。这让嘉温更加难以相信这个男子。

"你真的是元航寂派来的人?"

男子咬着面条望向他。

"不能随意把老大的名字挂在嘴上,一不小心就会……"

男人做了一个用手划过脖子的动作。嘉温不再多问,静静等着他吃完。男子吃得精光后打了个大大的饱嗝儿,然后开始张狂地用牙签抠起了牙。

"鬼都市晚上九点以后才会开,那个时候来这里找我。"

男子在餐巾纸上写了些什么后丢给了嘉温。

回民街 不二心

"这儿就是鬼都市的入口?"

嘉温正想询问,男子已经消失在饭店门口。

天空灰蒙蒙的,一股白烟笼罩着大地,浓稠得仿佛伸个手就能握住一样。回民街的霓虹灯像灯塔一样在弥漫的大雾中闪烁着。嘉温提前半个小时来到了回民街。

　　位于清真寺附近的这条街道散发着中国少数民族之一的回族所具有的独特风韵。两层的房屋鳞次栉比地排在街道两旁,穿着伊斯兰传统服饰、蒙着面纱的女人们在卖回族特色美食。一群店铺紧紧地挨在一起,写着消经文字[1]的招牌看起来很神秘。街道上摩托车和出租车一辆接一辆地行驶过去,游客们吃着羊肉泡馍。

　　整条街道都排满了店铺,寻找介绍人告诉他的那家店铺似乎有些难度。经过了几个挂着伊斯兰灯饰的店铺,又过了几家羊肉串店后才看到那个挂在瓦片屋檐下的小小招牌——不二心,是一家卖当地药草的店铺。十坪大的店里摆放着当归、川芎、木槿皮等一些常见的药草,还有一些晒干的奇异虫子等各种各样的药材。店里只有一位蒙着白色面纱的老奶奶在收拾刚到的黄芪,并不是很忙碌。嘉温站在门口等待介绍人。远处钟楼华丽的灯光越来越清晰,天开始下起了毛毛小雨。没有带伞的嘉温把外套盖在头上,又确认了一下口袋里的玉菩萨像。他想要用玉菩萨像来做交易。看向周围,只有长相淳朴的回民和游客。

　　"鬼都市到底在哪儿?"

　　嘉温看了下时间,时针指向了九点。

　　"逛得怎么样?"

　　是介绍人。他正嚼着路上买的羊肉串,他似乎很喜欢吃东西。

　　"我不是来悠闲地游玩的,赶紧给我带路吧。"

　　"去之前先告诉我理由,这样我才能知道该带你去哪儿。"

　　"我是为搜集名医谈灭的信息而来的。他是明朝以前的名医,却

1　消经文字:是运用阿拉伯字母书写汉语的一种非正规的书写文字。

没有记录有关他的史记。我想看看鬼都市的黑历史里是否会有关于他的记录。"

"我不知道你在说些什么,所以我应该带你去找谁?"

"听说鬼都市里有不少盗墓贼。带我去找古董倒卖贩中最有名气的人,剩下的我自己看着办。"

介绍人吃完了所有的羊肉串后擦了擦嘴。

"可以,但进去之前你要注意一些事项。"

他从塑料袋里拿出了什么东西。

"这是什么?"

是一件看着就很反胃的破旧外套,有好几处破洞,而且似乎有些年没有洗了,衣服上散发着恶心的味道。

"为什么给我这个?"嘉温将衣服推得远远地问道。

"你最好穿着这衣服。在鬼都市穿着品牌衣,走不过十步就会被那里的人撕成碎片。从现在开始你的命你得自己负责。当然我也会帮你,但你的性命毕竟是你自己的。对接下来发生的事情,我概不负责。"

介绍人假惺惺地竖起眉毛。嘉温看了会儿那件外套后,把它穿在身上。

"还有一点,没有我的允许,不要随便和别人说话。知道了吗?"

介绍人的眼神里透露着一丝紧张。

"知道了。"

介绍人这才有所行动。只见他径直走进了药材店,从装满药材的箱子和放虫子的瓶子之间狭小的空间走了过去,迎面就看到坐在角落里的店主奶奶在凝视着他们。老奶奶仿佛早已见识过了天堂与地狱,是一副超脱的表情。介绍人向老奶奶点了点头,便从她面前走了过去。走进一扇被帘子挡住的门后,嘉温看到了一个仓库。只能勉强通过一个人的通道两旁堆满了还没收拾的药材。没走几步眼前出现了一扇紧紧锁着的门,棱角刻着莲花的门上挂着印有清真寺图案的伊斯兰挂历。

"不要忘了我刚才和你说的话。"

开门前介绍人又一次提醒了嘉温。嘉温点头后,他敲了敲门。笃笃。门后传来了一个男人浑厚的声音,是阿拉伯语,紧接着介绍人也用阿拉伯语回答他。虽然不知道说的是什么,但应该是开门的暗号。过了会儿随着解锁的声音,门被打开了。

又是一个通道,空荡的楼道里有一个满脸胡须的男人在读着书,是有关园艺的书。介绍人用眼神和他打招呼后,熟悉地走进了楼道。这次,出现在眼前的是一个汤剂室。十多坪的房间里挂着六个大大的铁锅,还有一个锅里正在煮着味道独特的药材。两名满头大汗、戴着口罩的男人正在用大大的汤勺搅着锅。屋子里充满了水蒸气和浓烈的中药味,让人呼吸都变得有些困难。介绍人捏着鼻子继续向前走。房间的尽头又有一扇门,对了暗号后门打开了。又是一个完全不一样的房间,通风机发出令人烦躁的噪音转动着,块头像牛一样的看门人边看着电视边吃着饭。看到嘉温后,他用阿拉伯语和介绍人说了些什么,似乎是在询问嘉温的身份。介绍人和他解释完后,看门人接着吃起了饭。房间里有一个放着老旧电视的桌子和中式衣橱。介绍人平推开衣橱,抽出垫在地下的毯子。毯子底下有一个小小的门。看似从隋朝开始就守在入口处的门上有一个牛鼻环模样的拉环。待他推开门后,眼前是一个通往地下的垂直通路。空气穿过从古代开始沉淀下来的黑暗流了进去。

"这里是……"

介绍人打断了嘉温的疑问，示意让他闭嘴。

"现在最好多呼吸呼吸新鲜空气，一会儿你可就吸不到了。"

入口处有一个破旧的木梯连接着地下。介绍人像是要潜水似的深吸了一口气后进去了。嘉温也深吸了一口气跟了上去。与窄小的入口不同，通道里面很宽敞，并且像烟囱一样深深地延伸到地下。环形墙壁是用花岗石堆砌成的，黑黑的地下水沿着墙壁向下流去，还有一些老鼠和长相凶恶的虫子到处爬着。嘉温忙着踩落趴在梯子上的老鼠，险些要从梯子上掉下去。往下爬了一段距离后，从底下飘来不知该如何形容的恶臭味。像是累积了数千年的排污水都汇成了一条江，越往下越难以忍受。嘉温好几次都险些没忍住呕吐。大概爬了三十米后，梯子终于到头了。那是一个宽敞的场地，像是中途落脚点。下水道向四面八方延展，蝙蝠在黑暗中飞来飞去。

"这种地方会有城市？"嘉温打破沉默问道。

这时，介绍人拿出一个手电筒照亮周围。

"天哪……"

那里就像一个地下版的哈莱姆[1]。沿着十多米长的圆顶屋，用木头随意搭建的棚屋像蜂窝一样紧凑地聚集在一起。像是有集体意识且智力较高的昆虫们避开人类视线所建成的昆虫都市一般，不禁让人打战。嘉温总觉得黑暗中会有幼虫在啃食着抓回来的人类。

"这种地方真的有人类生存？"被眼前情景吓到的嘉温惊愕地问道。

怎么想都觉得不可能会有人在这种环境下生活。周围都是腐烂的下水道，到处都有老鼠和各种害虫的排泄物。一缕阳光都照不进来，

---

[1] 哈莱姆：位于美国纽约曼哈顿东北的地区，以贫民区和犯罪多发区闻名。

阴森的空气中散发着恶臭味。环境恶劣得动物也难以生存下去。

仔细看后才发现棚屋里空无一人。嘉温将破烂的外套披在头上，脑海中浮现出那些毫无一丝希望地凝视着这片黑暗的居民们。

"就那么渴望活着吗？即便是在这种地方？"即便是在最艰难的情况下也依然挣扎着活下去的人们的模样刺痛了嘉温。

"从现在开始不会再给你回答了，闭上嘴跟着我。"

介绍人往通路的反方向走去，那里还有一个垂直通道。宽敞到一辆公交车也能随意行驶，螺旋式的楼梯沿着墙面向下延伸。介绍人毫不犹豫地踩上了楼梯。嘉温回头看了最后一眼游荡在贫民区的灵魂后也跟着走下去。用结实的花岗岩建成的楼梯是几世纪前的产物，上面到处都有水泥加固的痕迹。毕竟是向着地下延伸的，地板上还依稀透着点儿朦胧的灯光。垂直通道有二十多米长。下完一成不变的楼梯后，又有一个空间出现在眼前。是一个像地铁隧道一样长长的拱形洞穴，蜿蜒曲折得就像一条蟒蛇挖出来的。高度足以供一辆火车行驶过去，墙壁上因常年流过的地下水而长满了黄色的霉。花岗石表面凹凸不平，地上铺满了潮湿的黑土。尽管到处都有柱子支撑着天花板，但依然摇摇欲坠得仿佛下一秒就会塌陷。两边有一排排凹进去的房间。这些好似蚂蚁孵化室的房间大小不一，有的房间只能勉强住一两人，有的房间里却还有几个小房间和宽敞的客厅，甚至还有把花岗岩雕刻成各种柱子和华丽屋顶的房间。每个房间都装有窗户和门，墙壁上布满了涂鸦。大部分都是抱怨世界的话语，偶尔还能看到些佛经上的字句。这些蚂蚁穴排满隧道，远远看不到尽头。这里还有一群人，是一些在贫民区也被驱赶的地位最低的人。乞丐、娼女、人贩子、盗墓贼等被世界驱逐的人们聚集在地底下，开创了另一个天地。他们像是披着人皮一样游荡在隧道里。

"还要走多久?"

嘉温感觉浑身的神经都要崩断了。

"就在前面了。"

介绍人指着正前方。

"那是……"

嘉温的眼睛瞪得又大又圆。地下洞穴的一角坐落着一座巨大的寺庙,真是个令人震撼的建筑。与蚂蚁穴有一段距离的这座寺庙既不是用木头也不是用砖块垒成的,而是用岩石削成的。在白色花岗岩中挖成的入口处从基坛到圆柱应有尽有,更有由飞檐和屋脊组成的屋顶。这一切都是在岩壁上一点点雕刻而成,做工精致得让人感叹。牌匾上刻着"极乐寺"三个字,是在地下活得如同尘埃一样的人们梦想着没有痛苦的世界而起的名字。嘉温看着地下的寺庙,想起了罗马的地下墓穴——为了逃避迫害而逃到地底的基督教教徒所修的墓。然而在地球的另一端,另一群惨遭世界抛弃的人也用虔诚的佛心在地下修建起了这座巨大的寺庙。

"现在要见的人叫巫马施,大家都称他为无慈悲。西安所有的盗墓品都会经过他的手。至今为止,经他手流通的东西加起来能开三四个陕西历史博物馆也不止。简单来说,你可以把他当作支配这个地下世界的人,就连上海老大也不敢不善待他。"

"那在犹豫什么,还不快进去?"

介绍人挡在了正要走进寺庙的嘉温前面。

"你现在要去见的人,他不是人,他也不把人当成人看。稍微触犯到他,我们俩就会被他剥皮埋在这该死的地方。所以,在我允许你说话之前,一句话也不要说。"

"知道了。"

"还有一点,不管发生什么事都不要抬头看他的正脸,视线要一直看着地。"

"为什么?"嘉温皱着眉头问道。

"你觉得足以买下半个西安的人为什么会躲在这土窑里?"

介绍人小心地向入口走去。寺庙的柱子上挂着火把,走近才发现屋檐上甚至还细致地雕刻了木纹。虽经过了一些岁月,但上面还依稀残留着丹青色。入口处的大门紧紧地关闭着,看起来犹如城门一样厚实。介绍人走上台阶敲了敲门,咚咚。过了会儿门开了,走出两个壮汉。他们和鬼都市里的其他人截然不同,穿着十分整洁。一个上身穿着蓝色夹克,下身穿着牛仔裤,另一个则是套着一件冲锋衣。两人身体锻炼得很结实。

"我们是来见巫马施老人家的。"

介绍人和他们说。

"预约过吗?"

"没有,您就和他说上海老大有话想对他说,他应该会感兴趣的。"

"他是什么人?"警卫员指着嘉温问道。

"是上海老大派来的人。"

警卫员用对讲机和谁说了话,汇报完对嘉温和介绍人进行了搜身,说道:"跟我来。"

警卫员走在前面,带着他们进了寺庙,介绍人则是跟在嘉温的后面。门口两边矗立着四大天王像。弹琵琶的持国天王和拿着宝剑的增长天王正张大眼睛瞪着他们。警卫员走过四大天王像后进了另一扇门,是解脱门[1]。比四大天王像还要高大的墙壁上画着金光闪闪的壁挂佛像,描绘的正是佛祖领悟真谛的过程,天花板上的佛祖正坐在菩提树下用慈悲的眼神俯视着众生。过了解脱门后终于来到了大雄宝殿。入口两边各有两个圆柱支撑着天花板,正殿里还有一个刻成龙头的主柱在顶着屋顶,大大的牌匾上刻着"无始无终"四个字。虽说规模也相当大,但更让人叹服的是这些都是用岩石雕刻而成的。正殿门口还有两个警卫员看守着。用重武器武装的他们也一样有着快到两米的个头和强壮的身体。粗壮的肌肉看着就有压迫感。

"我们是来见巫马施老人家的。"

守在正门的警卫员说完后,他们便开了大门。打开大门后,正殿出现在他们眼前。介绍人刚想走进大门,门卫拦住了他。

"他说只见那位朋友。"

门卫指着嘉温说。这是意料之外的事情。

"一定铭记我刚才说过的话。"

介绍人再次强调。嘉温深呼吸后走进了大门。那是一个长得像窖一样的大石洞。雕刻了莲花的拱形天花板有十多米高,正前方有一尊巨大的菩萨像。三尊佛像中释迦如来坐在最中央,两旁则是药师如来像和阿弥陀如来像,它们都是由五米高的花岗岩雕刻而成。释迦如来像是要倾听石匠的心愿似的将手摆出转法轮的样子,脸上还带着拈花示众的笑容。手工能和大慈恩寺的千手千眼观世音菩萨有一拼。沿着岩壁伸展开的大小不一的洞里还放有佛像和佛塔,有一米高的,也有几十厘米小的。用花岗岩铺成的平坦的地上摆放着数百支蜡烛。可

---

[1] 解脱门:佛教词语,是指通向涅槃的门户,指空、无相、无愿之三种禅定,因此,三种禅定,乃是通向涅槃的门户。

能是因为被驱逐之人的迫切渴望吧,嘉温在这里感受到了在其他寺庙里从未感受到的虔诚。然而如来像前面并没有佛坛,取而代之的是一个大桌子,桌子前还坐着一个人。

"元航寂派来的人呀。"

巫马施用干裂的声音说道。支配着地下世界的他此时正在黑暗中认真地写着什么。巨大的如来像在他身后俯视并守护着他。

"是的。"嘉温回答道。

"凑近点儿。"

巫马施没有抬头看他,专注于写东西。嘉温慢慢地走过去。被黑暗挡住的巫马施,慢慢露出了模样。他的全身都被黑色裹着。整张脸都被黑色的面纱给遮住了,上身穿着黑色的高领毛衣,下身穿着黑色的裤子,手上则戴着半截黑色的棉手套。因此,嘉温完全看不到他的面孔。巫马施一直都在那儿整理着笔记,只见他看一眼旧账簿上的数字,敲进计算器里核实一下,再一一记录在新的账簿里。一丝不苟的样子像个在记录亡者名单的地狱使者。在之后的十几分钟里,巫马施也依旧在整理着账簿。在那期间,嘉温屏住呼吸,站在一旁。

"你是有什么事?不惜来到此简陋之处。"

巫马施第一次抬头看向嘉温。由于他蒙着面纱,嘉温就连他的年龄也无法猜测。

"是元航寂老大介绍我来的。"

"你是怎么认识她的?"

他缓缓抬起眼。眼睛周围长了几个凹凸不平的小瘊子。在面纱之上,嘉温看到了一双在黑暗里发着凌厉之光的眼睛。突然他想起介绍人说的话,急忙移开了视线。

"确切地说我被她雇了。"

巫马施合上双手。

"为什么要来找我？"

"是为了请求您的帮助。"

"什么帮助？"

"我在调查一个叫谈灭的古代名医，但在任何文献里都找不到有用的情报。偶然中，我听说鬼都市里存着另外有关他的黑历史，我想在黑历史的文献中寻找有关谈灭的情报。"

"我为什么要帮你呢？"

嘉温拿出了放在怀里的玉菩萨像。

"听说您一直在做古代文物的买卖。这是清朝皇帝乾隆送给富察皇后的菩萨像，是国宝级文物。如果您帮我，我就把它送给您。"

嘉温一边回避他的目光，一边小心地把玉菩萨像放到桌子上。巫马施看了一眼菩萨像后像是对它不感兴趣，反手推到了一边。

"毕竟您经手过无数文物，它不入您眼也是很正常的事情。但请您帮帮我，这关系到我妹妹的性命。"嘉温苦苦地恳求道。

"妹妹的性命啊。"

巫马施饶有兴趣地摸着下巴说道。他盯着嘉温看了许久，像是想要看出嘉温是哪一类人。

"看来你是靠历史谋生的人。"

摇曳的烛光映照在他的双眼里，双眼深处的空虚一点点融化了。

"可以这么说。"

"具体在做什么工作？"

"策展人，有时也会鉴定古代文物。"

嘉温快速瞥了一眼巫马施，但立刻便移开了视线。

"策展人啊。"

巫马施再一次看着上空，陷入了沉思。他身上有着和地下世界格格不入的地方，某些地方透着哲学家的气质。

"我也学过历史，虽然时间久到记不起来。喀喀。"

巫马施突然咳嗽起来，严重得仿佛都快咳断气了。听到声音的门卫走了进来。

"需要给您拿药吗？"

巫马施挥挥手。

"不用，没关系，你先出去吧。"

门卫回到了原来的位子。巫马施倚靠在椅子上深呼吸。无力地靠在椅子上的他，看起来就像一头陷入沼泽地的野兽。嘉温静静等着他恢复。

"你认为死亡是什么？"

他像是突然想起似的问了他一个问题，这让嘉温一时回答不上来。

"你有思考过死亡吗？"

巫马施用手托着下巴等着他的回答。他好像很喜欢禅修问答[1]。嘉温仔细思考了一番。

"对我来说，死亡就像一张 A4 纸。"嘉温看着如来的眉间回答道。

"A4 纸？"

"在茫茫大海中，我坐在一只小船上。是一个像湖水一样毫无波澜的大海。周围非常安静，我可以清楚地听见自己的心跳声。整个世界只有幽深的大海和湛蓝的天空，没有鸟，也没有鱼。只有我和大海，还有蓝天。可是，我却在不远处看到了一个白白的东西，是 A4 纸。白白的 A4 纸漂浮在海面上，随着波纹轻轻晃动。但那张纸始终

---

[1] 禅修问答：佛教用语，指人们在参禅时讨论世间真理的对话。

守在自己的位子上，一点儿都没有移动。不管水波怎么荡着它，它都一动不动。仿佛它一开始就守在那个位置上了。它的存在感是那么强大，足以和大海还有蓝天相对。我突然害怕起来，害怕那一张面对大海和天空也毫无畏缩的白纸，所以我就把那张纸团成一团，扔进了大海。那张纸终于无力地沉了下去。看不到那张纸后，我如释重负地叹了一口气，转过了身。可过了一会儿，它又浮上来了，仿佛什么事都没有发生，回到原来的位子，重复它原来的节奏慢慢地晃动着。"

听完他叙说的巫马施久久都没有说话，他似是正在脑海里构想那个场景，静静地凝视着黑暗。

"看来你曾游走在死亡的边缘。"

嘉温没有说话，他仍然在扭过头躲避巫马施的视线。

"喜欢酒吗？"

"还可以。"

巫马施从桌子的抽屉中拿出一瓶酒和一个酒杯。

"这是不久前在四川的一个贵族的坟墓中发现的酒。当地自古以来就以白酒闻名天下，这还是由当时的酿酒名匠酿的酒，在地底下足足发酵了300年。总共发现了9瓶，每瓶酒都以3亿多韩元拍出去了，这瓶是我留着自己喝的。"

酒瓶是一个极其平凡的深褐色容器。巫马施打开酒瓶，把酒倒进杯子里。浅褐色的液体慢慢地流了出来。

"来闻闻这酒味，会让你在地狱里感受到天堂的滋味。"

品味着酒香的巫马施慢慢揭开了脸上蒙着的面纱，之前挡住的脸渐渐显现出来。嘉温忍不住好奇，用余光瞥了瞥他的面孔。揭开面纱的巫马施抬起了头，看到他面孔的嘉温不得不大吃一惊。他的脸狰狞地扭曲在一起。鼻梁上的肉都化了，森森白骨无比清晰地露出来，就连眼皮也消失不见。嘴唇上到处都有裂口，脑门上长的大包里还流着黄色的液体。实在是惨不忍睹。感受到嘉温视线的巫马施扭过头看向他。嘉温这才回过神，赶忙别过头去。

"怎么？他们叫你不要看我的脸了吗？"

"不……不是。"

"那为何不看我的脸？说话时看着对方才是礼貌，不是吗？"

他的声音中有一丝怒意。嘉温不知所措地站在那里。

"我叫你看着我的脸。"

巫马施的声音回响在正殿里。嘉温不得不看向他。

"汉塞克综合征，是全世界只有几百人患上的一种会导致肉掉落的罕见病。我在三十五岁的时候才知道自己得了这种病。有一天，脸上突然长了一个奇怪的包，吃什么药都不管用。后来有一天，手指头就脱落了，啪！"

巫马施摘下手套，给他看了看手。只有拇指和中指完好无损，其他手指头都没了。

"去了医院后，医生一开始说是麻风病。众所周知，麻风病是需要隔离的传染病。于是我被押送去了收容所。那里才算是人间地狱，每天都得承受痛苦的药物治疗。但不管我怎么治疗怎么吃药，病情只在不停地恶化。就在这时，我在网上了解到有人和我得了类似的病，原来是汉塞克综合征。是1986年第一次在名为汉塞克·布斯的女子身上发现的病。别说治疗方法了，连发病的原因都无从得知。只能眼睁睁地看着全身的肉都融化掉落，坐等死亡来临。但更痛苦的是别人的视线——像是看到怪物似的皱着眉头跑掉的人们。刚开始是觉得神奇，后来便觉得可怜，最后就只会躲着了。我再也不是人了。没到半年，我就逃离了收容所。虽然我曾自杀过两次，可我就像不死之身，每次都活过来了。一次是被路过的修女所救，另一次是被乞丐所救。等我睁开眼睛后就发现自己在这里了，是乞丐们把我带到这里的。这里所有人都不会把我当作怪物，因为他们本身就是怪物。我在这里住了下来。这里虽然是个臭水沟，但在这里谁也不会把我当成怪物。之后我便开始了遗物的交易。"

巫马施用闪着泪光的眼睛凝视着酒杯，随之一饮而尽。酒水从裂开的嘴唇中流了出来。

"对我来说，死亡是土，不值一提又无处不在……没有感情、枯燥无味……没有味道，也没有气味的土。"

嘉温在脑海中想象着手握被死亡缠绕的土的模样。一开始手上握着的土是丝滑的，像女人的肌肤一样美丽又细腻。可不久后，它便变成了又湿又粗糙的土，变成了又黏又冰的土。嘉温想把手上的土甩掉，却怎么甩都甩不掉。反倒是那些土吞噬了他的手，直到吞噬了他的全身。最后他只得无力地随着清风倒下，和地上的土合为一体。

"你也来一杯吗？"

巫马施的话将嘉温拉回了现实。他正在向嘉温举着酒杯。嘉温并没有第一时间接过杯子。巫马施患着不知原因的疾病，用沾有他唾液的酒杯喝酒可能会被传染。巫马施仍然举着杯子，这是一种考验。这杯酒可以得到他的信任，也可能使嘉温所做的一切努力都化为泡沫。嘉温最终还是接了那杯酒，反正他过不了多久也会死。巫马施给他倒了满满一杯酒。嘉温看着荡漾的酒，闭着眼睛一口气喝掉了。还没细细品味酒的味道，那些酒就顺着他的喉咙流下去了，他轻叹了一口气。

巫马施突然大笑起来。

"你怎么知道汉塞克综合征没有传染性？"

"我并不知道。"

"那你为什么接过酒杯?"

"反正我也是将死之人了。"

巫马施的脸有些僵硬。

"我得了胰腺癌,最长也只能活三个月了。"

巫马施有些意外。

"那你还来这种地方?"

嘉温犹豫了片刻。

"看来你很爱你妹妹。"

"……"

"她真的是你亲妹妹吗?"

"是同父异母的妹妹,我们刚认识五天。"

巫马施又倒了杯酒喝了。

"所以你到底是想知道什么?"

看来是通过了巫马施的考验。

"我想知道历史中记载的谈灭的事情。"

巫马施露出一丝诡异的微笑,倚靠在椅背上。

"你也在寻找第六个人偶啊。"

巫马施

巫马施知道苍崖的人偶。

"您知道苍崖的人偶吗?"

巫马施笑而不语。

"你们找到几个谈灭的遗物了?"

"三个遗物,现在在找第四个遗物。第四个遗物是否和苍崖的人偶有关系?"嘉温问道。

"所以元航寂才在找呀。"

嘉温的设想是正确的。在鬼都市里,盗墓品流通业里最有权威的巫马施一定是黑历史的专家。嘉温改变了计划。

"请告诉我您所知道的有关第四个遗物的事情吧。"

"找到第六个人偶后你打算做什么?"

巫马施一针见血地问道。没有眼皮覆盖的眼白直勾勾地射向嘉温。

"我想找到妹妹带她一起回韩国。"

"那就是全部?"

"是的。"

"你知道这六个人偶有什么秘密吗?"

"不知道。但如果是什么不老草的行踪或是秦始皇宝藏的埋藏地,那我可不感兴趣。我不相信那些。"

巫马施似乎有些意外，轻轻侧着头。

"你是极其现实的人啊，不过我也一样。但你知道秘密后，想法估计会有所改变哦。"

巫马施意味深长地看着他。

"看来您知道那个秘密是什么。"

巫马施起身看向如来像。

"你不想继续活着吗？你敢信吗？你三个月后就会死了。"

嘉温想起了在体内孕育着死亡的癌细胞，他感觉到它们现在已经长得和自己一般大了。它们随时都可能继续变大直接吞噬自己。

"我第一次来到这里的时候，极乐寺还只是乞丐和瘾君子徘徊的贫民区。如来像上画满了涂鸦，底部都让呕吐物和排泄物腐蚀了。看到那个场景，我感到非常伤心。我无法忍受用佛心花费数百年才建成的艺术品，还没来得及公之于世就被当成垃圾，所以我把所有的乞丐都轰出去，开始复原这个地方。现在也还在完善中呢。"

巫马施温柔地抚摸着如来像。

"我最初只是作为一个研究过历史的人，想说培养个兴趣才去做的。但在我慢慢复原佛像的时候却发生了些意料之外的改变。我的心变得平静了起来。对造就我的神的埋怨，对抛弃我的世界的憎恶，这些全都一点儿一点儿地消失了。现在，我待在这里比待在任何地方都要舒心。"

巫马施把手搭在如来做着转法轮姿势的手上，像是在寻求慈悲一样。

"如果有人说有办法能让你的病痊愈，并能让你永远活下去，你会怎么办？即使那是既荒唐又无法实现的方法，你也会去寻找吧？"

"那个秘密该不会就是……"

填满着死亡与超脱缝隙的寂静游走在正殿里。这时,一声笑声打破了寂静。原来是嘉温笑出了声。

"你笑什么?"

"因为都是胡话,世上怎么会有不老草这种东西呢?"嘉温嘲笑地说道。

"看来你真的对这个秘密不感兴趣。"

"当然。不过我对人偶的考古价值还是有点儿兴趣的,毕竟我也是研究历史的学者。"

巫马施温柔地抚摸着酒杯。

"你认为你所知道的知识能在宇宙法则中占百分之几?你又认为人类对万物理数能有多深的理解?"

嘉温回答不出来。人类是连对一个吞噬自己身体的小小细胞都束手无策的渺小存在。别说是离开位于宇宙一角的小行星了,就连水下十千米也还无法完全弄清楚。

"跟我来,我给你看个东西。"

巫马施又重新把面纱裹在了脸上,起身走向某处。只见他绕过如来像,走向大雄宝殿后面。佛像后的狭小空间里摆着一张行军床和一些生活必需家具。床边有一个保管药品的冰箱,地上堆了一些使用过的一次性注射器,还有几本翻开着的佛经。旁边放着一个装有真空管增幅器和转盘的老式音响,还有一张看着就非常舒适的懒人沙发。大雄宝殿既是他的办公室也是生活空间。巫马施穿过房间走到墙壁前面,那里挂着一张小巧的伊斯兰挂毯,伴随着细小的发动机声音。巫马施拿开挂毯后走进了后面的通道,嘉温紧随其后。这是一个还没完工的狭短通道,岩壁还是原本凹凸不平的模样。通道后又是另一个空间。

"天哪。"嘉温不禁感叹道。

这里是他所见过的保管最多藏书的书库。房间里组装式的铁质书柜一眼看不到尾,上面堆满了数不清的古书籍。书柜上的书完美地按照时代和书名笔画数排列着,房里甚至还安装了除湿器和调整温度的装置。仿佛把所有博物馆里的藏书都搬到了这里,壮观无比。

"您是怎么收集到这么多书的?"嘉温目瞪口呆地说道。

"盗墓贼对这些书不感兴趣,因为不值钱。所以大部分人都把书给扔了,那些珍贵的历史记录也会随之一起消失。于是我便开始回收这些书,仅仅十块钱就能买到珍贵的记录。当时的十块钱是劳动者一周的工资,因此盗墓贼们都纷纷拿着书来找我。就这样过了十年的岁月,这里成了现在的模样。"

"简单来说,这里就是黑历史的收藏地咯?"嘉温看着一望无际的藏书说道。

巫马施散步似的,慢悠悠地走在书柜之间。经历了悠久岁月的书香气扑鼻而来。

"从昆曲的乐谱到族谱、传说集、地域历史等,这里有各式各样的书。这里有着你无法想象的内容,甚至还有皇宫宦官隐秘记录下来的内史。"

巫马施在面纱下露出牙齿笑了。

"埋在这里实在太可惜了,它们本可以反映历史来着。"

"把这些书带出去,你觉得人们会开心吗?"

巫马施熟悉地走在迷宫般的书库里。

"我不知道。"

"人们不喜欢急剧改变的世界。特别是历史是人类社会的根基,他们更不希望改写。即使我把这些书捐赠给博物馆,历史学家和政府也不会把他们公诸世间。因为这些历史中有不少不希望被人知道的羞耻之事。历史从来不全是真实的，它有时会为权力者展示他们想要看到的。也可以说是娱乐的一种。这么多书中又有百分之多少是真实的呢？十分之一？"

他说得很有道理。历史因记录者的主观和利益所扭曲。"真相"这个词早已和"陈腐"一词一脉相通。过了好久，巫马施停下脚步，从书柜上拿出了一本书。

　　汉皇刘家正录

这是写在四角早已发霉腐蚀的蜡笺纸上的书名。

"很明显这是由汉高祖刘邦的后代所记载的家门历史的藏书，是在一个后汉王族的墓地里发现的。想卖这本书给我的人当场就被我杀死了。那家伙愚蠢到都不知道自己盗了我祖上的墓，还来和我交易。"

"祖上……"

"我的本名是刘正木，是刘邦的后代。"

嘉温这才点点头。

"这些都是我这些年收集的刘氏家门的历史。"

一百多本藏书被单独地保管在这里。

"在看这些藏书的过程中，我发现了有趣的内容。公元前206年发生了反对秦朝暴政的起义。这时刘邦和项羽以楚国王族雄心为名攻打了秦国。在这期间，怀王察觉到项羽想图谋王位，于是下了如此命令——最先进入咸阳城的人为关中王。然而最先入城的并不是项羽，而是刘邦。秦王子婴意识到自己没有胜算，乖乖投了降。得到玉玺的刘邦非常高兴，仿佛得到了全世界。但第二天，有个从倭国来的偃师过来找刘邦。"

***

边角点缀着四只金龙的铁门看起来足有十尺之高，厚两拃，重千斤。四个壮丁也很难开启这扇门。吱……门打开了，随之飘来一阵酸酸的金属味。尽管他一生刀不离身，但也没想过金属会散发出如此重的味道。

"难以置信呀，真不愧是始皇的仓库。"

进到仓库后的刘邦目瞪口呆，仿佛世上所有的黄金都被存放在了这座仓库里。最先映入眼帘的是如一头真牛一样大小的金牛。金牛的做工十分精致逼真，好像立刻就要扑向他一样。一束从门缝里透进的阳光打在它身上，使它熠熠生辉。牛眼里镶着拳头大小的紫水晶，锋利的牛角是用青玉雕刻成的。它后面堆满了五彩斑斓的首饰和黄金佛像等各种宝物。真是让人头晕目眩的场景，黄金可以迷惑人心的话果然一点都不假。刘邦失神地环顾着始皇的宝物仓库。

"我再也不要从这儿走出去。"刘邦紧紧握着始皇的嫔妃们曾佩戴过的首饰说道。

"万万不可以，您应该马上封锁这个地方，去城外敲锣。"

是骑将樊哙。他毫无杂念地看着这些黄金。

"为何要那么做？"

"将军是为了做一个富家老爷才千里迢迢来到这儿的吗？难道不是为了一统天下？"

"当然是为了一统天下。"

"那您为何要留在这沾染着始皇欲望的仓库里，您是要走上和他一样的道路吗？难道您不知道就是这些黄金使大秦灭亡的吗？"

樊哙的声音回荡在整个仓库内。

"可是我现在就想在这里享受荣华富贵。"

这时，在一旁的张良也开了口。

"主公，我们现在只是在夺得天下的道路上迈出了一小步，而眼下正是最重要的时期。如今更应该布衣素食，耐心等待。听说项羽正带领着军队往这儿赶呢。打倒秦国余党后，您还要翻过项羽这座大山，所以还请您接受樊哙的忠言，先封了这里，驻兵在灞上。"

张良说得句句在理，让刘邦意识到自己被黄金蒙蔽了双眼。

"军师说得对，就按你们说的去做。命令士兵，只留下守护咸阳的士兵，其余的人都随我进军灞上。"

"谨遵上令。"

樊哙退下了。离开皇宫前刘邦还想再去坐坐龙椅。皇宫大殿里到处都是丝绸帐幕和红色的柱子。镀上黄金的宝座后面雕有两条飞天巨龙和十二生肖的壁画，一眼望去壮观无比。刘邦一步步迈过始皇走过的九个阶梯，坐在了御座上。

"等我再次坐在此处时，当以皇帝的身份。"

刘邦俯视着大殿嘀咕道。这时曹参将军走进了大殿。

"主公，臣有事上报。"

"什么事？"

"有个偎师说一定要见您，已经在宫外跪了两天。"身穿皮甲胄的曹参磕着头说道。

"偎师不就是个戏子吗？他能有何事要见我？现在正是战时，让他回去吧。"

刘邦对偃师毫无兴趣。

"臣也本想把他驱走,但他说了非同寻常的话。"

"什么?"

"他说是关于始皇生前藏起来的宝物的事情。"

"藏起来的宝物?"

刘邦瞬间竖起耳朵。疑心重重的始皇一直都以心机深沉闻名。

"让他进来。"

过了会儿,曹参带着一个身材矮小的人进来。是一个刚过三十岁的年轻人,五尺高的矮个子,鼠脸面相。只见他躬着背,一进来就到处乱瞟。

"是你要见我?"

"是,皇上。"男子把鼻子紧紧贴到地上,伏跪着说道。

"皇上"二字让刘邦有一些得意。

"说吧,你为何想见我?"刘邦像皇帝一样傲慢地问。

这时,男子缓缓抬起头说道:"小的是画工苍崖的弟子濂溪。小的是为了告诉您关于始皇一直想要找寻的宝物之事而来见陛下的。"

"始皇想找的宝物?那是什么?"

"是永生。"

濂溪的脸上满是奸恶的笑容。

***

喀喀。巫马施的咳嗽声在书房里逐渐远去。

"您还好吗？"

嘉温扶着他。

"竟然敢碰我，你胆子够大的。"

嘉温这才意识到他是患有不治之症的患者。巫马施掏出口袋里的药水喝了一口。

"濂溪去找了刘邦？"

"对，他是六个弟子中最有才华的，但为人狡诈，甚有贪欲。拜之所赐，他没能得到大弟子的称号，苍崖把玄成收为了大弟子。玄成心地善良，作风端正，有口皆碑。被玄成夺走师父宠爱的濂溪一直对此抱有不满。后来他从师父那里得到了藏有秘密的人偶，其他弟子也一样。知道这件事情的徐福开始追杀这六位弟子。被追赶到海边的弟子们一同约定十年后在咸阳见面，这之后便分散着逃亡了。"

"我知道这个故事。几人去了秦国，几人去了朝鲜半岛，剩下的人则逃到了日本的北部地区。"

"濂溪是回到故乡秦国的弟子之一，但这时故乡已经陷入了混乱。秦始皇已经死了，之后登基的二代皇帝胡亥是一个荒淫无度的暴君。秦国因叛乱，整个国家都变成了战场。然而濂溪深谙混乱即机会的道理，并觉得苍崖的人偶定能成为那个机会。于是他便满怀黑心地去找了占领咸阳的刘邦，把人偶的秘密告诉了他，并说若是刘邦肯给他一个机会，他便会把所有的人偶都集齐，将永生献给刘邦，但必须要给他金银财宝和高官厚禄。然而刘邦却觉得他一派胡言，想把他赶出去。但当时在一旁听着的张良拦住了刘邦，因为他觉得在要紧的时候人偶可能会派上用处。于是刘邦下令把濂溪册封为截贤岭都督，拿到了人偶。虽然刘邦当时只不过是部分乱军的将军而已，他的册令毫无效力，但濂溪却高兴地把人偶给了他。不久后，当项羽来到咸阳时，意识到自己被刘邦抢了先，他便包围了咸阳，这时张良发挥了他的聪明才智，主张议和。你听说过鸿门宴吧？"

嘉温点点头。

"当时正是人偶助了刘邦一臂之力，让他得以顺利从鸿门宴中脱身。在项羽问刘邦逃跑的理由时，张良便将人偶当作秦始皇的宝物献给了他。"

"所以说濂溪把第六个人偶交给了刘邦，然后张良又把它给了项羽是吗？"

"嗯，问题是项羽在与刘邦的争斗中输掉了。灭了秦国后，刘邦、项羽又进行了长达四年的楚汉之争，后来项羽在垓下四面楚歌，最终壮烈牺牲了。之后刘邦建立了汉朝，当上了皇帝，但人偶的下落却不明了。到这里我也以为只是一个有趣的野史而已。但是……"

巫马施从刘氏家门记录中又拿出了另一本书。

"这是唐代度支尚书刘忠末祖上记录的。"

书上有用便利贴标示的部分。翻开后右上角上写着记录年度。

贞观十三年

贞观是唐代第二位皇帝唐太宗的年号。

"既然学过历史，那这些字你应该能读懂吧。"

巫马施指着记录中的一部分，嘉温仔细地读了下去。

皇帝想给予救了长孙皇后的谈灭丰厚的奖赏，却被他坚定地拒绝了。于是皇帝和他说如果有想要的东西就不要犹豫，尽管说出来。这时谈灭才说道："皇宫的宝库里有我父亲留下的遗物，请把它赐给我吧。"皇帝问是什么遗物,谈灭答是一个背部弯曲的佝偻人偶。

嘉温有些混乱。

"等一下,我听说的是他离开时没有拿任何奖赏。唐太宗的密文里也是那么写的。"

"我说过吧,历史书上的记载只有百分之十是真的。也许对唐太宗来说,一个破烂的人偶什么都不是。"

就算如此,也还有一个疑问。谈灭说第六个人偶是他父亲的遗物,苍崖是公元前210年的人物,唐太宗登基的年度是公元626年,这中间足足间隔有800多年,那苍崖怎么可能是他的父亲?巫马施津津有味地看着陷入困惑的嘉温。

"我对这件事怀有好奇心也是因为这一段。"

"这不可能,一定是记载有问题。"嘉温把书还给巫马施后说。

"刚开始我也是这么想的,但后来又发现了别的记录。你是否知道谈灭长什么样?"

嘉温想起了陕西博物馆的高博士说过的话。

"听说是快三十岁、面善又俊美的男子,一直带着像是神赐予的拐杖。"

巫马施露出了一个诡异的笑容。他往别处走去,挥手示意嘉温跟着。不知情的嘉温只得紧跟着他。巫马施沿着长长的书房一直走着,好一会儿才走到书房的尽头。又有一个新的空间出现在他们眼前,是巫马施的工作室。里面摆了一张旧书桌,用于鉴定文物的道具乱七八糟地散落在桌子上。墙上挂满了一排类似于水墨画的画像,但因为屋里较黑,看不清到底是什么。

"看到有关谈灭的记录后,我开始搜集他的资料。这过程中,我拿到了一本画册。作者不详，但里面都是些明代时期官吏的画像。就是这一本。"

巫马施从抽屉里拿出一本画册。略大于一尺的画册里，有着好几张画着正面的肖像画。嘉温慢慢地看起了画，每幅画上的印章都不相同，大部分都是从未听过名字的无名画家的作品，其中有一幅肖像画引起了嘉温的侧目。

画上是一个年近三十很是面善的男子，他有着像女子一样美丽的面孔。细长的眉毛，挺拔的鼻梁，温润的嘴唇，下巴圆滑，没有留胡子，茂密的头发分三层盘在头上，像当代最有人气的京剧演员似的，面容十分俊美。画像的最底下有画家的印章和画中人物的名字。

"名医谈灭？"嘉温凝视着画像低语道。

"对，他就是谈灭。这个画大概是在明代末期时画的，后来我便开始搜集一些推测是谈灭的画像。然后我就确信了，所有年代的谈灭都是同一个人。"

巫马施拉开灯的开关，墙上挂着的画像露出了真面目。

"不可能吧？"

看见画像的嘉温当场愣在原地。墙上挂着数十张画，大小不一，画风也不同。有水墨画，也有彩画；有连发丝也清晰可见的全身像，也有用粗笔描画的半身像，甚至还有宋朝盛行的仕人画，也有照着明朝天才画家徐渭的手法作的画，都是出自不同年代、不同画家之手。但它们都有着一个共同点——肖像画的人物，都是谈灭。面善且有着美男子的面容，完全一致。嘉温被这难以置信的事实吓住了。

"谈灭活了千年岁月……"

嘉温失语，之前刻苦学到的知识在一瞬间变成了白纸。

"你有这种反应很正常。我刚开始也不相信。其实，直到现在我也不敢相信。但摆在你面前的是事实。如果谈灭不是一个人，那岂不是代表在那几个世纪里连着出生了好几个拥有同样面孔的谈灭？"

突然呼吸变得有些急促。在不正常的地方听着不正常的故事，嘉温像是被黑洞吸到了宇宙另一边，有一股陌生的恐惧感涌上心头。

"如果这一切都是事实……虽然这是不可能的……苍崖在瀛洲山上真的找到了不老草，而他的佝偻儿子吃了这个草。那也就是说，拿着六个人偶的弟子中有人破解了这个秘密……"

巫马施意味深长地看着他。

"你说得很犀利。"

"但据我所知，这六个人偶两千年都未曾聚在一起过。"

"不，有过一次。"

嘉温瞬间想到了一切的起始点。

"从苍崖手中拿到人偶的那天?！"

巫马施撕裂的唇间露出了洁白的牙齿。

"没错，拿到人偶的第一天一定发生了什么事。"

***

凌晨时分，被一层薄霜覆盖的白桦林中传来了马蹄声。踩踏着肥沃黑土的声音逐渐变近，又飞快地从窄窄的林路上跑过。骑着六匹马穿梭在迷雾中的是苍崖的六个弟子。他们戴着帽檐宽宽的斗笠，披着披肩飞驰着。跑到丘陵处，最前头的玄成停了下来，紧随其后的其他人也纷纷拉了缰绳。看不到追击的人了。但玄成历来谨慎，他从马背上下来把耳朵贴在地上。

"看来他们放弃了。"石子促说道,嘴里吐出一口热气。冬天快到了。

"嘘!"

玄成让他们安静后再次把耳朵贴到地上。林子里很寂静,没有任何东西妨碍树林的早晨。这才放下心的玄成再次骑到马背上。

"怎么办?我现在好害怕。"舒谦瑟瑟发抖地问道,原本就苍白的脸今天更像白纸一样。

"还能怎么办?玩完了呗!我们抢了王的宝物,你觉得他会就这么放过我们吗?我们都死定了。"马云捂着脸哭吼道。

"师父到底为什么要让我们干这种事情?世上哪有让弟子陷入危险的师父,该死!"濂溪冷冷地说道。

"注意你的言语。那可是把在街头乞讨的你带回去教授技艺的人,不要随意说师父的坏话。"

石子促指责他。濂溪虽没有反驳,但依然一脸不屑。

"今天一整天都在逃跑。貌似已经甩掉他们了,我们吃点儿东西充饥吧。我饿得都快要前胸贴后背了。"身强体壮的陈康说道。

玄成观察了一下岭下的地形,看到不远临海处有一个小村庄。

"先到那个村庄吧。"

玄成率先骑马奔驰而去,剩下的人紧随其后。

天亮前的村庄静谧祥和。渔网上挂满了刚捕上来的青鱼,从芦苇做成的栅栏里还传来了犬吠声。像斗笠一样的窝棚聚集在一处,虽是凌晨时分,却已经飘出了缕缕炊烟。偶尔还能看到打理鱼竿的住民,看来正赶上捞青鱼的季节。这是一个不到三十户人家的小渔村。玄成正在找着客舍。直面大海的地方飘着一面写着客舍的旗帜。弟子们轻手轻脚地走向那里。虽说是客舍，但也只不过是多了几个为客人准备的窝棚罢了。但对于不停不歇跑了百里地的弟子们来说已经是雪中送炭了。

"店主在吗？"玄成下马喊道。没有人回应。

"店主！"

窝棚门打开后店主走了出来。

"欢迎光临，是要住房吗？"店主一边穿上衣服一边问道。

"我们需要房间和饭菜，也需要你去照看我们的马。"

玄成答道。戴着斗笠、披着披风的他们怎么看都像是在被人追赶。

"你们住那个窝棚吧，饭菜还得等一会儿。"店主挠着身体说道。

"知道了，还有……"

玄成悄悄地走向店主。

"如果村子里来了陌生人，请来告诉我。"

玄成给了他一两银子。

"不用担心，一定会的。"

目送店主离开后，弟子们走进了窝棚。六个人在一个窝棚子里有些挤了。窝棚中间有当地特有的火炉，地上有用稻草编制的坐垫。他们疲惫不堪，一屁股就坐在了地上。身体虚弱的舒谦更是疲惫。

"拿出师父给你们的遗物。"

玄成最先拿出了人偶，剩下的弟子们也纷纷将人偶拿了出来。始皇、徐福、谈灭、仙人、御园，还有长得像苍崖的人偶。这些人偶像兄弟似的一起躺在做工粗糙的草垫上。

"秘密到底在哪里？"

石子促问着。

"以师父的性格绝对不会让我们那么容易就找到。"陈康说道。

正当弟子们都在仔细观察那些人偶时，在一旁安静坐着的玄成突然脱掉了人偶的衣服。做工精细的人偶的骨架展现在眼前。

"我们需要拆解人偶。"濂溪低声说道。

听了他的话后,大家互相看着对方。

"还在犹豫什么,你们难道不想知道不老草的秘密吗?"濂溪低吼道。

"不行,师父说过要把人偶交给谈灭。没有谈灭的许可,谁都不能擅自拆开。"

陈康还是一如既往的坚决。

"那个小孩儿能知道什么,我们确认后再给他也行啊。"濂溪大声说道。

但谁也没有先碰人偶。

"打开人偶。"

是玄成。他拿出随身携带的工具便开始拆人偶。他从苍崖手中拿到的是徐福的人偶。人偶没有用到任何钉子就完美地连在了一起。不愧是大弟子,玄成拆解人偶的模样娴熟无比。长得贪婪无比的徐福人偶被拆成了十二块。当他把完全拆散的人偶碎片放在垫子上后,秘密现身了。弟子们的视线全都集中在了人偶的背部。

"这就是不老草的秘密吗?"

"把剩下的人偶都拆开。"

他们各自拆着自己手中的人偶。黎明的晨曦从门缝里溜进来。过了不久,人偶全被拆开,他们好奇地观察起碎片来。玄成用尖锐的目光仔细地观察着暴露在黎明光芒下的秘密。

"这就是全部?"石子促失望地说。

"只凭这些什么都猜不出来。"

漆黑的窝棚里充满了失望感。但还有一人仍仔细观察着人偶的背部。他正动员着自己的记忆力,试图把人偶的秘密全都刻在脑海里。

"秘密不只有这些。"

是濂溪。

"什么意思?这难道不是全部?"

"我们中肯定有人知道另一个秘密。"

听了他的话,玄成转过头来。濂溪瞥着眼看向他们。

"不是我。"马云先开口说道。

"也不是我,我是和你一起去找的师父。"

"谁是最后一个去见师父的?"

濂溪说完后,大家都看向了玄成。玄成是在其他弟子见完师父后最后去拜见他的,也是在那儿待了最久的人。大家都用怀疑的目光看向他,但玄成毫无动摇。

"人偶必须交给谈灭,那是对去世的师父最后的尊重。"

为表约定,玄成伸出了手。陈康最先抓住了他的手,然后是石子促和舒谦,马云也伸出了手。就在濂溪要伸出手的时候,店主突然跑进来。

"村口出现了士兵!"

***

墙上多个谈灭好像都在默默地看着嘉温。

"看来玄成还知道另一个秘密。"

"知道第二个秘密的玄成那天就完全解读了人偶的玄机,是第一个也是唯一按照师父的嘱咐把秘密告诉了谈灭的人。"

"得知不老草秘密的谈灭得到了终生不老的身体，成了超越时间的名医。而那六个人偶则继续带着秘密流落在三个国家。"

知道秘密真相的嘉温手不自觉地微微颤抖。被黑洞吸进去后到达的银河系是现实和非现实混合的空间，一个违背了万有引力法则、失重的空间。他像古生代第一个爬上陆地的两栖动物一样感受到了呼吸的困难。这故事实在是难以置信。但知道得越多就越觉得这个秘密充满了魅力，它将生来便为考古学者的嘉温的好奇心推向了顶峰。

"但是谈灭的第四件遗物和第六个人偶又有什么关系呢？"

问题又回到了关键点上。

"一直和无知的盗墓贼打交道，难得能和水准相当的人谈话还挺高兴的。"巫马施摆正了一幅歪向一边的画像说道。

"看来第四件遗物正是第六个人偶。"

在嘉温的提问下，巫马施转过身来。他的表情始终平淡如一。

"告诉你我所搜集到的关于谈灭的最后一个故事吧。这是从记载了黑帮组织——青帮的野史《青帮传书》里流传的故事。"

巫马施像是站久了有点累，把身体倚靠在椅子上。

"从唐太宗那里拿回父亲留下的人偶后，谈灭开始寻找可以永远藏着人偶的地方。那也是他父亲的遗言之一。但他并没有找到合适的地方，毕竟有那么多拼死也想找到不老草的人，能隐藏的地方并不是那么多。突然有一天……"

***

患者的家属甚至将谈灭送到了门前，一直都在道着谢。刚出生的患者是年过三十的男子好不容易得到的独生子,谈灭救了如此珍贵的一个孩子。

"也没有什么贵重的东西能送给您,您就当这是我们的心意,请收下吧。"

患者的父亲不好意思地把装有高粱的袋子递给他,里面足有他们一家子一周的口粮。

"我父亲为了治好我的病牺牲了自己,我从医也是为了实现父亲的心愿。您儿子能痊愈就足够了。"

谈灭留下温柔的微笑后便走了。在贫民街的棚户区里可以远远看到正在修建中的大雁塔的雄壮姿态。长安是世界的中心。无数的商人在骆驼上堆着丝绸从安远门进进出出,四通八达的天门街(今朱雀大街)上随处可见留着胡须、卖着异国香料的西域商人。大慈恩寺里挤满了来听玄奘法师讲法的教徒,玄奘法师刚从西域回来没多久。其中还有从新罗和倭国赶来的僧侣。即便长安一片繁荣昌盛,贫民街里仍然充满了未曾治过病就死去的病人。对他们来说,谈灭是菩萨一样的存在,也有不少人直接称他为生佛。他住的客舍永远都挤满了想要得到治疗的穷人,即便是走在街上也会经常被病患围住。

"药材有点儿不够用,看来明天要去采药了。"谈灭翻着药材箱嘀咕道。

连续两天为了治病没有睡觉的他,眼皮总是会不自觉地落下。他环顾四周,找到了一棵合适的树。习惯露宿的他随便找一个地方就能睡着。正当他枕着包裹将要睡觉时,附近传来了呻吟声。谈灭反射性地起身。那里是长安最卑贱的奴婢们生活的贫民区。数个棚屋像迷宫一样连在一起。谈灭顺着声音走去,狭窄的胡同里有很多乞丐向他伸出手,但他都无视掉了。就在这时,在一个勉强能挤进去人的胡同里接连传来了几声呻吟。

"里面有人吗?"

他向着胡同问道,无人应答。漆黑的夜晚使他难以看清是否有人。谈灭怀疑自己听错了,打算转身走开。

"请救救我……"

有人,谈灭急忙挤进胡同,他艰难地走进去后看到了一个晕倒的男子。他的腹部有严重的刺伤,嘴里也在吐着血。

"怎么伤得这么重?得先止血才行。"

谈灭找到动脉止血后从衣服上撕下一条布包扎伤口。

"救命呀,这里有人受伤了。"

人们顺着谈灭的声音围了过来。

把男子带回客舍后谈灭开始了正式治疗。只见他从药箱里拿出有利于止血消炎的艾叶和马齿苋放进热水后,估量了一下伤口的深度。万幸的是没有伤到致命部位。他拿出碾碎的鱼腥草给伤口消毒后便用针缝合起伤口来。谈灭在外科手术上也有一定的建树。为了避免触碰到内脏,谈灭小心地进行着缝合。之后又把艾叶和马齿苋涂到伤口上,绑扎起来。过了一会儿,男子的呼吸慢慢稳定下来。

松了一口气后,谈灭仔细观察了男子的容貌。年纪看上去有六十岁左右,从他的穿着来看并不像贫民。穿在身上的胡服是用高价丝绸做的,做工也很精细。身上戴着的腰带上还镶了一块玉。这样一个老人到底为何会身受重伤奄奄一息地倒在贫民区呢?身体疲劳的谈灭想着想着就这样睡过去了。

听到老人的呻吟声,条件反射地张开眼睛的谈灭首先观察了一下患者的病况。老人已经恢复了意识。

"没事了,你还活着。"

老人睁开眼睛。似是伤口有些疼痛的他眉间有些颤抖。

"这是哪里?"

"是我的客舍。神志清醒了吗?"

"我怎么会在这里……"

"是我在贫民区把被刺伤的你带回来的。"

老人看了看伤口,伤口处理得非常完美。

"你是谁……"

"四处游走的医员。"

谈灭灿烂地笑着。老人仔细地看了看他的脸。

"您是不是谈灭先生?"

谈灭紧紧地握住老人的手。

老人是青帮掌管长安北西汉村那一带的首领,应该是在与别的组织争权打斗中受了袭击。老人不顾重伤,想要走出客舍。

"现在乱动会使伤口裂开,你还是先在这里休养几天吧。"

"不,我在这里会让您也陷入危险。"老人一边收拾衣服一边回答,"话说该如何报答这救命之恩……"

"我不需要报答,你只要调整好身体就行了,这是短期内需要服用的药。你拿回去熬着喝,如果伤口没有痊愈随时来找我。"谈灭边把药包递给他边说道。

见此,老人摘下戴在手上的戒指递给了谈灭。这是枚镶着大块红玉的金戒,看着就觉得很贵。

"这是不久前从王室墓地里挖出来的宝物。至少可以买三十匹丝绸,请您收下吧。"

"不,我不能收。"

谈灭挥手拒绝。

"我不能就这么走了,那您随便说点儿什么吧。不管是什么我都想要报答您。"

老人毫无让步的意思。谈灭有些为难。有时是会有一些不接受谢礼就有些不开心的患者。谈灭陷入了思考,习惯了简朴生活的谈灭并没有什么需要的东西,这时一个念头从他脑海里闪过。

"那么……"

***

许是有些乏力,巫马施暂时停下调整了呼吸。嘉温仿佛忘记了这里是地下世界,完全沉浸在故事中。

"所以他拜托了什么?"

"他问有没有可以藏人偶的地方。因为老人也接触盗墓的事情。盗墓者擅长寻找墓地,当然也擅长藏东西了。"

这句话定是巫马施亲身感悟到的。

"听完缘由的老人会心一笑回答了他,有一个千年也找不到的好地方。按照位置找过去的谈灭这才体会到老人说的并非虚言,所以他便把人偶藏在了那个地方。那之后千年里再也没有人见过那个人偶。"

"看来您找到了藏着第六个人偶的地方。"

嘉温兴奋地叫了起来,但巫马施只是保持着他特有的微笑。

"找到人偶了吧?"嘉温意味深长地问。

"查出埋藏人偶之处的我,第一次回到了地上,那是十五年来第一次呼吸到新鲜的空气。没想到外面的世界早已变了。我一刻不停地直接前往了书上记载的地方,是西安一处郊外的田地。当时田地里种满了刚发芽的土豆。我按照记载的内容算出大概的位置后便挖了起来。"

"所以您找到人偶了吗?"嘉温贴近巫马施,问道。

"可惜的是人偶并不在那里。我把附近都挖了一遍,但只挖出了石头。"

嘉温叹了口气,心情虚无得仿佛一直追着的是片并不存在的海市蜃楼。人偶就像从没存在过一样,绝不轻易露面。

说完故事的巫马施温柔地拍落土偶上沾着的碎土。他就像体内装了一个可控制情绪的机器一样,永远那么温和平静。即便是在杀人的时候,心脏搏动数也不会超过八十吧。

"我还有一件好奇的事情。"

"什么事?"

"您为什么要告诉我这些?您不是也在找不老草吗?"

他的病是随时都可以夺走生命的不治之症。

"您难道不想活下去吗?"嘉温谨慎地问道。

"你说的是你自己吧?"

一语中的。嘉温想活下去。

"你说得对。我在调查人偶秘密的过程中,对不老草可能会存在产生了一丝希望。每每发现一丝线索的时候,我都会在自己可以恢复从前模样的想象中欢呼着。就这样过去了十五年。我能够在这种地方活下去也许正是因为那一丝希望。然后我终于知道了人偶的位置,发现了几千年来未被破解的秘密之门,当时我激动得心脏都要跳出来了。到了那个地方后,我疯狂地挖地。一米,两米,三米……每当铲子碰到了什么时,我都会精神一振。但那里什么也没有。十五年间的努力化成了泡沫,希望破灭了。这时我才真切地看到站在我身旁的死神,那家伙从没离开过我的周围。在回到这个臭水沟的路上,我一直都在考虑自杀。我受够了这种生活,也没有活下去的理由了。我一走到如来像底下,便从抽屉里拿出了枪。然后用嘴含住了枪口,只要扣动扳机,自杀失败的概率为零。就在那时我看到了如来像,如来的头上闪烁着光芒。我没有骗你,我真的在他的头上看到了光环。心情瞬间平稳了下来,活到现在从没有那么平静过。然后我意识到了一个重要的事情,我竟然又活了十五年。知道我得了这种病后谁也没有想过我能活这么久。但是我却活下来了,当我领悟到这一点后,所有东西都觉得没有太大的意义了。我的病、我的欲望,甚至是死亡。"

巫马施看着谈灭的画像,回忆着这些年的生活轨迹。

"在那之后我就再也没有找过不老草。"

脸上一直挂着拈花微笑的巫马施的头后像是出现了一个背光。虽有些不着边际,但嘉温还是可以理解他的心情。他从束缚自己的欲望和执念中解脱出来重获自由了。

"这就是我所知道的关于谈灭的全部。"

背光消失后的巫马施站在黑暗的现实里,冷静地看向嘉温。嘉温突然有点儿无力。原以为快要找到的第四件遗物,又像条抓不到的鱼儿一样消失在水中。

"能告诉我那个地方的地址吗?"

"从渭河附近的千年神灵树向西南走四百五十六步,然后再往南走五十九步。书上说那里就是谈灭藏了人偶的地方。"

嘉温仔细把他的话记在手册上。

"最后我可以再问一个问题吗?"

巫马施已经开始处理土偶了。

"我听说您的外号是无慈悲,那为什么要帮我?"嘉温认真地问。

"因为你也像我一样在死去。"

巫马施学着如来,摆出了转法轮的手势。

第六个人偶

千年神灵树早已不见踪影，那是棵见证了西安历史的杨柳，一直都被视为村里的守护神。然而在几百年前的某一天，它却突然开始凋谢，最终枯死了。之后村里的人便说村子要被厄运侵袭了。为了找到巫马施告知的地址，嘉温一大早就来到渭河附近的尚白村。这是位于西安西北方向15千米左右的一个小村子。虽然神灵树早已枯死，但幸好那里还保留着它生长的痕迹。和轿车差不多大小的树墩仍存留在农村的某一角落，树根周围全都是土豆田和洋葱田。嘉温爬到树墩上拿出了指南针。南面指向西安，刚才还在升起的太阳此时此刻正位于他的左上空。

"从神灵树向西南走四百五十六步……然后再向南走五十九步……"

一步是六尺。"尺"这一计量单位从古代沿用至今，唐代时还使用了后汉尺和东晋尺等。转换为米的话后汉尺是0.23米，东晋尺是0.25米。按东晋尺算的话，四百五十六步大概是684米，五十九步大概是88米。嘉温向指南针指向的西南方转了过去，远远能看到一辆开往西安的火车。他拿出提前准备好的测距仪，从树根一直量到铁轨，正好有310米。

嘉温一边凝视着指南针一边徒步走向铁轨。这时他看到一群农民正顺着蜿蜒的水渠骑着自行车。他们一边吹着《流浪歌》的口哨一边骑向田地，是一首描述那些离开家乡的年轻劳动者在城里工作想念家乡的歌。一大清早便听到起劲儿骑车的农民们吹的小曲，嘉温也跟着充满了活力。他们在快接近嘉温的时候按了车铃，随后又逐渐与他拉开了距离。到达铁轨的嘉温再次测量了一下距离，还剩 374 米。轨道邻近是一个小型的公寓区。嘉温找到合适的目标后打开测距仪的开关。反射激光的建筑物是离他最近的公寓楼，226 米。

到达公寓楼的嘉温又往西南方向走了 148 米。那里正好是小区的后门，门口矗立着一个手上端着巨大香炉的将帅铜像。嘉温顺着指南针指向的南方看过去。小小的土豆地后有一片杉树林。

"只需要再往南走五十九步。"

五十九步大概是 88 米，正好田地中央有一棵树。嘉温测量了与那棵树的距离，54 米。距离巫马施所说的场所已经很近了。嘉温用力向前跑去。一股微妙的兴奋包裹住了他：说不定巫马施找错地方了呢！嘉温想象着沉睡在肥沃土壤中的人偶，一口气就跑到了树下。剩下的 34 米要边走边测量。

"32……33……34！"

他到达的地方是田地另一头的杉树林。茂密的树叶随风飘荡，发出令人愉悦的沙沙声。嘉温再次用红外线测距仪确认了距离，屏幕上准确地显示着 34。嘉温立即拿出便携铲子挖了起来。正如巫马施所说，土里混杂着不少石子，铲一点儿就会被硬硬的石头堵住。虽然要把一块块石头挖出来很费力，但一想到藏在土里的人偶，他就干劲儿十足。大概挖到 1 米深处时铲子又被什么东西给堵住了。他小心翼翼地挖开土，是一个一次性的注射器。

他在挖巫马施当年挖过的地方。

"也许是他挖得不够深才没找到呢？"

嘉温无法放弃，重新拿起铲子后疯了一般往下挖。原本只到嘉温

333

胸部的深度一上午过去后已经超过了嘉温的身高。大概挖了 2 米多，依然什么也没挖出来。满身灰土的嘉温筋疲力尽地瘫坐在洞里。巫马施说的都是真的，这里没有人偶。也许那本书上记载的本身就是虚假的。手上虽拿着指南针，嘉温却彻底失去了方向。电话铃响了。

"喂？"

"你应该在找第四件遗物吧？"

是元航寂。她的声音还是一如既往地使人毛骨悚然。

"在找着呢。"

"记得期限是到今天吧？"

电话里传来令人打战的寒意。

"嗯。"

"只剩 11 个小时了。希望你能在这期间找到遗物，不然现在你挖的洞就会成为你的坟墓。"

说完后，元航寂挂了电话。恍然间，由她吐出的寒气已经积满了整个洞。嘉温坐在可能会成为他坟墓的洞里望着天空。只不过是离市区十多千米的地方，天空却截然不同，像是浇了一罐蓝墨水的蔚蓝天空挂在洞的正上方。嘉温脑海里突然浮现出雪芽的面孔。临死前好想见她一面，想像普通人一样与她在一家不错的餐厅里用餐，想吃着美味的意面和她分享日常。嘉温闭上眼睛想象着。

那是一个阳光灿烂的周六中午。两个人坐在他常去的清潭洞意大利餐馆窗边的位子。虽然是陌生的环境，但她看起来十分自在。午后温暖的光洒在白色的桌布上，嘉温正在说着些老掉牙的笑话，她在笑。女孩爽朗又轻快的微笑让嘉温的紧张也少了些。

过了一会儿，服务生端上菜品。雪芽点了带有蘑菇的奶油意面，嘉温点的则是最普通的海鲜意面，当然还有酸溜溜的柠檬苏打水。她不停地往嘴里送吃的，胃口大好的她很快就吃完了自己的意面，嘉温把他的那一份也分给了她。但那些也满足不了她，因为她是大胃王。嘉温又点了别的，这次点了有菠菜和芝士的意式饺子。看到第一次见的食物，她轻轻偏了偏头。嘉温温柔地告诉她这是意大利的饺子，她才夹了一个品尝，然后露出了满意的微笑。她的微笑总会给嘉温带来幸福。她又开吃了。嘉温只是静静地看着她，用叉子努力吃饭的她看起来十分可爱。吃完后她冲着嘉温灿烂地一笑，她是在表示感谢。嘉温细心地用纸巾帮她擦掉嘴边的酱汁。

之后，两个人静静地看着窗外，像是一碰就会碎的阳光洒在街头。过往的人们都在用幸福的表情悠闲地漫步着。平凡的周六午后，这是人人都可以享受的幸福日常。

但对于蜷缩在异国他乡洞里的嘉温来说却是一个遥远无比的心愿。癌细胞正在肚子里腐蚀着他的身体，元航寂也在拿枪对着他掐时间。雪芽更是下落不明，见到她的可能性小之又小。嘉温突然流下眼泪，所有东西都要等到失去后才懂得有多重要。从没想过这样理所当然的一件事也会变得如此渴望。如果能和她一起吃顿饭，那此时此刻将不再有任何遗憾。他想继续活着，多希望这一切都只是夏夜之梦。嘉温坐在冰凉的洞里抱头痛哭，就在这时，想象中，坐在对面的雪芽突然在他耳边说了些什么。

"我会等着你的，会等着哥哥来找我。"

嘉温抬起头。刹那间，想象中传来的声音太鲜明了。她用温暖的声音安抚着嘉温的伤口。

"现在放弃还太早了。"

雪芽才刚满20岁，20年来她一直都过着被囚禁的孤单日子。嘉温想给她一个机会，想让她与心爱之人一同坐在洒满阳光的餐馆里吃着美食,她有那样充分的价值。如此美丽的她却连一次完整的爱恋都没有经历过便死去,这实在是太不公平了。想到这里,嘉温爬出了洞。不知从何时起,田地里已经站了几个农民正在挖土豆。他们简朴的样子也给了他一点儿慰藉。看着他们熟练地把土豆放进筐子里,嘉温开始在回忆中摸索起来。

"六个弟子逃出日本后就解散了……濂溪把人偶交给了刘邦,刘邦又把它给了项羽……消失的人偶沉睡在唐朝宫殿的宝库里,后来又到了谈灭的手中……谈灭寻找能藏人偶的地方……"

嘉温心头闪过一个问号,正凝视着某处。

"那苏富比拍卖出的假人偶又是谁做的?"

记忆像是上钩的鱼儿般慢慢浮出水面,深处被遮挡的部分终于露出了真面目。那是堆在雪芽房间里的毛线团上的最后一句话。

> 记好我的话先向西南方向走四百五十六步再向南走三百五十九步不是五十九步

是百年前丧命在会合中的中国傀儡戏大师临死前留给善男的遗言。

"传书上记载的内容是错的,不是五十九步而是三百五十九步。"

曾以为是在意识不清时留下的遗言说的竟是第六个人偶的具体位置。三百五十九步的话,得从这里再往南走约538米。嘉温开始向南方跑去。他急急忙忙地跑着,即便差点儿被石头绊倒也丝毫不介意。

穿过茂密的杉树林,出现在他眼前的是一个四车道的道路。嘉温凝视着道路的对面,那里有一个巨大的建筑,正是秦始皇兵马俑博物馆。结实的水泥围墙后面是一个圆滚滚的洞穴形态的博物馆。

"不会吧？"

嘉温拿出测距仪测了一下距离，是417米。他不禁感叹起来，老人告诉谈灭的地方是兵马俑坑。在青帮负责盗墓品买卖的老人在寻找藏有很多宝物的秦始皇陵墓时偶然找到了兵马俑坑。但坑里只有些土俑，并没有值钱的金银财宝。意识到秦始皇陵墓就在附近的老人，为了防止其他盗墓贼发现这个地方就又把入口给封住了。结果在救命恩人谈灭问他是否有能藏人偶的地方时，他忽然想到了这里。有6000多个兵俑的大坑正适合藏人偶，并且正如他所料，过去千年后也依然没人发现人偶。不必再耽搁了，嘉温加紧了步伐。

与秦始皇陵相距1.5千米的博物馆里共有四个兵马俑坑，除此以外还有收藏品展示馆、研究所等其他建筑。虽然是工作日，入口处也依然排满了长队。嘉温买了票，通过了检票口。眼前是一条用密林和草地组成的宽广道路，入口和兵马俑坑还隔着一段距离。嘉温快速地走过道路，向规模最大的一号坑走去，那是测距仪指向的地方。1974年被挖井的农夫发现的一号坑光是面积便有12000平方米，里面埋着6000多个兵马俑。据说坑上曾有九格的回廊，但后来让项羽烧没了。嘉温走了一会儿后终于看到了一号坑。

问题是谈灭把人偶藏在了哪里。如果他只是把人偶放到盒子里就埋了的话，那它肯定早被发掘并被放到博物馆里展示了，若是这样便得想想别的办法。但嘉温推测他一定会使用什么特别的方法，类似于百年前李乐云隐藏人偶背部时用过的。

广场那头出现了一个头顶拱形屋顶的坑道。最受欢迎的一号坑从入口开始便排满了人。大厅里展示着秦始皇陵的缩小模型，剩下的空间都挤满了人，嘉温直接穿过人群走进了俑坑。进到里面的嘉温不禁赞叹起来，长230米、宽62米大小的坑里摆满了数不清的兵马俑；

地上密密麻麻地铺满了砖头,墙壁是夯土砌成的,上面还架了房椽支撑着坑道。

眼前的兵马俑有着压倒性的威严。由步兵组成的一号坑里的兵俑神态各异,盔甲和衣服也因职位而不尽相同。原本色彩华丽的陶土人偶由于在挖掘过程中暴露在空气里,现在早已褪成了土色。前三行都是弓手,一列68个,一共204个土俑。他们起着扮演射弩打乱敌军阵营的作用。后面三行是负责防御军阵的队伍,他们全都穿着重甲。阵容完全展现了秦朝军队雄伟的场景。坑道两边的游客们就像火柴似的挤在一起拍照,嘉温也在他们中间留心观察着。时间指向3点40分。工作日可以参观到下午6点。想要把6000个土俑全都看一遍的话,时间多少有些急促。嘉温快而细心地看着每个土俑。

"藏木就该藏到树林里,藏人当然也要藏在市场里了。"

嘉温猜测谈灭把人偶藏在了土俑里,因为对于藏人偶而言这里是最佳也最安全的地方。而且他一定有为了追悼为自己舍弃性命的父亲而留下什么象征性的东西。但那会是什么却无从得知。

以真实士兵为模型造成的土俑做得十分精致。面容没得说,就连胡须和发髻也都各不相同。军吏俑头戴双板长冠,身穿彩色鱼鳞甲。为了拿起弩和长枪,他们都抬着右手。他们就像一听到命令便会立刻出兵一样,凶狠地凝视着正前方。这些两米高的将士一个个表情都很严肃,不禁让人理解了秦国为何能做到一统天下。如果他们还活着,那即便只是和他们对视也会感到毛骨悚然。

土俑并不只是士兵,其中也有穿着普通的文官和养马的圉人[1]。还有车马,排在一起的四匹马像刚一口气跑完百里地似的张大口喘着

---

[1] 圉人:古代官名,指掌管养马放牧等事的官员。

气。马俑本是在拉着指挥官所坐的战车,然而木制的战车经过岁月的摧残最终化成了灰。长时间盯着兵马俑看,嘉温的眼睛都有点儿痛了。现在他已经大概看了三分之一的兵马俑,却依然没有看到很特别的。他揉了揉太阳穴后继续观察。

坑道后面有一些正在修复中的挂着号码牌的土俑,彼此之间还保持着一定的距离。旁边摆满了修复用的道具,但嘉温并没有看到复原专家。嘉温看向另一边。长相差不多的土俑摆着同样的方阵站在那里。现在他只有一个多小时的时间了,在这期间必须找到谈灭的土俑。嘉温快速地扫过兵马俑。突然,嘉温察觉到游客中有视线在注视着自己,是一个穿着橄榄绿夹克的三十五六岁的男子。他拿介绍册挡着脸,眼睛却锐利地注视着他。即使四目相对也没有回避视线,反而用手指了指手表,是元航寂的手下。嘉温开始急躁起来。这里的某处分明就有谈灭的人偶,明明是触手可及,却像是渡千里河水一样茫然。嘉温疯了似的扫视着兵马俑,男子的视线仍然紧跟着他。

"到底在哪里?!"

时间越久,嘉温越觉得这些土俑长得差不多。曾觉得截然不同的面容在看完 1000 个,快看到 2000 个时已经找不出差距,就像一个模子里拓出来的一样。但嘉温仍竭尽全力去寻找最特殊的那一个。不知不觉中兵马俑的影子渐渐拉长,阳光的颜色也开始发深,游客也明显减少了。看过了 3000 个兵马俑后嘉温眼睛里布满了血丝,被秒针追赶的他一颗心都快烧焦了。离闭馆还有 20 分钟,还没有过目的兵马俑接近 3000 多个。这样下去毫无胜算,嘉温抓着头倚靠在栏杆上。虽然他历经万难才穿过两千年的岁月追寻到这里,但现在却迷失在这土俑的方阵里,找不到出口。

"雪芽,对不起。现在我也不知道该怎么做了。"嘉温倚靠在栏杆上，怅然若失地看着坑道。

就在这时——"妈妈，你快看那个人偶。"是韩语。看似十岁左右的同乡孩子正指着兵马俑说道。

"怎么了？"正在照相的孩子妈问道。

"看来以前连驼背都能去参军呢！"

嘉温触电般跳起来问："什么样的人偶？"

孩子被嘉温突如其来的动作吓到了。

"我在问你是什么样的人偶?！"

嘉温大声叫着，孩子伸手指向某处。嘉温赶忙顺着手指的方向望去，是第二个坑道中间。在掉了一只胳膊的步兵和没有头的步兵之间有一个形态怪异的土俑。只见土俑穿着胡服，头发分成三层盘在头顶，背部像骆驼一样驼着。嘉温一眼就认出了它的原型，是苍崖。孝心感天的谈灭为了隐藏父亲的遗物，做了一个苍崖的土俑与兵马俑一起埋了下去。

"亲爱的游客们，博物馆将在六点关门，请在闭馆之前结束游览。重复一遍……"

是广播。嘉温急忙开始寻找藏身之处，他打算等博物馆关门后跳进坑里观察土俑。最好是能躲在坑道里，但坑道里处处都有警卫员把守。嘉温只能先混在游客里向外面走去。坑道建筑分为供游客行走的宽广大厅和职员专属通道。大厅没有合适的场所，只剩下那个专属通道。秦始皇陵模型对面的侧边里有一个走廊，墙上贴着"游客禁止入内"的字样。入口处还有一个穿着正装的警卫员把守，但现在正赶上闭馆时间，警卫员们都去忙着引导那些挤在入口的游客了。警卫不像想象中那么森严。嘉温混入人群中小心翼翼地等待着机会。

终于，游客们都快走光了。一位外国人正在向那位警卫员问着什么,估计是丢失了物品。外国人慌张地和警卫员用英语说着些什么,可警卫员却完全没有听懂。不得已,外国人开始用手脚比画起来,却依然未见效。最终警卫员带他走向别处。就是现在,嘉温慢慢走向入口,趁警卫员不注意的时候快速跑进了走廊。

嘉温轻手轻脚地跑向走廊深处。走廊像坑道一样长,外侧的水泥墙壁上有一排延伸到底的窗户,夕阳透过窗户安静地照了进来。万幸的是,走廊里并没有人。中间时不时会有标注了遗物复原家名字的办公室,但没有一扇门是开着的。闭馆的广播又响起来了。时间紧迫,嘉温快速地寻找着场所藏身。

在快到走廊尽头的时候,嘉温眼前出现了一间挂着"机械室"字样的铁门。里面传来嗡嗡的机械声,是锅炉房。嘉温蹑手蹑脚地转动门锁,门没有锁。里面有一个狭窄的楼梯,一直延伸到黑暗深处。他慢慢走进去踏上了台阶,楼梯相当深。嘉温在黑暗里摸索着下了快二十级台阶时,眼前的黑暗似是宽敞了一些。他从包里拿出手电筒向黑暗照去,锅炉房比想象中还要深。生锈的管道通向四面八方,锅炉就像一颗运作许久的心脏般一丝不苟地工作着。天花板很高,房间里还有一股刺鼻的霉味。看来全世界地下室的味道都是一个样。嘉温边小心脚下边走进锅炉房里侧,进去后他清楚地听到两台巨大的锅炉喷涌出的温水顺着管道流向坑道里的声音。嘉温照向了锅炉的后面。大大的水槽和水管错综复杂地缠绕在一起,是藏身的好地方。嘉温将包抱在怀里,转身躲进了水槽后面。现在只需等待夜幕降临。嘉温把疲惫的身体倚靠在潮湿的墙壁上。在热乎乎的暖气中,他的身体都要跟冰激凌似的融化了。嘉温想象着人偶的模样闭上眼睛。

嘉温再次睁眼时是被重新启动的锅炉的嘈杂声吵醒的,原本想闭目养神的他结果不小心睡着了。锅炉像是有一段时间停止了运转,空气里流淌着一丝寒气。周围仍然一片漆黑。嘉温看了下时间,荧光表盘上指针指向了九点,他睡了快三个小时。是动手的时候了,他收拾了一下包便走向入口。嘉温先打开门小心地观察外面的情况。走廊上亮着灯,毫无人迹。嘉温偷偷溜进了走廊。

博物馆外和地下室不同,黑暗中的事物依稀可见。闭馆后的博物馆有些阴森森的,估计是因为那些守护驾崩的皇帝的兵马俑。嘉温蹑手蹑脚地走向坑道的入口。大门前的警卫室里有两个警卫正在听着收音机闲聊。收音机里播音员正在用婉转的声音读着《神雕侠侣》,正好读到了主人公杨过去找郭靖的部分。警卫们像是《神雕侠侣》的狂热书迷,沉浸在故事中的他们对主人公的一举一动都做出了激烈的反应。尽管如此,避开他们的视线溜进坑里也是不可能的事。嘉温又向别处走去。另一边还有一扇门。走过长廊再拐个弯就看到了一个铁质的后门和另一个通往坑道的门。但是需要刷卡,只有复原文物的专家才能进出。而且门后似乎还有人。嘉温小心翼翼地观察着俑坑里,有两个复原家在处理兵马俑的碎片。

"该死。"

这样下去是进不去的。嘉温打算等待机会,他把身体紧紧地贴在墙上。现在也只能等他们下班了。另一个问题是那扇安装了最新防盗装置的门。如果不是专家,很难开门进去。只能想想别的方法。嘉温试着寻找别的入口。虽然俑坑旁边有一整排窗户,但只有敲碎玻璃才能进去。

"该死,明明就快得手了。"

就在这时门开了,一个专家去了卫生间。他好像很着急,还没确认门是否关了就先跑了。嘉温反射性地在门关闭之前伸出了脚。俑坑里另一个专家正背对着门给文物擦药处理。机不可失，嘉温迅速地潜入了坑道。还好专家并没有注意到有人进来，依旧在认真地往土俑身上喷着防止氧化的药物。嘉温必须在专家发现之前找到一个隐蔽的地方。眼前摆放着数百个等待专家复原的兵马俑。嘉温小心翼翼地躲到兵马俑的身后，然后静待一会儿又偷偷溜进了坑道深处。巨大的兵马俑为他提供了屏障，这样应该很难会被发现。嘉温蹲坐在坑道的一个小犄角里，等着他们下班。

距离专家从坑里走出去已经过去半个小时了，结束工作的他们边嘀咕着去周围的饭店喝点儿小酒边收拾装备。确认了湿度和温度的专家们习惯性地往坑里看了一眼。伴随着防盗装置的电子音，坑道里暗了下来。专家们的闲聊声渐行渐远，最终消失在了门后的走廊里。嘉温观察了下警卫室的动态，他们仍沉浸在《神雕侠侣》里，是时候下手了。嘉温向着佝偻土俑所在的第二个坑道走去。狭窄的坑里密密麻麻地挤满了兵马俑，行动起来并不便利。在近处看这些兵马俑更有压迫感，这些两米多高、瞪着双眼的兵马俑一旦在黑暗中对视上了，是谁都会起一身的鸡皮疙瘩。嘉温快速穿过兵马俑。穿过迷宫一般的方阵，佝偻土俑所在的坑道终于出现在眼前。

"应该就在附近来着。"

嘉温小心地打开手电筒。被照亮的土俑像立刻就要拔剑似的俯视着嘉温。嘉温在他们之间匍匐前进，寻找着佝偻土俑。就在这时，门开了，警卫员进来了。嘉温迅速关掉手电筒蜷缩了起来。警卫员可能是发现了手电筒的灯光，只见他径直走向嘉温所在的地方，打着手电筒留心观察。每当光线越过头顶时，嘉温都会屏住呼吸。万幸他并没有发现嘉温，有些疑惑地走开了。嘉温松了一口气后继续寻找着。一身灰土地寻找土俑的他突然停了下来。在巨大的兵马俑中他发现了驼着背的土俑,是苍崖。嘉温慢慢地爬过去。

和其他的土俑比起来,它的确小了很多,但却像到了清晨就会伸个懒腰站直似的,非常生动。五官精致,衣摆也像被风拂过似的细致又到位。但它的面部却不像苍崖一样丑陋,而是一张温柔慈祥的脸。没有歪鼻子和皱皱的嘴唇,只有高耸的鼻梁和完好的嘴唇。

"看来谈灭身为儿子还是不忍心呀。"

看着土俑的嘉温突然想起了父亲。苍崖为了挽救因自己不良的遗传而佝偻的儿子,不惜付出生命找到了不老草。他不希望他的孩子像他一样过上崎岖的人生。谈灭也顺从他父亲的心愿成了一代名医,且为了保管父亲的遗物不惜去挖兵马俑坑。父亲和自己之间会不会也有这样的父子情呢?嘉温在接到讣告前心里只有对父亲的痛恨,认为他是抛弃自己和母亲的自私之辈,然而他却在调查父亲死因的过程中发现了父亲的另一面。在父亲不为人所知的一面中有着对子女真切的疼惜,它为嘉温枯萎的心洒下生命之水。远远地,皇陵上巢中的雏鸟也在哀婉地悲鸣,仿佛在呼唤着父母。

"现在不是感伤的时候。"

嘉温打起精神后仔细观察着土俑。然而不管他左看右看上看下看,都没有发现任何缝隙。于是他小心地挪了挪土俑,重量惊人,感觉足足有两百公斤。嘉温使劲儿地左右晃了晃土俑,没有感受到任何振动。如果人偶藏在土俑里,应该会有些碰撞声才对。

"这不可能。"

嘉温用尽全力再次晃了晃土俑,仍然毫无动静。失望的嘉温跌坐在地上。费尽千辛万难才拼凑起来的那点儿希望再次碎成了碎片,虚无地飘进坟墓中。嘉温的忍耐值已经降到了零。不在土俑里,那到底会在哪里?千里迢迢赶到这里的结果竟是在白费力气?嘉温觉得这一切都是始于虚幻欲望的一场天大的玩笑。时间指向十一点五十,已经没有时间了。

"该死的。"

一股傲气涌上心头。反正已经在悬崖边了,没有什么可顾虑的。嘉温拿出便携铲子砸向土俑,钝重的摩擦声响彻了整个坑道。就算被警卫发现也无所谓,反正他现在也没有什么可失去的了。嘉温继续砸着土俑。在数千摄氏度窑火中历练而成的土俑并不会轻易破碎,但在嘉温的绝望面前,它也显得微不足道。被砸了十多下的土俑终于裂开了缝。嘉温带着郁愤重重地砸下了最后一击,土俑霎时被分成两半。万幸警卫没有出现。嘉温喘着气观察着里面,在手电筒的光照下,内部展现在他眼前。空的。嘉温露出了虚无的笑容。然而就在他要放弃的时候,突然瞥到地上滚着的上半身里有一个凸出来的东西。它和土俑材质一样,呈圆形挂在土俑中间像是在保护着什么似的。兴许就是它。嘉温再次拿起铲子,敲打着中间部分。它的密度比外部更大,更不容易砸碎,但最终还是被砸出了裂痕。紧接着外壳被击碎了,里面的东西露了出来,是用赤松做的人偶的胳膊。随着肾上腺素的飙升,嘉温的心脏像被攥紧了似的。他加快速度把剩下的部分也敲了出来。它终于露出了全貌,正是他千辛万苦寻找的苍崖的第六个人偶。

再会

当嘉温逃出博物馆时已经是开馆时间了。天一亮，清洁工们便打开门，开始了清扫工作。警卫虽然也在，但由于昨夜彻夜未睡，脸显得格外憔悴。嘉温趁机逃出坑道躲在了卫生间里。不久后，游客们伴随着广播的开馆通知涌了进来。嘉温洗了洗满是土的脸便混在人群中悄无声息地逃出了兵马俑坑。

困难才刚刚开始。博物馆正门绝对会有元航寂的手下和榎本在等着他。如果嘉温在他们中任选一方，那另一方定会不惜引发战争也要夺取人偶，因为它具有这样的价值。重要的是，嘉温是否能相信他们。他们当真会放过了解秘密的嘉温并如约帮他救出雪芽吗？答案不容乐观。那现在只能另谋生路了。好在嘉温手里有他们苦苦追寻的第六个人偶。现在只能利用这个东西了。嘉温打开关了一晚上的手机，就像久等了一样，手机铃声立刻便响了起来。是榎本。

"找到了吗？"

着急得不像他本人。

"你觉得呢？"嘉温慢悠悠地反问道。

"看来是找到了。我现在就在博物馆正门，黑色雷克萨斯。"

"元航寂也在等我呢！"

"那边我们会处理，你尽管来。记住，东西是我们的。"

嘉温没有应答就挂了电话，正门已经在不远处了。才过九点，入口处已经挤满了游客。他再次确认一下包里的人偶,然后走向正门。虽然警卫森严,但比起入场的游客,对出场游客的管制还是宽松了不少,嘉温顺利地走出了正门,看见出口对面停了一辆黑色雷克萨斯。看见嘉温出来后,榎本打开车窗伸出了头,发出快点儿上车的信号。嘉温点点头下了台阶。只见他一边慢慢走向雷克萨斯一边环视着周围。元航寂肯定也在某个地方监视着他。果然正当他要过马路时,一辆黑色凯迪拉克闪电般登场并停在了嘉温面前,在他惊慌失措时两个大块头硬把他塞进了车里。榎本很惊慌,立马下了车跑过来,可还是晚了一步。

"快点儿追!"榎本上车后大吼道,随后司机立刻踩了油门。这时,突然出现很多辆车挡在了他们的前面。拜之所赐,雷克萨斯束手无策地被包围了。

"我靠!"榎本怒吼道,可是凯迪拉克早已不见了踪影。

甩掉日本人的凯迪拉克在大路上疾驰着,发现他们已经不再追了后便开始慢慢放缓了速度。嘉温像个小孩一样夹在了两个大块头之间。当车开进通往西安市内的车道后,其中一个大块头抢走了嘉温的背包拿出了里面的东西,便携铲子、测距器、手册等全都被他扔到了窗户外。这次轮到人偶了,驼背又丑陋的苍崖人偶。大块头像是捡到了碎瓶似的左看右看之后把它放进了早已准备好的金属盒子里。这时大块头的电话响了。

"是,会长,找到了。"

大块头把电话递给嘉温。

"喂?"

"你还挺有本事啊!"

是元航寂。

"现在按照约定放我走吧。"

"很抱歉，那不行。"

果不出所料。

"不是说好帮你找到第四件遗物就放我走的吗？"

"还有件事要你去办。"

嘉温知道那件事指的是什么。

"是指只有玄成知道的第二个秘密吗？"

元航寂的嘴角微微上扬。

"明天下午六点，是三友会时隔百年的会合。你必须要在那之前查清第二个秘密。车里的伙计们会助你一臂之力。"

"你知道雪芽在哪儿?！"嘉温问道。

"先到这个地方再说，我会让你见到她的。"

"我已经履行承诺了，雪芽在哪儿？是谁绑架了她？"

元航寂沉默了一会儿。

"你是我见过的人当中最平凡也是最迂腐的一个。"

"什么意思？"

"你以为你身上发生的好事都是因为你优秀吗？"

她只留下这句话就挂了电话。嘉温呆呆地看向电话，她最后那句话像把匕首一样插在了他的心上。嘉温为了走到今天一直都在不断地努力，他也认为他走得很踏实，一步一个脚印。她是说这一切都不是自己努力而来的结果吗？这时候嘉温的手机振动了，是短信。嘉温趁大块头们不注意偷偷看了短信。

低下上半身。

突如其来的短信内容让他摸不着头脑。就在这时,车窗突然碎了,右边的大块头直接就倒了下来。紧接着又是一声枪响,左边的大块头也倒了下去。他们的眉间喷出了鲜血。嘉温吓得低下了身体。突然,黑色雷克萨斯"嗖"地追了上来并不停地撞着凯迪拉克。车窗全都碎了,车轴也在猛烈地摇晃。抓着方向盘的大块头拼命地找平衡,雷克萨斯却丝毫不为所动,伴随着巨大的发动机声又一次撞上了凯迪拉克。这一次的冲击很大,凯迪拉克失去了平衡在路中间打着转。周围的所有人都在尖叫着,快速地闪过了这辆车。嘉温抱着头缩在一边。在柏油路上像陀螺一样旋转的凯迪拉克最终撞上了林荫树。即便车早已停下了,但嘉温还是陷在冲击当中无法抬起头来。不一会儿车上冒出了火花,发动机着火了。听到声音的嘉温立马直起了腰。只见火势渐渐靠近,司机也浑身是血地埋头在方向盘上。嘉温看了一下自己的身体。虽然有点儿擦伤,但都不致命。嘉温看了一眼只剩一半的后视镜,发现雷克萨斯正在驶向自己。嘉温先拿好了大块头手里的金属箱子。因为弯曲的车轴,他打不开车门。火已经烧到了驾驶座。嘉温用吃奶的力气狠狠踹了一下车窗,玻璃破碎后,终于有条路可以出去了。嘉温拼命地把身体塞到车窗里,正当他费尽力气刚从车里逃出来的时候,随着巨大的爆响声,车爆炸了。因为冲击嘉温被弹了出去,之后榎本从雷克萨斯里下了车。愤怒的表情取代了他平时绅士的面貌。榎本看了车里,嘉温早没了人影。

"在找这个吗?榎本。"嘉温拿着人偶吼道。

榎本整理了一下领带。

"它是我们的,快拿出来。"

"把人偶给你的话,你会放我走吗?"

"当然。你会得到我们承诺的所有东西。"

榎本勉强挤出一丝微笑。

"承诺过的所有东西……"

嘉温回他一个苦笑。

"听好了,我会把人偶交给你,但现在还不行。我会再联系你的,等我电话,最好不要跟着我,如果跟着我的话……"

嘉温拿起了一块燃烧着的车碎片。

"你们拼命寻找的这个人偶就会被烧成灰。"

即使是在嘉温的威胁下,榎本的表情也依然没有任何变化。嘉温后退几步,慢慢拉开与他们的距离。榎本和他的手下只是盯着他,再没有跟来。谨慎的嘉温看距离已经够远了就开始拼命地跑了起来。跑了一百米左右之后又听见了爆炸声,是凯迪拉克的油箱爆炸的声音。嘉温转过头看的时候,榎本已经消失了。远方传来了警笛声。嘉温抱着人偶穿过了水田。

到了西安市区的嘉温找了一家酒店。为了甩掉元航寂和榎本的跟踪,他故意在城中村找了一家偏僻胡同里的小旅社。这是一家供附近市场的杂役夫们投宿的地方,可以说是嘉温住过的酒店中最破的一个。这栋楼有五个楼层却没有一个电梯。从老板那里拿到钥匙之后,嘉温就直接向着楼梯走去。位于三楼的房间里只有一张小床和一个出不了热水的洗脸池,连个像样的冰箱都没有。开着窗户伸手一探就能碰到旁边的建筑,这两栋楼便是如此地紧挨在一起。从窗户可以看到隔壁的厨师在整理鸭子,他毫不在意嘉温的视线,果断地切开鸭肚掏出了内脏。

嘉温关上窗户,仔细寻找可以隐藏人偶的地方。房间太小,压根儿没多少合适的地方。到处察看之后,他把人偶藏在了老式的取暖器后面。虽然有点儿不放心,但在找到其他地方前也没有办法。问题是该怎么利用这个人偶。只要能救出雪芽，区区一个人偶算什么。这时电话响了，很明显是元航寂和榎本其中一人。嘉温没有立马就接，因为他还没有想好战略。

铃声一直在响。

"我不是让你等我电话吗！"嘉温烦躁地吼道。

"我并没有听到这句话吧。"

不是元航寂也不是榎本，但也是个很熟悉的声音。

"你是谁？"

"你这就让我失望了，这么快就忘了我吗，郑组长？"

"会长？"

是 SD 集团的铅白会长。

"你去做什么了，一个消息都没有，郑组长？莫非是在哪里挖到了什么宝贝？"

竟然能在陌生的他国听到熟悉的声音，嘉温有点儿高兴。

"我有点儿事要办，您有事吗？"

"我在中国西安呢，呵呵。"

会长像是新添了个孙女一般不停地笑着。

"您来西安有什么事吗？"

"你不知道这里要建我们集团的酒店吗？前天正好是完工宴，我便过来看看。正好你也在西安，我们找个时间见见吧。"

嘉温的表情僵硬了。

"您怎么会知道我在西安？"

"你不要小看 SD 集团的情报力。虽比不上国情院，但也够用了。我们集团光是在中国就有三千多名职员呢。呵呵。"

"啊，这样啊。"

"见个面吧,我也有事想问你。"

"会长,很抱歉。我还有要事在身……"

"越着急就越要绕行。虽然不知道你是什么情况,但也许我可以帮到你呢?"

很有道理。会长是很有名的财阀,他在中国的人脉也没的说。而且现在嘉温很需要帮助。

"那我们在哪儿见面?"

"来我们酒店吧,来了后报上名,会有人带你来见我的。"

"一会儿见。"

嘉温一挂电话就出了旅馆。

酒店位于工业大学附近,一共高十七层。虽不比周围的摩天大楼高,但它作为七星级酒店,不管是内外,都建得很豪华。墙壁外表面全都是华丽的金黄色反光玻璃,上面则顶着一个中式传统宫殿的屋顶,酒店门口还摆着两座巨大的黄铜狮子像。走过能让人联想到豫园的中式庭院,眼前出现了稀稀落落竖着的五色太阳伞和野外泳池。铺着意大利产大理石的酒店大厅里还挂着杰克逊·波洛克[1]的 *No.6*。酒店还在做开业准备中,一周后才正式开业。嘉温一下出租车就直奔大厅,一个外国经理正在前台培训职员。

"打扰了。"嘉温气喘吁吁地说道。

"很抱歉,我们还没有开始营业。还请您一周后再过来。"蓝色眼睛的经理郑重地说道。

"我是郑嘉温,是来见会长的。"

---

[1] 杰克逊·波洛克:美国画家,抽象表现主义绘画大师,也被公认为是美国现代绘画摆脱欧洲标准,在国际艺坛建立领导地位的第一功臣。

一听名字，经理解散了职员。

"他在等您，这里请。"

经理亲自接待了他。他上电梯之后摁了最顶层。

"会长在楼顶套房等您。"

经理很擅长韩语，好久没听到母语的嘉温就像枕在自己的枕头上一样舒服。电梯门打开后，眼前呈现了一条长廊。铺着红毯的走廊最里边是用核桃木做成的厚重大门，门口还有两个警卫员在守着。

"他在房里，那祝两位聊得愉快。"

经理道别完就关上了电梯门。嘉温径直走向房间。

"有约吗？"发现嘉温的警卫员挡住他问道。

"就说是郑嘉温组长到了。"

嘉温留心地观察着警卫员，由于他从很久以前便和会长私交不浅，所以几乎所有的警卫员他都认识，但眼前的这两位警卫员却是新面孔。

"你是新来的吗？"

警卫员们直接无视了他。他们跟以前的警卫员们不太一样，性格有些粗犷。他们穿的不是西装，而是夹克，里面穿了一件防弹衣。嘉温整理了一下衣服敲了门。咚咚，随后门便打开了。迎面而来的是秘书室室长。他仍然穿着一件灰色正装，一脸僵硬的表情不管什么时候看到都会让人不快。

"请进。"室长毫无感情地说道。

嘉温没睬他，直接进了房间。顶层套房极其奢华，它不仅占据了整个楼层，甚至还有一个可以俯瞰西安市区全景的阳台。里面还有很多房间，吧台上陈列着各种酒，对面的壁炉里还有木柴在燃烧着。窗边摆着一个唐三彩陶瓷真品，套房里还有可以卫星通信的会议间。秘书领着他去了书房。

"会长,郑组长来了。"

会长正在书桌前写毛笔字。书画造诣深厚的会长有着与书法家不相上下的实力。

"喂,郑组长。我在写要挂在大厅的字。我都说不用了,他们还是想挂幅我的字在那里,呵呵。"

会长似乎对刚刚那一笔不太满意,撇了撇嘴角。

"您过得还好吗?"嘉温郑重地问候道。

"人老了也就这样了。倒是你挺憔悴的,吃过了吗?"

"没关系。"

嘉温都不记得最后一次正常的吃饭是什么时候了。

"对了,你来西安有什么事吗?是有什么不错的展览会举行吗?"

会长果然不满意刚刚写的字,直接换了张纸。

"会长,我有话对您说。"

"什么话?"

会长很慎重地画了一笔。

"我的人身安全出了点儿问题,是关于我家人的事。"

"你是说你妹妹吗?"

会长好像很满意这次的字。

"会长您怎么会……"

"我不是说过吗?我有很不错的情报网。你父亲的事我也感到很遗憾。"

会长慎重地摁下毛笔,他有力的字迹呈现出了他多年的风雨。

"现在我妹妹被绑架了。她身体不是很好,我一定要找到她。请帮帮我,会长。"

会长的所有注意力全都集中在了毛笔上。嘉温静静地等会长的答复。会长画好最后一笔之后，向后退了一步。

應無所住 而生其心

会长精心写下的八个字。

"知道这是什么意思吗？"

"对世俗物质无所留恋才深刻领悟佛，是《金刚经》里的句子。"

"你果然知道，不愧是首席策展人。在超越的过程中创造存在，当你停顿的时候就会产生留恋。多好的句子啊！"

会长默默地看着字。他看起来就像个有很多房子却不会为任何一个停留的人。

"如果我帮你找到妹妹，你会给我什么？"

"您需要什么？"

会长转过头。

"给我你找到的人偶怎么样？"

嘉温的脑海里一片空白。

"您怎么会知道的？"

"因为我也从很久以前就开始找苍崖的人偶了。就用这幅吧，裱好后找个地方挂起来。"

会长把宣纸递给秘书室室长，室长就像收到皇帝给臣子的封赏一样郑重地收下了。凝视着会长的嘉温的嘴唇颤抖个不停，所有思绪都乱成一团，带着嘉温卷入了一片混乱之中。其中最为致命的一个推测直接命中了他的心脏。

"难道……"

嘉温说不下去了。会长现在戴着的面具是至今为止嘉温从未见到过的,就像濒临饿死的猛兽在奄奄一息时突然发现了猎物的表情。会长使了个眼色,室长推开了书房隔壁房间的门。嘉温像目击了世界的残酷一样吃力地把头转了过去,现实永远都伴随着想象以上的残酷。房间里的是雪芽。低着头的雪芽被绑在椅子上,脸上还留着泪痕,就像那里有雪融化过一般。瞬间,嘉温产生了有生以来的第一次杀意,愤怒就像岩浆一样从底部喷涌而出。两个拳头充满了对人类背叛的憎恶。

"那我父亲也是你……"

会长虽然没有回答,但他的眼神却说明了一切。

"你还是人吗?!"

嘉温咆哮着扑向他。然而身后的警卫员却跑上来拽住了他,他们扭过嘉温的胳膊把他的头压在了地上。愤怒不已的嘉温拼命地挣扎着。

"你怎么可以这么对我?!我为了你拼死拼活地工作,就像狗一样唯命是从,你怎么可以这样?!"

会长坐着轮椅慢慢靠近他。

"你以为是因为你优秀才会当上铅白的首席策展人吗?你以为是因为你毕业于首尔大学又拿到了鉴定师资格证才给你那些权利的吗?看看周围吧,比你优秀的人多的是,那些牛津和哈佛毕业想要进来的人都排成队了。甚至在你鉴别过的真品中还有一些是假的呢!但我依然与你笑脸相对,还不是因为你是郑英侯的儿子!"

嘉温像在世界的最深处被灌着脏水一般难受。

"让我找《甲申日录》也是你的计划之一。"

"世界上是没有偶然的。"

"虽然我一直都知道你是个市侩之人,但没想到竟然如此卑鄙无耻。"

嘉温的声音在颤抖。

"我自认为待你够好,你竟然认为我是一个市侩之人,我对你实在是太失望了。"

会长深情地抚摸着失去意识的雪芽的头发,这个场景惹怒了嘉温。

"我为你鉴别过很多名作。从威廉·透纳[1]到朴寿根,只要是热爱美术之人都会想亲眼见到的作品,但你永远只会问一句——有没有投资价值?你只知道钱,怎样可以偷税,怎样可以翻本,你脑海里只有那些事情。你甚至一次都没有欣赏过那些作品,即便眼前放着的是最出众的作品。虽然我每次都无言地为你鉴定了,但我心里一直都会想,你就是个沉迷于钱、不会欣赏美丽的可怜之人啊。"

听到嘉温的话,会长笑得很开心,就像第一次见到大象的小孩一样。

"你是我见过的人当中最平凡也是最迂腐的一个。"

嘉温感觉后脑勺好像被锤子狠狠地敲了一下。和元航寂说过的话一字不差。

"若你面对的是一个更加宏伟美丽的世界,那你还会在意故步自封的世界吗?有一个世界给你做棋盘,你还会在意手掌大的象棋盘吗?你们当然不懂,你们只不过是我棋盘上的一个棋子罢了。你以为你是靠实力走到了今天,但其实一切都在我的牵引下。那么,到底谁

---

[1] 威廉·透纳:全名约瑟夫·马洛德·威廉·透纳,英国最为著名、技艺最为精湛的艺术家之一,19世纪上半叶英国学院派画家的代表。

才更寒碜呢？"

嘉温愧疚了，气愤自己一直以来都在收着他的钱，为他做事。嘉温不得不承认钱的威力，做汤饭生意的母亲会失去治疗癌症的最佳时期是因为没有钱。母亲明知道自己身体出了问题，却不得不为了攒他的大学学费而将此事隐藏在心里。在把母亲送去火葬室时，嘉温就发誓不会再因为钱变得如此悲惨。但他也有自己的铁则，就是不会为钱牺牲他人。不管对方多弱都不能为了自己的利益而危害他。这是嘉温对于钱的马奇诺防线。看着生来善良、很容易被别人欺骗的母亲，嘉温很自然地就有了这样的价值观。可是对会长来说并不存在什么铁则，他的脑袋里全都是他自己和钱。

"我一定要活到最后，亲眼看着你悲惨地死去。"嘉温用一副盛气凌人的样子看着会长说道。

"那就抱歉了。因为我一定会把不老草拿到手，那样我便能长生不老了。"

"不，就算真有不老草你也不会拿到手的。因为我绝不会让你如愿。"

会长傲慢地看着他，一副奉陪到底的样子。

"会长，石头来了。"

是秘书室室长。

"让他进来。"

秘书室室长出去没多久就有两个男人进来了。其中一名嘉温很熟，是石头。他的长头发一如既往地遮住了一半脸颊，一副抑郁的表情。

"你这个浑蛋！"

嘉温没忍住扑向石头，警卫员们立马制住了他。看到嘉温的石头不自在地转过了头。

"我父亲相信你,把你当成他的首席弟子,但你竟然杀了他!狗都不如的家伙!"

石头避开了视线,好像还剩那么一点儿良心。

"我没想要杀你父亲。只要他愿意交出人偶,我便会适当封个口放他走。可真是有其父必有其子啊,你那固执的性格也是拜你父亲所赐。话说你找到人偶了吗?"

会长问了石头。石头这才想起来,从包里掏出了人偶。

"他藏在哪儿了?"

会长激动地拿过人偶。

"就在旅馆房间里。"

"知道了,你出去吧。明天是重要的日子,好好休息。"

石头致意后便出去了。嘉温一直凶狠地注视着他直到他出去。在这过程中,会长则用充满欢喜的眼神欣赏着第六个人偶。

"你和权仕平是什么关系?那个老头子好像也在找人偶。"

"我不好奇他是怎么知道人偶的事情的,但是如果贪念过头了必定会遭殃。"

会长扔了一张报纸过来,是两天前的社会新闻。

> 放送通信委员会常任委员权仕平议员于昨日凌晨不幸死亡,死因是心肌梗死导致的心脏麻痹,在移送到医院的途中死亡。以他为代表的股份公司大同水产存在偷税嫌疑,检察厅本预计在未来几天传唤他进行调查。权议员生前因为此事受到了很大的压力。

报道旁边还刊登了一张他在放送通信委员会上提出质疑的照片。这个世界实在是虚妄得可怕了，真可谓是一个弱肉强食的世界。谁能想到在男寺党无所不为的权仕平却如此轻而易举地消失了，这是因为权仕平在食物链中处于会长之下。不服从于阶级的低级人员的结果就是死。

"你真以为会有'不老草'这种东西吗？"

"为什么会没有呢？"会长边抖着人偶上的灰尘边问道。

"因为世界上并不存在永恒，所有东西到了期限就会消失，甚至太阳也终有一天会消失。怎么可能吃下不老草便能永生呢？"

听嘉温说完后，会长忍不住笑出了声。

"你是否听说过初始全颌鱼[1]？是四亿年前活在泥盆纪的鱼类，也是目前发现的最古老的鱼。身长大约为六米，头和鱼鳃都像铠甲一样布满了刺。但是这种鱼的寿命平均都有一百五十年左右。除它以外，其他活在泥盆纪的动物寿命也都比现在的生物要长三四倍，甚至十倍之久。当时最常见的原始蜻蜓能活五年到七年，与现在寿命才六个月的蜻蜓比起来足足长了十倍多。研究学者们都推测是因为当时空气和海里的氧气含量比现在多了一点五倍，供给过剩的氧气导致当时的生物块头变大，寿命也延长了。

"但还有一个更有趣的说法。现在很多女性爱用的改善皱纹的化妆品里有一个叫作鸟氨酸脱羧酶的物质。它作为表皮细胞生长因子之一，和单细胞的再生能力有很深的关系。单细胞即便是受到一半以上的损伤也能再生回原来的状态，专家发现鸟氨酸脱羧酶对细胞再生有

---

[1] 初始全颌鱼：学名 Entelognathus Primordialis，是生活在距今四亿年前冈瓦纳大陆北缘的近岸水域中的古鱼，发现于云南省古老的志留纪地层。

很重要的作用。有一个叫作布鲁斯·博伊特勒[1]的著名生物学家主张古生代的生物之所以会比现在的生物长寿，是因为当时栖息的植物细胞里的鸟氨酸脱羧酶含量比现在高足足两百倍。大量吸收这些物质，动物的细胞再生能力明显提高，因此寿命延长了十多倍，甚至有的微生物还在八百万年之后复生了。"

会长把人偶放进指纹识别的箱子，然后放进了书房一角的金库里。

"你知道工业革命以后灭绝了多少植物吗？根据美国植物协会发表的资料显示，共有一百三十万种。其中有多少植物是从古生代便开始生存的，谁都不知道。如果其中真有含有延长生命成分的植物呢？若是有人长时间摄取了该植物呢？别说是几百年了，活个几千年也不在话下。我所说的不老并不是指永生，而是寿命比现在长十倍，不，哪怕只能延长五倍，那也算是接近不老了。想象一下，你只剩下三个月的生命若是能延长到三十年，难道不会不顾一切吗？"

会长的眼神渐渐疯狂了起来，他是真心地相信不老草的存在。只要能把不老草拿到手，显然他什么事都会去做。

"所以你就杀了我父亲，绑架了雪芽。现在还要为了得到剩余的人偶，再次牺牲别人，就是为了你的不老。"

嘉温严肃地斥责了他。

"当然不是为了我一个人，只要能找到不老草，整个人类都会长生，也不用再抹什么防老化的化妆品了。"

"到时候你便可以坐着数钱了。"

---

[1] 布鲁斯·博伊特勒：美国免疫学家和遗传学家，出生于伊利诺伊州芝加哥。因发现如何激活先天免疫而与鲁斯兰·麦哲托夫和朱尔·A. 奥夫曼共同获得2011年邵逸夫生命科学与医学奖。

"可以说是附加的。"

"所以你现在的打算是什么？人偶都找到了，又想要把我活埋吗？"

"遗憾的是你现在还有用途。尽管我用尽了方法，但你妹妹还是没有如实招出玄成的第二个秘密。你的话应该可以说服她。"

"你为什么那么认为？"

"因为她听你的。"

会长露出了阴险的笑容。

"如果你问出了第二个秘密，我就饶你妹妹一命。但让你俩都活着是不可能的，而且你本来也活不了多久了。你看怎么样？"

嘉温大口喘起气来，房间里好像有点儿缺氧似的，胸闷得不行。现在已再无退路，但嘉温也没有愚蠢到相信会长的话，即使真把第二个秘密告诉他，他也不会放过雪芽。嘉温掉入了丑陋欲望的沼泽，开始慢慢下沉，越挣扎就会陷得越深。他闭上眼睛，脑海里浮现出古生代的丛林。比现在氧气含量更高的清爽空气进入他的肺里，可是没多久便有一群巨大凶猛的幼虫爬过来想要吃了他。嘉温看着会长，想起了古生代的幼虫。元航寂、日本皇室也都只是不同种类的幼虫而已。现在已无处可逃，他只能眼睁睁地看着身体在幼虫的体内慢慢被消化。就在那时——

"哥哥……"

恢复意识的雪芽吃力地笑着。

"对，是哥哥。"

雪芽的脸色苍白得就像在冰河下关了很久。她究竟经历了什么不问也可以想象得到。嘉温想要靠近她，可是警卫员们压得他动弹不得。直到会长使了眼色，他们才放开了嘉温。嘉温立刻跑向雪芽，她汗水淋漓的脸蛋就像枯萎的山榆花。

"我就知道哥哥会来找我……"雪芽开心地笑着说道。

嘉温却说不出话,只能默默地抚摸着她的脸。他埋怨着无能的自己,流下了自责的眼泪。

"哥哥对不起你,让你受苦了。"

雪芽温柔地注视着嘉温。

"一切都会好的,哥哥。"

虽然她的声音就像划过树叶滴落的露珠般微弱,但话里却透露着坚定。她的一句话给嘉温赋予了希望。

"怎么样?要接受我的提议吗?"会长催促道。

"我绝对不会告诉你这种人的。杀了我吧。"嘉温抓着雪芽的手说道。

"那我也没办法了。"

会长一挥手,警卫员迅速跑过来。

"最后再给你一次机会,问她第二个秘密是什么。"

嘉温紧合着嘴唇看着雪芽。不知为什么雪芽一点儿也没有感到害怕,就像知道一会儿会有奇迹发生一样。

"你和你爸一个样,真是没救了。处理掉吧。"

就在这时,对讲机突然响了起来。秘书室室长拿了起来。

"会长,出问题了。"

"什么问题?"会长不耐烦地吼道。

"一伙不明身份的人闯入了大厅。"

"不明身份?"

"好像是三合会的人,现在在上来的路上。"

"来得早不如来得巧,封锁入口。"

警卫员们走向了电梯。

"你俩跟着我。"会长对嘉温吼道。

嘉温刚解开她身上的绳子，雪芽便像水一般无力地倒在嘉温的怀里。

"快走！"秘书室室长大叫起来。

嘉温扶着雪芽逃出了房间。会长坐着电动轮椅走在最前面。在和紧急楼梯间连接的走廊里有一个货用电梯。会长急忙摁下按钮，停在七楼的电梯动了起来。入口传来好几声枪响，身后还有什么东西破碎的声音。三合会好像已经杀穿警卫网进了套房。会长更加着急地不停摁着按钮，电梯终于到了。

"快点儿进去！"

秘书室室长用枪口推着嘉温的后背。嘉温牵着雪芽的手上了电梯。会长摁了到地下二层的按钮。就在门要关上准备下去的一刹那，套房紧急出口的门突然被撞开，三合会的人冲了进来。他们看到嘉温一行人后立刻冲向电梯，可是电梯门已经关上了。伴随着"嗡"的一声，电梯开始下降。狭窄的电梯里充满着紧张感。一到达地下二层，会长便急匆匆地冲向停车场。停车场停着他专用的豪华轿车。然而停车场入口却停了辆搬运食材的货车，职员们正在往下卸货，空间不够轮椅过去。

"愣什么，快让他把车倒出来啊！"

由于他们说的是韩语，职员们都是一脸懵懂的表情，可秘书室室长又对中文一问三不知。最后他只得用手势表示把车开出去，职员们这才看懂发动了车。机会来了。

"能跑吗？"嘉温对雪芽悄悄说道。

雪芽用力点了点头。

"跑！"

嘉温跑向紧急楼梯间。

"快追，不能让他们跑了！"

随着会长的高喊声，秘书室室长扣了扳机。穿过枪体时变得炙热的子弹掠过了嘉温的下掖。嘉温没有停，跑上了楼梯。虽然因为还没清醒的雪芽耽误了一点儿时间，但他们最后还是成功到达了大厅。背后传来了紧随其后的秘书室室长的脚步声。大厅已经被三合会的人掌控了。嘉温急忙跑向酒店的后门，好在后门并没有人，估计都跑去地下停车场支援了。就在嘉温成功逃出后门将要穿过大路的瞬间，三四台雷克萨斯驶到了酒店后门。嘉温犹豫了一下，刚才他透过车窗看见了榎本的脸。

"停车！"发现嘉温的榎本吼道。

雷克萨斯一停车，一群武装好的日本人便下了车。他们没有任何耽搁，直接冲向了嘉温。

"这边。"

嘉温拉着雪芽跑向酒店正门，可是正门被三合会的凯迪拉克封锁了，被将军了。再这样下去迟早会被他们抓住。这时，又一辆 SUV 出现了。SUV 冲过三合会的包围直接奔向了嘉温。突如其来的车辆让三合会的人们不由得慌乱地散开。SUV 旋转之后停在了嘉温面前。

"快上车！"副驾驶座的车窗开了之后，驾驶员大吼道。

看见驾驶员的嘉温吓得后退了几步，是在葬礼上见到的老人。

"犹豫什么，快上车啊！"

缓过神来的嘉温急忙把雪芽塞进后座，三合会和日本人也迅速地向他们奔来。嘉温连忙坐上了车。还没关上门 SUV 的轮胎就已经剧烈地磨蹭着地面，飞驰了出去。三合会和日本人也坐上车紧跟在后面。上了大路后,老人熟练地穿梭在车列中。但是三合会和榎本也不相上下,一直都在按着喇叭死追不放。一看距离缩短了,老人直接无视中央的黄线冲进了反向车道。虽然连着和几辆对面开来的车辆碰撞了,但好在还是顺利地开进胡同里。老人有着不合年纪的激进性格,开车实力也很了得。三合会和日本人也急速拐弯开进了反向车道。只见老人快速地通过狭窄的胡同上了主干道。

"你到底是谁?为什么总是在我需要帮助的时候出现?"嘉温问道。

然而老人却装作没听见,察看着后视镜。他看到了三合会的车迟迟地也追进了主干道。老人猛踩油门,无视各种信号灯穿过了几个街区,到了一个建筑的停车场。到达地下四层的老人悠悠地转了一圈。直到开到对面出口的时候,嘉温看见了停在角落里的捷恩斯。老人把SUV停在了捷恩斯旁边。

"快上那辆车!"

嘉温扶着雪芽乘上了捷恩斯。老人坐上驾驶座后,突然对嘉温伸出了手。

"手机。"

嘉温二话没说把手机递给了他,老人接了手机直接向停车场的墙使劲儿摔了过去。手机被扔到水泥墙上无力地碎开了,确认手机碎成碎片后的老人这才启动了车。他冷静地开出停车场,很自然地融入了车群里。快到交通高峰时间的道路上全是车辆,老人却一点儿也不焦急。他悠闲地开着车,甚至还会在十字路口前停下来等绿灯。这时,嘉温看到了停在十字路口对面的载着榎本的雷克萨斯。他的眼睛因找嘉温已经充血了,一直在扫描着周围的车辆。

"低头。"老人冷静地说道。

嘉温和雪芽低下了身子。信号灯一变老人就启动了车,不紧不慢地开过了路口。疯狂寻找嘉温的榎本的车就这样擦肩而过了,好在他并没有发现嘉温,而是直接往反方向开走了。载着二人的捷恩斯背对着摩天大楼向西安城墙开去。

古色苍然的古都,太阳悠悠下山。在两千年前的遗迹怀抱中像新生儿一样探出头来的摩天大楼蕴上了一身夕阳色的旗袍。嘉温抱着睡着的雪芽,站在西安城墙上静静俯视着西安市。他在等老人,在他们甩掉三合会和日本人之后,老人说要去找个安全的地方,让他们在安远门前等他,之后就走了。嘉温怀抱里的雪芽看起来极其安逸。她就像迷路的小狗回到主人的怀抱里那样欣然入睡。看着那样的雪芽,嘉温心疼不已。现在也只有嘉温的怀抱能让她安心入睡了,可是嘉温能够留守在她身边的时间不多了,嘉温脱下夹克盖上了雪芽的肩膀。这时老人回来了,他穿着昨天见面时穿的那件登山服。

"今晚就住在这里吧,这里应该很安全。"

老人递了一张印有留宿地址的名片。

"但是明天最好转移到别的地方。他们会更加疯狂地找你,你最好快点儿离开中国。我想你应该会需要这个。"

老人递给他一把枪,俄罗斯产托加列夫的 9mm 手枪。嘉温愣了一下,但还是收了,老人像完成了任务一样招呼都不打就走了。

"等等。你是谁?为什么要帮助我们?你这些都还没说呢。"

老人转过头来说道:"你明天就会知道了。"

"明天会有什么不一样吗?"

老人沉默了两秒,还是面无表情地走了,就像在说敬请期待一样。以夕阳为背景的奇妙余韵化作一座纪念碑留在他身边。嘉温不再追问，他对老人是谁已经不感兴趣了。不管怎么样老人是和他一边的，而且也帮助了他，那就足够了。过去的几天彻底改变了嘉温的人生观。不久前还可以以第一印象准确地区分别人，可是现在这双眼睛却已经混浊到分辨不出黑白。嘉温确认了一下老人给的名片，在古文化街。

住宿的地方是一位老奶奶经营的古书店的二楼。门前挂着写有"龙凤阁"三个字的红色牌匾，店里出售着文房四宝。好像对做生意没什么兴趣，老奶奶一直在专注地看着巴掌大的电视。电视里正在放映很常见的古装剧，可能是对登场人物不满意，老奶奶皱着眉头。嘉温递过名片，老奶奶二话不说便直接带他去了二楼。书店二楼是一个居住空间。虽然不大，但有一个厨房和三个卧室，还有一个摆着大电视的客厅。老奶奶没有其他家人同住，于是便把其他房间拿出来当民宿了。奶奶指着入口旁的房间，意思是让他们住在那儿，把毛巾和钥匙递给他之后就走了。虽然老奶奶话不多，但能让人莫名地想亲近她。

嘉温选了一间窗户很小、比较封闭的房间放下了雪芽。她就像在充电般沉睡着。嘉温把雪芽放好之后，看了一眼自己的房间。是一个历经了时间洗礼、窗外风景也很美的房间，房里还有一个不知道好不好使的空调。嘉温站在小小的阳台上看着脚下19世纪的古街。太阳在大雁塔的剪影后徐徐下着山，灯也一个两个地开始亮了起来，古老街道有着时间静缓中的安详。古街里挂满了各式各样的店铺招牌，有看似能找到世界上所有印章的印章店招牌，嘉温看见了一对儿买好菜的老夫妻正在急匆匆地走回家，还看到了吃着串儿逛着纪念品店的外国游客。这些平凡的日常生活给刚刚出生入死的嘉温带去了平静。嘉温看着这些在名为日常的池塘里嬉戏的人，捡起了一颗想象的小石子。如果他们面前挂着一个不老草的招牌,又会发生什么事呢?原本对永生没有一点儿关心的他们也会化身成恶魔吗?很有可能。永生是所有人都会有的一个普遍欲望。嘉温回想起自己的样子,如果不老草真的存在,如果永生的办法就摆在他眼前,他真的能与他们不同,保持超脱吗?

"我饿了。"

听见雪芽的声音,嘉温睁开了眼睛。街上还是那样平静,悠闲的店铺老板在打哈欠,拎着包子回家的大妈脚步轻盈无比。雪芽站在门前揉着眼睛。

"好,吃饭吧。"

二十分钟后,嘉温回到了房间。他从厨房里找了个合适的碗下去买了点儿吃的回来,是凉皮和碎肉做的肉夹馍。因为雪芽特别能吃,嘉温买了三份。

"看起来好好吃啊!"雪芽拍手说道。

她双手举着肉夹馍左右各咬了一口,好像真的蛮好吃,她一边点着头一边咀嚼着。吹过红灯大街的晚风抚摸着他们的脸颊。不远的饭店里,干完一天活儿的搬运工们酌着高粱酒说笑着。许是谁说了件好笑的事情,嘉温听见了爽朗的笑声。他不禁想起昨天下午在洞里想象的场面。这里虽然不是清潭洞的意大利餐厅,但异国风情的房间却很温馨;晚餐虽然不是放了蘑菇的意大利面,却丰盛到不输于皇后的晚餐。而且重要的是雪芽就在身边,本以为再也见不到的她就在自己面前愉快地吃着东西。嘉温为了永远记住这一瞬间发动了所有的感官,把现在所有的细节都化为文字印刻在记忆里。掺杂着各种饮食味道的大街以及市场里人们的嘟囔声,还有流传了几代烟火的温暖,摇曳在风中的红灯,以及眼里充满好奇心、吃着肉夹馍的雪芽微厚的嘴唇,从手掌延伸而来了令他激动的幸福感，随着血管传到身体各个部位。

"这是什么？"雪芽舔着手上的酱料问道。

"这叫凉皮，是用米粉做的面。这里的人特别爱吃这个东西，而且这个凉皮还有一个很有趣的传说。很久以前中国有一个叫秦的国家，是著名的秦始皇建的国家。然而有一天秦国发生了旱灾，粮食全枯死了，人们处于饥饿中，却还要给秦王交税。若是把剩下的大米都缴上去就无法过冬了。这时有个叫李十二的人提出了一个妙计，就是把大米磨成粉和其他谷物混在一起做成面之后再进贡。愤怒的秦始皇问这是什么东西，李十二答道，听说瀛洲山的神仙们为了长寿会把米磨成粉做成长面再吃。并说他是希望秦始皇可以永生才试着做了神仙的食物，请秦始皇恕罪。之后秦始皇便高兴地吃了这个面。从那时起，李十二做的面就开始流传起来。"

嘉温吃了一口凉皮，竖起了大拇指。

"足够秦始皇喜欢了。"

嘉温建议雪芽也尝一口试试，雪芽犹豫了一会儿才同意。结果她吃了一口之后便瞬间吃完了，估计是很合她口味。嘉温在一旁欣慰地看着她。

"你的在哪儿？"吃完凉皮的雪芽问道。她的嘴角还沾了点儿汤汁。

"我只想看你吃好吃的，这就足够了。"

嘉温用纸擦了擦她的嘴。雪芽不能理解地歪了歪头。

"我口渴了。"

嘉温像变魔术一样从背后拿出了一瓶矿泉水。

"我就知道。"

雪芽开心地笑着接过水，瞬间喝完之后再把空瓶递给了嘉温。一切都是那么理所当然。

已过了午夜，嘉温还没睡着，但并不是因为这陌生的环境。虽然他总觉得床上有点儿湿气，每次翻身时还会咯吱作响，但他并不觉得不舒服。每当他快要入睡时，吵醒他的都是对今天有可能是人生最后一天的恐惧。他打算参加明天的会合，虽然很清楚那些在找他的人会威胁到他的生命安全，可是他不能就这么逃跑。可以说是出于职业上的好奇心。嘉温鉴定过很多宝物，可那些都无法与此次旅程中见到的遗物相比。那是足以书写人类历史的、前所未有的遗物，是一个保留了两千多年历史的秘密，也是逼父亲走向死亡之路的秘密。最后一片拼图将会在明天的会合上完成。嘉温无法坐视不管，只顾着自己逃命。他也想确认那夺去以苍崖为首的众多人生命的不老草的实体。正是对它的好奇和恐惧让他难以入眠。

还有便是占据了嘉温内心的雪芽。如果他明天无法活着走出会合场所，那么今晚就是他和雪芽在一起的最后一夜。想到无法再见到她，心中的遗憾让嘉温悲伤不已。嘉温带着复杂的心情在床上辗转反侧。这时，"咯吱"一下，房门开了。嘉温反射性地握住了藏在枕头下的手枪，屏住呼吸注视着门口。然而抓着门把的却是雪芽，雪芽正涨红了脸，注视着嘉温。

"怎么了？"嘉温把枪掖了掖问道。

这时雪芽大步地走近嘉温，她只在内衣外面套了件宽松的T恤。站在床旁边的雪芽的瞳孔正在热烈地闪烁着，嘉温愣住了。之后雪芽脱掉了身上的所有衣服直接躺在床上。

"你到底是谁？你的真实身份是什么？"

雪芽装作没听见，开心地笑着，然后钻进嘉温的怀抱里就像没电了般直接睡着了，小声打着呼噜的她充满着生命的光辉。她是一个神秘的存在。他就像抱着一颗超新星似的，心里充满了光。他充满了希望，仿佛现在的他可以飞到宇宙任何一个地方。嘉温抱着她的肩膀闭上了眼睛，祈祷着自己能到达秘密的尽头。

没有摸到嘉温的雪芽睁开了眼睛。还是清晨，雪芽一边揉着眼睛一边找嘉温。

"哥哥，你在哪儿？"

嘉温正站在阳台上看着古街。

"怎么起来了？再睡会儿吧。"

"口渴了。"

嘉温从冰箱里拿出一瓶水。雪芽似乎真的很渴，一口气便喝完了一整瓶。嘉温忧心忡忡地看着她。

"好舒服。"雪芽递过空瓶说道。

嘉温好像有话要说，坐在了雪芽旁边。

"你好好听我说。我今天有一个一定要参加的宴会，可是你不能去，因为那里太危险了，所以我想过了，我先把你送回韩国，已经跟朋友说好了。他是个律师，是个不错的家伙。他会照顾好你的。你先住在我家……"

"我要一起去。"

"不行。"

"我要一起去。"

雪芽很固执。

"这次要听我的话。"

"不要，我要跟你在一起。"

雪芽一副很固执的表情。

"我说了不行!"

嘉温的声音在寂静的清晨古街上传开。然后雪芽的眼睛里开始充满了泪水,她喘着气,伤心地哭了起来,像绿豆大的泪水说来就来,嘉温很心疼。

"拜托你听话一次吧。那里真的很危险,我不想再失去你了。"嘉温牵着雪芽的手温柔地说道。

"我再也不想一个人了。"

雪芽还是不想让步。

嘉温叹了口气之后开口说:"那这样,回到韩国后我们一起住。这次住在新家,是一个可以看到首尔全景的电梯公寓。我绝对不会留你一个人,只要我活着,我发誓会一直待在你身边。这次就让我一个人去吧,这是我最后的请求。"

嘉温的眼神里充满了恳切。雪芽就像在辨别真伪似的一直看着他。

"是真的吗?你发誓!"

"我发誓,绝对不会留你一个人。"

嘉温和她拉了拉手指说道,雪芽这才点了头。

"行,那有一件事你要告诉我,父亲教的那首歌可以教给哥哥吗?"

雪芽像小孩一样笑了起来。

"纸和笔。"

嘉温递了张小纸条和笔给她。雪芽开始在纸上写起了歌词,但是她写的却和一直以来她唱过的韩国歌词有点儿不同。

> 多憾痀僂兮唱之華，錐陽高臺兮獻白雲
> 遙遙渡渤兮有仙藥，扁舟乘浮兮莊重心
> 九天神人兮何佑下，千丈萬波兮之仙鄉
> 雪之瀛洲兮游而遐，不得長生兮皇積怒
> 求歸以死兮食人海，痀僂不歎兮我遺子

是中文歌词，中间还有很多难懂的汉字。雪芽却一字不差地、熟稔地写了下来。嘉温耐心地看着内容。

> 苦大仇深的伛偻老汉唱起了花之歌
> 他要在洛阳高楼献给白云
> 在那遥远大海的另一边有仙药
> 小心翼翼地乘上小船漂过去
> 天空中的圣人啊 您又怎会来帮我们呢
> 越过千里波涛后就是神仙之地啊
> 白雪覆盖的瀛洲真是远又远啊
> 得不到不老药 皇帝也会震怒
> 拼命也要回去 但毕竟是吞人的大海
> 伛偻老汉不会叹气的 毕竟膝下还有子嗣

内容和雪芽之前唱的歌一模一样。让嘉温惊讶的是她使用的汉字并不是现代简体字，而是中国古代使用的繁体字。可以如此正确运用这类文字的，不管是在韩国还是在中国都屈指可数。可是在乡村小茅屋里待了二十年的青春少女却可以一字不差地写出来。

"是父亲教你的吗？"嘉温很惊讶地看着歌词问道。

雪芽并没有回答他的问题,只是默默地注视着他。就像明明自己不小心揭开了宇宙之谜,却什么也不懂的样子。

会合

天气预报上说，乌云吸收了回流的水蒸气正在向中原地区迅速靠近。就像在证明这一切，巨大的乌云布满了整个城市。西安是一个少雨的城市。码头位于西安的渭河边，渭河是横穿中国大陆正中央的一条河。在甘肃省东南边发源，经过陕西省，最终流入大陆的母亲河——黄河，是见证了很多王朝兴亡盛衰历史的载体，也是姜太公为了等待文王钓鱼的地方。可是它却像忘记了所有事情，淡然地让含着沙土的混浊河水穿过了关中的原野。

　　与昨天不同，今天准备了雨伞的嘉温到了红童码头。大事在即，嘉温的脸色却有点儿发青，因为癌细胞在出发前又大肆发作了一次。现在死亡已经近到触手可及了，服用止痛药的剂量也大了起来。在嘉温捂着肚子在床上不停打滚的十分钟里，雪芽一直在一旁哭泣。好不容易才镇定下来的嘉温安抚好雪芽后便出发去了码头。那是个连标牌都没有的简陋渡口。曾经运送进口到西安的大部分物流的渡口，现在也只能供小部分的渔夫捕鱼为生。需要中途询问多人才找到的码头前停满了高级轿车。码头旁边的空地上停了三台黑色雷克萨斯，是日本人。嘉温确认手枪在身边后便走向了码头。由水泥砌成的码头一边堆满了渔夫留下的渔网，旁边还有几条渡船在河边摇荡着。

　　"你来了。"是榎本。他一如既往穿了正装。

　　"很抱歉，我没能把人偶带来。"嘉温看着河水说道。

"我知道,老人家要见你。"

"他也来了吗?"

嘉温一回头便看见一辆雷克萨斯后座的车窗摇了下来,里面坐着一位男子。正是在大阪见到的日本皇室。嘉温犹豫了一会儿向雷克萨斯走去。司机开着门等在那里,嘉温上了车。

"这四天长得就像一千年,对吧?"皇室问道。

身穿白色燕尾服的他搭配着白发,看起来随时都可以上台指挥管弦乐。

"很抱歉,我没能守约。"

"彼此彼此。话说你找到杀害你父亲的凶手了吗?"

"嗯,找到了。"

"打击很大吧?"

嘉温没有回答,不想被他发现自己动摇的样子。

"我没想到你会来。"

"我想看看结局是什么。"

"我猜也是,那个秘密足以震惊整个世界。那你应该带来了玄成的第二个秘密吧?"

嘉温这次也没有吱声。可是皇室却好像知道了什么,微笑了起来。

"等会合开始,秘密被揭开之后肯定会变得更加险恶。"

"我知道。"

"秘密一旦被揭露,比赛也就开始了。你也打算参加吗?"

嘉温摇摇头。

"我不相信不老草的存在。"

"你还是那么现实。"

"我可以问您一个问题吗？"

"问吧。"

"您为什么要找不老草？是想永生吗？"

嘉温感觉他坐着的地方变得更加阴暗了。

"我找它并不是为了我自己。"

"那您是为了谁？"

皇室顿了一下。

"我非常爱惜大日本帝国。"

嘉温想起前几天在阪神高速上听到的新闻，是关于因心肌梗死而病倒的天皇的新闻。在过去一段时间里，天皇对日本人来说是神一样的存在。然而现在的天皇却已跌落成了旧时代的遗物，只被当成是为了传承传统而活着的人偶。

"您是想让他成为真正的神。"

皇室的眼角透露出从未有过的野心。

"如果他能奇迹般地复活并成为不灭的存在，那样便会成为人们想要侍奉的真正的神。"

"日本已经开始没落了，以前的团结力或是'一所悬命'[1]的精神已经消失很久了。我只是想复活那个精神罢了，然后再找回之前的荣光。"

在他沧桑岁月背后藏着的野心终于露出了真面目。

"希望您能找回从前的精神。可是真令人担心呀，只怕你们会把之前的傲慢也一同找回来。"

1　一所悬命：现一般写作一生悬命，原意为武士们拼死守卫祖先传下来的一方领地，后引申为拼命、拼死之意。

几辆车正向码头边开来，是三合会。他们先在码头转了一圈，最后停在了雷克萨斯对面。皇室透过窗户默默地注视着他们。

"祝您好运。"

"你也是。"

嘉温下了车，三合会成员们也从对面的凯迪拉克上下来了。他们跑到位于码头正中央的升降梯前站成了一排。不久升降梯的后门开了，元航寂出来了。她戴着安娜苏墨镜，穿着有白色条纹的藏蓝色西装，这个穿搭和她冰雪女王的气质很配。发现嘉温的元航寂立刻向他走近。

"你竟然还有胆过来？"

她的声音冷淡无比。

"我想亲眼确认一下结局。"

"玄成的第二个秘密带来了吗？"

"你总是那么直截了当。"

嘉温用微笑代替了回答。

"想活的话最好不要参加会合。"

"你竟然会担心我，真是意外呀，但恕我做不到。"

"你比看起来要大胆多了！"

"人生自古谁无死。"

元航寂第一次笑了。她一举手，旁边的手下立刻拿出打火机给她打了火。从她嘴里出来的烟被河风吹散了。同时另一群人也到了，是铅白会长一行人。会长带来的人员最多，并且都开着黑色奔驰。五辆奔驰齐刷刷地停在了三合会和日本人的正前方，与他们形成了三角形。重武装的警卫员们警戒着周围，秘书室室长把准备好的轮椅推到车门前。之后会长出现了，石头就像影子似的跟在他身后。他穿着演出用的五色韩服，提着两个装有人偶的箱子。会长看着轮椅踌躇了一下，还是拿起拐杖走了过来。和嘉温打招呼似乎成了会合的新传统。

"我就知道你会来。"

会长满脸都是笑容。

"我不想和你说话。"

嘉温冷漠地转过身。

"当你见识到不老草的真相后还会像现在这么冷淡吗？你会发现其实你也和我们一样。"

虽然会长在背后大声说道，但嘉温无视了他。就在这时，远处的上游出现了一艘船。是中国传统的楼阁船，那是一艘复原了古代楼阁船的船舶，规模远远超过了一般的渡船。三层的楼阁矗立在巨大的甲板之上，船头还有个龙头。楼阁上面顶着赤红色的宫殿屋顶，还有一面黄色的旗子在随风飘扬着。放在古代需要有数百名桨手在船上划桨，而复原船里则是安装了柴油机。以红黄二色装饰的楼阁船拨开水波前行到码头边。包括嘉温在内的所有参会者都聚在了码头边。当船靠岸时，船员们下锚连接了码头和船桥。现在该举行这次时隔百年的会合的大率登场了。船门终于打开了，出现了一位男子。认出那位男子的嘉温惊讶不已。他就是一直在帮助嘉温的、在葬礼上遇到的老人，老人穿着干净利索的改良韩服。

"欢迎各位来到三友会会合。"老人站在甲板上面郑重地问候道。

天上密布的乌云开始向地面砸下雨珠。

"你就是召集这次会合的大率吗？"元航寂一副多疑的表情，问道。

"我不是大率。我是他的代理人，我叫崔文桥。"老人很有礼貌地低着头行礼道。

"他到底是谁？"不知什么时候出现的皇室问道。

"他是特别珍惜会合的人，很久以前他就为举行此次会合付出了很多。"

崔文桥擅长中文和日语。

"所以到底是谁？"会长问道。

"他一会儿便会到了。请先上船吧，雨越来越大了。"

"我们都不知道你的真实身份，怎么可能上船？"

是元航寂。

"如果没有我就凑不齐六个人偶了。"

大家确认了一下彼此带过来的人偶个数。铅白会长有两个，元航寂有一个，日本皇室有两个，还缺一个人偶。

"你的人偶是什么样的？"日本皇室问道。

"是苍崖的妻子御园。"

"人偶在哪儿？给我们看看。"

"一会儿你们就会见到了。"

崔文桥一直在笑。大家却无法轻易相信他，在犹豫着该不该上船。

"如果你骗了我们，就要拿出命来。"

最先上船的是元航寂，一个身穿传统服装的五十大几的男子紧跟在她身后。是傀儡戏的大师，他小心翼翼地提着放有人偶的铝制箱子。除了傀儡戏大师，她还带了三四名成员一起上了船。元航寂给他看了邀请函。

"很抱歉，一名被邀请的会员只能带一名随行人员上船。"

确认过请帖的崔文桥挡在了三合会成员们面前，元航寂只好无可奈何地遣散了那些成员。

"还有一点，所有人禁止携带武器上船，还请您谅解。"

元航寂一副很不耐烦的表情递出了藏在口袋里的枪。崔文桥这才让开了路。

"有请下一位。"

接着，铅白会长拄着拐杖上了船，石头同行。

"我没有邀请函，但有这个。"

看见会长的手势，石头打开了包，是徐福和苍崖的人偶。崔文桥细心地检查了人偶。

"请交出武器。"

"我一个老人会带什么武器？"会长装模作样地说道。

"欢迎。"

崔文桥往旁边让开，会长走进了船内。只剩下嘉温和日本皇室了。

"您先上去吧。"

嘉温礼让着，皇室表示感谢之后上了船。在大阪别墅见过的文乐大师和榎本也一起上了船。

"我刚才说过了，一名会员只能带一名随行人员参加。"

"他就等于是我的手足，必须要跟我在一起。"

"很抱歉，没有例外。"

崔文桥很坚决。皇室在榎本耳朵边说了几句话，接到指示的榎本这才有礼貌地打了招呼退场。皇室递上邀请函，崔文桥才让了路。终于到了嘉温。

"你还是来了。"

"我必须得来。"嘉温递着邀请函说道。

"你知道这是什么场合吧？"

嘉温点了点头。

"你到底是什么身份？那个人又是谁？"

"很快便能知道了——如果能活到最后的话。"

拿着邀请函的崔文桥走进了船内。

"你不检查我的武器吗？"

听见嘉温的话，崔文桥只是露出意味深长的微笑就走进了船楼。雨下得越来越大，就像在预示着迷茫的前路，吞噬了蓝色疾电的乌云密布在天空。嘉温就像寻找躲在乌云中的龙一样，凝视了疾电许久后才走进船内。里面也一样是传统的装潢，宽敞的大厅中挂着一盏大大的红色吊灯，休息室里有中国传统桌椅。地板上铺着绣有莲花纹样的地毯，所有大门上都刻着一个"福"字。大厅里除了会员再无其他乘客，应该是为了会合包场了。大家彼此保持一定的距离，坐在沙发两边，就像泾渭分明的阵营。他们之间有着奇妙的紧张感。虽然都在逃避视线，却又像会在一刹那发生全面战似的时刻防范着对方。

"欢迎大家参加这次时隔百年的会合，我代主管会合的大率再一次感谢大家。为了保守会合的机密性，船上只有最基本的船员，即便略有不便也请各位多多谅解。"

打破僵硬氛围的是崔文桥。

"本次会合将会以下列顺序进行。半小时后，也就是七点开始将在大剧场举行哀悼三友会创始者白眼苍崖的祭祀。之后会有由苍崖创作的第一部人偶剧《徐福不如归》的演出。正如大家所知，表演者是各位与各自携带的人偶。人偶剧结束后会有一个短暂的休息时间，之后则是晚餐时间。第一天的日程就这样，明天的日程会在明天早上告知大家。楼上已经准备好各位的房间了，还请大家做好准备，半个小时后再见。"

说完之后,崔文桥消失在走廊深处。会员们互相警惕着回了房间。船一共有五个楼层。甲板下的一二层是发动机室和机械室、船室,三楼甲板上有大厅和餐厅,以及可以进行演出的剧场。四楼则是为乘客准备的房间和各种附加设施,最后五楼是驾驶舱。会员的房间都在四楼。楼层中间有一个修长的长廊,两边布满了房间,房门上有会员的名字。

郑英侯会员

门上的牌子写着父亲的名字。嘉温代替父亲进了房间,房间里有简略的家具和卫生间。透过十字形的船窗可以看见渐渐被黑暗笼罩的渭河。不知从何时开始,船已经在移动了,窗外的风景慢慢向后划去。嘉温锁上门无力地倒在床上。他其实很紧张,只是竭尽全力在掩饰罢了。他还是第一次如此焦躁。他们每一个人表面上看似都很平和,但其实心里都举着把看不见的手枪对准着别人,而嘉温就拿着一把老式手枪夹在他们之间。嘉温想起了雪芽织在毛线上的百年前会合的场面。他们为了独占人偶的秘密互相残杀,到最后一个人都没有活下来。今天的会合也有一种不祥的预感在空气中流淌着。

"这些人当中最终会有多少人活下来呢?"

这时,嘉温发现桌子上面有什么东西,是一套传统傀儡戏的黑色服装。服装类似胡服,还有可以戴在胳膊和腿上的褡裢。是在祭祀和人偶剧演出时穿的衣服,旁边还放了一个照着徐福的脸做成的面具。用赤松雕刻的面具上用黑漆上了色,甚至连左边法令上的那颗痣也和人偶如出一辙。和百年前会合时会员们使用的一模一样。

"祭祀将在十分钟后开始,请各位会员速到大剧场集中。"

是广播在响。嘉温拿起了面具，百年一次的会合终于要开始了。

可容纳一百多名观众的剧场主要用来表演京剧，然而这次舞台的背景不再是中原战场，而是摆了香台供桌。点着香火的漆制桌子上放着纸钱和一只煮好的整鸡，还有中国传统的烧饼、糖糕、当季水果等祭品，后面就是祖先神位。

顯高祖考 諫大夫 蒼崖之神位

是苍崖的神位。他们标榜只能在徐福麾下浪费才能的苍崖为秦国最优秀的品阶"谏大夫"。所有会员都身穿傀儡戏的服装到了剧场。

穿着黑马褂的崔文桥上了台说道："那现在就开始进行我们的创始人——白眼苍崖老人家的祭祀。虽然按原则祭主应该由大率来担当，但由于他不在场，现在只能由我来代替了。为了迎接先祖的英灵，请先开门。"

祭祀的第一道仪式是迎接先祖的英灵，一名助手打开了剧场和船舱的门。然后崔文桥走到神位面前点了香火，拿起酒杯在香火上面转了三次。紧接着，他又在碗里倒了点儿酒，对着神位磕了两次头。之后会员们也都走向前磕了头。祭祀使用的是韩国传统的祭祀方式，估计是承了大率的故乡传统。做完为故人准备食物的参神之后，祭主开始读祝文。

"维岁次甲午年十月弟子崔文桥在此吊唁。苍崖老人家，不知不觉又是一年，又到了您的忌日，我们会永远思慕您。今日以清酒和食物为您举行了恭敬的祭礼，还望您歆享。"

祝文结束后，会员们依次走向前敬酒行礼。之后老人把筷子和勺插进了祭品，随后所有人都暂时离开了。这么做都是为了让故人灵魂可静静地歆享供品。过了一会儿,崔文桥先是咳嗽三次后才回来敬了茶。最后是所有参加者一起鞠躬两次,然后把神位和纸钱放在香火里烧。至此半个多小时的祭祀终于结束了。

"按照传统,本该品尝一下祭品才是对故人的尊敬,但还是先推到晚餐之后吧。下面立刻进入表演,还请大家准备就绪。"

崔文桥收拾了下祭祀桌便消失在舞台后面。在那之间,人偶师们拿着包上了舞台准备演出。六个人偶终于凑在了一起。元航寂、会长还有日本皇室不约而同地互相警惕着走到了舞台后面。似乎是宝贝的人偶离开身边,他们会感到深深的不安。

"舞台只有演员才能出入。请谅解。"

崔文桥守在舞台入口处。

"那待会儿就能确认到御园人偶咯?"

元航寂目光凶狠地看了他一眼便转过身去。剩下的人也不得不回到座位上。他们还是互相警惕着,坐下时彼此之间还隔了几个座位。至今为止一次也没有亲眼看见过苍崖作品的嘉温夹在他们之中,静静地看着舞台。不久帷幕慢慢拉上,表演开始了。

舞台背景是一幅蓬莱阁和东海的水墨画。东海另一头的瀛洲山被祥瑞的白雾笼罩着,巨大的乌龟背上矗立着三个山峰直冲云霄,仙鹤凌云,花草缤纷,树木繁荣。蓝色的灯光给瀛洲山又添加了一层神秘的色彩。在舞台的左边,乐师拿着中国传统乐器——二胡。

照明灯被点亮,随着悠扬的二胡声,秦始皇人偶出现了。只见那人偶穿着金黄色龙袍、戴着嵌有玉珠的头冠,双眉如峰,微厚的嘴唇紧紧抿着,一副心术不正的样子。人偶师用九条蚕丝操控着人偶。背手而立的秦始皇正在看着远处的大海。

"天下已在朕手中,可心为何如此空虚?"

秦始皇比画着很夸张的手势说了台词。台词都是中文且带了些许的京剧腔。随着照着背景右边的瀛洲山的光线渐渐明亮，在凤莱阁看着大海的秦始皇眼前也慢慢出现了瀛洲山。

"那是何地？千年龟上有像女子乳房一样的山峰，还有百年松树在生长着，那就是传说中的瀛洲山？听说那里有长生不老的灵药，怎样才能得到它呢？"

这时另一个人偶随着二胡声出现了，是父亲保管过的徐福人偶。

"小人是学习神道的徐福。若皇上愿意给我六十艘船和三千善男信女，我定会冒生命危险为您去取灵药。"走近秦始皇的徐福点头哈腰地说道。

秦始皇高兴地举起了双手。

"我会给你六十艘船和三千善男信女，你快去瀛洲山吧。"

"是，遵命。"徐福跪着说道。

随着台词一结束，灯光全熄，下一幕开始了。背景也换成了蓬莱阁脚下，大海上漂着数十艘船。徐福正站在蓬莱阁上指挥着进度。

"所有物资都要用从神圣的土地上长出来的来补充。船员要清洁自己，所有的童男童女每天早晚都要为神仙奠祭。"身着长道袍的徐福命令道。

这时，苍崖登场了。他衣衫褴褛，弯着腰小心翼翼地要求觐见徐福。

"我是来自齐国临淄的画家苍崖。"

徐福皱着眉头嫌弃地看着他丑陋的样子。

"驼背，你的样子都可怕到难以直视了。这是一段神圣的旅程，你还是回去吧。"

这时苍崖叩首说道："如果允许小的和您同行，小的定会起到用处。还请您给小的一个机会吧。"

听到苍崖的话，徐福拍掌大笑。人偶肩膀一耸一耸地抽动着，精致得就像真人在表演。

"你一个驼背又能有何用处？"

这时，苍崖从袖子里拿出毛笔在地上画了一幅画。只见苍崖人偶摆了几个画画的动作，不久后地板上竟像变魔术般真的出现了一幅画，就和川剧里的演员变脸差不多。

"你一个驼背倒是挺有才啊！允你同行了，但是你要答应我一件事。"

"大人尽管吩咐。"

"在任何情况下，你都不能让人看到你丑陋的面容。"

"是，小的遵命。"

接近一小时的人偶剧如实地讲述了苍崖和徐福寻找不老草的冒险故事。费了九牛二虎之力才得以加入出征队的苍崖帮助徐福在日本建立了国家。自立为王的徐福渐渐变成了一位暴君，他每天都会折磨苍崖。对画作稍有不满，就会抽打苍崖，甚至还会用烙铁灼苍崖的脸。尽管如此，苍崖还是吞下了所有的苦。直到有一天，苍崖遇到了一位叫御园的当地女子。当时受尽凌辱的苍崖正在小溪旁哭泣，一个女子来到他旁边，很温柔地和他搭话。虽然御园又矮又丑，但她却有一颗善良的心。两个人很快便坠入爱河结了婚，不久后御园有了孩子。苍崖得知妻子怀孕的消息后高兴不已。然而仿佛会永远幸福下去的他们却迎来了上天的试炼。御园在生产中不幸死亡，诞下的小孩还是个驼背。苍崖努力从悲伤中走出来，尽心尽力地抚养孩子长大。他曾在为谈灭讨奶时被赶了出来，也曾半夜抱着发烧的谈灭到处找大夫。

直到那一天，出征队找到了不老草的消息传入皇宫。偶然得知此事的苍崖杀了传令官，独自出发去寻不老草。他历经千辛万苦终于见到了神仙，并把自己的故事从头到尾地告诉了神仙。感叹于苍崖爱子情深的神仙把不老草给了他。然而徐福得知了这件事后就派人去抓住了苍崖。他残忍地拷问苍崖，但苍崖始终没有说出不老草的秘密。最后苍崖被判斩刑关进了监狱。然而就在那天晚上，六只鹤来到了囚牢。六只鹤是神仙派来的精灵，它们用道术打败狱卒，成功地救出了苍崖。之后才收到消息的徐福立即派人去追苍崖。但苍崖有鹤的帮助，顺利地逃了出来。终于自由的苍崖给谈灭留下不老草后便死去了。托父亲的牺牲恢复健康的谈灭带着父亲的尸体与神一同消失在了瀛洲山上。

一共由十二幕组成的人偶剧和苍崖真实的故事有些不同。一是徐福开始就是个自私残忍的人，二是最后的结局——故事的结局更加圆满。虽然故事已经很老了，但是剧情并不比现代剧差，反而非常优秀。结束演出之后，人偶师们走出舞台进行谢幕。崔文桥也在其中。和充满热情的舞台相比，观众席的反应并没有很大，最后只是象征性地鼓了鼓掌。他们对苍崖的人偶剧没有丝毫的兴趣，只对人偶藏有的秘密感兴趣。会合中发生的所有事情都像用根本不搭的材料做成的奇怪又难吃的料理。

"希望大家能喜欢今天的演出。请大家先稍作休息，待会儿再共进晚餐。那么三十分钟后在剧场旁的宴会厅见。"

崔文桥说完便走出了剧场，会员们也都纷纷回了自己的房间。到达四楼客房的会员们在进房间之前都警惕地瞅了对方一眼。在那一瞬间，走廊里甚至都被他们的眼神擦出了火花。嘉温迅速进房间锁上了门，抓着门把的手颤抖得不行。如此惊悚的会合还是生平第一次参加，所有参会人都像沾满了血腥味的刽子手，若是出了什么意外需要砍下对方的脖子,他们定不会有片刻的犹豫。嘉温把头埋进了凉水里。

"打起精神来,郑嘉温。"

镜子上映照出嘉温的脸,一滴滴水珠滑落下来。用毛巾擦完脸之后,嘉温确认了夹克里的手枪。弹夹里有十三发子弹,虽然不充足但还可以对付一下。问题是他一次都没有开过枪。他只在服兵役时用在越南战争中使用过的小枪射击过几次。嘉温确认了保险装置之后便拉栓上了保险。

"拜托千万别让我用到这把枪。"

咚咚,有人在敲门。嘉温反射性地举枪对准了门。

"是谁?"

嘉温的声音在抖。

"是我,我有话要对你说。"

是元航寂。嘉温犹豫了一会儿,开了门,只有元航寂一个人。

"我又不会吃了你,让我进去吧。"

元航寂推了他一下,进了房间。她就像进了不该进的地方一样,皱着眉环顾了整个房间。

"有什么事吗?"

"你以为这里有你的一席之地吗?"

就像在做内务检查一样,元航寂用手指扫了一下桌子上的灰。

"并不是穿上僧衣就能成为和尚。哪怕是现在,也快把第二个秘密告诉我,然后离开这里,这是最后一次机会。"元航寂小声说道。

"不可能。那是将我父亲逼上死路的秘密,我一定要亲眼确认。"

嘉温就像石头般坚定。不知从哪里传来了飞虫翅膀的振动声,原来是从船窗里飞进了一只瓢虫。元航寂就像在想象虫子将要引发的蝴蝶效应似的，视线一直追随着它的飞行轨迹。最后，瓢虫停在了桌子上。像是刚刚经历过一段疲劳的旅程般，它抖擞的翅膀慢慢停了下来，在桌子上一动也不动。

"我这辈子有三次九死一生的时候。印象最深刻的就是我成为三合会会长的那天，我当时才二十九岁。我丈夫比我大十七岁，他担任了三合会南部的支部会长。当时我是一个什么都不知道的傻瓜，只是一个做饭打扫卫生的平凡女子。但是有一天，为了得到入驻浦东的外国人专用赌场的经营权，我丈夫所在的支部和当地一个组织发生了冲突。赌场对他们来说也很重要，他们当然会拼了命和我们干。争斗发生了多次，彼此厮杀的消耗战也持续了好几个月。最后两方决定妥协，他们提出均分利益。虽然当时火花并没有全灭，但丈夫由于忙着管理香港的事务，没有多想便接受了他们的提议。签约仪式定在中立地区的酒店里举行，我们三合会每当有重要合同要签时，都习惯带家人同行，那天也一样。我一如往常地做好准备，与丈夫一同去参加签约仪式。要过第一个十字路口的时候，我突然觉得手指上缺了点儿什么，原来我把结婚戒指落家里了。我让司机掉头回了家，然后戴上落在洗脸台上的戒指后就出门了。就在我到达酒店，准备走进大厅的那一瞬间，酒店发生了大爆炸。那群家伙在酒店里安装了炸弹。当时现场惨不忍睹。我也顾不上我新买的连衣裙上全都沾满了血，一直在找我丈夫。然而爆炸现场所有东西都炸得粉碎，压根儿找不着尸体。如果不是因为这枚戒指，我肯定也被炸成碎片了。"元航寂摸着手指上的戒指说道，一颗老大的钻石镶在上面。

"我最后只能用丈夫身体的几个部位为他举行了葬礼。一双腿，脚上还穿着我早上为他选好的鞋，还有戴着结婚戒指的手指。然而奇怪的是，我竟然没有哭。曾一直握着我的那双手单独摆在我眼前时，我只觉得陌生。那时我心里好像有什么变了，就像将按钮从左边拨到了右边一样。我明白了这世界有多残酷。不，也许是我知道了自己有多无情。重要的是那之后，在丈夫死后，他的一切都要由我来继承。他的公司、他的组织，还有他的财产，全都要我来管理。问题是三合会内部也有人想趁机爬上来，在他们眼里，我就是眼中钉，毕竟我妨碍到了他们。最开始他们是来蛊惑我，说管理帮会对女人来说太费劲了，也说会给我适当的钱，让我把权力交给他们，后来看我不同意便打算杀了我。我必须要做决定，是抛弃一切逃去海外，还是拼死保住丈夫的一切。我选择了后者，于是我便聚集了其他势力，将那些要背叛我的人一个一个除掉了，一个只会家务活儿的主妇成了三合会的会长。整理好内部麻烦之后，我直接和杀了丈夫的当地组织开战，争斗足足持续了半年，我都不记得当时死了多少人。但是我为丈夫报仇了，那是我第一次杀人，我冲害死我丈夫的人的脑袋上开了两枪。那一瞬间造就了现在的我。"

元航寂深吸了一口气，仿佛是想要再闻闻二十年前打完那一枪后的硝烟。

"现在，我所在的位子是由许多尸体堆成的山顶，我享受的富贵荣华全部是用死亡为代价换来的。这是一个先下手为强的世界。我可以确信一件事，那就是万事都有结果。我丈夫，还有杀了我丈夫的人，还有我，都会有个结果。这个世界就是悲惨的，悲惨到不留下任何痕迹，正是它给了我凌驾于死亡之上的恐惧。"

元航寂凝视着自己在另一个世界的神位。

"现在我告诉你我要干什么，听好了。晚餐之后，我会把这里的人都杀了，拿到六个人偶。我也要抠出你所知道的第二个秘密，当然不会用现在这样礼貌的方式。即便是扒了你的皮，剁了你的四肢也要让你说出来。那时候不管你怎么求我,我都不会饶了你。"

说完,元航寂便用手指把瓢虫摁死了。瓢虫一点儿挣扎都没有就变成了一个黑点。

"说,你现在要怎么办?"

这是最后通牒。夺走无数人生命的她的眼珠混浊得像今夜的渭河。嘉温好奇那个为丈夫做饭的二十九岁的元航寂会是什么样的,然而他完全想象不出来。

"如果是之前,我肯定会对你的威胁感到害怕,腿也会颤抖个不停。但在我知道了人偶的事情之后,我已经看尽了世界的各种丑陋。这世上有早已领悟佛音的麻风患者,也有八十多岁还执迷于用野心填补内心空虚的财阀。你知道我见到他们之后有什么感受吗?人生也没什么,再怎么传奇都是平凡人罢了。"

嘉温没有丝毫的动摇。

"你要为即将发生的事情负责。"

元航寂冷漠地走出房间。她一出去,嘉温便直接瘫坐在了地上,表面上他假装自己很强大,其实早已害怕得失了神志。突然,他笑了,没有任何理由。突如其来的微笑渐渐发展成了拍掌大笑,笑了半天的嘉温直接躺在了地上。好久没有这么舒爽过了,感觉今天把欺负自己的人给狠狠打了一拳。

船窗外已经黑下来了。嘉温听着波涛的声音,思考着坐上船的会员们的目的。他们寻找不老草的原因各不相同,有人是为过去的荣华富贵而倾倒,想要逆转时间;有人是想守住自己踩着别人性命得来的生命;有人是单纯为了享受永生的荣华富贵。嘉温的脑海里浮现出最初寻找不老草的那个男子。他虽然得到了全世界,却没能获得永生,最终只能被埋进壮观的棺材里。嘉温觉得那三个秘密追逐者就像秦始皇的分身，他们平分了早已越界的欲望，互相妒忌。嘉温其实可以想象到他们最后的结局，似乎和两千年前秦始皇的结局不差多少。离晚餐还有十多分钟。

餐厅非常宽敞，能够容纳一百多人。曾摆满了餐厅的中式旋转桌全都撤到了一边，只有一张桌子空荡荡地放在餐厅中间。每个座位都有相应的名牌，前面放着盘子和纸巾。嘉温在整点到达了餐厅，崔文桥已经坐在位置上了。当嘉温坐在父亲名牌前面时，剩下的参加者也都一一露面了。

"请坐在名牌对应的座位上。"

最后到的是铅白会长，石头扶着他坐在了最后一个空座上。围着圆桌的会员们看起来都很不自在，就像"二战"时的当事者们聚在一起一样互相瞪着对方。打破冷场的依然是崔文桥。

"请上菜。"

做好的菜一个个上桌了。第一个上的是配了黑醋酱料的鲍鱼鱼翅汤，和它一起上的还有放在翡翠色瓷器上的酒和酒杯。

"那么我替大率提议干杯。请大家倒满酒杯。"

大家不得已倒了酒。确认所有人的酒杯都满了后，崔文桥推开椅子站了起来。

"各位会员，今天是一个具有历史性意义的日子。传承了两千年的三友会时隔百年又一次盛大地举行了。真可谓是一个令人感动的日子，不是吗？各位能够在此追悼傀儡戏的创始者兼中、日、韩人偶剧的创始人苍崖先生，并愿意继续传承三友会的传统，我在这里再一次感谢大家。让我们为了以后三友会友谊的持续发展干杯！"

说完，会员们互相看着眼色举起了酒杯。

"干杯……"

他们很不情愿地干了杯,有的人甚至只是用嘴唇沾了沾酒液。

"刚才一直都在看表演,大家肯定都饿了。快请用吧。"

崔文桥对着厨房叫了一声,服务员们很快就端上了大菜。菜很好吃,品相也很好,有北京烤鸭、佛跳墙、鱼香肉丝和蒸石斑鱼、燕窝等高级料理。菜的味道和高级餐厅不相上下,可是没有一个人动手吃菜。唯一动筷子的就是崔文桥,他像饿了好几天一样吃得狼吞虎咽。他瞬间喝完汤,转了圆桌,夹了块北京烤鸭。

"为什么都不吃?都不饿吗?"

于是铅白会长率先拿起了筷子。

"他们准备得也挺上心,开吃吧。"

会长没有动开胃菜,筷子直接伸向了燕窝。

"厨师的实力还不错。"会长吃了一口说道。

"都是重要的客人,怎么会随便应付呢?我们请的都是大名鼎鼎的中餐厅厨师长。"崔文桥拿包了烤鸭的饼蘸着酱料说道。

一直都在互看眼色的会员们不得不拿起了筷子。嘉温也小心翼翼地尝了一口开胃菜。汤很鲜美,鱼翅料理得刚刚好,口感也很柔和,可他却无法下咽。对面坐着杀害父亲的凶手,旁边则是想要自己命的三合会会长。嘉温放下勺子举起了酒杯。里面是茅台酒,酒精顺着食道流进了胃里。整个餐厅里只有筷子与碗碟碰撞的声音。吃饭的人之间,像秤一样摇摆着岌岌可危的短暂平稳。

"你们以为我就是为了吃这些才来这里的吗?"元航寂突然拍着桌子吼道。

瞬间,可怕的沉默充满了房间,崔文桥沉着地放下勺子和筷子。

"您有什么需要吗,元航寂会员?"

"你是真不知道才问吗?"

元航寂愤然而起，凶狠地看着他。

"据我所知，您是来参加时隔百年再次重启的会合的。"

"虽然我不知道你的来头，但如果你一直这么玩弄我，小心小命不保。"

"我也同意元会长的话。我们远道而来是为了确认秘密。"

一声不响的日本皇室开口了。

"重要的是你们带来的人偶到底是不是真的。"铅白会长嘲讽地说道。

"那你的意思是说我的是假的吗？"元航寂怒斥道。

"没确认过谁知道呀。"

铅白也没有退让。

"哪来的臭老头儿?!"

元航寂拔出藏在身后的刀向前扑去。这时，崔文桥挡在了她的前面。

"我说过了不能用武器。"

"你想死吗？"

元航寂的刀抵在崔文桥的脖子上。

"不如先让专家鉴定一下真伪怎么样？"

是日本皇室。

"鉴别？让谁？"

元航寂一问，皇室看向了嘉温。

"你不是个有资格证的专业鉴定师吗？"

铅白会长跟着凑起热闹。嘉温思考了一会儿，如果就这样放任三个势力碰撞起来的话，估计在弄清楚秘密之前便得死一片了。现在确实需要一个仲裁。

"好，我来鉴定。但是有一个条件。"

"什么条件？"元航寂问道。

"若是鉴定后表明人偶是真的，那大家要在这里一同确认人偶藏有的秘密。"

"那你所知道的玄成的第二个秘密呢？"

会长还记得重点。

"当然我也会告知第二个秘密。"

嘉温像保证似的点了点头。互相牵制的三个人在脑子里快速计算着，而崔文桥只是满脸微笑地注视着他们。

"我同意。"

第一个出声的是元航寂。

"我也同意。"

日本皇室也说道。

"你们都同意了，我也没办法。但必须要同时在这里公开。"

会长到最后也没有放下怀疑。大家都对他的话表示同意。

"那把人偶拿来吧。"

待嘉温说完，大家都回去拿人偶了。在那期间，服务员撤掉了桌上的菜。石头似是很饿，双眼一直盯着饭菜。之后所有人都拿来了人偶。

嘉温说道："都把人偶放桌上。"

会员们互相看了一眼，这才小心翼翼地把人偶放在了桌上。两千年之后，六个人偶终于再次聚在了一起。所有人的视线都集中在人偶的身上。

"我需要螺丝刀和放大镜。"

崔文桥备好道具后，鉴定正式开始。嘉温第一个鉴定的是元航寂的秦始皇人偶。人偶脱下龙袍后露出了赤松做成的身体。他回想着缝纫机老头儿的做法，小心翼翼地观察起人偶，尤其是肋下苍崖的落款和赤松的年度，以及连接处，他看得格外细致。

"是真品。"

"你确定吗？"

会长满是怀疑地问了一遍。嘉温没搭理他，拿起下一个人偶。是父亲的徐福人偶。嘉温扒开衣服之后率先看了后背。

"这个不用再看了，毕竟之前一直由我父亲保管。"嘉温瞪着会长说道，会长嘴角扬起一个卑劣的微笑。

下一个是崔文桥的御园人偶和日本皇室的谈灭人偶、神仙人偶，都是真品。最后剩下的只有苍崖人偶了。

"这也是真品，是我前天刚找到的。"嘉温放下人偶说道。

"全是真品。"

在嘉温确认完之后，场内突然流淌起微妙的紧张感。那是一种夹杂着心动，以及向秘密靠近一步之后的喜悦的紧张。嘉温也一样很兴奋。

"好，现在请公开秘密。"崔文桥说道。

"等等，我们公开了人偶，那你呢？你要怎么公开你所知道的秘密？"会长向嘉温大喊道。

"我的秘密是一首歌，所以等拆解完这些人偶，确认完秘密之后，我自会把歌词告诉你们的。"

"我要怎么相信你？！"

是元航寂。他们都不相信对方，对他们来说持有怀疑已经成了日常生活。

"我又不是你们。我肯定会公开的，不用担心。"

"那如果你公开的歌是假的怎么办？"

日本皇室的眼睛透过额前的白发盯着他。

"若是假的，我愿意交出我的性命。反正我们现在都在渭河之上，也没地方可以逃跑。"

嘉温说完后，他们又互相看了一眼。

"又没有什么办法，先相信他吧。"崔文桥说道。

大家看来也都同意了。

"行，那我先相信你。但你若敢骗我，我便活生生地把你的皮给扒了。"

元航寂的威胁并没有让嘉温动摇。

"那我开始拆解了。"

嘉温最先拿起的是秦始皇人偶。

这时元航寂抓住了他的胳膊说道："等等，为什么我的是第一个，我的最后一个再公开。"

嘉温没办法，只得换了旁边的神仙人偶。这次日本皇室又站起来了。

"凭什么？凭什么你的是最后一个，我的却是第一个？"

"如果你们不公开，那我也不公开了。"

"搞什么，你是不相信我吗？"

连同会长也掺和进来，餐桌上的氛围惨不忍睹。嘉温对此感到既荒唐又寒心，大家都是社会链高层的人，现在却连一个简单的顺序都定不好，只知道像小孩子似的胡搅蛮缠。安静旁观的嘉温随便拿起了一个人偶，然后直接用螺丝刀把后背给拆了。

"你在干什么?！"会长大喊道。

嘉温第一个拆开的是徐福人偶。嘉温很轻蔑地看了看他们三个

403

人,然后拆开了元航寂的人偶,之后依次又拆开了崔文桥和日本皇室的人偶。直至拆完第六个人偶,他便将藏有秘密的人偶背部全都放在桌上,排成了一列。刚才还在争吵的三个人不约而同地闭了嘴,扑向桌子。他们睁大了眼睛,确认着终于现身的人偶秘密。不仅是他们,房间里的人都挤到了餐桌前。嘉温也夹在他们之间,仔细地观察人偶的秘密。场内的沉默持续了几分钟。那是贯穿了两千年的肃然沉默,谁都不敢率先打破。

"这是什么?这就是所谓的秘密?"

打破寂静的是石头。到现在为止连呼吸声都不敢出的他掩不住失落地抱怨道。

"你闭嘴!"

会长呵斥了他,石头这才闭上了嘴。藏在人偶背部的是数字,每个背上都刻有几个数字。

  三十五,三十六,四十六,八,五十九,六十,二十四,五,六十五,七,五十七,六十八,五十八,五十,七十,七十八

一共十六个数字。人们仿佛都突然回过神来,纷纷记起了数字。有的记在手心,有的记在纸巾上。日本皇室则是用准备好的相机一一拍了照。见此,其他人也都拿出手机开始拍照。嘉温拿出笔,将数字写在了胳膊上。忙完后,所有人的视线都看向了嘉温。

"好,现在轮到你了。"元航寂冷酷地瞥了他一眼说道。

嘉温理了理袖子,深吸一口气。

"现在我要公开第二个秘密,听好了。"

说完,所有人都开了手机里的录音软件。

"好，开始吧。"

会长把手机伸得离嘉温近了一些。

"记住，如果你敢说谎，就别想活着出去。"元航寂吐着寒气说道。

然而嘉温却轻蔑地推开了他们的手机，拿起油性笔在桌子上写起字来。是今天清晨雪芽教给他的古代歌词。这首从古代传下来的歌被他整整齐齐地写在了桌子上的白布上。周围的所有人都屏住呼吸，直勾勾地看着桌子。写完后，嘉温环顾了一下场内。

"这就是玄成的第二个秘密。"

四处闪烁着手机的闪光灯，像见到了有名的明星，快门声此起彼伏，然后很快又寂静了下来。所有人都像刚结束冬眠的动物一样互相防备着对方。现在所有秘密都公开了。会长先开了口。

"你跟我来。"

会长带石头急忙地走出了餐厅。他想要隐秘地解开秘密，于是回到了自己的房间。紧接着，大家像都在等这一刻似的，元航寂和日本皇室也走了。每当有一个人走出餐厅，其他人就像牛群在移动似的互相竞争着跑了出去。现在餐厅里只留下嘉温和崔文桥了。

"你不打算揭开秘密吗？"

听到嘉温的问题，崔文桥露出了意味深长的微笑。

"着急的应该是你。"

崔文桥说完就走了。所有人都离开之后，餐厅里只留下了此前他们拼命寻找的人偶。它们就像被父母抛弃的孩子一样，孤零零地躺在那里。嘉温凝视了一会儿这些欲望的残渣之后便走出了餐厅。客房所在的四楼寂静无声，但每个房间里都传出了微妙的兴奋，流淌在走廊的空气里。回到房间的嘉温锁上了门，开始破解歌和数字的关系。

多憾疴僂兮唱之葷，雒陽高臺兮獻白雲
遙遙渡渤兮有仙藥，扁舟乘浮兮莊重心
九天神人兮何佑下，千丈萬波兮之仙鄉
雪之瀛洲兮游而遐，不得長生兮皇積怒
求歸以死兮食人海，疴僂不欺兮我遺子

秘密看起来出人意料地简单，数字是这首歌的专用符号。嘉温先给汉字标了数字，但问题是，人偶应该也有一个顺序才对。

"如果我是苍崖。"

嘉温在苍崖的立场上推理。他最先想到的是人偶剧里的出场顺序。第一个在舞台上露面的是秦始皇。之后是徐福给秦始皇讲了关于不老草的故事。然后是苍崖登场，他的妻子御园和谈灭紧随其后。最后是神仙。嘉温先按照这个顺序排列了数字。然后再按顺序代入汉字组合起来。

然而组合出来的汉字却构不成一个有意义的句子，推理错误。那又是什么顺序呢？嘉温再次回到了苍崖的立场。

"苍崖是在一个晚上做好了六个人偶，把不老草的秘密藏进了人偶里，然后再把人偶给了六个弟子……"

突然他又想到另一个顺序。

"见弟子的顺序。"

据巫马施所言，苍崖并没有一次性见所有徒弟，而是依次与徒弟单独见面并且给了人偶。

"苍崖最先见了石子促，给了他神仙人偶，之后将谈灭给了马云、御园给了舒谦、秦始皇给了陈康，然后把苍崖人偶给了濂溪。最后把徐福人偶给了自己的大弟子玄成,并告知了第二个秘密。"

嘉温按苍崖见弟子的顺序排列了数字,然后再组合了汉字。于是就出现了这样一篇文章。

　　神人亡葦,長生藥兮!
　　求之不死,得之食我。

　　神仙的身体就是长生不老的药!
　　如果要长生,就找到我吃了我。

"神仙的身体是不老草……吃了我的身体……"
这到底是什么意思,再怎么看这些文字也没办法解释清楚。组合并没有问题,如果没有别的顺序,那很有可能这就是秘密的内容。
"秘密分明就藏在其中……"
嘉温耐心地咀嚼着这些文字。不知过了多久,有一个想法如闪电般掠过他的脑袋。那是一个和人们之前创造的先见之明截然不同的观点。
"不老草并不是药草,神仙的身体就是不老草。"

***

无法想象的寒冷,黄色的鼻涕已经冻成了冰,嘴里吐出的热气化为冰霜随着寒冷的山风消失了,下了两天的雪不知不觉已经堆到了膝盖。虽然现在才十月,但和歌山已经迎来了冬季。苍崖穿着单薄的胡服和草鞋在深山里徘徊。即使披着用草芥做的披风也没有任何作用。已经过了两天,在传令官那里听到不老草位置的他立刻马不停蹄地赶来了和歌山,然而却迷失了方向,一直都在原地徘徊。手和脚都已冻得发黑,被暴风雪吹了一整夜的脸也早已失去了知觉。这两天他一直以吃树皮和葛根为生。

"等我,谈灭,父亲一定会治好你的病。"

四肢已冻得难以行动,但为了给儿子治好病,他还是咬牙坚持到了现在,然而他的身体早已超出了负荷。和歌山是一个山壑幽深、山势险恶的恶山。身体本不健全的他想要在寒冬里爬上那陡峭的山壑,近乎不可能。艰难前行的苍崖最终还是没有受得住寒冷,倒下了。

"不能就这么放弃,好不容易才来到神仙山,我一定要找到灵药。"

有所察觉的徐福肯定已经马不停蹄地追上来了。苍崖使出吃奶的劲儿,重新站了起来。他挪着千斤重的脚步在膝盖高的雪里走了几步又倒了下来。手和脚已经冻得没有了知觉,在痛苦下扭曲在一起的脸上没有了一丝生气。

"会这么死掉吗……"

风声愈来愈远,苍崖感觉盖在他脸上的白雪和被子一般温暖。他终于坚持不住,不再拼死抓着意识了。这时,不远处的杉树林里出现了一个模糊的影子,肯定是一只饥饿的野兽,只见那影子如同蜡烛般闪烁着向苍崖靠近。

"也好,你拿我填饱肚子吧……"

地狱使者带着黑暗扑倒了苍崖。

好痛,四肢传来的痛苦让他知道了自己还活着。苍崖一边呻吟一边睁开了眼睛,他现在正躺在一个漆黑的窝棚里。圆锥形的棚顶是用树枝和草芥做成的,一棵巨大的杉树代替柱子支撑着棚顶。地上铺着软软的稻草,正中间还燃烧着木柴。

"你终于醒了。"

一个人掀开入口处挡风的草袋走了进来。他说着一口流利的故乡话,好像是秦国人。苍崖被人救了,他想看一下恩人的脸,但身体却不听使唤。

"你的手脚都冻得不成样子了,还好我秋天采的草药还剩了些。我简单地给你处理了一下伤口,剩下的只能听天由命了。"男子一边烧着柴火一边说道。

他的声音充满了岁月的痕迹,同时也很清亮。苍崖借着渐亮的火光依稀可以看清他的长相了。长长的胡须,满头整齐的银发,几乎要挡住眼睛的眉毛,八字形仁慈的眼形,搭配着一身白色的道袍,仙气逼人。

"你是……"

"神仙,是吗?"

老人露出了一个孩子般明亮的笑容,他的年纪像是会随着表情变化一样。他将火炉上煮着的米汤装在碗里走了过来。碗上到处都是裂缝,衣服上密密麻麻的都是补丁。

"不好意思,让你失望了。我不是神仙,我只是一个白发苍苍的老人罢了。虽然我和这棵树年纪差不多,但我到现在都没见过神仙。呵呵。"

老人舀了一勺米汤喂给苍崖,里面可能掺了点儿药草,苦得有点儿难以下咽。

"良药苦口,你总得尽快振作起来吧。"

苍崖仔细一看才发现窝棚里挂了很多草药，柱子和棚顶上到处都用绳子系着晾干的草药。不仅如此，窝棚里还栖息了很多动物。杉树做成的柱子上有猫头鹰、张飞鸟、杂色麻雀等留鸟[1]筑巢定居在这里，角落里还蜷缩着貉子、水獭和幼小的香獐子等动物，全都是些受了伤或者残废的山间野兽。鸟儿们仿佛是把老人与野兽当成了自己的雏鸟，时而在老人身边飞来飞去，时而停靠在动物的背上。

"这是哪里？"

"和歌山深处，我称这里为瀛洲。夏天爬上山顶看看，你便会觉得这里是神山。"

"我看您应该是个秦国人，怎么会在这里和山间野兽住在一起？"

苍崖没有再喝，把碗放了下来，或许是没胃口了。

"我不是秦国人，我是魏国人。我厌烦了世间的贪婪，便来这里寻找神仙之地了。"

老人深邃的皱纹似是在描述以往所经历的艰难世事。

"话说回来也不知道卫鞅过得好不好，当时他来找我拜师坚定地说想要入法家，看起来似是对世间充满了怨恨。结果我日后又听说他去秦国当了左庶长[2]，也不知道过得如何，有没有好好辅佐秦王。"老人摸着受伤的香獐子说道。

苍崖疑惑地歪了歪头。

"卫鞅的话，您是指秦国大良造[3]商鞅大人吗？"

"没错。正是说服秦孝公实行变法，把国家闹翻天的商鞅。"

---

1 留鸟：终年生活在一个地方，不随季节迁徙的鸟。

2 左庶长：爵位名，是秦国沿用了几百年的官名，也是最有实权的大臣职务。

3 大良造：取名自为大上造之良者，是秦孝公时期秦国国内最高官职，掌握军政大权。秦惠文王之后成为爵名，位列二十等军功爵制第十六位。

苍崖瞬间脑袋里一片空白。商鞅是秦国的宰相，他是辅佐秦孝公为秦国一统天下打下基础的政治家，但是商鞅却足足比苍崖生活的年代早了至少150年。秦孝公也是秦国卷入吴越之战时在位的君王，但老人却说商鞅是他的小弟子。

"老人家，商鞅很早以前便被指名为逆贼处死了。"

老人的脸突然暗了下来。

"是吗？他一直都对自己生为庶子的事充满埋怨，我还担心他会惹祸上身，结果还真的那样了。"

老人无力地笑着。

"可是老人家您又是什么人，竟然会认识商鞅大人？"

"我是魏国的李克，文侯一直叫我悝。"

老人露出了灿烂的笑容。苍崖已经失去了言语，愣在那里。李克是魏国的宰相，也是法家思想的大家。曾担任魏文侯老师的李克写了变法改革和富国强兵的书，是让一度弱小的魏国摇身一变成了强国的大政治家。他是第一本法典《法经》的作者，也是法家的始祖。然而李克却是始皇一统天下两百年以前的魏国人。

"您真的是李克先生吗？"苍崖难以置信地问道。

"正是，我虽已年迈但还不至于忘了自己的名字，还没糊涂成那样呢！"

老人大笑了起来。

"魏国现在怎么样了？文侯之后是谁继位了？他治国如何，有没有让民生挨饿？"

老人好久没遇到故乡人，不停地询问着苍崖。

"老人家，魏国早没了。"

"没有了？"

"秦国的始皇帝已经一统天下20年了。"

老人脸上的笑容渐渐僵硬了。

"是吗？这样啊……"

"您到底在这座山上住了多久？"

"我早忘记数日子了，谁住在这里都会慢慢忘了尘世，忘了岁月。"

"我看您至少住了150年。"

"150年？"

苍崖详细地给老人讲述了这段时间大陆所发生的事情，特别是三家分晋、七雄争霸、始皇一统的过程。李克只是端坐在那里静静地听着。

"都过去那么久了？"

李克听完后仍是一副不可思议的表情。

"您怎么能活这么久？难道您找到了不老草吗？"

冻伤的手和脚再也不疼了。在异国他乡的深山里见到的老人虽说不是神仙，但他知道战胜岁月的办法。

"不老草？"

李克陷入了沉思，沉思的样子像极了呼风唤雨的神仙。

"我猜是因为那东西。"

"那东西？"

"墓草……"

"那是什么？"

"是只长在山神坟墓里的药草。这里之所以叫作瀛洲，是因为有很多奇岩绝壁和地势陡峭的山峦，甚至被称为三神山的山也多达数十个。其中，和歌山更是灵力充沛。据说只是喝一口这里的水，什么病都能治好，这里的灵力便是如此神奇。我住在这里时一直都在研究药草和动植物，为了研究药草我甚至亲自涉险，好多次都差点儿丢了性命。正在我沉迷于观察动植物的时候，我发现了它们有一个奇特的共性，就是这里的动物比其他地方都要长寿。"

不知什么时候李克的旁边坐满了动物。

"即使是相同的香獐子，仅仅因为生活在这里，寿命便比外面的长了近两倍之多。不仅如此，受伤后存活下来的概率也要高得多。我很好奇个中缘由。直到有一天，我为了挖草药走进了山的深处，结果迷路了。我在山谷里困了好些天，不知道第几天，我在找路的时候踩空了，摔到了悬崖里。撞到后脑勺的我昏迷了大半天。等我打起精神时，太阳已经徐徐下山了。当时身体状况很糟糕，腿也断了，浑身是伤痕。如果这样下去，等太阳落山后，我就只能成为豺狼口中的食物，就是那时我看到了惊人的事情。

"山神出现了。它是当地人所信奉的山的主人，是一只长着尖耳朵、全身覆盖着白毛的山猫。我也是第一次亲眼看到。然而山神走路的样子却有点儿奇怪，它的腿瘸了。山神受伤了，它当时正拖着负伤的身子走向某处。我忘记了疼痛，起身跟在它身后。没走多远，我眼前出现了令人震惊的壮异之景，那才能称为山神的栖息之处。奇岩绝壁搭配着山水画中才会出现的遒劲松树，瀑布周围开满了美丽的花朵，远处的天空上挂着赤红的晚霞。然而一到那里，山神就径直地下了悬崖，明明瘸着腿下悬崖很可能会丢了性命。它拖着遍体鳞伤的身体下了悬崖，悬崖下长着一些古怪的草。草有拳头那么大，叶子像昆虫的腿一样长满了毛，如木炭一般乌黑的花倒挂在叶子下。如此古怪的草布满了整个崖底。山神发现草之后直接就咬了上去，以肉食为主的山猫竟然在吃草！震惊的是那里不仅有山神，还有其他的动物。全都是些受了伤或者是身体不健全的野兽，它们全都在啃着怪草。动物们都有趋吉避害的本能，这古怪的草肯定有什么药效。我不禁好奇起来，于是我也小心翼翼地爬下了悬崖，拔了一根草品尝。我还是第一次吃到如此苦的药草，舌头都发麻了。但过不了多久，令人吃惊的事情发生了。痛苦在慢慢减轻，伤口也开始愈合了。还没到两天，所有的伤口便都痊愈了，甚至连摔断的腿也在五天之内便可以行走了。这里的动物长寿的原因就是那个药草。从那时起，每当身体出了什么问题，我都会煮那个草药喝。让我感到惊讶的是，从定期服用那个药草开始，我便再也没有病过了。不仅如此，精神气儿也好了不少，就像回春了一样。"

苍崖确定这就是他在找的不老草。

"您能告诉我那个药草长在哪里吗？"

他兴奋地想要起来，然而现在的病躯还无法支撑身体的重量，他又摔回了原地。

"很遗憾，我也找不到墓草了。"李克扶着他说道。

"那是什么意思？您不是说您在定期服用吗？"

"好像是有些当地人也找到了山神的坟墓，然后他们大量地采摘了。现在连动物也不再过去了。"

"那其他地方也可能会有吧？"

李克摇了摇头。

"按你的话说，我最后一次找到墓草也是一百年前的事了。虽然我也一直在找，但在那之后便再也没见过了。"

苍崖感觉天塌了。他不惜生命找来这里的意义在瞬间消失了，拯救血亲的唯一希望也随之化为了泡沫。苍崖流下了伤心的泪水，饱含着怨恨的泪水一滴滴地打在他萎缩的心脏上。

"你的眼泪里有不少故事,你到底是为何拖着不便的身体来到这里?"李克悲伤地看着他问道。

"我有一个孩子……"

苍崖擦去眼泪,开始和他讲起了原委。从他驼背的人生到与徐福一起来到这里寻找不老草,他倾诉着自己身上发生的一切。李克默默地听着整个故事,时不时抬起手抹掉泪水。特别是讲到苍崖好不容易才拥有的妻子御园去世、给他留下谈灭的时候,李克甚至呜咽了起来。他是真心地能感受到苍崖的痛苦。

"果然是一段悲切的故事。"

李克一边擦着眼角一边走向窝棚的一个角落,他拿开地上堆着的药材堆,望了望地下埋着的许多坛子,然后从中间端了一个回来。

"这是我亲自泡的药酒,里面放了很多名贵药材。本是打算在我要离开这里的时候喝的。"

李克打开了酒坛的盖子喝了一口,然后递给了苍崖。

"为了你可怜的孩子。"

苍崖接过酒坛,像是在悼念冤魂般将酒坛高高地举起。他们便这样你一口我一口地喝了起来,既没有十分特别的对话,也没有怨天尤人,只有柴火燃烧的声音和酒液晃动的声音。当酒坛里的酒都喝完了,李克才打破了沉默。

"我曾怀着青云之志去找文侯,也担任过宰相,把魏国发展成中原一霸。然而这一切都是徒劳无功的空中楼阁。接连不断的战争,死在小人的权谋之下的吴起等优秀人才。人类只不过是贪得无厌、狡猾至极的废物罢了,我厌倦了世事,于是便来到了这里。我在深山里研究药草、照顾动物,也对身而为人的道理进行了思考。随着岁月的流逝,你知道我思考出的结论是什么吗?直面并接受事实。人心犹如地浆[1]，一旦产生执念便会变得像泥水般混浊，即便是眼前的事物也会看不见。但人的心性其实很安宁，只要接受事实，便会如黄土慢慢沉淀后重归清澈的水一样万物自明。自古以来，人只有在必须放下时才会放下，必须离开时才会离开。"

虽然李克已经喝醉了，但他的眼神依然如瀛洲的天空一样清明。

"您是想和我说什么？"

苍崖却已醉得不行，像泥水一般什么都看不到。

"最好的药材并不是药材本身，而是长期服用药材的动物。药物成分会一点点融入动物的身体，药效自然也会更上一层楼。所以打以前起，吃下长期服用药草的生物才是最好的治疗办法。"

"我还是听不懂您在说什么。"

酩酊大醉的苍崖拜酒劲儿所赐，深陷在失落中不能自拔。

"从现在开始好好听我说。你明天早上醒来后立刻去厨房，那里有一口巨大的陶缸。想救你孩子的话，就把里面的东西全都吃了。一滴汤都不能留下，必须要全都吃掉。"

李克的声音里充满了悲怆。然而苍崖却不敌酒劲儿，直接昏睡了过去。

第二天，苍崖抓着因宿醉而隐隐作痛的头醒来了。由于窝棚里一个窗户都没有，他对现在是几时几刻毫无感觉。窝棚里安静得有些诡异。苍崖环顾四周，并没有看到李克。不知为何，连一同生活的动物也都消失不见了。窝棚里只留下苍崖一个人。

---

1 地浆：第四纪陆相黏土质粉砂沉淀积物，多呈灰黄色，富含钙质及钙质结核，呈疏松或半固结块状，遇水崩解后易加水拌和成悬浊液。

"老人家到底去哪儿了？"

苍崖突然感到很渴，他拖着受伤的身体向窝棚外走去。不知不觉和歌山已经迎来了深冬。连着下了几天的雪让所见之处全都变成了雪原。苍崖捡起脚下的雪尝了尝，冰冷的雪一下子就缓解了口渴。苍崖面朝苍天，深深地叹了口气。象征希望的和歌山，此刻的天空只为他洒下了片片洁白的雪。现在他已无处可归。虽然继承了不幸的孩子还在孤单地等着他回去，但愤怒的徐福肯定也为了寻找自己而急红了双眼。死亡的恐惧再一次笼罩着他。

"多恨的人生，何苦再继续？"

已经快烂了的手脚在寒风中不停发抖，苍崖一边决定着自杀的时间和方法，一边回到了窝棚内。这时他发现旁边的窝棚里正在冒着热气，是厨房。苍崖从敞开的门缝向里望去，看到了一口大陶缸。缸大得可以放进一头猪，下面的柴火已经烧得只剩下黑灰了，但缸里仍然冒着热气。直到这时，他才想起昨晚李克对他说过的话。

"里面到底有什么东西……"

苍崖一瘸一拐地走进厨房，勉强只够两个人挤挤的厨房里有一个泥土砌的灶坑，棚顶还挂着些晒干的食材。那口陶缸正放在窝棚的正中间。

"到底去哪里了？"

依然不见李克的身影。整个厨房里充满着令人作呕的腥臭味。虽说是从未闻过的味道，但又有点儿像直接把未经处理的野兽扔进水里煮的恶臭味。臭味是从陶缸里飘出来的，好奇心作祟的他朝缸里望去。确认过后的苍崖忍不住吐了起来，由于他一直没有进食，吐出来的只有胃液。缸里竟然是李克，在缸里煮了一晚上的李克身体早已肿得蜷缩在一起。苍崖这才明白昨晚李克说的话。李克听了苍崖的故事后决定把自己所拥有的最珍贵的药材给他,正是李克自己。苍崖跪在李克的尸体前痛哭了起来。

"老人家,您的恩情我永世难报,我一定会按照您的话把灵药交给我的孩子。"

苍崖一边擦着满眼的泪水一边靠近了缸。

***

嘉温浑身都僵硬住了,只有嘴角有细微的抽动。

"吃了神仙身体的苍崖变成了不老草,然后他是为了把自己的身体交给谈灭,才会故意让徐福抓住。那么谈灭之所以也成了永生之身是因为……"

秘密的真相完全超乎了他的想象。苍崖为了得到人类不该觊觎的灵物,跨过了同类相食的界线。嘉温久久没有从冲击中缓过神来,愣愣地看着解读出来的文字。

"快开门!你这个骗子!"

是元航寂,她一边拍着门一边大声喊道。

"你不开,那我自己开了。"

只听见一声枪响,门把手掉落在地。紧接着元航寂、日本皇室和会长一起冲进了房间,他们都是一副怒气冲冲的样子。

"有什么事吗?"嘉温冷静地问道。

"你别明知故问了,你骗了我们!"

元航寂拿枪指着嘉温的脸。她的眼神里燃着怒火,仿佛等不及想要扣动扳机。

"你为什么会这么想？"

听见嘉温的疑问后，会长把纸条递给了他，上面是他之前解读出来的内容。

"这到底是什么意思？"

"字面上的意思。"

"如果你说服不了我，我就当场要了你的脑袋。好，你来解释一下，这到底都是什么鬼话？"

元航寂一边填弹一边吼道。

"不老草并不是你们所认为的一株草，而是一个人。"

他们依然是不可置信的目光。嘉温平定了一下心情，开始耐心说明。

"杀死传令官、去往和歌山的苍崖在那里见到了神仙，然后得知不老草并不是药草，而是神仙的身体，所以苍崖便吃了神仙的身体。"

"你是说他吃了神仙？"会长反问道。

"是的，他吃了。虽然我不知道那人是不是真的神仙，但吃了那人的苍崖确实成了不老草。然后苍崖就被徐福给抓住了，但是谁都不知道苍崖就是不老草，谁又能想得到呢？即使徐福为了问出不老草的下落一直都在拷问苍崖，但苍崖到最后也没有开口。最后苍崖被判了斩刑，于是他便发挥了自己的天赋在一夜之间做出了六个藏有秘密的人偶交给了自己的弟子，拜托他们将人偶交给谈灭。受到徐福追击的弟子们在分开之前第一次，也是最后一次打开了人偶。但是人偶里藏着的只有一些数字，唯有大弟子玄成才可以解读，因为他还知道一个别人都不知道的秘密。得知苍崖就是不老草的玄成找到了谈灭，然后按照苍崖的遗言让他吃下了师父的身体。"

一些不知归属的时间碎片在狭窄的房间上空飘浮着，惊人的真相正在慢慢还原。

"如果你说的是事实,那不老草的秘密就是……"

"谈灭。现在他就是不老草。"嘉温断言道。

得知不老草秘密的他们呆若木鸡。

"那谈灭应该还活着才对,他到底在哪里?"日本皇室用发抖的声音问道。

"我也不知道。老实说我觉得这个秘密本身便像个玩笑。"嘉温把写有秘密的纸条扔进垃圾桶说道。

"不可能,那怎么可能!"会长怒吼道。

"我为了解开不老草的秘密足足花了二十年,结果你却说不老草是一个人的身体?真以为我会相信那种胡话?"

元航寂再次拿起枪对准了嘉温。

"肯定是你小子在骗我们,那丫头在哪儿?那丫头肯定知道真正的秘密。快说,那丫头在哪儿?"

元航寂大喊道,但嘉温却不为所动。威胁已经动摇不了他了,他只觉得他们可怜。不,是觉得他们渺小。他们亲眼见到了事实却还不肯相信,只因事实与自己预料的不同。

"我反正是说了,你们自己看着办吧。"

嘉温掉过头来开始整理起行李,他一秒都不想再待下去了。瞬间,"砰"的一声,有人开枪了。子弹穿透嘉温的右肩膀,卡在了船舱的墙上。嘉温一时间浑身无力,双腿踉跄了一下。

"下次会瞄准你的后脑勺。好,我只数到三。快告诉我那丫头在哪儿?一……"

嘉温转过身,正面凝视着枪。

"二……三!"

正在元航寂要扣动扳机的时候。

"等一下。"

是日本皇室，元航寂的手指停住了。

"说不定是真的。"

"什么是真的？这家伙刚才说的那些？"会长问道。

"没错。"

皇室压下元航寂的枪向嘉温走去，嘉温的肩膀已经让鲜血给染红了。皇室递给了他一块手帕。

"如果你说的都是真的，谈灭真的成了不老之身，那现在当真再也找不到不老草了？"

"如果人偶上写着的秘密是真的，那不老草肯定还活着，谈灭就是不老草。"

嘉温用手帕按住伤口，嘴里忍不住吐出一声呻吟。

"你是说谈灭还活在某个地方？"

"毕竟史料哪里都没有记载谈灭的死，如果他真的是不老之身，肯定还活着。"

"你觉得是在哪里呢？"

嘉温用锋利的眼神瞪着他。

"如果我是谈灭，肯定会在哪里看着我们。"

皇室的表情突然凝固了。

"崔文桥……"

"那家伙去哪儿了？该不会跑了吧？"会长大叫道。

皇室率先离开了房间，紧接着其他人也跟着出去了。

"别想跑，我会盯着你的。"

房门关上前，元航寂狠狠地看了嘉温一眼说道。他们消失后，嘉

421

温立刻按着肩膀倒了下去。拿开已被鲜血浸湿的手帕，伤口出现在眼前。虽不是重伤，但子弹还是贯穿并打碎了锁骨。剧烈的阵痛不停袭来，嘉温却没时间干坐着。现在的船上早已让杀气给笼罩了。这样下去丧失理性的会员们迟早会像百年前那样发展成一场杀戮惨剧。嘉温扯下点儿床单，简单地包扎了一下伤口，然后便小心翼翼地察看着外面的情况。走廊一片安静，会员们正在甲板上搜索崔文桥。嘉温蹑手蹑脚地踏入走廊。这时楼下突然传来了高喊声，崔文桥在晚餐后便藏匿了起来，再也没有露过面。嘉温拿着手枪慢慢走向楼梯口，然而元航寂的房间里却传来了声响，里面还不止一两个人。嘉温小心翼翼地看向房间里，都是三合会的成员。四五个成员正在里面等待着，以备不时之需。

"该死，这下怎么办？"

嘉温将后背紧贴在走廊的墙壁上，站在门口正犹豫着，这时，甲板上突然传来一声枪响。听到枪声的成员们紧急地对着对讲机说了什么。"砰"的一声，甲板又传来一声枪响。几乎是同时，三合会的成员们纷纷掏出枪冲进了走廊。嘉温毫不犹豫地躲进了一个空房间里，然而听到枪声跑进走廊的并不只有三合会的成员，还有以榎本为首的日本人，他们也偷偷地藏在了船上。发现彼此的两伙人举着枪对峙着，战斗一触即发。嘉温屏住呼吸偷偷瞄着他们。正在这时，又传来了枪声。这次是几支枪同时开了火，两伙人一边警备着彼此，一边同时开始向甲板跑去。在他们消失后，走廊再次安静了下来。嘉温好奇着甲板上的情况，但也不能直接跑过去，否则必定会成为被殃及的池鱼。他犹豫了一会儿，先跑到了走廊上。正当他打算通过楼梯间观察楼下的时候，突然传来了电话铃声，重复的电子音回荡在整个走廊里。嘉温循声转过了头，铃声是从嘉温房里传来的。他的手机早在西安的地下停车场里扔掉了,但那明明是从自己房间里传来的铃声。到底是谁打来的呢?嘉温走向自己的房间。打开门后,铃声更响了。他犹豫了一会儿还是拿起了电话。

"喂?"

"你把客房地板上铺的地毯给拿开。"

是崔文桥。

"现在大家都在疯了一般地找你。"

"我让你把地毯掀起来。"

他貌似并不怎么在意此事。嘉温按照他的话,将地毯掀开。原来地毯下藏了一个小门。

"你先进去,等外面变安静以后再出来。"

"等一下……"

嘉温还想问些什么,无奈对方已经挂掉了电话。嘉温想起了一百年前的会合,那时也发生了类似的事情。怀着忐忑不安的心,嘉温向着客房地板下面走去。这是一个储藏间大小的狭窄空间,窄到身体无法舒展,但也是躲避异己的最佳场所。嘉温拉下盖子,蜷缩在黑暗里。肩膀上的伤口还在隐隐作痛,幸好已不再流血了,虽然还需尽快进行应急处理,但现在还不行,必须等到情况有所好转。嘉温屏住呼吸,仔细听着外面的声音。

甲板上刚刚还弥漫着的枪战紧张感荡然无存,只有死一般的寂静。这让嘉温更加不安。他看了看手表,夜光时针指向了十点。独自关在这狭窄黑暗的空间里,连感官都变得有些迟钝了。今天一天发生的事情就像没有看全的电视剧一样,脑袋里一片茫然。他想到了百年前与自己落入同样处境的善男。年幼的少女毫不知情,躲在杀戮的现场瑟瑟发抖。她躲在一个狭窄的空间里,等着父亲安然回来。然而李乐云还是成了一具冷冰冰的尸体，少女则要独自面对杀人犯。她当初活下来了吗？虽然还有另一颗死亡的种子在自己的身体里悄然生长，但这一刻，嘉温还是希望能活着出去。这是他现在真实的心情。有个人在等着他安全归来，而嘉温也想再见到她，想与她一同回到首尔，共进一顿不错的晚餐。但很显然，现在的状况比一百年前还要糟糕。今天到场的都不是三友会成员，他们都是追寻不老草秘密的权贵，不仅手下如云，还随身携带着大量武器。他们的欲望一旦开始碰撞，便注定一发不可收拾，身处同一空间的嘉温也会受其牵连。

就在这时，一声枪响划破早已麻痹的空间。紧接着，枪响声越来越频繁。厮杀声和呼喊声顺着船体传到了嘉温所在的隐秘空间里。甲板已经变成了恶鬼们的战场。不堪一击的宁静瞬间被撕裂，从麻醉中醒来的暴力占领了整艘船。枪战大约持续了五分钟。枪声结束后，外面传来阵阵脚步声。脚步声伴着间或的枪声在铁质的台阶上打着鼓。越来越近了，嘉温最大限度地屏住了呼吸，聆听外面的动静。

"那家伙去哪里了？我不是让你们看住的吗？！"

是元航寂。她愤怒的语气里带着一股火药味。

"听到枪响，我们就……"

一个成员弱弱地答道。成员们脚上频繁的小动作如实传达着他们的惧怕。其中还有一个不规则的脚步声，看来应该是有人在枪战中受伤了。

"快给我去找！必须把他给我找出来！"

接着，又传来几个人离开房间的声音。

"这家伙肯定知道什么，就算扒了他的皮也要让他说出来！"

元航寂就在嘉温藏身处的正上方走来走去，距离甚至都不到一拃。嘉温已经紧张到无法呼吸。这时，枪声再次响起。坚硬的子弹穿过肉发出沉重的闷响，一个成员倒了下来。

"该死的小日本鬼子，我今天就让你们断子绝孙！"

元航寂持枪向走廊跑去，接下来是犹如战场般密集的枪声。又窄又长的走廊里传来一阵阵震破耳膜的声音。掺杂着血腥味的硝烟顺着指甲缝一样的缝隙飘入了地板下。隔着薄薄的木板，两方势力正在对峙着。嘉温紧紧地捂住了耳朵，光是他自己的死亡就很沉重了，他无法再承受他人的死亡。阻隔了声音后，他人的死亡便像发生在其他世界里，与己无关。隐约的枪声和悲鸣声扭曲了死亡的真实形态。唯有属于他自己的死亡越来越清晰。那是连接着脐带的如同桌球般大小的一个小球，中间装着的不是核而是小小的心脏。它的心脏通过脐带和嘉温的心脏连在一起，共同跳动着。就像双胞胎一样，通过脐带供给养分的球却一点儿都没有再长大。不过随着时间的流逝，它的外壁越发牢固了。最开始如海绵般软软的球先是变得和树心一样硬，现在甚至比钻石还要坚固，用什么东西都无法毁坏它。正是那样一个令人绝望的球在嘉温的体内生长着。嘉温心里突然袭来一股恐惧，那是属于他自己的死亡，无法抛弃，也无法转让，早已与自己合二为一。它携带着无法缓解的绝望袭来，嘉温需要一点儿冷空气，这里太闷，再也待不下去了。嘉温放下捂住耳朵的双手，枪声已经没有了，取而代之的是一片死寂。嘉温听不到一点儿动静，只有拍打着船身的波浪声有规律地传来。

嘉温再也忍不住，伸手将盖子推开。他像潜水许久后重归地面一样深深地吸了一口气。从船舱吹来的河风就犹如麻醉剂，让嘉温一下子镇定了下来。周围已是一片漆黑，被打碎的灯泡不时地擦出点儿火花。嘉温小心翼翼地爬了上来，随着瞳孔的缩小，他渐渐适应了黑暗，周围的景象慢慢浮现在眼前。遍地都是被鲜血浸染的尸体。其中不仅有绑架过他的三合会成员,也有和他一起坐飞机来上海的日本人。死亡让一切都变得陌生了。这些熟悉的面孔越过死亡的界限后都成了毫无感情的物体。血腥味弥漫着整个房间。

嘉温捏着鼻子来到了走廊,这里的情况也没好多少。头部残缺的三合会成员倒在地上,面部鲜血淋淋到无法辨别五官的日本人倚靠在墙上,他们的尸体就那样随意地摆放在走廊里。失去生命的躯体中冒出阵阵寒气,充斥在空气中。

与一百年前如出一辙。嘉温像是让善男附身了一样,跨过过去与今日的尸体走向楼梯。楼梯上流淌着血液,他顺着血走下来,展现在眼前的是另一个修罗场,大厅里同样堆满了尸体。红色的吊灯在那儿疯一般地转动着,红光穿过吊灯上的弹孔,就像舞池里的反射灯一样闪烁着。在妖艳灯光的映照下,嘉温慢慢地走在这片废墟里。忽然,他停在一个尸体前,是元航寂。即使在最后一瞬间,她依然怒目圆睁,拿着枪指向某处。嘉温顺着方向转过头去,看到了坐在对面沙发上的日本皇室,他胸口上也中了好几枪。他们直到最后也在憎恶着彼此,向着对方开了枪。这便是虚妄贪欲的结局。即便是在死亡的最后一刻他们也没有放下野心,眼睛直直地瞪着前方。嘉温轻轻地合上了他们的眼睛。之前还洒着雨的乌云不知何时已经开始慢慢退去,这场时隔半年的雨终于有了要停的趋势。踩着欲望的碎片,嘉温走向一扇门前。就在这时,均匀的空气忽然被划开,冰冷的杀气直直飞向嘉温的后脑勺。嘉温全身一紧,猛地转身向后。

"没想到会这么惊险,很不错吧?"

身穿白色正装的铅白会长正拿着一把枪对准他,他身上竟然没有一处伤口。

"但你这次也一样被我说准了。我早就知道你和崔文桥是一伙儿的了。"

在月光下,会长的脸像极了秦始皇人偶,毫无修饰的贪婪顺着他的脸颊淌了下来。

"你已经无路可逃了,这里就是悬崖,也是你的坟墓!"

"八十岁也没有醒悟过来的人到死了也醒悟不了啊!"

随着一声爆鸣,急速的子弹擦过嘉温的肋骨。幸好,只是在衣服上划了个口子。

"说,谈灭在哪儿?"

会长看起来已经疯了。

"还不懂吗?谈灭压根儿不存在,也没有什么不老草!那全都是像你这样的人捏造出来的!"

枪声再次响起,这次是在嘉温的耳朵上留下了小小的伤口,下一刻嘉温感受到了疼痛。

"那你找到的人偶是什么?为什么人偶上会有数字?!你说啊!"

会长似是着魔了,眼角不停地颤抖着。他已经完全失去了理性。

"杀了我也不会有任何改变,反正不老草那种东西是不存在的。"

再也无处可退,而且嘉温也不想再逃了。他站在悬崖尽头,将身体倚靠在风中。

"你们父子实在是蠢到无药可救!"

会长的手指扣动了扳机。嘉温浑身的血管都在重复着收缩和扩张的过程,他紧紧闭上双眼,想起了黑暗中的那颗球。它依然盘踞在那个位置,厚颜无耻地吮吸着他所剩无几的生命。现在怎么样都无所谓了。嘉温放松身体,轻轻向着悬崖下倒去。随后,一声枪响。硝烟仿佛吸收了一切声音,跟着它的只有随之而来的寂静。没有一点儿疼痛感。这就是死亡吗?这也太平常了吧?紧握的手中全是汗水,心脏正在快速地跳动。嘉温睁开眼睛,除了肩膀,身体上再无其他贯穿伤。会长依然站在原地瞪着他,可他的额头正中多了一个孔,一股鲜血流了出来。枪声并非来会长的枪。嘉温顺着子弹飞来的方向望去,黑暗里原来还有其他人。厚度不匀的黑暗中渐渐显露出那人的剪影。身形瘦弱,长发飘飘,是一个女人。她的双手握着一把手枪。她嫌弃地把手枪一扔,走向了嘉温。一步,两步,三步……女人终于走进了透过船舱照进来的月光下。

"哥哥,你好呀。"

是雪芽。她穿着不久前嘉温刚买给她的白色衬衣和牛仔裤,站在幽蓝的月光下。嘉温脑中一片空白。

"你怎么会在这里?"

雪芽摆出一言难尽的表情。那是一个难以言喻的表情,最开始是经过岁月洗礼的思念,紧接着是无法挽回的悔恨,更多的是独自留在世间的孤独。这看起来根本不像一个二十岁的稚嫩少女。他们两个人虽然都有很多话想说,但只是默默地相视良久。

"您终于成功了。"

崔文桥无声无息地出现在他们面前。他还穿着那件黑马褂,一只手里拿着大包。雪芽微笑着回应了他。这时,崔文桥才真正从一直笼罩着自己的神秘薄雾中走了出来。皮鞋声回响在空荡荡的大厅里,他像是在转交一个老遗物般郑重地递过了包。

"辛苦了。"

雪芽立刻确认了包中的内容物。拉开拉链,是苍崖的六个人偶。雪芽像是在鉴定真假般,一个个拿起来仔细确认。刚刚吸取了生命的人偶们显得意气焕发。

"看来我的任务已经完成了。"崔文桥低声说道。

他像终于卸下了一个无力承担的责任,看起来自在无比。只是不知为何,爷爷辈的崔文桥一直都对雪芽使用着尊称。

"是呀,你可以离开了。"

语气听起来像是在整理一段长时间的感情。

"您真的要离开吗?"

雪芽点了点头,绸缎般的发丝随风飘荡着。两个人简单地拥抱了一下,完全摸不着头脑的嘉温只能在旁边看着。拥抱后的他们像在整理最后的感情,又彼此对望了一会儿。看起来就和嘉温当年送走母亲时一样。过了一会儿,崔文桥转过身,经过嘉温时,他用悲悯的目光看了看嘉温,就像结束产卵后洄游的鱼在生命终止前望着故乡天空时会有的表情,他就这样离开了。船上只剩下嘉温和雪芽,一群不知名的鸟儿鸣叫着飞向何处。

"你到底是谁?"

她不是他认识的那个雪芽了,是脱下面具后的另一个雪芽。左右为难了许久的雪芽最终开口说道:"我既是头领的女儿,也是头领的儿子。是穷人的医员,也是救过皇后的御医。更是为救子女牺牲性命的驼背父亲的女儿。"

雪芽的回答太令人震惊了,嘉温甚至怀疑起自己的耳朵。

"这不可能,你怎么会是……谈灭是男子才对呀……"

瞬间,存储在记忆中的谈灭的肖像画与雪芽的脸重叠在一起。面善的长相、柔和的眼形、挺拔的鼻梁、圆润的下巴、乌黑的头发……间隔两千年制成的两张蒙太奇就像出自一位画家之手一样相像。嘉温的精神突然有点儿恍惚,天地都在旋转。

"这不可能……怎么会这样……"

嘉温一边深呼吸一边回想着其他记录。紧接着又有一个证据浮现在脑海中，织有百年前会合场面的雪芽的毛线。雪芽仿佛是亲身经历过一样，事无巨细地记载了整场会合。不仅如此，每当嘉温线索断了的时候，她都会等在那里，引导着嘉温向前。曾经毫无可能拼凑成功的拼图，最后一片竟然握在一个意想不到的人手里。

"原来你就是善男，你就是谈灭，寄出三友会邀请函的也是你。这一切都是你谋划的，到底是为什么？"

嘉温像在抗拒现实一样，声音中有着细微的颤抖。

"因为我必须要结束这一切，我要终结这反反复复的悲剧。"

雪芽皱了皱眉头，回头看了一眼会长的尸体，仿佛在看一个在永劫岁月中一直追着她的厉鬼。

"永生跟反复看同一场悲剧没有什么两样。这场悲剧也没什么特别的内容，永远都是一群恶棍追着一个人。恶棍永远不会改变，他们深陷贪欲之中，毫无慈悲可言。就像好莱坞电影一样，主人公一直是懦弱的猎物。被抓住就要被扔进锅里做成料理，然后盛在盘子里端出去。主人公击退恶棍并不意味着电影结束。野火烧不尽，春风吹又生，又会有新的恶棍出现，然后悲剧又会重新开始。"

眼前的惨剧早已投影在她的眼中。不，也可能是一百年前或更早的惨剧。

"所以我决定，了结这一切。"

嘉温好像能够理解她了。她的永生，从一开始就是错误的。继承自父亲的血肉让她成了不死之身，但她要永远背负着罪恶感生活下去。她成为医员也是为了多少减轻一点儿这份愧疚感，然而她周围却总是有追寻秘密的猎人在徘徊，她为了躲避只能过着不正常的生活。这分明是一场孤独又痛苦的命运，但依然有一点是不可饶恕的。

"于是你便把想要揭开秘密的人都邀请了过来，让人偶聚在了一起,而我也是你计划中的一部分。"

雪芽从回忆中醒来,望着嘉温。

"我也被利用了?"

雪芽没有能够马上回答,她的呼吸有些颤抖。

"回答我!"

嘉温拽着雪芽的胳膊大声吼道。吼声穿过笼罩着这片墓地的黑暗,向远方散开。大怒的嘉温紧紧握着雪芽的胳膊,但雪芽没有进行任何的抵抗。她像是想要解释什么,却又没找到适当的词。然而她的眼睛却无声地说明了一切,眼泪像冰川融化般流了下来。嘉温再也忍不住,吻上了雪芽的嘴唇。雪芽激烈地回应了他。他们就像在世界灭亡中仅存的两个人类,炙热地拥抱着对方。时间在这一刻仿佛停止了,他们将身体交付给感情。良久,时间再次流逝,他们依然相拥在一起。嘉温的人生让悬崖边吹来的微风一同卷走了。

"现在你打算怎么办?"

"还有一件重要的事。"

雪芽望了望苍崖的人偶。那一刻,她仿佛变回了那个五岁的孩子,朝着人偶走去。在时间的终点站,有一个驼背男人正在等着她,是父亲。雪芽跨过两千年的时间,炙热地抱住了父亲,然后他们坐在一起交谈着。成为医员后救了皇后的故事、在瘟疫爆发的大运河施工现场救治百姓的故事,以及她所爱过的那些人。父亲微笑着倾听着她的故事。嘉温在另一头的站台默默地看着。每当她回忆起以前的事情时,脸上的表情都会产生一些细微的变化。她的脸蛋是那么稚嫩,看起来一点儿都不像活了两千年。岁月的无常和空虚好像与她无关。过了良久,回到现实的雪芽在人偶上点了火,两千年的木制人偶立刻便烧了起来。雪芽静静地看了一会儿燃烧着的人偶,便把它们扔在了大厅的角落里。

"哥哥,你不想继承我的身体吗?"雪芽忽然说道。

"如果是你,我愿意把身体交给你。"

火势在船上蔓延开来。雪芽和嘉温并肩看着火越烧越旺。

"我知道你为什么要成为医员。不,应该说我理解你,你根本不知道那是你父亲的身体,你太小了。当身体变成正常人之后,你也只好奇父亲去哪儿了。玄成肯定也想保守秘密到最后,但最终只能说出来。我能够想象你当时的心情是多么悲伤。我以前也很恨我的父亲,连他死前打过来的电话都没有接,直到后来我明白了父亲的真心,你知道我最后悔的是什么吗?就是那个电话,父亲只是临死前想想听我的声音而已,而我却拒绝了。现在想到那一刻,我的心还会痛。"

火烧得越来越大,能够明显感到扑面而来的热气。

"遇到你真是我的幸运。"

雪芽握住了嘉温的手。

"离开这里吧,再待下去,我们两个都会危险。"

嘉温把雪芽带到甲板上。无主的船已经漂到了下游,掠过河边芦苇荡的河风绕着他们转了一圈后再次向南边飞去。嘉温突然想到曾经听过的一句话——渭河的渔夫们都很讨厌北风。对他们而言,北风意味着冬天,而冬天又是一个需要忍耐的季节。伴随着忍耐而来的是无论经历过多少次都无法熟悉的悲伤。火势已经蔓延到了四楼。忍受不住热气的船椽一个接一个地砸下来,被声音吵醒的水鸟们纷纷飞了起来。嘉温赶忙把系在船体边的救生圈解下来扔进了水里。

"哥哥你不会有事的。"

雪芽映照在月光下的脸就和眼睛一样明亮。

"先离开这里再说,数到三就跳下去。"

"那么，要开始了。一……二……三！"

嘉温握着雪芽的手跳进水里，但在最后一瞬间，雪芽把嘉温的手甩开了。十月的寒水就像锥子一样刺着嘉温的全身。由于重力的问题，嘉温在漆黑的水里沉了好一会儿。他拼死地挣扎着，没过一会儿便借助着浮力浮了上来。他一边喘着气一边望向甲板，船已经变成了一个巨大的火把，而雪芽却还站在船尾。嘉温疯一般地对她喊着，让她赶快跳下来，和自己一起活下去。但雪芽只是泪如雨下，看起来就像个在春天气息中慢慢融化的雪人。嘉温全力游向船，但他怎么也跟不上船的速度。筋疲力尽的嘉温只能气喘吁吁地望着渐渐离去的雪芽。接着，船开始下沉。雪芽向嘉温挥了挥手，然后用嘴形向嘉温说道：

"千年如一日……一日如千年……"

说完，雪芽消失在河水中。

结尾

消毒液的味道刺激着鼻子，手术刀等工具在整理台上发出叮当的撞击声，房间里充斥着冷漠无情的气氛。嘉温穿着手术用衣躺在手术台上。

"看来这十天您费了不少心啊，体重减少了四公斤。"

是主治医生。不知是不是手术手套戴着不舒服，他重复了好几次握拳的动作。

"是吗？"

正在准备着手术的护士们忙而有序，他们对于这个分离生与死的空间太熟悉了。

"手术大概两个小时就会结束。正如之前对您说的，从CT扫描来看并没有转移到其他器官，但也不能百分之百保证。"戴着口罩的主治医生俯视着嘉温说道。

准备完毕的护士们围到了嘉温周围。穿着一模一样的手术服的他们，比起医疗小组更像审判官。

"您说痊愈的概率是多少来着？"

"百分之二十。"主治医生像是敲法槌一样说道。

嘉温想起第一次得知癌症时的情形，当时的百分之二十等于是死亡宣告。但是过了十天的现在，这百分之二十已经成了他的希望。

"请不要太紧张，手术会成功的。准备好了吗？"

"嗯。准备好了。"

嘉温很冷静。

主治医生在口罩后给了他一个微笑。

"那就开始吧。"

麻醉师在嘉温的胳膊上注射了麻醉药。药性随着血管蔓延进去，麻木了感官。嘉温看着像太阳一样明亮的手术灯，回想起了渭河。这个静观远古历史的河水中沉着一艘带有不老秘密的船。在那里，贯穿了两千年的贪婪和欲望都变成了灰烬，被一同埋没。那里还沉睡着嘉温爱过的一个女子。这个女子穿越时空出现在他眼前，使他枯竭的心脏再次跳动起来。之后又消失在了火焰之中。药劲儿开始扩散，光亮变得模糊起来。两个小时后，死与生的判决便会出来了。

嘉温在失去意识之前，脑海中再次浮现没能和雪芽一起吃成的午饭。桌子上一如往常地铺着白色的桌布，她坐在桌子的另一边。饥肠辘辘的她双手举着刀叉正等着服务员的到来。她清澈的眼神中有一个又黑又神秘的旋涡，嘉温静静地望着那双眼睛。终于上菜了，她一边不停地感叹一边开始吃了起来。菜品是她喜欢的意大利饺子。她一边抱怨量太少，一边开心地吃着。嘉温就像画上笑容的稻草人一样，一直在微笑地看着她。突然，她放下手中的刀叉，望向嘉温。

"怎么？菜不合口味吗？"

她的神情暗淡了下来。

"能够永远幸福吗？"

嘉温回答道："没有什么是永远的，但我们可以幸福到永远记得这一刻。"

听了嘉温的话，雪芽又开心地笑了起来。接着瞬间就把剩下的菜吃完了。现在意识快要不见了。人们的身影像在隧道另一边，很模糊。

嘉温一边像念咒语一样说出了雪芽留下的话,一边垂下了头。

"千年如一日……一日如千年……"

文治
磨铁图书旗下子品牌

更好的阅读

特约监制　潘　良　于　北
产品经理　邱　树
责任编辑　邓　敏
版权支持　冷　婷　李　想
特约编辑　叶　青
营销支持　金　颖　黄筱萌　黑　皮
装帧设计　胡崇峯
封面插图　目　垂

关注我们

官方微博：@文治图书
官方豆瓣：文治图书
联系我们：wenzhibooks@xiron.net.cn

图书在版编目（CIP）数据

不老的人偶/（韩）张溶敏著；（韩）金宝镜译. -- 成都：四川文艺出版社，2023.11
ISBN 978-7-5411-6500-9

Ⅰ.①不… Ⅱ.①张…②金… Ⅲ.①长篇小说—韩国—现代 Ⅳ.① I312.645

中国国家版本馆 CIP 数据核字（2023）第 140562 号

불로의 인형 (The Elixir)
Copyright © 2014 by 장용민 (YONGMIN JANG, 張溶敏)
All rights reserved.
Simplified Chinese Copyright © 2023 by YONGMIN JANG
Simplified Chinese language edition is arranged with BEIJING XIRON BOOKS CO.,LTD through Eric Yang Agency.

著作权合同登记号 图进字：21-23-242

BU LAO DE REN OU
不老的人偶
[韩] 张溶敏 著　　[韩] 金宝镜 译

出 品 人	谭清洁
策划出品	磨铁图书
责任编辑	邓　敏
特约监制	潘　良　于　北
装帧设计	胡崇峯
责任校对	段　敏

出版发行	四川文艺出版社（成都市锦江区三色路 238 号）
网　　址	www.scwys.com
电　　话	010-82068999（发行部）　028-86361781（编辑部）
印　　刷	嘉业印刷（天津）有限公司
成品尺寸	145mm×210mm　　开　本　32 开
印　　张	13.875　　字　数　340 千
版　　次	2023 年 11 月第一版　　印　次　2023 年 11 月第一次印刷
书　　号	ISBN 978-7-5411-6500-9
定　　价	65.00 元

版权所有·侵权必究。如有质量问题，请与本公司图书销售中心联系调换。010-82069336